HET GEHEIME [illegible] P

EERDER WERK VAN SARAH PENNER

De verborgen apotheek

Het geheime genootschap

SARAH PENNER

Vertaling Ingrid Zweedijk

HarperCollins

MIX
Paper | Supporting responsible forestry
FSC® C021394
www.fsc.org

Voor het papieren boek is papier gebruikt dat onafhankelijk is gecertificeerd door FSC®
om verantwoord bosbeheer te waarborgen.
Kijk voor meer informatie op www.harpercollins.co.uk/green.

HarperCollins is een imprint van Uitgeverij HarperCollins Holland, Amsterdam.

Oorspronkelijke titel: *The London Séance Society*

Vertaling: Ingrid Zweedijk
Omslagontwerp: Zero Media
Beeldcredits: © Tracey Whitefoot / Alamy Stock Photo; © GP232 / Getty Images; FinePic®, München
Zetwerk: Mat-Zet B.V., Huizen
Druk: ScandBook UAB, Lithuania, met gebruik van 100% groene stroom

ISBN 978 94 027 1197 4
ISBN 978 94 027 6797 1 (e-book)
NUR 302
Eerste druk maart 2023

Originele uitgave verschenen bij Harlequin Enterprises ULC, Toronto, Canada.
Deze uitgave is uitgegeven in samenwerking met Harlequin Books SA.
HarperCollins Holland is een divisie van Harlequin Enterprises ULC.

www.harpercollins.nl

Voor mijn grote zus, Kellie.

(En voor jou, mam.
Jij was tenslotte de eerste die zei:
'Laten we naar een seance gaan.')

Graves, yawn and yield your dead…

– William Shakespeare

DE ZEVEN FASEN VAN EEN SEANCE

I
Eeuwenoude Duivelbezwering

Het medium spreekt een bezweringsformule uit om seancedeelnemers te beschermen tegen demonen en kwade geesten.

II
Oproep

Het medium doet een oproep aan alle nabije geesten om naar de seanceruimte te komen.

III
Isolatie

Het medium ontdoet de ruimte van alle geesten met uitzondering van de doelgeest, dat wil zeggen de overledene met wie de seancedeelnemers willen communiceren.

IV
Uitnodiging

Het medium verzoekt in trance te worden gebracht door de geest van de overledene.

V
Trance

Het medium wordt in trance gebracht door de geest van de overledene.

VI
Ontknoping

Het medium achterhaalt de gewenste informatie.

VII
Afsluiting

Het medium zendt de geest van de overledene weg uit de ruimte, waarmee de trance eindigt en de seance wordt afgesloten.

1

Lenna

Parijs, vrijdag 14 februari 1873

In een verlaten chateau aan de bosrijke rand van Parijs stond een duistere seance op het punt te beginnen.

De klok stond op tweeëndertig minuten na middernacht. Lenna Wickes, leerling-spiritist, zat aan een met een zwart laken bedekte, ovale tafel. Een man en zijn echtgenote, de andere seancedeelnemers, zaten bij haar aan tafel. Hun gezichten stonden bedrukt en hun ademhaling was onrustig. Ze bevonden zich in wat eens de salon was geweest van het vervallen chateau, dat al honderd jaar niet meer bewoond werd. Achter Lenna was bloedrood behang losgeraakt van de muren, waaronder schimmelplekken verborgen waren.

Als alles goed ging vannacht, zou de geest met wie ze contact zochten – die van een jonge vrouw, hier ter plekke vermoord – straks verschijnen.

Boven hen trippelde iets. Muizen ongetwijfeld. Lenna had de uitwerpselen gezien toen ze binnenkwamen, de zwarte keuteltjes verspreid over de plankenvloeren. Maar toen veranderde het getrippel in een krabbend geluid en… hoorde ze nou een bons? Ze vocht tegen een koude rilling en bedacht dat als geesten inderdaad bestonden, dit vervallen chateau dé plek zou zijn om ze aan te treffen.

Ze wierp een vluchtige blik door het raam, in het donker. Dikke, natte sneeuwvlokken, die je zelden zag in Parijs, dwarrelden rondom het chateau naar beneden. Ze hadden buiten een paar lantaarns neergezet, en Lenna's oog viel op de ijzeren poort bij de ingang van het landgoed, overwoekerd door dode klimopranken en klapperend in zijn sponning. Erachter was dicht, donker bos, de groenblijvende naaldbomen bedekt met een wit laagje.

De seancedeelnemers, zitters genoemd, waren om middernacht bij elkaar gekomen. De ouders van het slachtoffer – die Lenna enkele dagen vóór deze bijeenkomst had ontmoet – waren als eersten gearriveerd. Vlak daarna volgden Lenna en haar lerares, het gerenommeerde medium dat het gebeuren vannacht zou leiden: Vaudeline D'Allaire.

Alle vier waren ze in het zwart gekleed, en de sfeer in de ruimte was bepaald niet warm of uitnodigend. Terwijl de ouders op hun stoelen wachtten, waren hun bewegingen nerveus en bruusk: de vader stootte een koperen kandelaar om en verontschuldigde zich omstandig. Lenna, die aan de andere kant van de tafel haar aantekenboekje opensloeg, kon het hem niet kwalijk nemen. Ze waren allemaal gespannen, en Lenna had haar klamme handen al diverse keren afgeveegd aan haar jurk.

Niemand wilde zo'n pijnlijk uur doorbrengen onder leiding van Vaudeline. De toegangsprijs was schrikbarend hoog, en dat was los van de francs die ze vooraf rekende.

De geest die ze vannacht wilden oproepen, was niet van het alledaagse soort, maar dat waren geen van de geesten die Vaudeline uitnodigde zich kenbaar te maken. Dit waren geen oude oma's in witte nachtjaponnen met een lang leven achter de rug die in de gangen rondwaarden. Dit waren geen oorlogsslachtoffers, dappere mannen die hadden geweten waar ze aan begonnen. Nee, deze geesten waren geweldsslachtoffers en te jong heengegaan. Ze waren vermoord, stuk voor stuk. En erger nog, hun moordenaars waren ontkomen.

Hier begon Vaudelines rol, en het was de reden dat mensen zich tot haar wendden. Mensen zoals het echtpaar dat nu aan de andere kant van de tafel zat te trillen. Mensen zoals Lenna.

Vaudeline, dertig jaar oud, was over de hele wereld bekend om haar gave om de geesten van moordslachtoffers op te roepen teneinde de identiteit van hun moordenaars te achterhalen. Als gerespecteerde spiritist had ze een aantal van Europa's geruchtmakendste moordmysteries opgelost. Haar naam had tientallen keren de voorpagina's gehaald, vooral na haar vertrek uit Londen begin vorig jaar, onder omstandigheden die vooralsnog onopgehelderd bleven. Desondanks had dit haar trouwe, wereldwijde aanhang niet doen teruglopen. Tegenwoordig woonde ze in Parijs, haar geboorteplaats.

Het vergeten chateau was een ongebruikelijke plaats voor een seance, maar ja, Vaudeline hield er sowieso ongewone methoden op na en ze beweerde dat geesten alleen konden worden opgeroepen op de locatie waar ze waren overleden.

Twee weken eerder, op 1 februari, was Lenna het Kanaal overgestoken om les te gaan volgen bij Vaudeline. Lenna wist dat ze niet de meest toegewijde leerling van haar lerares was. Ze wankelde vaak in haar overtuigingen, omdat ze de noodzaak niet inzag van de Duivelbezwering of de palo santo of de grasmuseierschalen. Niet dat ze er niet in geloofde; ze was er gewoon niet zeker van. Niets hiervan kon worden bewezen. Niets hiervan kon worden gewogen of geanalyseerd of in handen genomen zoals de stenen en fossielen die ze thuis had. Terwijl andere leerlingen zelfs de meest vergezochte theorieën over het occulte voetstoots aannamen, vroeg zij zich constant af: hoe? Hoe weet je het zo zeker? En hoewel ze een paar jaar geleden een seance had bijgewoond, was er niets overtuigends uit gekomen. Er waren al helemaal geen geesten verschenen.

Het was om gek van te worden, deze waarheid-of-illusiekwestie.

In haar drieëntwintigjarige leven had Lenna nooit een geestverschijning gezien. Sommigen beweerden een koele aanwezigheid te voelen wanneer ze over oude landgoederen of begraafplaatsen liepen of zeiden dat ze een flikkering in het kaarslicht hadden gezien of een menselijke schaduw op de muur. Dan knikte ze mee, omdat ze het heel graag wilde geloven. Maar konden deze verschijnselen niet worden verklaard door iets... rationelers? Gezichtsbedrog door lichtinval kwam overal voor, prisma's en reflecties werden eenvoudig wetenschappelijk verklaard.

Als Lena een paar maanden geleden was gevraagd naar Parijs af te reizen om deel te nemen aan een seance, had ze er waarschijnlijk om gelachen. En het bestuderen van de seancekunst zelf? Pure tijdverspilling, met zoveel specimenstenen die lagen te wachten om te worden verzameld langs de Theems. Maar toen brak de vooravond van Allerheiligen aan – de avond dat Lenna haar dierbare jongere zus Evie doodgestoken aantrof in de tuin van het bescheiden reizigershotel van hun ouders, Hickway House aan Euston Road. Er had duidelijk een worsteling plaatsgevonden: Evies haar zat in de war en er was letsel – witte en blauwe plekken – op diverse delen van haar lichaam. Haar tas, ontdaan van zijn inhoud, was naast haar lichaam neergegooid.

In de daaropvolgende dagen had de politie evenveel aandacht besteed aan Evies dood als ze aan de moord van elke willekeurige middenklassenvrouw besteedde, oftewel: niet veel. Drie maanden later, en geen enkel antwoord. Lenna was wanhopig – en wanhoop was sterker dan ongeloof; dat wist ze inmiddels. Ze was dol op Evie, meer dan wat ook ter wereld. Magie, hekserij, poltergeisten. Ze was bereid alles aan te grijpen, als het betekende dat ze op die manier weer contact met haar geliefde jongere zus kon krijgen.

Bovendien bedacht Lenna, ook al was ze nog niet overtuigd van het bestaan van geesten, dat haar verzamelde fossielen best eens het bewijs konden zijn dat overblijfselen van het leven ook na de dood konden voortbestaan. Evie had het idee als eerste geopperd, en nu hunkerde Lenna er meer dan ooit naar om er waarheid in te zien.

Evie was een medium in de dop geweest, met een rotsvast geloof in geesten, en een oud-leerling en volgeling van Vaudeline. Als iemand een manier kon vinden om de grens tussen leven en dood te verbreken, dan was zij het. Lenna moest met haar communiceren om erachter te komen wat er werkelijk was gebeurd. De politie mocht dan niet bereid zijn geweest te streven naar gerechtigheid, maar zij wel. Dus had ze besloten haar twijfels opzij te zetten en deze vreemde seancekunst te bestuderen – zo niet meester te worden.

Ze kon niet eens fatsoenlijk rouwen, zo geobsedeerd was ze door het ophelderen van de misdaad tegen haar zus. Lenna wilde niet rouwen, nog niet. Vóór ze rouwde, wilde ze wraak.

Omdat ze wist dat Vaudeline niet naar Londen zou komen – ze was niet terug geweest, niet sinds haar plotselinge vertrek het jaar ervoor – had Lenna besloten naar Parijs af te reizen. Ze was vastbesloten Evies dood te ontraadselen, op welke manier dan ook. Zelfs als ze daarvoor een maand moest doorbrengen onder begeleiding van een wildvreemde – al was het een wildvreemde die ze graag mocht – en zelfs als ze daarvoor de sinistere kneepjes moest leren van een kunst waarvan ze niet zeker wist of ze erin geloofde.

Bovendien zou dat vannacht misschien veranderen.

Misschien zou ze vannacht haar eerste geest zien.

Lenna stopte haar handen tussen haar bovenbenen; ze zat te trillen en wilde niet dat iemand het zag. Ze wilde overkomen als een onbevreesde leerling, een ingewijde. En ze moest evenwichtigheid uitstralen vanwege de ouders aan de andere kant van de tafel, die zichtbaar doodsbenauwd waren voor wat zich vannacht eventueel zou afspelen.

Ze was blij dat ze hen een paar dagen geleden had ontmoet op een veel minder onheilspellende plek. Ze hadden een bezoek gebracht aan Vaudelines ruime woning in het centrum van Parijs, waar ze met zijn vieren in de salon hun vragen over de aankomende seance hadden doorgenomen.

En de risico's.

Lenna kende de risico's van een seance al – Vaudeline en zij hadden ze besproken toen ze zich aanmeldde als toekomstige leerling – maar tijdens de bespreking in de salon leken de gevaren groter.

'U zult bij mij geen ouijabord of planchette aantreffen,' had Vaudeline de ouders uitgelegd. 'Dat is speelgoed voor kinderen op zolders. Mijn seances gaan over het algemeen in een andere, gevaarlijkere richting.'

De salondeur ging open en een dienstmeisje bracht thee voor hen vieren. Ze zette die voor het groepje op tafel, naast een schema dat Lenna en Vaudeline eerder hadden bestudeerd over de juiste indeling van een seancetafel met zijn vele *outils*. De zwarte bijenwaskaarsen, de opalen en amethisten, de slangenhuiden en zoutkommen.

'Een trance,' opperde de moeder zodra het dienstmeisje weg was.

'Inderdaad.'

Na een paar weken onder Vaudelines begeleiding hoefde Lenna niet om uitleg te vragen. Ze wist dat in het mediumschap een trance, of geestvervoering, optrad wanneer een geest vrij letterlijk bezit nam van het lichaam van het medium, opnieuw bestaand in een levend, ademend lijf. Vaudeline beschreef het als een soort dubbelbestaan waardoor mediums kennis konden nemen van de herinneringen en gedachten van de overledenen terwijl ze die van henzelf ook behielden, parallel daaraan.

De moeder nam een slok van haar thee, waarna ze bukte om iets uit haar tas te halen: een krantenknipsel. Haar handen trilden net als bij binnenkomst, toen ze Vaudeline lang had aangestaard alvorens ze een woord kon uitbrengen.

Lenna had precies zo gereageerd bij haar eerste ontmoeting met Vaudeline, al was dat niet omdat ze geïmponeerd was geweest door de reputatie van het medium. Het had eerder te maken met haar wolkengrijze ogen en de manier waarop ze Lenna's blik een paar seconden langer had vastgehouden dan gepast was. Het korte ogenblik had meer dan genoeg duidelijk gemaakt: Vaudeline was zelfverzekerd. En net als Evie trok ze zich niet veel aan van regels.

Twee karaktertrekken die Lenna uitermate fascinerend vond.

De moeder overhandigde het artikel. Lenna begreep de Franse kop niet, maar uit de datum van het artikel bleek dat het een paar jaar oud was. 'Er staat dat een man overleed tijdens een van uw seances,' legde de moeder uit. 'Is dat waar?'

Vaudeline knikte. 'Geesten zijn onvoorspelbaar,' zei ze. 'Vooral degenen die wij oproepen – de slachtoffers. Het risico is het grootst in de beginfase van de seance, nadat ik de oproep heb uitgesproken waarmee alle nabije geesten in de ruimte worden uitgenodigd. Het is alsof je een kraan opendraait. Om te zorgen dat de geest van een moordslachtoffer zich kenbaar maakt en een misdaad te kunnen oplossen, moet ik ook omgaan met de doden aan de periferie. Ik probeer deze fase snel te doorlopen, maar ik kan ze niet volledig weren.' Ze knikte naar het artikel.

'Heeft de politie vastgesteld waaraan de man overleed?' vroeg de moeder.

'Hartstilstand, officieel. Maar degenen die erbij waren, zagen het gebeuren, de schaduw van een hand over zijn mond.' Vaudeline gaf het artikel terug. 'In de tien jaar dat ik seances doe, zijn er maar drie mensen overleden onder mijn toezicht. Het is heel uitzonderlijk. Wat vaker voorkomt, is het plotseling optreden van verwondingen die verband houden met het letsel dat slachtoffers opliepen voor hun dood. Snijwonden, verrekte gewrichtsbanden, kneuzingen.'

De vader liet zijn hoofd zakken en Lenna vocht tegen een plotselinge aandrang om de kamer te verlaten, misschien zelfs over te geven. Hun dochter was gewurgd. Wat als er zomaar een striem van een koord om iemands hals verscheen tijdens de seance? De gedachte alleen al was onverdraaglijk.

'Er zijn ook kleinere gevaren,' vervolgde Vaudeline. Kennelijk voelde ze aan dat het verstandig was om door te gaan. 'De dingen waaraan iemand zich... overgeeft, bijvoorbeeld. Bij een seance een paar maanden geleden begonnen twee deelnemers – onder invloed van sterkedrank – overspel te plegen op tafel.'

Lenna maakte een geschokt geluidje. Vaudeline had haar in de afgelopen twee weken veel verhalen verteld, maar dit had ze nog niet gehoord. 'Waren ze daarvoor al geliefden?' vroeg ze, in de veronderstelling dat de ouders even benieuwd waren als zij.

Vaudeline schudde haar hoofd. 'Ze hadden elkaar nooit eerder ontmoet.' Ze draaide haar hoofd en Lenna's blik viel op het sproetje op het puntje van Vaudelines neus. Zo klein dat het kon worden aangezien voor een schaduw.

'Ondanks de risico's,' zei Vaudeline, de ouders weer aankijkend, 'is een trance de snelste en effectiefste manier om de benodigde informatie te verkrijgen om een zaak op te lossen. Dit gaat niet om vermaak of gemoedsrust. Als u daarop uit bent, verwijs ik u graag door naar een van de vele erkende spokenjagers in de stad.'

De vader schraapte zijn keel. 'Ik maak me zorgen...' zei hij, waarbij hij de hand van zijn vrouw teder vastpakte, '...nou ja, ik maak me zorgen om het welzijn van mijn vrouw als we de seance in het chateau houden waar onze dochter stierf.'

'Waar onze dochter stierf' had hij gezegd. Makkelijker hardop uit te spreken dan 'waar onze dochter werd vermoord'. Dat was te veel om te erkennen, te schrijnend om over de lippen te krijgen. Dat wist Lenna beter dan wie ook.

Vaudeline keek naar de vrouw. 'U zult een manier moeten vinden om kalm te blijven, anders stel ik voor dat u er helemaal niet bij bent.' Ze leunde achterover en vouwde haar handen ineen, waarmee ze geen ruimte liet voor verdere discussie. Dit was tenslotte een van Vaudelines grondbeginselen: een geest kon alleen worden opgeroepen in de nabijheid van de plaats van overlijden. Als ze een seance op afstand kon uitvoeren, zou Lenna niet hier in Parijs zijn. Dan zou ze Vaudeline hebben geschreven en gevraagd Evies seance in Frankrijk uit te voeren en vervolgens verslag aan haar uit te brengen over de resultaten.

Maar zoals Vaudeline publiekelijk had aangegeven, zou ze niet binnen afzienbare tijd terugkeren naar Londen. Lenna zou de seancekunst zelf moeten leren in Parijs, dan terugkeren naar de plaats van Evies overlijden, in de hoop de geest van haar zus op eigen kracht te kunnen oproepen.

'Tal van mediums voeren seances uit in hun eigen huis,' zei de moeder nu. 'Ver van de plaats waar geliefden zijn overleden.'

'En tal van mediums zijn oplichters.' Vaudeline liet haar thee door het kopje wervelen en ging door, onverstoorbaar. 'Ik begrijp dat het zwaar is om op de plaats van uw dochters overlijden te zijn, maar we zijn daar niet om rekening te houden met onze emoties. We zijn daar om een misdaad op te lossen.'

Dit kwam misschien ongevoelig over, maar Vaudeline had het talloze malen gezegd. Ze kon niet verstrikt raken in het verdriet van de familie. Verdriet stond gelijk aan zwakte, en niets was zo gevaarlijk in de seanceruimte als zwakte in welke vorm dan ook. Geesten – de gevaarlijke, vrij ronddolende soort, geneigd om zitters lastig te vallen en te plagen, of ze nu opgeroepen waren of niet – aasden op zwakte.

'U komt met zijn tweeën, nietwaar?' vroeg Vaudeline.

De vader gaf een knikje.

'Was uw dochter getrouwd, of had ze een geliefde? Zo ja, dan zou het zinvol zijn om hem of haar ook uit te nodigen. Hoe meer latente energie van uw dochter we in de ruimte kunnen samenbrengen, des te beter.'

'Nee,' zei de vader. 'Niet getrouwd, en geen geliefde.'

'Niet dat wij weten althans,' vulde de moeder met een lachje aan. 'Onze dochter was heel... onafhankelijk.'

Lenna glimlachte, mijmerend over de tactvolle woordkeuze van de vrouw. Misschien had haar dochter een beetje op Evie geleken. Vrijgevochten. Vol energie.

De moeder kuchte zachtjes. 'Mag ik vragen,' zei ze, Lenna aankijkend, 'wat uw rol in de seance is?'

Lenna knikte. 'Ik ben Vaudelines leerling,' zei ze. 'Ik ben de spreuken nog uit mijn hoofd aan het leren, maar ik ga aantekeningen maken van de zevenfaseseance.'

'Ze maakt geen deel uit van mijn traditionele cohort,' voegde Vaudeline eraan toe. 'Die bestaat meestal uit drie tot vijf leerlingen. Lenna's omstandigheden waren zodanig dat ik, toen ze enkele weken geleden tussen twee cohorten arriveerde, besloot haar aan te nemen voor een individueel opleidingsprogramma.'

Feitelijk klopte dit allemaal, al bleven de details achterwege. Toen Lenna in Parijs aankwam en Vaudeline vertelde dat Evie – haar oud-leerling – was vermoord in Londen, was Vaudeline ontdaan door het nieuws. Snel loodste ze Lenna naar binnen, bracht haar onder in de lege, voor leerlingen bestemde slaapzaal, en startte een versneld opleidingsprogramma op. Normaliter volgden cohorten acht weken les bij Vaudeline, maar ze was van plan Lenna's opleiding in de helft van de tijd te voltooien.

'Ik wist niet dat u mediums opleidde,' zei de moeder tegen Vaudeline, 'naast uw eigen seances.'

'Ja. Ik ben al tien jaar medium, vijf jaar lerares.' Ze boog naar voren, haar toon nu serieuzer. 'Wat de seance betreft, zijn er dingen die u kunt doen om de risico's te beperken die ik net uiteen heb gezet. Ten eerste, geen wijn of sterkedrank van tevoren. Geen druppel. En doe uw best om tranen in te houden. Blijf niet stilstaan bij herinneringen. Herinneringen staan gelijk aan zwakte. En in de seanceruimte is zwakte funest.'

Het gevaar van zwakte was een van de eerste lessen die Vaudeline Lenna had geleerd bij aanvang van de opleiding. De wereld wemelde van de geesten. Elke slaapkamer, elke weide, elke zeehaven. Millennia lang, zolang er mensen hadden geleefd, waren ze ook doodgegaan – en ze bleven in de buurt. Dit was de reden, legde Vaudeline uit, dat veel seances uitliepen op de verschijning van geesten die niet waren uitgenodigd. De meeste waren goedaardig en enkel nieuwsgierig. Ze verlangden naar het gevoel weer een lichaam te bezitten of ze wilden de zitters voor de grap een beetje plagen. Zulke vriendelijke spoken lieten zich eenvoudig wegsturen.

Het waren de kwaadaardige geesten en destructieve poltergeisten die het gevaar vormden, en door hun toedoen kon er heel veel fout gaan tijdens een seance. Ze konden Vaudeline in trance brengen voordat de doelgeest er de kans voor kreeg, of ze konden de zitters in trance brengen, een fenomeen dat bekendstond als absorptie. Deze entiteiten waren intelligent en wisten precies wie ze moesten hebben. De huilebalken. De jongeren. De benevelden. De wellustigen. Dit waren allemaal vormen van kwetsbaarheid, een soort poreusheid die het duivelse wezen binnenliet.

Om te voorkomen dat zulke demonen een seance verstoorden, schatte Vaudeline de zitters nauwkeurig in voor ze begon. Ze liet niemand onder de zestien toe, en ook niemand met een naar drank stinkende adem. Huilende familieleden werden er soms uitgezet.

Deze zorgvuldigheid, de eeuwenoude bezweringsformule die Vaudeline aan het begin van elke seance oplas én de twee verbanningsbevelen die konden worden ingezet als laatste redmiddel, zorgden ervoor dat haar seances veilig verliepen.

Meestal.

Niets kon worden gegarandeerd. Dit was een kúnst, zei Vaudeline keer op keer. En geesten waren notoir onvoorspelbaar.

In het chateau keek Lenna op van haar aantekenboekje en bekeek de ouders nogmaals om hun uitdrukking op te nemen. Het gezicht van de vader was hard, beide handen stevig op tafel geplant. Hij leek klaar voor de strijd. De moeder daarentegen had een trieste, verdwaasde blik in haar ogen, en een spoor van opgedroogde tranen had een riviertje door de rouge op haar wangen uitgesleten.

Lenna was trots op haar. Trots op hen allebei. Maar hun kracht kon haar in een kwetsbare positie brengen. Ze huiverde bij de vraag of een geest háár de zwakste persoon in de ruimte zou vinden, of dat er iets anders fout kon gaan. Ze dacht terug aan een aantal van Vaudelines verhalen, over mensen die wapens op elkaar richtten terwijl ze in trance waren, of kroonkandelaars die schijnbaar uit eigen beweging door de kamer vlogen. Ze keek om zich heen, gelukkig waren er geen kroonkandelaars te bekennen.

Vaudeline opende een leren koffer en haalde er een paar voorwerpen uit. De anderen hadden plaatsgenomen en er daalde een gespannen stilte neer in de ruimte. Wat zou er de komende minuten gebeuren, vroeg Lenna zich af. Gedachteloos beet ze op haar nagels, al haar hele leven een slechte gewoonte, en sloeg Vaudeline nauwlettend gade, gespitst op eventuele tekenen van bedriegerij. Ze kon haar op geen enkele betrappen.

Vaudeline haalde twee zwarte lappen stof uit haar koffer. Die hing ze zorgvuldig voor de stenen haard en het glas-in-loodraam aan de voorkant van de salon, dat uitkeek op de ingang van het vervallen chateau. Het onderste deel van het raam was gebroken, dus de stof zou de tocht tegenhouden. Maar Lenna wist de andere reden waarom Vaudeline het bedekte, want dat hadden ze behandeld in de les. Ramen waren lichtpoorten en nodigden uit tot de binnenkomst van ongewenste geesten van mensen die vlakbij waren overleden. Haarden ook. Een dolende geest kon net zo makkelijk door een schoorsteen zweven als door een raam. Dus was het beter om de ruimte af te sluiten, indien mogelijk. Dicht en donker.

En zo voelde het nu beslist. Vaudeline ging eindelijk zitten, waarbij ze haar stoel dichter bij Lenna schoof en haar benen naar haar toe draaide. Lenna vroeg zich af of de beweging onopzettelijk was. Ze hoopte van niet.

Toen Vaudeline haar boek met spreuken opende, wierpen haar lange wimpers schaduwen op haar wangen. Een lok haar raakte los en hing voor haar gezicht, maar ze besteedde er geen aandacht aan terwijl ze door haar boek bladerde, waarbij de stof van haar zijden jurk soepel over haar bleke armen gleed.

Lenna betrapte de vader erop dat hij Vaudeline aanstaarde. Zijn pupillen waren groot en zwart geworden, en zijn mond stond een stukje open. Lenna herkende deze blik – en ze gaf hem geen ongelijk. Je zou de man abnormaal, ontaard zelfs kunnen noemen omdat hij in staat was begeerte te voelen terwijl hij nog zo overmand was door verdriet en verlies. Zo niet Lenna. Ze kende deze verwarrende kronkel maar al te goed.

Sterker nog, ze vormden waarschijnlijk een bedenkelijk paar, verdriet en begeerte. Maar Lenna kon het de man aan de andere kant van de tafel niet kwalijk nemen, want tegenwoordig ging ze zelf gebukt onder beide aandoeningen.

Het werd doodstil in de salon. De kaars flakkerde niet, de lap voor het raam bewoog niet. De seance was nog niet begonnen, maar het was onmiskenbaar: Vaudeline had de ruimte volledig onder controle. Alles wat ze vroeg, zouden de deelnemers doen.

Lenna was er blij om, gerustgesteld door Vaudelines kalme expertise, die zo'n contrast vormde met de griezelige sfeer in de ruimte. Ze herinnerde zich de belofte van haar lerares onderweg naar het chateau. 'Er zal jou geen kwaad overkomen,' had Vaudeline zachtjes gezegd. 'Zo nodig zou ik jou als eerste beschermen. *Ma promesse à toi.*'

Nu herhaalde Lenna deze woorden, deze belofte, in gedachten. Haar eigen bezwering.

Vaudeline haalde een klein horloge uit haar mantel. Ze wierp een blik op de wijzerplaat, waarna ze hem terug stopte in een binnenzak. 'We beginnen over veertig seconden,' zei ze. Aan de andere kant van de tafel snifte de moeder van het slachtoffer, en de vader schraapte zijn keel, rechtte zijn rug. Lenna kon zich niets voorstellen bij de emotie die nu door hen heen ging, deels verleiding, deels verschrikking van wat ze zo zouden ervaren. Hoe moest het voelen om af te stevenen op een ontmoeting met je dode dochter?

Waarschijnlijk net zoals het voelde om af te stevenen op een ontmoeting met je dode zus.

De gedachte schokte Lenna. Vannacht, en in feite haar hele opleiding, draaide niet alleen om het leren van de seancekunst. Uiteindelijk draaide deze onderneming om het communiceren met Evie en het achterhalen van de waarheid over de moord op haar.

Lenna schonk de moeder een warme glimlach. Kaarslicht glinsterde in de ogen van de vrouw; ze vocht tegen haar tranen. Lenna zou willen dat ze een paar troostende woorden tegen haar kon fluisteren, maar het moment daarvoor was allang voorbij.

De zitters hielden hun ogen neergeslagen terwijl de veertig seconden traag wegtikten. Lenna kon het uurwerk in Vaudelines mantel horen, de beweging van het piepkleine mechanisme in het metalen omhulsel. Ze wist dat Vaudeline de tikken telde, en daarna zou ze aan haar eerste bezwering beginnen, het beschermende exordium, de inleiding, ontleend aan een duizend jaar oude Latijnse tekst over demonen. De eerste vier coupletten kende Lenna al uit haar hoofd, maar in totaal waren er twaalf.

Ze wachtte op Vaudelines diepe inademing: de bezwering moest in één adem worden uitgesproken. Ademhalingstechniek was nog iets wat Lenna moest oefenen. Bij het oplezen van de bezwering uit haar aantekenboekje de afgelopen dagen kwam ze maar halverwege voordat ze amechtig naar lucht hapte.

De kaars het dichtst bij de haard flakkerde, en ergens vlakbij – was het buiten de salon of erboven? – klonk een bons.

Lenna verstijfde, keek op van haar aantekenboekje. Het waren geen muizen onder de vloerplanken, zoveel was duidelijk. De pen glipte uit haar vingers. Instinctief boog ze naar Vaudeline toe, klaar om haar hand te grijpen mocht het nodig zijn. Dan kon de etiquette haar gestolen worden.

'Er komt iets aan,' zei Vaudeline plotseling. Haar stem bleef rustig en laag. Ze hield haar blik neergeslagen, ogen dicht.

Er volgde nog een bons. Met een ruk draaide Lenna haar hoofd naar de familie. Aan de andere kant van de tafel had de moeder haar ogen opengesperd, en de vader boog verwachtingsvol voorover. Ze dachten vast dat dit gebons betekende dat de geest van hun dochter in aantocht was. Maar Vaudeline had de nauwkeurig voorgeschreven zeven fasen nog niet met hen doorlopen, dus zij konden niet weten dat het te vroeg was voor een geestverschijning, dat de seance nog niet eens was begonnen.

Lenna mocht dan de enige zijn die het wel wist, toch klopte er iets niet. De volgorde was verkeerd: Vaudeline zou nooit een seance beginnen zonder de Eeuwenoude Duivelbezwering, bedoeld om hen allen te beschermen. Heel even werd ze bevangen door een panische angst. Drong een boze geest soms de ruimte binnen op dit moment? Iets wat kwaadaardig genoeg was om Vaudelines volgorde te verstoren? Er ging een koude rilling over haar armen in afwachting van het ingrijpen van het medium.

Nog steeds had Vaudeline geen aanstalten gemaakt. Dapper, als een soort secondant, sprak Lenna haar aan. 'Er… komt iets aan? Een geest?' fluisterde ze.

Vaudeline ademde uit, frustratie was van haar gezicht te lezen. Ze schudde haar hoofd en stak een vinger op alsof ze wilde zeggen: wacht nou maar af.

Prompt vloog de kamerdeur open.

ENKELE DAGEN EERDER,
AAN DE OVERKANT VAN HET KANAAL,
IN LONDEN

2

Mr Morley

Londen, maandag 10 februari 1873

Op de eerste verdieping van het Londense Seancegenootschap, een West End-herensociëteit, zat ik gebogen over een mahoniehouten bureau in mijn eigen werkkamer. Voor me flakkerde een lantaarn, waarvan de blauworanje gloed de over mijn bureau verspreide voorwerpen verlichtte: een paar blanco vellen Genootschapsbriefpapier, een monocle aan een zilveren ketting, een inktpot in de vorm van een klok.

Ik masseerde enkele ogenblikken de gezwollen halvemaantjes onder mijn ogen, tekenen van spanning en zorgen. Ik sliep al maanden slecht, en mij'n kaken waren constant op elkaar geklemd.

We werden met een paar problemen geconfronteerd hier bij het Genootschap.

Niet op de afdeling Helderziendheid – nee, in die sectie was geen vuiltje aan de lucht. De problemen speelden binnen de afdeling Spiritisme, waarvan ik vicevoorzitter was sinds ik tien jaar geleden tot het Genootschap toetrad.

Zoals elke rechtgeaarde gezagdrager wist ik alles van mijn afdeling. Ik wist welke seances we vorige week hadden gehouden – sterker nog, ik was degene die leden indeelde – en ik wist waar elk naslagwerk in onze bibliotheek zich bevond, elk boek over het occulte. Ik wist hoeveel de inkomsten van de afdeling bedroegen, hoe de echtgenotes van leden heetten en wat we over drie dagen als ontbijt zouden serveren op de afdelingsvergadering.

Ongeacht hoe persoonlijk of onbeduidend de informatie, ik wist er alles van.

Dus toen het aankwam op de moeilijkheden waarin we waren beland met de afdeling Spiritisme, lag de verantwoordelijkheid om ze uit de weg te ruimen bij mij, en bij mij alleen.

Rechts van mij stond een leeg cognacglas; mijn lippen brandden nog van de laatste ontoereikende slok. Ik schonk mezelf er nog een in, voor me uit starend naar een aan de muur bevestigde lijst. In de lijst zat de missie van het Genootschap. DE MISSIE VAN HET IN 1860 OPGERICHTE LONDENSE SEANCEGENOOTSCHAP IS OM DIENSTEN TE VERLENEN OP HET GEBIED VAN HELDERZIENDHEID EN MEDIUMSCHAP DOOR HEEL LONDEN, MET HET DOEL ROUWENDEN GEMOEDSRUST TE BIEDEN EN DE TOENEMENDE BELANGSTELLING VOOR HET LEVEN NA DE DOOD VAN DE BEVOLKING TE BEVREDIGEN.

Hierover peinzend sloeg ik mijn armen over elkaar. Gemoedsrust bieden en belangstelling bevredigen, daar blonken we inderdaad in uit.

Meer dan tweehonderd leden telde het Genootschap. Ongeveer twee derde van hen was lid van de afdeling Helderziendheid, geleid door hun vicevoorzitter, mijn tegenhanger, Mr T. Shaw. Shaws afdeling voerde honderden readings per maand uit door heel Londen. Hun reputatie was onberispelijk en de inkomstenstroom stabiel.

Het kwam deels door Shaws ballotageprocedure. Voor ze werden toegelaten tot het Genootschap, moesten kandidaat-leden van zijn afdeling een proeve van bekwaamheid afleggen in helderhorendheid, numerologie, divinatie of welke andere gave ze maar bezaten.

Op mijn terrein, de afdeling Spiritisme, ging het er iets anders aan toe. Om te beginnen deden we minder zaken. We voerden slechts een stuk of tien seances per maand uit. (Niettemin waren de inkomsten per boeking hoger – veel hoger – dan wat Shaws afdeling binnenbracht met een handlezerssessie op straat.) Daarnaast was lidmaatschap van onze afdeling uitsluitend voor genodigden, en mijn ballotageprocedure was minder… secuur. In tegenstelling tot Shaws helderzienden, die het jaartal op een munt in mijn zak konden vaststellen, kon ik redelijkerwijze niet van mijn kandidaat-leden verlangen op commando een geest op te roepen in een bestuurskamer.

Dit hield in dat lidmaatschap op mijn afdeling werd toegekend op basis van betrouwbare referenties, het aloude ons kent ons. Maar laat er geen misverstand over bestaan: mijn ballotageprocedure mag dan minder streng zijn, ik ben niet minder kieskeurig. Ik stel hoge eisen.

Shaw en ik legden beiden verantwoording af aan de voorzitter, Mr Volckman. Volckman had het Genootschap twaalf jaar geleden opgericht, juist toen de stad in de ban raakte van het idee van een geestenrijk. Seances, geesten, spoken: ze waren allemaal en vogue, en Londen kon er geen genoeg van krijgen. Aangezien hij een financiële kans zag, ging Volckman aan de slag door Shaw en mij in de beginfase aan te stellen.

Hij was een voortreffelijke bestuurder.

Vóór zijn dood, althans.

Op de hoek van mijn bureau lag het zoveelste artikel over die onfortuinlijke avond, gepubliceerd in de krant van vanochtend. Ik wierp een blik op de kop – NOG GEEN ANTWOORDEN INZAKE MOORD OP LONDENSE HEER TIJDENS SOIREE – en las het beknopte verslag nogmaals van a tot z.

De Metropolitan Police blijft onderzoek doen naar de toedracht van de moord op Mr M. Volckman, woonachtig in Mayfair, die ruim drie maanden geleden plaatsvond. Volckman was een gerespecteerd heer: vader, echtgenoot en voorzitter van de gerenommeerde West End-herensociëteit het Londense Seancegenootschap.

Volckmans zwaar gehavende lichaam werd op 31 oktober ontdekt in een privésouterrain bij Grosvenor Square, beheerd door een zekere Mr M. Morley uit Londen, vicevoorzitter van de afdeling Spiritisme van het Genootschap.

Die avond had een allerheiligensoiree plaatsgevonden in het souterrain. Volckmans lichaam werd aangetroffen in de kelderverdieping eronder door Mr Morley zelf. Minstens honderd feestgangers waren aanwezig op het evenement dat die avond in het pand werd gehouden, een omstandigheid die hun onderzoek aanzienlijk bemoeilijkt, aldus de Met.

Mr Volckman was een toegewijde huisvader. Zijn vrienden benadrukken dat hij geen gokschulden had en nooit iemand tegen zich in het harnas had gejaagd. Een gentleman in hart en nieren, volgens zijn naasten, waardoor wij blijven speculeren: wie wilde hem dood hebben?

Geagiteerd legde ik het artikel weg en stond op uit mijn versleten leren stoel. Ik begon door de kleine ruimte te ijsberen en liep af op een spiegel, aan de muur bevestigd naast het missiedocument van het Genootschap. Ik keek eens goed en fronste, zoals gewoonlijk, bij het spiegelbeeld dat ik zag. Zesendertig jaar oud met een volle haardos – geen uitval, geen wijkende haarlijn – en een ferme kaak, een rechte neus.

Maar mijn huid, die verafschuwde ik. Een wijnvlek, donkerrood geschakeerd van kleur, strekte zich uit van onder mijn linkeroog over mijn gezicht naar mijn oor. Dit was geen vlekje dat zich eenvoudig liet verdoezelen met wat poeder: het had de breedte van mijn handpalm, en waar het eens glad was geweest, was dit stuk huid in de loop van de tijd verdikt. Het bood nu een bobbelige, ruwe aanblik.

In mijn jeugd had het kenmerk volwassenen vertederd. Het zou vanzelf verdwijnen, verzekerde iedereen me. Maar dat was niet gebeurd, en wat schaamde ik me er nu voor. Geen van mijn vrienden werd geplaagd door zo'n onvolkomenheid. Te midden van Londens notabelen viel ik op, en niet in positieve zin.

Kon de vlek maar weggeboend of gebleekt worden. Als adolescent had ik hem tot bloedens toe geschuurd met zand en kalk. Toen dat me alleen vlekkerige schaafwonden opleverde op de hele linkerkant van mijn gezicht, maakte ik een zelfbereid smeersel – azijn vermengd met een oplichtende crème die ik tussen mijn moeders spullen vond – en liet dat 's nachts in mijn huid trekken. Wekenlang probeerde ik zulke absurde tactieken uit. Niet een ervan werkte. Integendeel, ik geloof dat de wijnvlek donkerder werd, misschien zelfs groter.

Het ergste ervan? De manier waarop vrouwen nu iets te lang naar me keken, alsof ik een vreemd, uitheems schepsel was. Dat ik zo'n vlek had, voorspelde ook weinig goeds voor mijn huwelijkskansen. Niet alleen bleek het een belemmering bij het bekoren van vrouwen, maar niemand kon uitleggen waardoor de imperfectie precies was veroorzaakt. Mijn ouders hadden geen enorme wijnvlekken in hun gezicht. Welke vrouw zou het risico nemen dat haar kinderen ook door zoiets werden geplaagd?

Nu haalde ik een hand over mijn wang. Mijn gezichtsbeharing bedekte een klein deel van de wijnvlek, maar de rest beschouwde ik als een erbarmelijke aanblik. Ik wendde me af. Schaamte voor mijn uiterlijk was iets waarmee ik me uiteindelijk had verzoend, maar ik had nog altijd een hekel aan spiegels.

Mr Volckman had altijd verder dan mijn uiterlijk gekeken. In alle jaren dat ik hem kende, had hij er zelfs niet op gezinspeeld.

Ik miste hem zeer. Hoewel hij tien jaar ouder was dan ik en uitzonderlijke eisen stelde, was hij een mentor geweest, een vertrouwensman. Een partner.

Hij was ook genereus – de enige reden dat mijn moeder en ik tien jaar geleden financieel niet in zwaar weer waren geraakt nadat mijn vader, een succesvolle textielhandelaar, was overleden aan een longontsteking. We probeerden uit alle macht mijn vaders stoffenwinkel voort te zetten, maar we hadden geen van beiden het talent of de overredingskracht van een verkoper. Binnen enkele maanden was een laagje stof neergedaald op onze inventaris: de op maat geknipte zijde voor gordijnen, de lappen wol voor winterjaponnen, de jagersrode katoen bestemd voor livreien. Het raakte allemaal uit de mode, doordat we niet de middelen hadden om de nieuwste dessins in te kopen of onze producten te vernieuwen. Onze aristocratische clientèle was er als de kippen bij om hun rekening op te heffen en hun inkopen elders te doen.

Mr Volckman, vaste klant van de winkel, had met ons te doen. Ik vroeg me af of hij medelijden met mij had, een zesentwintigjarige jongeman met klasse en manieren, maar nog ongetrouwd, die gebukt ging onder een slechtlopende zaak en een ouder wordende moeder. Mr Volckman had net het Londense Seancegenootschap opgericht en was op zoek naar een betrouwbare persoon – een loyále persoon – om de afdeling Spiritisme op te zetten en te leiden. Hij nam me onder zijn hoede en betaalde me een goed salaris, voldoende om mijn moeder te onderhouden. Ze sloot de stoffenwinkel, verkocht het weinige dat ze kon verkopen, terwijl ik me begroef in talloze teksten over spiritisme: de aard van geesten, de manieren waarop geesten informatie doorgeven, de instrumenten om deze communicatie mogelijk te maken. Volckman liet me de vrije teugel om de afdeling te leiden zoals ik wilde. Toen de inkomsten begonnen te stijgen, zag ik dat hij in zijn nopjes was. In zijn nopjes, en misschien zelfs een tikje verbaasd.

Ik zou voor eeuwig in het krijt staan bij Mr Volckman. Zijn grootmoedigheid had niet alleen mijn familie behoed voor de financiële ondergang, maar ook mijn sociale status nieuw leven ingeblazen en me een chique vriendenkring opgeleverd.

Ik wilde hem recht doen.

Volckman was een man met hoge verwachtingen en een lage tolerantiegrens voor fouten, en van bijzonder belang was de Genootschapsreputatie op het gebied van geloofwaardigheid, integriteit. Hij kende geen genade als deze in het geding kwam. Hij was er dan ook absoluut niet over te spreken toen begin 1872 een vloedgolf van geruchten ontstond, voornamelijk salonpraatjes dat de seances van het Genootschap bol stonden van listen en goocheltrucs. Het bericht werd hem meegedeeld door een van zijn relaties, iemand die goed thuis was in de occulte kringen in Londen.

Deze geruchten, beperkt tot mijn afdeling, stelden de gehele organisatie in een kwaad daglicht. Ze suggereerden dat al het werk van het Genootschap bestond uit list en bedrog en dat we niets meer waren dan illusionisten. Mannen van de goochelkunst.

Ondanks de goede verstandhouding tussen ons was Mr Volckman ziedend, vooral op mij. Het was tenslotte mijn afdeling die problemen veroorzaakte. En ik kon hem geen ongelijk geven. Bij de gedachte dat de onberispelijke reputatie van het Genootschap werd bezoedeld door geruchten over dergelijk wangedrag, werd ik onpasselijk.

Onder de spiegel hing nog een lijst, waarin krantenknipsels zaten, stuk voor stuk geschreven door tevreden klanten. *Ik ben zielsgelukkig met het resultaat van de seance die twee weken geleden werd gehouden*, luidde een ervan. *De heren van het Londense Seancegenootschap lieten de geest van mijn overleden echtgenoot verschijnen, en toen ze hem vroegen of ik vrij was om opnieuw lief te hebben, kwam er uitbundig geklop uit de schoorsteen...*

Die seance stond me nog helder voor de geest – de opgetogen blik van de weduwe, de opluchting op haar gezicht. Het was mooier dan het geld.

Niet dat het geld niet ook heel behoorlijk was.

De eerbiedwaardige reputatie van het Genootschap in het afgelopen decennium leverde de organisatie talloze opdrachten op, en aan het einde van elk kwartaal werd de gezamenlijke winst berekend en via een dividend uitgekeerd aan Genootschapsleden. Voor velen waren deze dividenduitkeringen het aantrekkelijkste voordeel van lidmaatschap. Het stimuleerde hen om hun paragnostische of spiritistische gaven te perfectioneren, dus de zaken konden maar beter op peil worden gehouden.

Voor anderen ging het niet zozeer om het geld als wel om de kameraadschap. Het hoofdkantoor van het Genootschap was een plek om aan het monotone leven thuis te ontsnappen en deel te nemen aan levendige gesprekken, exclusieve feesten, copieuze maaltijden.

En voor een enkeling was het aanlokkelijkste voordeel van lidmaatschap niet het inkomen of de exclusiviteit. Het waren de vrouwen met wie we doorgaans werkten.

De aard van onze diensten vereiste onbeperkte toegang tot vele huizen in de stad. Het Genootschap was behoorlijk kritisch, en zeker voor mijn afdeling was het geen toeval dat vrijwel al onze cliënten rijke weduwen en vrouwelijke erfgenamen waren. Ik hield de overlijdensberichten in de gaten, en ik kende de aristocratische stambomen goed, de familienamen gekoppeld aan grondbezit of politiek – met andere woorden: het type vrouwen dat niet snel bezwaar zou maken tegen prijzige seances.

Hoewel we vaak met hen werkten, was het hoofdkantoor verboden terrein voor vrouwen, en dat was altijd zo geweest – al sinds de oprichting van het Genootschap. Tijdens de laatste bestuursvergadering die Volckman bijwoonde, eind oktober, had een lid een motie ingediend om de regel te schrappen. Zouden vrouwen niet op zijn minst toegelaten moeten worden als speciale dinergasten?

Hoewel hij zelf een familieman was, had Volckman gelachen om het idee. ‘Mannen trekken zich terug in het Genootschap om hun echtgenotes te ontvluchten,’ had hij gezegd. ‘Niet om ook daar in hun gezelschap te verkeren. We zouden onze echtgenotes toch niet uitnodigen voor Morleys souterrainfeestjes op Grosvenor Square?'

Hier hadden we allemaal om gelachen. Ik gaf al een aantal jaren op rij een groot feest in de ondergrondse ruimte, die groot genoeg was om honderd gasten te ontvangen. Ik had het souterrain al jaren in beheer om extra inkomsten te genereren. Er stonden bijna tweehonderd vaten – gin, vermout, blended whisky – en een royale voorraad wijn. Mijn verantwoordelijkheid was om de vaten te keren, ze naar binnen en buiten te kruien, de ratten te verjagen. De vaten en flessen zelf waren eigendom van een groothandelaar in Noord-Londen.

Geen van onze leden vertelde hun echtgenote over mijn souterrainfeesten. We waren goede geheimhouders, allemaal, en Volckman in het bijzonder. Hij was mateloos trouw aan de dingen die hij belangrijk vond.

Gedurende een decennium was het ons voor de wind gegaan op het Genootschap, met de manier waarop wij de zaken aanpakten.

Tot die geruchten de kop opstaken.

In het spoor van de roddels begonnen de zaken terug te lopen. Op mijn afdeling daalden de inkomsten veertien procent van kwartaal op kwartaal. Die van Shaw ontliepen dat percentage niet veel. De inkomstendaling was al zorgwekkend, maar de verlaagde dividenduitkeringen waren uiterst problematisch. Een aantal leden – ontevreden over hun uitkering – dreigde op te stappen. De praatjes die in de stad rondgingen, vormden een gevaar, maar leden die het zinkende schip verlieten? Deze overlopers zouden ons geen goed doen. Mensen zouden vragen gaan stellen, meer dan ze al deden.

Nee, dat kon ik niet laten gebeuren. Ik kon het Genootschap niet laten imploderen. De pret, het geld, het was allemaal te mooi.

Volckman eiste dat ik het tot op de bodem uitzocht: we moesten het probleem vaststellen en zo snel mogelijk oplossen. Ook hij beloofde wat spitwerk te doen.

Alleen waren zijn inspanningen hem uiteindelijk fataal geworden.

Ergens buiten, achter de raamloze muren van de werkkamer, begon een grasmus zijn vrolijke deuntje te zingen. De vogel was dit avondgezang in de afgelopen dagen begonnen. Vreemd gedrag voor een beestje dat zich normaal gesproken 's ochtends liet horen, maar zo ging het in de natuur.

Ik keek nogmaals naar het artikel over Volckmans dood, met mijn vinger tikkend op de slotzin: wie wilde hem dood hebben?

De grasmus zong luider. Ik nam enkele ogenblikken om naar het piepkleine zangertje te luisteren, afgunstig op zijn vreugde. Toen liet ik mijn hoofd hangen en ik kneep in mijn neusbrug.

Het zou gevaarlijk zijn, deze taak die voor me lag.

3

Lenna

Parijs, donderdag 13 februari 1873

In het chateau vloog de deur van de oude salon open.

De moeder van de vermoorde vrouw gilde het uit van angst. Toen Lenna omkeek, kon ze de donkere schaduwen onderscheiden van een menselijke gedaante in de deuropening. *Als dit een geest is,* dacht ze, *dan heb ik het grandioos mis gehad.*

De schaduw stapte de salon in. Duidelijker zichtbaar nu zag Lenna het donkere uniform, de stoppeltjes op zijn kin. Het was de uiterst tastbare gedaante van een jongeman, zwaaiende lantaarn in zijn hand. Vier koperen knopen op zijn jas vingen het schijnsel van kaarslicht, en schuin over zijn borst hing een leren posttas. Hij stond na te hijgen, zijn wangen rood van de kou. Een paar sneeuwvlokken op zijn jas smolten toen hij de ruimte binnenstapte.

'Wie is dit?' mopperde de vader, zijn stem laag en zwaar. Hij wierp een blik op zijn vrouw, een verbijsterde uitdrukking op zijn gezicht. Zij zei niets.

De felheid van de vader, in combinatie met de bescheidenheid van de moeder, deed Lenna heel erg aan haar eigen ouders denken. Na Evies dood, enkele maanden geleden, was hun moeder met een nicht naar het platteland vertrokken. Ze had het in de stad nog een paar weken uitgehouden, bezoek ontvangend in de salon van Hickway House, een rouwsluier voor haar glazige ogen. Maar door de onopgeloste dood van haar dochter maakte iedereen een verdachte indruk. Onbekenden of oude vrienden, Lenna's moeder vertrouwde niemand.

Hierdoor moest Lenna's vader het hotel alleen runnen. Het was te doen – slechts vierentwintig bedden, voornamelijk mensen op doorreis vanuit King's Cross en St. Pancras – maar desondanks wist Lenna dat het het uiterste vergde van haar vader, en ze keek uit naar de dag waarop haar moeder zich goed genoeg voelde om terug te keren naar de stad.

Intussen verschoof de treurende vader aan de andere kant van de tafel op zijn stoel. 'Is deze man echt?' vroeg hij hardop.

Lenna vroeg zich hetzelfde af. Want bij alles wat zij en Vaudeline de afgelopen twee weken hadden behandeld, had ze de allerbelangrijkste vraag niet gesteld: hoe zag een geest er eigenlijk uit? Ze vroeg zich af of geesten hoorden te lijken op de zwevende, ongrijpbare wezens afgebeeld in kinderboeken of dat ze even tastbaar en levensecht waren als de man die nu in de deuropening stond.

Vlug keek ze in haar aantekenboekje, waarin ze de afgelopen dagen ijverig aantekeningen had gemaakt. Haar ogen schoten over de pagina, op zoek naar een aanwijzing die haar was ontgaan.

Zijn gehijg, dacht Lenna, *en de blos op zijn gezicht. Hij lijkt volkomen echt, maar hoe kan ik het zeker weten?*

Evie zou zich niet druk hebben gemaakt over zulke vragen. Haar overtuigingen waren altijd moeiteloos gekomen, niet gehinderd door twijfels, door wetenschap, door gezond verstand.

Lenna daarentegen beschouwde zichzelf graag als een logisch denkende en praktisch ingestelde vrouw. Ze was altijd al geïnteresseerd in de echte wereld, en die interesse werd nog verder aangewakkerd toen ze Stephen Heslop ontmoette.

Stephen was de tweelingbroer van Eloise, een goede vriendin van Evie en Lenna. Stephen was maar een paar maanden ouder dan Lenna, en ze leerden elkaar kennen toen hij na zijn studie aan Oxford terugkeerde om te gaan werken in het museum voor toegepaste geologie in Jermyn Street, om onderzoek te doen naar mineralen en fossielen.

Stephen kwam regelmatig naar Hickway House om Lenna op te zoeken, en dan nam hij vaak werk mee, zoals beitels en kwasten die aan onderhoud toe waren. Dan zat Lenna bij hem terwijl hij zijn gereedschap onder handen nam, en haar interesse in natuurwetenschap nam toe door Stephens uitleg over het wetenschappelijke onderzoek naar fossielen. Ze ging zelfs een paar keer met hem mee naar het museum om de uitgebreide collectie stenen te bezichtigen.

Op een dag bracht Stephen een kleine, ronde steen voor haar mee, maar die leek niet op wat ze tot dusver had gezien. Hij was doorzichtig, had de kleur van whisky en heette barnsteen. Door haar dit geschenk te geven wist Lenna dat Stephen probeerde haar het hof te maken. Maar hoewel ze graag met hem optrok, deden zijn romantische gevoelens haar niets. Wat ze wel opwindend vond, was de harshoudende steen zelf en wat erin opgesloten zat: het geraamte van een spinnetje, niet groter dan een vingernagel, en de vrijwel onzichtbare draden van zijn web, geweven in een perfecte structuur. Het was een jonge steen, vertelde Stephen haar, minder dan honderdduizend jaar oud.

'Hij is voor jou,' zei hij, een zweem van zweet op zijn bovenlip. Hij stak zijn hand uit om Lenna's arm aan te raken, maar ze boog net buiten zijn bereik om de piepkleine haartjes op de gebogen spinnenpoten beter te bekijken.

Zo begon haar verzameling eeuwenoude barnstenen en een wens om meer te weten te komen over dit soort dingen: door mineralen gevormde relicten of gefossiliseerde spinnen ontdekt op afgelegen plekken door onderzoekers die het aandurfden deze stad van mist en neerslag te verlaten.

Een paar weken later kwam Stephen uit het museum met afvalmateriaal uit het laboratorium, waaronder een zak halfdroge klei en een aantal versleten instrumenten. Hij liet Lenna experimenteren met het zelf maken van fossielafgietsels, en ze ging eropuit om een dode baars uit de Theems te vissen. Met zijn stekelige rugvin liet hij een mooie afdruk na voor Lenna. Het was iets wat ze met haar vingerkussentje kon voelen, en dat sprak haar aan. Ze was gefascineerd door fysieke, zichtbare, tastbare dingen. Zoals het spinnetje in zijn in amber gegoten web. Het veranderde niet, het verdween niet.

In tegenstelling tot de zaken waarmee Evie zich bezighield.

Evie had altijd een hang gehad naar etherische zaken: verschijningen, voortekenen, dromen. Ze deed elke dag braaf haar werk in het hotel van hun ouders, waarna ze zich 's avonds verdiepte in haar vage, vreemde leer. Zij geloofde dat geesten overal voorkwamen, in een dimensie die vooralsnog onzichtbaar was voor haar. Met de juiste formule – de juiste bezwering of de juiste amulet – kon deze wereld worden ontsluierd, daar was ze van overtuigd.

Ze geloofde ook dat ze er goed aan kon verdienen. In Londen waren net een paar jaar eerder geesten in de mode geraakt. Evie zag een kans: haar persoonlijke obsessie kon haar flink wat geld opleveren. Ze geloofde dat ze hier rijk mee kon worden – heel rijk – als ze de noodzakelijke opleiding maar kon krijgen. Dus was ze dolblij geweest toen ze een paar jaar geleden in Londen een plaats had weten te bemachtigen in een van Vaudeline D'Allaires cohorten. Vaudeline was een gezaghebbende naam om te laten vallen in rokerige, besloten salons, en Evie wist dat de ervaring haar een zetje in de goede richting zou geven.

Het was niet hebzuchtig, moest Lenna toegeven. Het was briljant.

De zussen verschilden niet alleen qua interesse. Uiterlijk leken ze ook niet op elkaar. Evie had kort zwart haar en blauwe ogen, net als hun moeder, maar Lenna had hun vaders goudgele golven en lichtbruine ogen geërfd. Bovendien: terwijl Lenna heel vrouwelijk was, was Evie altijd een tikje ruig en jongensachtig geweest. Onopgesmukt, zo niet heel gewoontjes. Qua uiterlijk dan, zeker niet qua doen en laten. Zo slim en pittig als zij was, kende Lenna er niet veel. Te slim, als Lenna eerlijk was. Sluw zelfs.

Zoals alle zussen kibbelden de meiden vaak. De week vóór Evies dood hadden ze in hun gezamenlijke kamer in het hotel gezeten. Terwijl Evie een boek las, bestudeerde Lenna haar fossielafdrukken. Ze hield net het baarsafgietsel op naar de olielamp, turend naar de subtiele kuiltjes en holtes gevormd door de huid van de vis.

'Je hebt net aangetoond dat ik gelijk heb,' zei Evie. Ze keek op van haar boek, licht weerkaatsend op haar rode wangen.

'Sorry?'

'Dat baarsafgietseltje van je waar je maar naar blijft staren. De vis is morsdood. Toch ligt zijn gedaante pal voor je, en zijn vorm zal voor altijd in die klei blijven bestaan. Hetzelfde geldt voor geesten. We mogen dan doodgaan, maar we verdwijnen nooit echt.'

Lenna ging met haar duimnagel langs de ronde buik van de afdruk. Zo had ze het nog nooit bekeken, maar zo gemakkelijk wilde ze haar ongelijk niet toegeven aan haar jongere zus. 'De wens is de vader van de gedachte.'

Evie snoof. 'Iets kan geen illusie zijn als het nog steeds bestaat nadat het volgens ons is verdwenen. Kijk naar de fossielen en stenen waarvan jij zo in de ban bent. Vorige week ratelde je maar door over een bladfossiel dat je geliefde had meegebracht uit het museum. Het was, wat, duizend jaar oud?'

'Vierduizend. En hij is niet mijn geliefde.'

'Juist.' Evie legde haar handen in haar schoot. 'Nou, het blad zelf is allang verdwenen. Vergaan. Maar het liet een afdruk na, of niet soms? Er is nog steeds iets van over. Of wil jij beweren dat het blad zelf een illusie was omdat het niet meer bestaat?'

Evie had een punt. Zelfs Lenna's barnsteen met de spin erin was bewijs voor het argument. De spin was perfect bewaard gebleven. Dood, en toch niet verdwenen. Toch wilde Lenna niet toegeven. Ze hield liever haar mond dan toe te geven dat ze weleens ongelijk kon hebben.

'Je hebt te veel tijd doorgebracht met Stephen, piekerend over dingen die je kunt áánraken,' ging Evie verder. 'Je zou eens met mij mee moeten gaan op jacht naar geesten. Je zou versteld staan.'

'Je hebt nog nooit een geest gezien.'

'Ze bestaan, dat verzeker ik je.' Ze vouwde een been onder zich en pakte haar boek weer op. 'Net zo goed als jouw baars in die klei ooit.'

Afwezig frunnikte Evie aan een schoenveter, haar blik weer gericht op het leesvoer dat om haar heen lag: een handleiding over tafelklopperij – wat dat ook mocht zijn – en nog een over het vaststellen van de aard van lichtbollen op foto's. Er lagen advertenties voor wat flesjes fosforolie leken, een bouwtekening voor het maken van een seancekabinet en een boekje getiteld *Apportcatalogus*.

'Wat is een apport?' vroeg Lenna. Het woord kende ze niet.

Evies ogen begonnen te schitteren. 'O, dat is zo fascinerend. Apports zijn kleine voorwerpen die tijdens een seance verschijnen. Of ergens waar geesten aanwezig zijn. Munten, zeeschelpen, bloemen en zo.'

'Die... verschijnen zomaar? Vanuit het niets?'

Evie haalde haar schouders op. 'Soms wel. Of je kijkt even de andere kant op en als je je weer omdraait, ligt het voorwerp ineens voor je.' Ze pakte de catalogus en sloeg hem in het midden open bij een bladzijde met een ezelsoor. 'Deze apports zijn te koop bij een waarzeggerswinkeltje in Jermyn Street. Ik kom er vaak. Ik wil deze.' Ze hield het boekje op om een afbeelding van een veer te laten zien. 'Die is van een zwartkop. Ze zijn heel luidruchtig.'

'Jij met je vogels,' zei Lenna grinnikend. Evie was van kleins af aan al dol op vogels. Het paste bij haar, gezien haar vrije, onafhankelijke geest.

'Het is de enige verenapport in de winkel,' zei Evie. Ze sloeg de bladzijde om. 'Wel tientallen zeeschelpen.'

Lenna richtte zich weer op haar fossielafgietsel, mijmerend over de kans dat een voorwerp daadwerkelijk uit de lucht kwam vallen. Ze kon zich er niets bij voorstellen; schelpen en veren verschenen niet uit zichzelf. Voor haar waren dit de bizarre thema's die afbreuk deden aan het spiritisme, waardoor het moeilijk werd er ook maar iets van te geloven.

'Hè,' zei Evie opeens, hoofdschuddend. Inmiddels zat ze de krant te lezen.

'Wat is er?'

Evie knikte naar de krant in haar handen. 'Een techniek om nepbeelden van geesten op foto's te krijgen.' Ze las verder, geconcentreerd fronsend. 'Ze hebben een man in een fotostudio in Holloway, ene Mr Hudson, beschuldigd van het dubbel belichten van negatiefplaten.' Ze sloeg de pagina om. 'De studio is gesloten, vorige maand.'

'Net goed.'

Evie kauwde op haar onderlip. Het leek alsof ze wilde reageren – de man zelfs wilde verdedigen – maar toen pakte ze de pen en het zwarte notitieboekje naast zich op, en begon ze driftig aantekeningen te maken die Lenna niet kon zien.

Dit gekibbel over fossielen en geesten was niet de laatste onenigheid tussen de meiden. Sterker nog, ze hadden de ochtend vóór Evies dood bonje gehad. Het was de ergste ruzie die ze ooit hadden gehad.

Er mochten dan drie maanden voorbij zijn gegaan sinds de moord op Evie, maar hun aanvaring van die ochtend was te pijnlijk om aan terug te denken, zelfs nu.

In de salon van het chateau graaide de nieuwkomer in uniform in zijn tas. Met trillende hand haalde hij er een envelop uit. Lenna wist niet wat ze van hem moest denken – wist niet of hij van deze wereld was of die van Evie.

'Une lettre urgente de Londres,' zei de bode, zijn ogen wijd open. Hij stak de envelop naar voren. In het schemerige licht kon Lenna vaag een haastige krabbel op de voorkant en een bloedrood stempel in de hoek onderscheiden.

Het is geen geest, constateerde ze – niet tenzij een geest post kon onderscheppen en de hand wist te leggen op een envelop zo echt als deze. Niettemin kwam een postbode na middernacht niet langs op verlaten chateaus. Dit was duidelijk niet zomaar een bode. Hij moest naar het pension in Parijs zijn gegaan, hebben geïnformeerd waar Vaudeline was en vervolgens – gezien het zweet op zijn voorhoofd – zijn paard de sporen hebben gegeven om hier te komen. Nu was Lenna minder geïnteresseerd in wie de bode was en nieuwsgieriger naar wie hem had gestuurd. De brief, wat er ook in stond, moest van het allergrootste belang zijn.

Langzaam strekte Vaudeline haar hand uit, maar ze schrok van een onverwacht tumult aan de andere kant van de tafel.

'Wat moet dit voorstellen?' brulde de vader tegen Vaudeline. Hij stond zo abrupt op dat zijn stoel omviel, het gekletter echoënd door de ruimte. 'Is dit een grap?' vroeg hij haar. De vijandigheid droop ervan af, maar Lenna zag wat er werkelijk schuilging achter die uitroep. Dit was verdríét. Rauw, onverwerkt, complex verdriet, het soort waar Lenna zelf onder gebukt ging. Dit was een man die vreesde zijn dochter nooit meer te zien, en hij had haar verloren op de ergst denkbare manier. Hij wees met een mollige vinger naar de bode. 'Hoeveel heeft ze je betaald voor de onderbreking? Vertel op, jongen.'

Lenna wierp een blik op de vader, haar ogen opengesperd. Het was een boude beschuldiging, maar ja, de timing was verdacht. De jongeman was luttele seconden vóór de beschermende bezwering gearriveerd...

Toeval, of bestond dat niet?

Ze keek naar Vaudeline, die zich had herpakt en de bode nu naderbij wenkte. Ze nam de envelop van hem aan, mompelde een bedankje en haalde de brief eruit. Nauwelijks had ze het papier opengevouwen of Lenna herkende het al: de dikke, zwarte lijn langs de randen.

De brief was dus een kennisgeving. Iemand was overleden. Maar wie?

'Mijn god,' fluisterde Vaudeline onder het lezen. Een blik van afgrijzen trok over haar gezicht.

'Wat is er?' vroeg Lenna, alsof ze het zwarte kader om de tekst niet had gezien. Aan de andere kant van de tafel bleef de vader staan, de omgevallen stoel aan zijn voeten.

Vaudeline vouwde de brief op, deed hem weer in de envelop en stopte de envelop in haar mantel. Haar gezicht stond grimmig. Was het verdriet of angst? Ze keek Lenna strak aan. 'Laten we dit snel afronden,' zei ze. Ze richtte zich tot de vader. 'Gaat u alstublieft zitten.'

Terwijl de ouders weer plaatsnamen, rommelde Vaudeline met een paar outils op tafel. Eerst reikte ze naar een pot met verpulverde grasmuseierschalen – de eierschalen stemden geesten gunstig om te communiceren tijdens een seance, dat beweerde Vaudeline althans – maar ze stootte de pot om, zodat de eierschalen over de tafel rolden. Lenna boog voorover om haar te helpen de gespikkelde stukjes op te rapen.

Ondertussen ging de bode er snel vandoor, met een opgelucht gezicht. Even later zag Lenna hem buiten, door het raam, zijn zwarte pony bestijgen. Het was gestopt met sneeuwen, en de sfeer in de salon leek nog ernstiger dan een paar minuten geleden.

Eindelijk begon Vaudeline aan de eerste fase van de seance, de Eeuwenoude Duivelbezwering. Het verliep soepel, zonder problemen, maar net toen ze de tweede spreuk wilde opzeggen – de Oproep – viel ze stil, een gesmoorde snik onderdrukkend.

'Het spijt me zeer,' zei ze tegen de aanwezigen. 'Ik moet even tot mezelf komen.'

Lenna gaf een kneepje in haar hand. Vaudeline had de ouders gewaarschuwd niet in tranen uit te barsten, en nu zat ze er hier zelf tegen te vechten. Vaudeline kende de risico's van een seance en het belang van stoïcijns blijven maar al te goed, dus Lenna kon zich voorstellen hoe indringend Vaudelines emoties nu moesten zijn. De zwart omrande brief moest echt heel slecht nieuws hebben gebracht. Plotseling wilde ze dat deze seance achter de rug was. Ze hield zichzelf voor dat deze nacht om gerechtigheid en gemoedsrust voor de ouders aan de andere kant van de tafel ging. Maar als ze eerlijk tegen zichzelf was, wilde ze heel graag weten wie de brief had gestuurd en welk nieuws er was overgebracht.

'Kan ik helpen?' fluisterde ze tegen Vaudeline. Ze kende de spreuken nog niet uit haar hoofd, maar ze had ze in haar aantekenboekje opgeschreven en kon ze desnoods eenvoudig hardop voorlezen.

Vaudeline schonk haar een dankbare blik. 'Ja, graag.' Ze bette haar ogen nogmaals. 'Ga maar verder met de Oproep.'

Eigenlijk had Lenna er niet op gerekend dat Vaudeline het goed zou vinden, en nu bladerde ze met een trillende hand door haar aantekenboekje. Ze hadden dit maar een paar keer geoefend. Vaudeline was telkens complimenteus geweest over de manier waarop Lenna de moeilijke Latijnse woorden uitsprak en de cadans waarmee ze de strofen oplas. Maar ze had nooit een echte bezwering uitgevoerd. Laat staan in zo'n onheilspellende omgeving.

Haar vingers begonnen te tintelen, speldenprikjes onder haar nagels, en een fel saffierblauw licht flitste een aantal keren op aan de rand van haar blikveld.

Zenuwen, ongetwijfeld. Maar ze zette door. Hoe eerder dit achter de rug was, hoe eerder ze naar de brief kon vragen.

Ze vond de Oproep en begon te lezen.

4

Mr Morley

Londen, dinsdag 11 februari 1873

De volgende ochtend, alleen in mijn werkkamer, nam ik lusteloos een artikel door over ectoplasma. Het was een onderwerp waar ik in thuis was. Ik had er een besloten, uitsluitend voor genodigden bestemde lezing over gegeven, een maand of acht geleden.

Die dag – de zesde juni – had de discussie zich toegespitst op de materie die soms achterblijft na bovennatuurlijke gebeurtenissen. Ectoplasma – een stroperige witte pasta of gel, af en toe uitgescheiden door mediums tijdens een seance – was de bekendste ervan.

Na afloop van de lezing liet ik een aantal voorbeelden zien die ik had bewaard van onze eigen recente seances. Terwijl ik de kommen in een rij uitstalde, kreeg ik een jeugdige man in het oog die ik nooit eerder had gezien. Zijn onverwachte aanwezigheid in de zaal verontrustte me. Hij besteedde veel te veel tijd aan de voorbeelden, en hij had zelfs de brutaliteit om zijn vingers in een kom te steken en met het materiaal te spelen.

Ik sprak hem subiet aan. 'Goedendag, sir,' zei ik tegen hem, met de bedoeling mijn stem kalm te houden. 'Wie heeft u geïntroduceerd voor deze lezing?' Ik speurde naar een begeleider.

De jongeman keek op, pet schuin. Ik viel bijna achterover bij de eerste aanblik van die blauwe ogen, waar een zwarte haarlok voor hing.

Plotsklaps een klopje op mijn deur. Het deed me opschrikken uit de herinnering; ik wierp een snelle blik op de papieren op mijn bureau en draaide een paar vertrouwelijke documenten om. Christene zielen, het was nog niet eens negen uur. Wie had me nu al nodig?

'Binnen,' riep ik.

Het was agent Beck, een lid van de afdeling Spiritisme die tevens deel uitmaakte van de Metropolitan Police. Hij gooide de krant van gisteren met een pets op mijn bureau, wijzend naar het artikel dat ik gisteravond had gelezen. Het artikel dat de hamvraag stelde, namelijk wie Volckman dood wilde hebben.

'Drie eindeloos lange maanden van deze spot,' zei hij, zijn armen over elkaar slaand voor zijn potige gestalte. Hij was twee keer zo groot als ik, voornamelijk spieren. 'Ik heb er schoon genoeg van. Godallemachtig, ze laten elke keer de naam Met vallen. We worden nog aan het kruis genageld wegens incompetentie als we de onderste steen niet boven krijgen.'

Beck was altijd al een tikje melodramatisch. Niet zuiver op de graat ook. Ik kende de bijzonderheden niet, maar ik had gehoord dat de Met meerdere keren had gedreigd hem te ontslaan. Ondermijning, voornamelijk, en er gingen geruchten over steekpenningen.

Hij vervolgde: 'Ik overweeg de commissaris te vragen een nieuw team privédetectives in te huren, of misschien –'

'Nee,' zei ik plotseling. 'Ik... Ik heb een beter idee.'

Hij fronste. 'Wat dan?'

Zenuwachtig krabbelde ik wat in mijn notitieboekje, bedenkend hoe ik dit voor hem moest inkleden. Ik zou hem alleen de hoogstnoodzakelijke details vertellen. 'Vaudeline D'Allaire,' begon ik.

Hij schraapte zijn keel, waarbij iets nats loskwam. 'Vertrok zij vorig jaar niet halsoverkop uit de stad? Als ik me goed herinner, weigert ze terug te keren.'

Ik beschikte over gedetailleerde informatie omtrent de omstandigheden hiervan. 'Haar zorgen hielden – houden – verband met veiligheid,' reageerde ik. 'En –'

'Veiligheid?' herhaalde hij. 'Hoe bedoel je?'

'Ik kan niet op de details ingaan.'

Hij aarzelde even, toen: 'Oké.'

Ik bewoog de hak van mijn schoen over het dikke Perzische tapijt. 'Zou jij me willen helpen als ik haar vraag terug te komen naar de stad om een seance voor Mr Volckman uit te voeren? Door haar persoonsbeveiliging te geven tijdens haar korte verblijf hier?' Becks politie-uniform, zijn wapen, die zouden van pas komen, en Vaudeline zou eerder gehoor geven aan een oproep als ze wist dat iemand haar zou bewaken.

Hij trok zijn wenkbrauwen op. 'Denk je dat ze zou terugkomen?'

'Zij en Mr Volckman waren compagnons, verknocht aan elkaar. Ik vermoed dat ze zal willen helpen als ze kan, maar alleen als haar veiligheid gegarandeerd wordt. Een agent van de Met die als begeleider optreedt, zou haar vast en zeker geruststellen.'

'Maar natuurlijk,' zei hij, enthousiaster dan ik had verwacht. 'Met alle plezier.'

Melodramatisch of niet, nu diende hij een bepaald doel. 'Je begrijpt dat dit vertrouwelijk moet blijven, Beck. Ze zal vermomd zijn. Buiten ons mag niemand weten dat ze hier is. Ik moet ervoor zorgen dat haar niets overkomt. Je zult een eed moeten ondertekenen waarin je belooft alles geheim te houden wat je tijdens haar verblijf hier te weten komt.'

'Het zou helpen als ik wist voor wie ze zich precies probeert te verbergen.'

Ik zweeg, niet verplicht uit te weiden over nadere gegevens. Leiders hebben die luxe.

'Goed dan.' Na een korte stilte ging hij verder. 'Het moet niet al te moeilijk zijn om met haar onder te duiken. Voert ze niet alleen seances uit op de plaats waar het slachtoffer is omgekomen? Gelukkig voor ons is dat jouw privékelder. Het is niet dat we een menigte toeschouwers zullen hebben.'

'Precies. Het moeilijkste wordt denk ik het beheersen van de risico's. Je hebt de krantenberichten gezien over haar werk in de loop van de jaren?'

'Uitbarstingen onder de aanwezigen,' zei Beck. 'Geweld. Overspel. Beroertes. Spontane branden. Neerstortende plafonds. Een paar dodelijke slachtoffers.' Hij haalde zijn schouders op alsof hij het amusant vond. 'Niets wat we bij de Met niet regelmatig meemaken.'

Ik knikte, optimistischer dan ik even daarvoor was geweest. Ik veinsde een ingehouden geeuw en probeerde nonchalant te doen over dit gesprek, ondanks de uiterst reële implicaties ervan. Dit zou gevaarlijk worden, deze hele toestand. 'Goed dan. Ervan uitgaande dat ze de uitnodiging aanneemt, laat ik je haar aankomstdatum nog weten.'

Na een knikje verliet hij mijn werkkamer.

Enkele minuten bleef ik roerloos zitten, piekerend over de manier waarop ik een en ander wilde laten verlopen.

Ik keek naar de bank. Eronder, uit het zicht, lag mijn kleine revolver. Die zou ik de komende dagen bij de hand houden.

Ik richtte mijn aandacht weer op het artikel over ectoplasma, waarbij ik opnieuw dacht aan de lezing op de zesde juni. In werkelijkheid was de knul die ik aan het eind van de lezing had aangesproken helemaal geen jongeman.

Het was een vrouw, achttien, twintig misschien, vermomd in herenkleding: een wollen Guernsey-trui zoals vissers dragen, donkergrijs getinte broek en een platte wollen pet, waaronder haar haar keurig was weggestopt. Toen ik haar nader bekeek, viel me op hoe smal haar gezicht was, met fraaie schaduwen onder haar wangen en in het kuiltje in haar kin. Ik meende even dat ze iets bekends had. Misschien had ik haar ergens in de stad gezien, maar dat wist ik niet zeker.

'Ik vraag het je nog een keer,' zei ik. 'Wie heeft je hier vandaag uitgenodigd? Je kent onze regels ongetwijfeld – leken en kandidaat-leden mogen onze lezingen alleen bijwonen onder begeleiding van een lid van ons Genootschap.'

'Wie mij heeft uitgenodigd?' herhaalde het meisje. Opeens leek ze nerveus. Naast ons stolde een kom ectoplasma, een vieze geur verspreidend. 'Wel, ene...' Ze aarzelde. 'Ene Mr Morley.' Ze keek naar de deur, nu met paniek in haar ogen. 'Hij staat daar vast op me te wachten.'

Daarop schoot ik in de lach. Wat een jokkebrok, hoe knap ze ook was. Ze moest naar binnen zijn geglipt en mijn naam op een van de bordjes hebben zien staan. Helaas voor haar had ze de verkeerde naam eruit gepikt. 'Nou, ík ben Mr Morley, vicevoorzitter van de afdeling, en zoals ik al zei, zijn deze lezingen uitsluitend voor genodigden.'

Tot mijn genoegen zag ik haar ovale ogen groot en rond worden. Dat blauw, een diep donkerblauw. Plotseling kreeg ik een verlangen om erin te duiken, om me erin te verliezen of te verdrinken.

Onwillekeurig sloeg ik mijn ogen neer, hoewel ik niet zo dwaas was te denken dat de over de linkerkant van mijn gezicht verspreide wijnvlek haar nog niet was opgevallen.

Toen deed ik iets heel ongebruikelijks. Ik ben altijd zo onbeholpen tegenover vrouwen, maar wellicht was het haar uitdossing als jongen die me moed gaf, kort de indruk wekte dat ze een van ons was. 'Voel je ervoor om een wandelingetje te maken?' vroeg ik haar.

'Een wandelingetje?' stamelde ze, weer naar de deur kijkend. Ik dacht dat ze op de vlucht zou slaan. 'U... U bent de vicevoorzitter, zei u?'

Ik knikte, deed een stap naar voren. 'Inderdaad.'

Op dat moment was ik ervan overtuigd dat ze op het punt stond voor de eer te bedanken. Snel bedacht ik mijn weerwoord. Ik zou haar wijzen op de onaangename gevolgen van de overtreding, en ik zou haar informeren dat er, precies op dit moment, verscheidene agenten van de Met in het gebouw waren. Niet dat ik haar zou hebben aangegeven. Ik wilde alleen het gesprek voortzetten. Een weerwoord bleek echter niet nodig.

'Een wandelingetje lijkt me enig,' zei ze uiteindelijk met een opgetogen schittering in haar ogen die ik nog niet had gezien. Misschien had ze me in de korte tussentijd opgenomen en besloten dat ik niet zo afzichtelijk was als ik mezelf vond.

Twee uur lang wandelden we door een nabijgelegen park, met nauwelijks een stilte in het gesprek. Ze was buitengewoon geïnteresseerd in de spirituele wereld; gelukkig voor haar kon ik er met verstand van zaken over vertellen. Uiteindelijk werd mijn stem hees, dus nodigde ik haar uit voor de volgende dag.

Ze stemde meteen toe, en we spraken af bij Hickway House aan Euston Road, waar ze woonde en werkte. 'Vraag bij aankomst bij de receptie naar Miss Wickes,' zei ze vlak voor we afscheid namen. Toen stak ze een hand op, lachte flauwtjes. 'Maar daar zijn er twee van. Mijn zus heet Lenna. Zorg dat u naar mij vraagt – Miss Evie Wickes.'

5

Lenna

Parijs, vrijdag 14 februari 1873

Na de chateauseance keerden de vrouwen terug naar Vaudelines pension in Parijs. Het was heel laat, maar beide vrouwen gaven aan zich rusteloos te voelen, dus besloot Vaudeline thee te zetten. Ondertussen verzonk Lenna in gepeins over hoe het was gegaan na de onderbreking door de bode.

Na Lenna's hulp bij diverse spreuken was Vaudeline voldoende tot zichzelf gekomen om de Trancespreuk op te zeggen en uiteindelijk haar Ontknoping te bereiken. Ze identificeerde de moordenaar van de vrouw als een afgewezen minnaar, met vermelding van zijn volledige naam en adres in Parijs. Op deze onthulling hadden de ouders echter onderkoeld gereageerd. Ze hadden nog nooit van de man gehoord, zeiden ze. De vader trok Vaudelines verklaring over de man die zijn dochter had vermoord openlijk in twijfel, door te stellen dat ze zomaar een naam had kunnen verzinnen. Hij beloofde de aanwijzing door de politie te laten uitzoeken, en als die niets opleverde, wist hij haar te vinden, zo verzekerde hij Vaudeline.

Uiteraard stond Lenna achter de uitkomst van de seance – per slot van rekening had zij een aantal spreuken voor haar rekening genomen – maar toch kon ze de ouders hun sceptische houding niet kwalijk nemen. Was het mogelijk dat Vaudeline een verzonnen naam had opgegeven? Haar Ontknoping was vrij eenvoudig gekomen, zeker gezien de emotie waarmee ze eerder op de avond had gekampt...

Lenna kon het niet ontkennen, het gevoel van een anticlimax nu de seance was geëindigd zonder een spoor van bewijs van geesten. Ze had gehoopt dat er iets concreters zou gebeuren, maar niets in de salon had ook maar een centimeter bewogen. Ondanks alle waarschuwingen over zitters die in trance raakten of tafels die kantelden, was vannacht opvallend... ordelijk verlopen. Gewoon een medium dat haar ogen sloot, vervolgens een naam noemde waarvan niemand ooit had gehoord.

Gezeten aan Vaudelines tafel kon ze zich niet langer bedwingen. 'De brief,' zei ze. 'Ik zag de zwarte rand.'

Met een theekopje in elke hand kwam Vaudeline naar haar toe. Voor hen flakkerde een kaars, plus een aantal op de schouw in de aangrenzende salon. 'Ja,' zei ze, de kopjes neerzettend. 'Ik kreeg bericht dat iemand die ik heel goed kende in Londen...' Haar stem trilde. 'Wel, hij werd vermoord op dezelfde avond als Evie. Allerheiligenavond.'

'O.' Lenna sloeg een hand voor haar mond. 'Was hij een vriend?'

'Een heel dierbare, ja. We leerden elkaar jaren geleden kennen, voordat Londens occultistennetwerk zo wijdvertakt was. Hij is – was – de voorzitter van een organisatie genaamd het Londense Seancegenootschap, een West End-herensociëteit. Ze verdienen vrij veel geld met spokenjachten, seances en dergelijke.'

'Ja,' zei Lenna. 'Ik heb van ze gehoord.'

Verrast keek Vaudeline op. 'O?'

Ze knikte. 'Een paar jaar geleden voerden ze twee seances uit voor een gezin dat ik goed ken. De familie Heslop. Ik was aanwezig bij de eerste, een seance die werd gehouden om in contact te komen met de geest van mijn beste vriendin Eloise. Zij en haar vader verdronken allebei bij een tragisch ongeluk. Degenen die om hen gaven, wilden dolgraag de kans krijgen om afscheid te nemen. Evie en ik mochten haar seance bijwonen.'

'Wat erg voor je,' zei Vaudeline. 'En de tweede seance?'

Lenna schudde kort haar hoofd. 'De tweede was voor Eloises vader, Mr Heslop. Hij was een rijke spoorwegmagnaat, geliefd in de stad. Maar de mannen die zijn seance uitvoerden, lieten niemand toe die Mr Heslop had gekend, behalve zijn weduwe.' Hier aarzelde ze. 'Eigenlijk was het heel vreemd allemaal. Mrs Heslop was buiten zinnen van verdriet, maar na de seance voor haar overleden echtgenoot leek ze er bijna... overheen. Een stuk beter in elk geval, en ze werd smoorverliefd op een van de Genootschapsleden, ene Mr Cleland, die blijkbaar had deelgenomen aan de seance voor Mr Heslop.' Ze zweeg even. 'Mrs Heslop en Mr Cleland trouwden niet lang daarna. Het veroorzaakte destijds een groot schandaal.'

Vaudeline trok haar wenkbrauwen op. 'Schandalig, inderdaad. Leverde Eloises seance nog iets op?'

Niets anders dan een hoop dierbare herinneringen en een blad vol onzinnige tekeningetjes die de mannen op een vel papier maakten tijdens de seance – symbolen die Eloise had doorgegeven vanuit gene zijde, beweerden ze. Evie geloofde dat de symbolen op een dag betekenis zouden krijgen, met de juiste interpretatie. Maar Lenna? Zij vond het een schijnvertoning, van begin tot eind. Als geesten bestonden, zou Eloise iets logisch hebben doorgegeven. God wist dat er genoeg herinneringen en geheimen waren waar Eloise uit kon putten.

'Nee,' antwoordde ze zachtjes.

'Dat komt weleens voor, helaas.' Vaudeline sloeg haar handen om haar theekop en nam een slok. 'Ik hoop dat je daardoor niet twijfelt aan de deskundigheid van het medium dat de seance leidde. Mr Volckman had beslist een scherp oog voor talent. Weet je dat hij de grondlegger was van het Genootschap? Hij was een gewiekste zakenman, zeker, maar ook een principiële man. Eerlijkheid was belangrijk voor hem, en hij klaagde vaak dat er te veel spirituele oplichters actief waren in Londen, die een gevaar vormden voor ons allemaal. Hij hoopte dat het werk van het Genootschap geloofwaardigheid zou verlenen aan de kunst van het mediumschap, in plaats van die te bezoedelen.' Ze schudde haar hoofd, wreef over haar ogen. 'Ik zal Mr Volckman verschrikkelijk missen. Hij was zo'n fijne collega, maar ook een geweldige echtgenoot en vader. Zijn arme vrouw. Ik hoop dat ze goed verzorgd achterblijft...'

Vaudeline stak een hand in haar mantel en haalde de brief eruit, waarmee ze tegen de tafel tikte. 'Ik heb je niet veel verteld over mijn vertrek uit Londen, is het wel?'

Vóór haar dood had Evie Vaudelines werk op de voet gevolgd. Ze had hardop gefilosofeerd over Vaudelines overhaaste vertrek uit Londen, waarbij ze opmerkte dat, ondanks al die uitgesproken statements van Vaudeline over de kunst van het spiritisme, ze opvallend zwijgzaam was over de reden van haar vertrek.

Lenna schudde haar hoofd.

'Vóór ik vertrok,' legde Vaudeline uit, 'vermoedde ik dat er een paar charlatans bij het Genootschap zaten die er bedrieglijke mediumpraktijken op na hielden. Goocheltrucs, voornamelijk, maar evengoed bedriegerij. Ik wist dit alleen doordat, gezien mijn positie onder spiritisten in de stad, geruchten mij hadden bereikt. Ik was van plan – discreet – onderzoek te doen, zodat ik Mr Volckman zoveel mogelijk informatie kon verschaffen. En toen ik mijn aanvankelijke zorgen tegen hem uitte, nam hij de geruchten uiterst serieus. Hij beloofde het tot op de bodem uit te zoeken. Ik geloof dat hij elke weduwe en nabestaande in Londen die de hulp van het Genootschap in de maanden daarvoor had ingeroepen, wilde ondervragen. Dankzij hem heeft het Genootschap altijd een integere reputatie weten te behouden. Volckman duldde geen bedrog.'

Vaudeline leunde achterover op haar stoel, met een nors gezicht. 'Vlak nadat ik met hem had besproken wat ik had gehoord, vertelde Volckman me dat hij inderdaad bewijs had gevonden van oneerlijke praktijken binnen de organisatie – plannen om nabestaanden geld afhandig te maken; hij wist zelfs welke mannen de schuldigen waren. Hij moest meer bewijs verzamelen alvorens een klacht tegen hen in te dienen, maar wat hij te weten was gekomen, was alarmerend. Niet alleen ging het bedrog verder dan hij aanvankelijk dacht, maar deze Genootschapsleden leken te weten dat ik op de hoogte was van de geruchten, gezien mijn rol in Londens occulte kringen. Ze wisten dat ik vragen was gaan stellen, wisten dat ik bevriend was met Volckman. Volgens hem hadden deze mannen plannen om een stokje te steken voor mijn gesnuffel. En op basis van de gegevens van zijn eigen onderzoek was hij ervan overtuigd dat mijn veiligheid in gevaar was.

Mr Volckman stelde voor dat ik terugging naar Parijs, snel en zonder gedoe, totdat hij orde op zaken had gesteld binnen het Genootschap,' zei Vaudeline. 'Ik nam zijn waarschuwing uiterst serieus. Tenslotte zou het maar tijdelijk zijn. En dit was niet de eerste keer dat hij was opgekomen voor mijn beroepsbelangen. In voorgaande jaren had hij diverse, meer controversiële essays van mij verdedigd, zelfs een keer of twee aangeboden mij in contact te brengen met zijn advocaten. In de loop van de jaren werden zijn vrouw, Ada, en ik ook vriendinnen. Ik at weleens bij hen, kende hun kinderen. Dus was ik bereid zijn advies op te volgen.' Ze tikte met haar vingernagels tegen de tafel, schudde toen haar hoofd. 'Aangezien Mr Volckman nu dood is, is het duidelijk dat hij me verstandig advies gaf.'

Eindelijk overhandigde ze de brief aan Lenna. 'Je mag hem lezen, als je wilt.'

Lenna nam de brief aan en draaide hem naar het zwakke licht.

Miss D'Allaire,
Tot mijn spijt moet ik u meedelen dat het Londense Seancegenootschap schokkende omstandigheden ten deel zijn gevallen. Een vriend van ons beiden, Mr M. Volckman, werd vermoord aangetroffen op allerheiligenavond, 31 oktober jl. De Met is nog geen dader op het spoor.

Als vicevoorzitter van de afdeling Spiritisme en Volckmans goede vriend en vertrouweling geloof ik dat er een verband bestaat tussen de man – of mannen – die hem vermoordde en uw vertrek uit Londen begin vorig jaar. Na uw vertrek vertelde Mr Volckman mij de reden van uw vlucht uit de stad en de dreiging die de malafide leden binnen het Genootschap voor u vormden, dezelfde leden die volgens hem onze seances in de stad manipuleerden. Voor mijn eigen veiligheid weigerde hij de leden bij naam te noemen totdat hij zijn onderzoek had afgerond. Het is mijn persoonlijke overtuiging dat deze leden achter Volckmans onderzoek kwamen en wraak op hem namen voordat hij onweerlegbaar bewijs van hun wangedrag kon verkrijgen. Ze moeten hebben geweten, even goed als u en ik, dat Volckman een integere man was. Hij duldde geen leden die zich niet schaarden achter zijn doelen voor het Genootschap.

Ik ben vastbesloten de schuldigen binnen mijn afdeling op te sporen en voor het gerecht te brengen. Echter, in de wetenschap dat Volckmans onderzoek heel diepgaand was en dat het gevaar voor hem opleverde, ben ik geneigd een en ander anders aan te pakken.

Dit gezegd hebbende wil ik u graag uitnodigen in Londen om, uiterst discreet, een seance voor Mr Volckman uit te voeren, teneinde de identiteit vast te stellen van de man (of mannen) die hem vermoordde. Ik zeg het niet graag, maar ik vermoed dat zijn moordenaar banden heeft met het Genootschap. Het kan iemand zijn die werd ingehuurd om Mr Volckman het zwijgen op te leggen of, nog erger, een van de Genootschapsleden die misleidende seances uitvoerden en de geruchten op gang brachten die u vorig jaar ter ore kwamen.

Ik tracht u gerust te stellen betreffende (zeer terechte) zorgen omtrent uw veiligheid. Agent van de Metropolitan Police en Genootschapslid Mr Borden Beck heeft toegezegd u te vergezellen tijdens uw verblijf in Londen. Voorts kan ik u een passend onderkomen en vermomming bieden voor uw korte periode in de stad.

Ik hoop van harte dat u op dit verzoek zult ingaan, zeker gezien uw vriendschap en professionele relatie met Mr Volckman in de voorbije jaren. Hij was een goed mens; dit weet u even goed als ik. U bent een wreker, Miss D'Allaire, en ik doe nu een dringend beroep op u om mij te helpen de mannen te identificeren die onze geliefde vriend te vroeg van ons afnamen.

Indien u geïnteresseerd bent, heb ik een reisbeschrijving bijgesloten. Uw onkosten worden volledig vergoed. Ik verzoek u vriendelijk mij per kerende post te informeren over uw besluit, inclusief uw verwachte aankomsttijd.

Met vriendelijke groet,
Mr Morley
Vicevoorzitter, afdeling Spiritisme
Het Londense Seancegenootschap

Na de brief te hebben gelezen gaf Lenna hem terug aan Vaudeline en ze liep naar het raam van de salon. Ze legde haar palmen ertegenaan om de koelte van het glas in haar klamme handen te laten trekken. Aan de buitenkant van het raam smolt een dun laagje ijs in de vorm van haar handen. Ze keek achterom naar Vaudeline.

'Heb je deze Mr Morley weleens ontmoet?'

'In het voorbijgaan, ja, op diverse mediumseminars in de stad. We hebben wat beleefdheden uitgewisseld, verder niet.'

'Zijn verzoek klinkt heel gevaarlijk,' zei Lenna.

'Ja, maar ik zie niet hoe ik het kan weigeren. Niet wanneer ik in aanmerking neem wat Mr Volckman in de loop van de jaren allemaal voor mij heeft gedaan.' Vaudeline ademde langzaam uit. Daarna liep ze naar Lenna en ze kwam bij haar voor het raam staan. 'Nu begrijp je waarom ik zo overstuur ben van deze brief,' zei ze. 'Niet alleen vernam ik dat een vriend is overleden, maar het heeft er alle schijn van dat de geruchten die ik onder zijn aandacht bracht hem de dood in hebben gejaagd. Mr

Morley was zo tactvol het niet ronduit te zeggen, maar ik ben deemoedig genoeg om het toe te geven. Ik ben een spiritist die probeert misdaden op te lossen, en toch voel ik me in dit geval heel schuldig.' Ze zweeg even. 'Ik ben het met je eens, het is een precair verzoek. Maar een slecht geweten is niet veel beter.'

Lenna beet op haar onderlip, overvallen door medelijden met Vaudeline. Het was een hartverscheurend verhaal, en ze begreep nu waarom Vaudeline zo ontdaan was geweest van het nieuws. Zo erg zelfs dat ze om hulp met de spreuken had gevraagd.

'Ik vraag me af of het Genootschap zijn eigen seance voor Mr Volckman heeft geprobeerd te houden,' zei ze.

Vaudeline haalde haar schouders even op. 'Dan nog zijn hun seances niet bedoeld om misdaden op te lossen. Niet zoals die van mij. Hun doel is om het geloof in het leven na de dood te verbreiden. Dit doen ze voornamelijk door het cultiveren van tastbare tekenen van geesten, bovennatuurlijke geluiden, waarnemingen en zo.'

Tastbare tekenen van geesten. Daar kon ze zich iets bij voorstellen, gezien de vreemde tekeningen die het Genootschap op papier had gezet tijdens Eloises seance een paar jaar geleden. Hoe schimmig ook, de krabbels waren wel iets zichtbaars.

Lenna ving haar wazige spiegelbeeld in het raam op. Plotseling kwam er iets in haar op – zo voor de hand liggend, zo logisch, dat ze er tot nu toe niet over had nagedacht. 'Als je in Londen bent,' zei ze, 'dan kun je Evies seance misschien uitvoeren.'

'Ja,' zei Vaudeline. 'Vooropgesteld dat de Volckman-seance goed gaat. Zo niet, dan zal ik weer weg moeten zien te komen uit de stad. Snel. Daarom kunnen we jouw opleiding niet afbreken louter vanwege deze brief.' Ze klopte op haar mantel. 'Zeker gezien de natuurlijke aanleg waarvan je telkens blijk geeft.' Vaudeline tuitte haar lippen in een o-vorm en blies een van de kaarsen op de schouw uit; hij was gesmolten en de was droop nu op de schoorsteenmantel. 'Geloof me, de spreuken die jij vannacht oplas, zouden niet zo effectief zijn geweest als een andere leerling ze had uitgesproken.' Ze toonde een lachje, het eerste dat Lenna die nacht had gezien. 'Inclusief onze geliefde Evie.'

Lenna trok haar wenkbrauwen op, verbaasd hierover. 'Evie zei altijd dat ze een van je beste leerlingen was.'

'Qua enthousiasme, ja. Maar ze kon af en toe iets te zelfverzekerd doen over haar kunnen.'

'Dat bestaat niet,' pareerde Lenna. 'Te zelfverzekerd? Zo ken ik Evie helemaal niet.'

Vaudeline glimlachte. 'Op een keer werkten we samen aan een heel simpele helderziendheidoefening. Ik legde tien houten tegels klaar, elk met een cijfer op de onderkant gegraveerd. Ik pakte een willekeurige tegel op en hield die stevig in mijn hand. Ze concentreerde zich er een tijdje op, de intuïtie-oefeningen die ik haar had geleerd systematisch toepassend. Ze verklaarde dat de tegel een 9 was. Ik draaide hem om; het was een 6.' Vaudeline glimlachte weemoedig. 'Ik reageerde opbouwend op de fout. Het viel Evie amper kwalijk te nemen dat ze het cijfer in gedachten had omgedraaid. Maar zc weigerde te geloven dat het een 6 was. Ze weigerde haar fout toe te geven, en nog wel zo'n onbeduidende. Ik liet haar de gravuren zien, hoe de schreefjes van de cijfers net iets verschilden. Haar wangen werden rood, haar stem werd hoger. Ze twijfelde aan mij, haar lerares, zei dat ik het misschien wel mis had. Wel, ik heb de tegels al jaren. Ik weet echt wel welke de 9 en welke de 6 is. Maar ze liet zich niet overtuigen, en uiteindelijk gaf ik het op en gingen we verder met iets anders.'

Lenna kon moeilijk zeggen dat ze opkeek van dit verhaal. Die koppigheid was typisch Evie.

Vaudeline wuifde een rooksliert weg die vlak bij de vrouwen bleef hangen. 'Ik heb met jou geen tijd verspild aan helderziendheid, omdat het opzeggen van de seancespreuken het belangrijkste is. Toch heb ik het gevoel dat jij de 9 en de 6 heel goed van elkaar zou kunnen onderscheiden. Je bent een fantastische leerling, die alles wat we behandeld hebben snel onder de knie heeft. Een natuurtalent, zoals vannacht bleek.' Ze pakte Lenna's hand en gaf er een kneepje in, en liet toen los. In het donker hing de zoete geur van haar adem tussen hen in.

Bij haar aanraking kreeg Lenna het gevoel dat ze ondersteboven werd gedraaid, en daarna weer rechtop gezet. 'Apart,' zei ze, 'dat Evie zo vurig geloofde in deze zaken, maar moeite had de technieken onder de knie te krijgen. Ik ben precies het tegenovergestelde. Ik heb moeite met het geloof, maar volgens jou gaan de seancetechnieken mij gemakkelijk af.'

'Ja. Dat zie ik zo vaak. Ik ben ervan overtuigd dat de geestenwereld het leuk vindt om weerstand stukje bij beetje af te breken. Wanneer ze de kans krijgen, zijn geesten welwillender tegenover ongelovigen.' Ze boog haar hoofd opzij. 'Voelde je iets vreemds toen je de spreuken oplas?'

Lenna dacht even na. Ze had het rare tintelende gevoel in haar vingertoppen gehad en de sterke blauwe lichtflits in haar ooghoeken, maar die had ze in het verleden vaker meegemaakt en ze altijd toegeschreven aan zenuwen, spanning. 'Nee,' zei ze. 'Nee, niets vreemds.'

'Nou ja,' zei Vaudeline schouderophalend. 'Jouw opleiding mag niet in het gedrang komen. Sterker nog...' Ze viel even stil. '...ik vind dat je met me mee moet gaan naar Volckmans seance.'

'M-Met jou meegaan?' stamelde Lenna, ervan overtuigd dat ze het verkeerd had verstaan.

Vaudeline gaf een knikje. 'Het lijkt een gemiste kans,' zei ze, 'als een leerling thuis blijft duimendraaien terwijl haar lerares eropuit gaat om misdaden op te lossen. Er valt ongetwijfeld veel te leren tijdens de seance voor deze gentleman.'

Lenna schudde haar hoofd. 'Ik ga niet zitten duimendraaien. Ik ga de spreuken instuderen, totdat jouw werk erop zit.'

Vaudelines gezicht werd zachter. 'Prijzenswaardig, maar zelfstudie kan niet tippen aan de praktijkervaring van een seance bijwonen.'

Nog een seance met niets aantoonbaars, dacht Lenna. *Louter beweringen die niet kunnen worden gestaafd? Namen waarvan niemand heeft gehoord?*

De beloning leek niet op te wegen tegen het risico.

Plotseling rilde ze – tot op het bot verkleumd, doodmoe en geïrriteerd, niet alleen door Vaudeline maar door het hele idee van geesten. Ze wilde een geest zien, niet alleen maar horen dat Vaudeline door een in trance was gebracht.

Maar dit ging vannacht niet gebeuren, en voor het eerst sinds hun kennismaking vroeg Lenna zich af of haar genegenheid voor Vaudeline haar vermogen om waarheid van illusie te onderscheiden had aangetast. Ze bekeek haar nu met meer dan een vleugje scepsis. Vaudeline was tenslotte een dertigjarige spokenjager met weinig vrienden. Ze had internationale faam opgebouwd op basis van geruchten – van horen zeggen.

En alsof dit niet genoeg was, was de seance van vannacht op een totale anticlimax uitgelopen.

Lenna sloeg haar armen over elkaar, want ze voelde haar irritatie oplopen, evenals de hitte in haar borst. 'Na ruim twee weken met jou,' zei ze, 'heb ik nog steeds geen bewijs dat ook maar iets hiervan echt is. Zelfs...' Ze veegde een onverwachte traan weg in het besef dat ze niet kon terugnemen wat ze ging zeggen. 'Zelfs deze seance vannacht. Ik kan niet anders dan de vader gelijk geven op sommige punten.' Ze wist dat ze ruzie uitlokte – ze suggereerde dat haar eigen gebrek aan overtuiging Vaudelines schuld was, terwijl het feitelijk altijd zo was geweest – maar ze was het beu om aan het lijntje te worden gehouden met praatjes over geesten zonder een spoor van bewijs.

Vaudeline stapte bij het raam vandaan, en waar haar warme lichaam even daarvoor had gestaan, hing nu een kilte. Het stond duidelijk op haar gezicht te lezen, het kwetsende van Lenna's opmerking. 'Jij kwam naar mij toe,' zei ze. 'Niet andersom.' Haar stem klonk luider dan normaal, en nu haperde ze even. Lenna vroeg zich af of ze tegen haar tranen vocht. Alweer. 'Ik heb je nooit gevraagd hierin te geloven, en het is niet mijn schuld dat jij te bekrompen bent om in iets te geloven wat niet is gemaakt van stéén.'

Bekrompen. Het was het soort verwijt dat Evie meer dan eens had gemaakt, en Lenna herinnerde zich de frustratie van die nooit bijgelegde ruzies over illusie en spelingen van licht en schaduw maar al te goed. Wat dat betrof, waren Evie en Vaudeline uit hetzelfde hout gesneden.

Lenna wist dat de plotselinge omslag in haar stemming niet in verhouding stond tot de situatie. Vaudeline had haar enkel uitgenodigd de Volckman-seance bij te wonen, en nu had Lenna's scherpe reactie hen allebei in tranen gebracht. Maar haar boosheid en verdriet voelden zo rauw vannacht. Zoals Vaudeline over de dood sprak, was het niet zozeer een slotstuk als wel een entr'acte, of tussenstuk. Achter dit doek, zo geloofde ze, waren geesten even echt – even springlevend – als ze bij leven waren geweest. Het was gekmakend te bedenken dat Evie zo dichtbij en toch zo onbereikbaar kon zijn. Al die sluiers in het leven van alledag of na de dood – Lenna had er een grondige hekel aan.

Ze kende het verloop van haar buien. Ze moest weg uit deze verstikkende, schemerige kamer. Openslaande deuren gaven vanuit de salon toegang tot een kleine tuin. Zonder nog een woord tegen Vaudeline te zeggen liet ze zichzelf naar buiten.

Daar ging ze, in de maanovergoten nacht, op een ijskoud, ijzeren bankje zitten. Was het eerder die nacht maar niet gestopt met sneeuwen. Ze zou er alles voor overhebben om in die werveling en stilte te verdwijnen.

Ze zat daar een poosje, armen over elkaar geslagen, naar een crèmekleurige kat te kijken die langs de stenen muur sloop. De frisse lucht en de geur van houtvuur waren een welkome afwisseling en kalmeerden haar uiteindelijk.

Desondanks bleven de tranen stromen. Ze had zich nog nooit zo alleen gevoeld.

Na een tijdje hoorde ze voetstappen naderen. Vaudeline. Wat was er vannacht tussen hen gebeurd? Dit voelde ernstiger dan een teleurstellende seance; het voelde als een afrekening tussen hen. Hun denkbeelden verschilden enorm van elkaar, maar deze nacht had dat kunnen verhelpen. Het had de nacht kunnen zijn waarin Lenna's denkbeelden veranderden. Maar nu waren haar overtuigingen juist nog sterker. En ze ontdekte dat ze Vaudeline plotseling voor geen cent vertrouwde.

Het verzoek uit Londen doemde voor hen op, een beslissend moment. Hoe zouden ze verder gaan?

Lenna had niet verwacht deze nacht in haar eentje te midden van gesmolten sneeuw te eindigen, geen steek wijzer over geesten. In de koude buitenlucht leken de warme tranen die over haar wangen rolden tot ijskristalletjes te kunnen bevriezen. *Ik mis Evie gewoon,* hield ze zichzelf voor. *Ik huil omdat ik alles heb opgekropt. Ik heb niet echt om haar gerouwd.* Maar terwijl ze daar zo zat, haar armen nog steeds over elkaar geslagen, wist ze dat dit niet de hele waarheid was. Deze huilbui had meer om het lijf, en het had alles te maken met de vrouw wier voetstappen nu vlak achter haar klonken.

Vaudeline kwam naast haar zitten, hoewel Lenna stug voor zich uit bleef kijken. Ergens vanuit de boom boven hen dook een ransuil de struiken in op jacht naar een onzichtbare prooi.

Even later voelde Lenna de lichte aanraking van vingertoppen tegen de hare. Het kon per ongeluk zijn, handen die rakelings langs elkaar gingen. Of misschien was het helemaal niet per ongeluk. Hoe dan ook, het deed er niet toe; Lenna haalde haar arm weg, absoluut niet in de stemming voor een verzoeningspoging.

De twee vrouwen bleven zo lange tijd zwijgend zitten, hun lichamen luttele centimeters van elkaar verwijderd. Maar voor Lenna voelde het mijlenver.

6

Lenna

Parijs, vrijdag 14 februari 1873

Uiteindelijk stond Vaudeline op van het bankje en ging naar binnen. Een paar dikke wolken schoven voor de maan. Het was aardedonker in de tuin, en Lenna begon te rillen, door en door koud. Hoelang was ze eigenlijk van plan hier buiten te zitten mokken en kniezen?

Ze dwong zichzelf ermee op te houden. Vaudeline mocht dan niets hebben bewezen vannacht, het was niet zo dat ze iets had misdaan. Ze was alleen de meest nabije persoon geweest op wie Lenna haar frustraties kon afreageren. *Kon ik mezelf maar door een zeef halen*, dacht ze, *om mijn gevoelens te scheiden zodat ik ze een voor een onder de loep kon nemen.*

De wanhoop van vannacht deed haar denken aan de ruzie die zij en Evie hadden gehad de ochtend vóór Evies dood. Het was de ergste en de laatste geweest.

Ze zaten met zijn tweeën in de ontbijtkamer van het hotel. Straks zouden ze de keukenmeiden helpen het ontbijt voor de gasten te serveren. Het hotel zat die dag vol met uitzonderlijk veel zakenreizigers.

Geen van beide zussen wist dat Evie binnen enkele uren dood zou zijn. Niet op deze prachtige herfstochtend met een geglaceerd perentaartje voor hun neus. Alleen had Lenna niet zoveel trek die dag. Alweer was ze duizelig wakker geworden, met gekleurde lichtflitsen – oranje, violet – aan de rand van haar gezichtsveld. Haar vingertoppen tintelden, en haar maag was van streek, hoewel ze niets had gegeten sinds de vorige avond. Dit duurde nu al dagen.

Glazig staarde ze naar het vruchtentaartje op haar bord, ze voelde zich helemaal niet goed.

'Neem er een,' zei Evie. 'Anders neem ik het jouwe.'

'Ik heb geen trek.'

Evie trok haar wenkbrauwen op. 'Maar dit zijn je lievelingstaartjes.' Ze sneed haar eigen taartje in tweeën en nam een hap, die ze smakkend verorberde.

'Van wie is die pet?' vroeg Lenna, wijzend naar de klep van een grijsbruine vilten pet die uit Evies tas stak. Er zat een kleine haal aan één kant. Ze had de pet al vaker gezien, maar was ervan uitgegaan dat hij van een van Evies vele geliefden was. Nu kreeg haar nieuwsgierigheid de overhand.

Evies mond viel open, kruimels in haar mondhoek. Ze wierp een blik op haar tas. 'Pardon?'

'Het is niet de eerste keer dat ik hem zie.' Bedachtzaam nam ze Evie op. 'Het is een mannenpet. Vorige keer liet je hem op het dressoir liggen. Hij rook naar tabak.'

Evie propte de pet diep in haar tas en kauwde verder. 'Ik kan het niet uitstaan dat je dit doet.'

'Wat?'

'Je neus in mijn zaken steken.'

Zuchtend rolde Lenna met haar ogen. Ze viste een flintertje suikerglazuur van haar bord en legde het op haar tong.

'Weet je wat voor dag het morgen is?' vroeg Evie. Echt iets voor haar om zo van de hak op de tak te springen.

'De eerste november,' zei Lenna, hoewel ze wist dat Evie dit niet bedoelde.

'Stephens verjaardag,' zei Evie.

Lenna knikte. 'En Eloises.'

Als ze eerlijk was, vroeg Lenna zich af of dit verklaarde waarom ze zich de laatste tijd zo naar voelde. Ze haatte de eerste dag van november – haatte het dat die alweer een jaar inluidde dat haar hartsvriendin nooit zou meemaken.

De toedracht van de dood van Eloise en haar vader, Mr Heslop, liet Lenna maar niet los. Een paar jaar geleden hadden ze, midden in de winter, een avondwandeling gemaakt rond de roeivijver in Regent's Park. Mr Heslop liep het pad elke avond, maar op die specifieke avond had Eloise hem vergezeld. De vijver was deels bevroren, en hoewel niemand het ongeluk had zien gebeuren, ging de politie ervan uit dat Eloise in het ijzige water was gevallen en dat haar vader achter haar aan was gesprongen. Beide lichamen werden de volgende ochtend ontdekt.

Bijna even pijnlijk als het ongeluk was het feit dat Mrs Heslop zo snel hertrouwde, met Mr Cleland, die lid was van diverse West End-herensociëteiten, waaronder het Londense Seancegenootschap. Hij was kersvers lid van het Genootschap en had Mrs Heslop ontmoet op de seance voor haar overleden echtgenoot.

Tot op de dag van vandaag kon Lenna er niet bij dat de moeder van Stephen en Eloise zo gemakkelijk een andere man in hun leven had toegelaten – Mr Cleland nog wel, wiens gokverslaving meer dan eens was gehekeld in de roddelrubrieken.

'Ik zou wel willen weten hoe Eloise nu zou zijn.'

Evie legde haar handen over elkaar op tafel. 'Ik heb geprobeerd contact met haar te leggen.'

Lenna schoof haar bord weg, plotseling bang dat ze moest overgeven. De zoete geur van het taartje stond haar tegen. Ze pakte een kan water van het midden van de tafel en schonk zichzelf een glas in.

'Ik wilde dat je haar buiten je spelletjes liet,' zei Lenna geërgerd. Het was tot daaraan toe dat Evie speelde met een naald aan een touwtje, wachtend tot die bewoog, of over het nieuwste fotografische bewijs van verschijningen praatte. Het werd een heel ander verhaal wanneer ze Eloise erbij betrok. Zelfs nu ze alleen nog in haar herinnering bestond, bleef Eloise Lenna ontzettend dierbaar.

'Voor mij is het geen spélletje,' zei Evie. 'Het is echt. En volgens mij ben ik tot haar doorgedrongen. Ik kreeg... dingen door. Haalde ze tevoorschijn.'

'Zoals de mannen van het Londense Seancegenootschap beweerden?' kaatste Lenna terug, haar stem ijzig.

Tegen het einde van Eloises seance pakte het Genootschapslid dat het gebeuren leidde – een man genaamd Mr Dankworth – een vel papier waar hij in het wilde weg op begon te tekenen: grove afbeeldingen van meubels en insecten, plus allerlei vreemde symbolen, die in geen enkel opzicht verband hielden met Eloise of met iets waarin ze tijdens haar leven geïnteresseerd was geweest.

'Automatisch schrift,' zei Mr Dankworth na afloop. 'Een gangbare gave van mediums, waarbij we fungeren als communicatiekanaal voor de geest. Zonder te weten wat we precies opschrijven, brengen we de gewenste boodschap van de geest over op papier.' Hij overhandigde de tekeningen. 'Eloise legde vandaag contact met ons en droeg me op deze tekeningen te maken.'

Eloises moeder, bedroefd als ze was, geloofde dat de afbeeldingen en woorden op het vel inderdaad door haar dochter waren gecommuniceerd. Evie ook. Ze waren vastbesloten de afbeeldingen te duiden in de daaropvolgende dagen.

Lenna daarentegen vond de hele seance een schijnvertoning. Overigens bleek niemand wijs te kunnen uit de symbolen, wat Lenna een vreemd soort voldoening gaf.

Nu keek Evie boos naar Lenna. 'Laat die ene ervaring niet alles voor je bederven. Die mediums die het Genootschap stuurde, waren beginnelingen. Trouwens, we weten nog steeds niet of de tekeningen bedrog waren. We kunnen het allebei niet bewijzen.'

'Dat is het hem nou juist. Ik ben het met je eens dat niet kan worden bewezen dat het niet klopt, maar ook niet dat het wel klopt.'

'Dan kun je me misschien helpen iets op te helderen. Een van de tekeningen die ik maakte terwijl ik met Eloise communiceerde, ging volgens mij over jou.'

Lenna zette haar glas zo hard neer dat het water over de rand klotste. 'Pardon?'

Evie knikte, nam nog een hap van haar perentaartje. 'Toen ik het gevoel kreeg dat ik in verbinding stond met haar geest, sloot ik mijn ogen en begon ik te tekenen, me ervan bewust dat ik lijnen op het papier zette, maar zonder echt te weten wat de lijnen voorstelden – welke vorm of afbeelding. Toen voelde ik dat ik krasjes maakte op het papier, alsof ik letters opschreef. Een paar minuten later opende ik mijn ogen om te kijken wat ik op papier had gezet.'

'En?'

Uit het in haar jurk genaaide zakje haalde Evie een vel papier tevoorschijn. Ze gaf het over de tafel aan Lenna, die het vliegensvlug openvouwde.

Op het papier stond één simpele figuur: een zeshoek. En in de zeshoek de letter L met twee verstrengelde hartjes.

Lenna's adem stokte. 'Dat bestaat niet,' fluisterde ze.

Vóór haar dood had Eloise Lenna een kort, intiem briefje geschreven. Ze had het papier tot een zeshoekje gevouwen en daarna aan Lenna gegeven. Op de voorkant van de zeshoek stond Lenna's voorletter, en binnenin, naast Eloises naam, stonden twee hartjes. Bijna precies hetzelfde als Evies tekening.

'Weet jij wat het betekent?' vroeg Evie, gespannen over de tafel leunend. 'De zeshoek?'

De zeshoek met zijn fragiele vouwen, door talloze keren open- en dichtvouwen, was nu veilig opgeborgen in een bijouteriedoosje onder

Lenna's bed. 'Ja,' zei Lenna. 'Dat weet ik.' Maar toen fronste ze. Een paar dagen terug had ze Evie in haar spullen zien neuzen, zogenaamd omdat ze haar lievelingshandschoenen kwijt was. 'Wacht eens. Heb jij...' Haar borst begon te gloeien en ze boog naar voren, haar zus strak aankijkend. 'Heb jij het briefje gevonden dat ze mij gaf?'

'Wat?' Evie verstijfde. 'Welk briefje?'

Argwanend nam Lenna haar op, niet zeker wat erger was: de mogelijkheid dat Evie haar eigen zus probeerde wijs te maken dat geesten bestonden door middel van iets wat ze tussen Lenna's privéspullen had gevonden of dat Evie het briefje had geopend en had gelezen wat erop stond.

Evie moest het wel gelezen hebben, als ze wist dat het briefje van Eloise was.

Niet alleen was het een inbreuk op Lenna's privacy, maar het briefje bevatte een heel dierbare – en heel persoonlijke – ontboezeming. Een bericht dat uitsluitend bestemd was voor de ogen van Lenna en Eloise.

Lenna kreeg een kleur, nu ook in verlegenheid gebracht. 'Eloise gaf me een briefje voor ze overleed,' zei ze. 'Ze vouwde het tot een zeshoek en schreef mijn voorletter erop.'

'Dat meen je niet.' Evie kreeg ogen als schoteltjes. 'Dit betekent – o, hemel – het betekent... dat het me is gelukt.' Verrukt keek ze naar haar tekening, raakte die aan alsof ze van goud was gemaakt. 'Zie je nou, Lenna? Het is echt, al die dingen –'

'Nee,' snauwde ze. Voor haar had dit niets opwindends of verhelderends. Ze geloofde haar zus niet, in de verste verte niet. 'Niet te geloven dat je mijn privacy hebt geschonden. En dat je het nu gebruikt om mij te overtuigen van iets waar ik niet in geloof.'

Evie stond zo abrupt op dat ze met haar heup tegen de tafel stootte en Lenna's vork op de vloer kletterde. 'Denk je dat ik hierover lieg?' riep ze uit, met tranen in haar ogen.

'Nog maar een paar dagen geleden snuffelde je in mijn spullen,' zei Lenna, die inmiddels oog in oog met haar stond. 'De timing van deze zogenaamde automatisch-schriftoefening komt wel heel goed uit. Zo vlak voor Eloises verjaardag.'

Buiten de kamer schalde hun moeders stem door de gang, iets over een gast die een routebeschrijving nodig had. Evie keek naar de deur, deed een stap in die richting. 'Ik ben weg,' zei ze, een traan wegvegend.

Dat ze zich er zo van afmaakte, schoot Lenna in het verkeerde keelgat; iets in haar barstte open, opgekropte ergernis over haar onbeschaamde, oneerlijke zusje. Ze griste Evies papier met de tekening van tafel, greep het aan weerskanten beet en scheurde het doormidden. Ze gooide de twee helften op tafel.

Evie trok wit weg, starend naar het papier alsof ze haar ogen niet kon geloven.

Na een lange stilte sprak Evie uiteindelijk. 'I-Ik,' stamelde ze. 'Ik kan niet geloven dat je dit deed.' Daarna pakte ze beide helften heel voorzichtig op, vouwde ze dubbel en stopte ze weer in haar zak. Er stonden geen tranen meer in Evies ogen. In plaats daarvan spuwden ze vuur. 'Tot kijk,' zei ze, de kamer uit stormend.

Prompt zag Lenna een gekleurde lichtflits, fel en desoriënterend. Ze reageerde niet, maar stond daar maar te trillen, haar maag nog erger van streek dan daarvoor.

Nadat Evie was vertrokken, ging Lenna naar haar kamer boven. Ze trok het bijouteriedoosje onder haar bed vandaan en doorzocht de inhoud. Daar, helemaal onderin, weggestopt tussen een gedroogd varenblad en een kindertekening, lag de zeshoek. Eloises briefje.

Het leek niet te zijn aangeraakt, de ingewikkelde vouwen waren helemaal intact. Het briefje was precies zoals Lenna het erin had gestopt. En Evie, tja, die was onhandig. Slordig vaak. Lenna was ervan overtuigd dat het haar niet zou zijn gelukt het papier weer tot een zeshoek te vouwen, en ook zou ze er niet aan hebben gedacht het briefje precies zo terug te leggen als ze het had gevonden.

Ze wist het nu zeker: Evie had niet in dit doosje gerommeld.

Het papier openvouwend, las ze het briefje voor de duizendste keer, minstens.

Het zal altijd zo blijven, nietwaar? Eindeloos veel gevoelens die we voor elkaar hebben, en toch kunnen we er met geen woord over reppen. Ik put troost uit het feit dat een vriendschap tussen twee vrouwen niet als bedreigend wordt gezien, en dat we eeuwig op deze manier kunnen doorgaan. Zolang jij en ik weten wat we werkelijk hebben, is dat genoeg voor mij.

Onderaan had Eloise afgesloten met twee hartjes, de zijkanten door elkaar gelust.

Lenna drukte het papier tegen haar borst, diep inademend. Een jaar geleden had het papier Eloises subtiele geur nog gedragen; inmiddels was die allang vervlogen, maar Lenna bracht het perkamentpapier nog elke keer naar haar neus, in de hoop een vleugje op te vangen.

'We kunnen eeuwig op deze manier doorgaan,' had Eloise gezegd. Wat had ze het grondig mis gehad. Niets was eeuwig doorgegaan – niet hun dekmantel van vriendschap, en ook niet de erachter schuilgaande ware gevoelens. Niet hun lange, gearmde wandelingen, en ook niet de steelse blikken die ze hadden gewisseld na hun eerste kus. En hun tweede.

Het was altijd zo geweest met Eloise. Er was een zekere schroom tussen hen geweest, een weerstand voortkomend uit schuchterheid en angst om regels te overtreden. Hoe graag Lenna dit terrein ook met haar wilde verkennen, ze was bang om te close te worden, omdat ze wist dat ze niet samen konden zijn, niet echt. Hun families zouden het niet toestaan. Hun Londense kringen zouden het zeker niet accepteren. Dus waarom zou ze zulke gevoelens sterker en intenser laten worden? Beter om ze in de kiem te smoren.

Eloise had er duidelijk hetzelfde over gedacht. Vandaar de boodschap in haar briefje: 'Zolang jij en ik weten wat we werkelijk hebben, is dat genoeg voor mij.'

Lenna vouwde het papier weer tot de volmaakte zeshoek. Evie kon het briefje onmogelijk hebben gezien, onmogelijk de vouwen er weer keurig in hebben gekregen. Met een zucht van berouw deed Lenna het deksel dicht, schoof het doosje weer onder het bed, en ging op zoek naar Evie. Ze zou zich verontschuldigen voor haar frustratie, haar onterechte beschuldigingen. Die twee helften van Evies papier, de rafelige randen aan weerszijden – ze wenste met heel haar hart dat ze ze weer aan elkaar kon plakken. Het helen van een wond.

Om nog maar te zwijgen van wat het eigenlijk wilde zeggen over Evies oefening in communiceren met de doden. Daarover zou Lenna verder moeten nadenken. Ze mocht dan in tweestrijd verkeren tussen geloof en scepsis, Evies tekening klopte als een bus. De voorletter, de verstrengelde hartjes binnenin. Als Evie het briefje niet had gelezen, hoe kon ze dan in hemelsnaam op de hoogte zijn van zulke details?

Lenna stormde naar beneden om haar zus te zoeken. Maar Evie was de rest van de ochtend buitenshuis; een van de kamermeisjes zei dat ze zich had verontschuldigd en het pand had verlaten om een gast de weg te wijzen.

Lenna kon niet zeggen dat het haar speet.

En ze kreeg nooit de kans omdat ze haar zus nooit meer levend terugzag.

Lenna verliet het tuinbankje en keerde terug naar de salon. Vaudeline zat, met waterige ogen en geeuwend, in de eetkamer een brief te schrijven. Het was bijna drie uur 's nachts.

'Ik ben mijn antwoord aan Mr Morley aan het schrijven,' zei ze. 'Ik verstuur het later vandaag met de nachtpost. Ik heb geen melding gemaakt van een reisgenoot. Ik vertrek zaterdagochtend.' Ze vouwde de brief dubbel, plakte de envelop dicht. 'Je kunt je eigen terugreis regelen zoals het jou uitkomt, dan kunnen wij – of ík – Evies seance doen zodra die voor Volckman achter de rug is.'

'Dank je,' zei Lenna. Ze ging zitten en pakte haar kop thee. Ze nam een slok en kromp ineen – het was koud geworden; toen zette ze hem weer neer. 'En het sp...' Ze strengelde haar vingers ineen, een excuus op het puntje van haar tong, ingeslikt uit trots. Maar ze kende de naweeën van wachten met excuses aanbieden maar al te goed. 'Het spijt me wat ik daarnet zei. Over de seance en mijn gebrek aan vertrouwen. Je hebt een afschuwelijke nacht gehad, en ik heb het je bepaald niet gemakkelijker gemaakt.' Doodstil bleef ze zitten, in afwachting van Vaudelines reactie.

Vaudeline mikte haar brief midden op tafel, schoof haar stoel naar achteren en stond toen op. Ze schonk Lenna een lange, ondoorgrondelijke blik. 'Ik heb inderdaad een afschuwelijke nacht gehad,' zei ze met een knikje. Ze liep om de tafel naar Lenna en knielde pal voor haar. 'Maar het ergst was niet de brief over mijn vriend Mr Volckman, ook niet de uitspraken van de vader over mijn seance, zelfs niet jouw uitspraken over mijn seance. Het ergst was het moment in de tuin, toen ik jouw hand zocht en je hem weghaalde.' Ze sloeg haar ogen neer. 'Ik kan de schaduwzijde van mijn werk aan – het macabere aspect van seances, de beschuldigingen van bedrog. Maar ik heb niet veel kennissen, en ik ben er nooit aan gewend geraakt een aanvaring te hebben met de mensen die ik als vrienden beschouw.'

Iets in Vaudelines toon leek... anders. Gewichtig. Onmiddellijk had Lenna spijt van haar gepruil. Wat had ze zich kinderachtig gedragen.

'Welterusten,' fluisterde Vaudeline ten slotte, een verdrietige ondertoon in haar stem. Ze boog voorover en gaf Lenna een trage, tedere kus op haar wang.

Lenna's adem stokte. Geen enkele vrouw, afgezien van Eloise, had haar lippen ooit zo lang op haar huid laten rusten. 'Welterusten,' reageerde ze, beduusd van de aanraking. Vaudeline en zij hadden elkaar voortdurend kleine blijken van genegenheid getoond, maar nooit iets als dit, zo boordevol intimiteit en frustratie.

Ze keek Vaudeline na, die naar haar slaapkamer liep. Daarna legde ze haar vingertoppen op haar wang. De sensatie van Vaudelines lippen op haar huid was al verdwenen.

Daarna lag Lenna nog lang wakker in haar bed, haar ogen gericht op het lichte plafond.

Als Evie nu hier was, zou ze blij zijn dat Lenna iets voelde. Ze had Lenna altijd geplaagd met haar ogenschijnlijke gebrek aan belangstelling op romantisch gebied door haar in te peperen dat Stephen Heslop niet alleen verschrikkelijk knap, maar ook overduidelijk verliefd op haar was.

Wat Evie niet wist, was dat Lenna enkele jaren geleden wel degelijk romantische gevoelens koesterde. Alleen niet voor Stephen.

Toch had ze hem een keer gekust, op straat achter een lantaarnpaal. Het was een soort experiment. Ze had gehoopt dat het iets in haar zou losmaken, haar eventueel Eloise zou laten vergeten, maar dat had het beslist niet gedaan.

Naderhand was ze naar huis gerend en had ze de deur van hun gedeelde kamer dichtgedaan. Vervolgens had ze Evie er in geuren en kleuren over verteld. Tenslotte was deze kus niets om stiekem over te doen.

'Zijn tanden stootten steeds tegen de mijne,' zei ze.

Evie huiverde. 'Na verloop van tijd wordt het beter.'

Zij kon het weten. Ze zoende al jaren met jongens.

'En het was nat,' vervolgde Lenna. 'Zijn lippen waren...' Ze raakte een schrammetje op haar kin aan waar zijn gezichtsbeharing over haar huid was geschuurd. Hij was vasthoudender geweest dan Lenna prettig vond, zijn adem vochtig en ruikend naar koffie. 'Ruw en opdringerig. Ik vond het niet fijn. Verre van.'

'Dat zou ik ook niet vinden, zoals jij het beschrijft.'

Lenna dempte haar stem. 'Zijn handen, die liet hij maar over mijn middel gaan,' fluisterde ze. 'En mijn nek.' Ze speelde met de lok haar achter haar oor, die hij per ongeluk los had getrokken.

'Nou, dat klinkt niet zo verkeerd. Ik vind het juist fijn wanneer mannen hun handen om mijn middel leggen.' Evies ogen glinsterden. 'Misschien zou je het wel leuk vinden met iemand anders.'

'Ik kan geen man bedenken met wie ik dat nog eens wil doen. Geen enkele.'

'Wie zegt dat het een man moet zijn?'

Hierbij verstarde Lenna. Vermoedde Evie soms iets van haar geheime liefde voor Eloise? Ze was snel van onderwerp veranderd, en ze hadden het er nooit meer over gehad. Maar nu, alleen in bed in Vaudelines pension, kwamen Evies woorden weer boven. 'Wie zegt dat het een man moet zijn?'

Lenna dacht aan de kus met Stephen, de barnsteen die hij haar had gegeven, de vluchtige aanraking van hun armen of handen. Het had haar allemaal niets gedaan – en op sommige momenten had ze zich er zelfs misselijk, beschaamd over gevoeld. Niet trouw aan zichzelf in elk geval.

Hoe anders was het echter altijd geweest met Eloise, en de afgelopen twee weken met Vaudeline ook. Na een gemoedelijk babbeltje met Vaudeline bleef ze vaak ademloos achter. En de intense blik waarmee Vaudeline Lenna bij aankomst in Parijs had aangekeken... Ze had kippenvel over haar hele lichaam gekregen. Hoewel haar huid erdoor was afgekoeld, had ze aan het lijfje van haar jurk getrokken, omdat ze vanbinnen helemaal gloeide.

De laatste paar dagen had ze alle dingen gevoeld die ze niet meer had gevoeld sinds ze tijd met Eloise had doorgebracht, zoals koortsachtige hitte in haar gezicht, vocht onder haar armen en een onverklaarbare aandrang om taken te laten schieten in ruil voor dagdromen. Dit, plus een niet-aflatende nieuwsgierigheid naar Vaudeline: waar ze aan dacht, wat ze las, wie ze brieven schreef.

En die kus op de wang, eerder die nacht... Lenna kon zich niet heugen ooit zoiets teders en zachts te hebben ervaren.

Liggend in haar bed gaf ze het eindelijk toe aan zichzelf. Het was niet meer dan een fluistering in het donker, maar ze zei het hardop. 'Ik wil haar. Ik wil Vaudeline, precies zoals ik Eloise wilde.' En ze bedoelde niet als lerares of zelfs maar als vriendin. Ze wilde meer van Vaudeline dan een lerares of vriendin zou kunnen geven.

De erkenning gaf haar een gevoel van opwinding. Ze mocht het geheim dan met niemand anders hebben gedeeld, ze had het in elk geval hardop tegen zichzelf gezegd. Het was een dapper begin.

En misschien zou ze deze keer doortastender zijn – meer dan ze bij Eloise was geweest. Ze hadden alleen hun vriendschap aan de buitenwereld laten zien, en nog was de tijd hun ontstolen. Hun 'voor eeuwig' had nooit bestaan.

Nou, Lenna had de les inmiddels tot twee keer toe geleerd. Niets was zeker. Zusterschap niet, vriendschap niet. Het volgende liefdesbriefje niet, de volgende ruzie niet. Het enige wat zeker was, was het hier en nu – dit eenzame, o zo vluchtige moment – en ze was het beu om de kans mis te lopen om het enige ware te doen of te zeggen zolang ze de gelegenheid nog had.

Langzaam, onbeschroomd, strekte ze een arm uit en legde haar hand tegen de muur naast haar bed. Ze wist dat op enkele centimeters – achter pleister en hout, in de aangrenzende kamer – Vaudeline in bed lag. Te slapen, of misschien niet.

Met haar ene hand tegen de muur schoof ze de andere langzaam onder de deken, tot ze de zoom van haar nachthemd vond. Spelend met de rand merkte ze hoe gevoelig haar vingertoppen waren, bijna kriebelig.

Ze trok haar nachthemd op om de top van haar wijsvinger over haar heupbeen te laten gaan, en vervolgens over haar lies. Ze stopte even, omdat ze wat weerstand voelde bij de gedachte aan Londen, aan de bekrompenheid van de stad, aan kanten handschoenen die handen verborgen. Ze dacht aan alle dingen waarvan vrouwen niet konden toegeven dat ze ze deden, wilden. Deze regels hadden haar ervan weerhouden voor haar romantische gevoelens uit te komen – niet alleen tegenover Eloise, maar ook tegenover Evie, zelfs tegenover zichzelf.

Maar inmiddels kende ze de vloek van zulke regels maar al te goed. De gesmoorde, nooit verkende mogelijkheden. Ze bewoog haar vingers verder naar beneden, centimeter voor centimeter, fantaserend dat Vaudeline wellicht helemaal niet lag te slapen aan de andere kant van de muur, maar iets vergelijkbaars deed.

Plotseling schokte Lenna's knie onwillekeurig. Ze had dit maar een paar keer gedaan – steevast vervuld van schaamte en, achteraf, wroeging. Nu oefende ze meer druk uit dan ooit tevoren, zonder ook maar een zier te geven om fatsoen, volledig opgaand in de sensatie, ademend op het ritme ervan. De palm van haar andere hand drukte ze plat tegen de muur; ze wilde dat er een spreuk was om die te laten afbrokkelen en verdwijnen, om haar dichter bij de vrouw aan de andere kant te brengen.

In haar fantasie kon ze de muur in elk geval laten verdwijnen. Ze voelde zich nu roekeloos, niet gehinderd door fatsoensnormen, en trilde bij elke draaiende beweging van haar vingertop. Met een hand tegen de muur en een hand tussen haar benen verbeeldde ze zich Vaudelines bed naast het hare, zonder barrière ertussen. Ze stelde zich voor dat Vaudeline precies hetzelfde deed, aan haar dacht, geen lerares of vriendin wilde zijn, maar een minnares. Ze dacht aan de zachte warmte van Vaudelines lippen op haar wang even geleden, de streling van haar adem toen ze welterusten zei…

Plotseling drukte Lenna haar hoofd achterover in het kussen en hief haar heupen op in een reflex die ze niet had kunnen onderdrukken al had ze het gewild. Haar hand gleed van de muur. Ze klemde hem over haar mond terwijl ze hevig huiverde, vier, vijf keer.

Achter haar vingers een schaamteloze lach.

7

Mr Morley

Londen, zaterdag 15 februari 1873

Ik was zeer verguld dat ik Vaudelines schriftelijke bevestiging per kerende post ontving. Ze informeerde me dat ze zaterdagochtend, 15 februari, heel vroeg uit Parijs zou vertrekken, met een verwachte aankomst van acht uur 's avonds.

Ik begon onmiddellijk met de voorbereidingen, als eerste met de bescheiden opslagruimte op de begane grond van het Genootschap, afgescheiden van de gemeenschappelijke ruimtes waar de leden hun tijd doorbrachten. De opslagruimte stond vol dozen en afgedankte meubelstukken: podia, kapotte stoelen, een zware boekenkast. Een deel ervan zette ik vlak buiten de ruimte, op de niet-gebruikte gang, de rest gooide ik weg.

Zodra ik de kamer had uitgeruimd, zette ik er een veldbed in en ik legde schone lakens en enkele kledingstukken op een stoel. Vaudeline zou niet heel lang in de kamer verblijven, dus ik maakte me niet al te druk over comfort en gemak.

Toen de kamer eenmaal in gereedheid was gebracht, sloot ik de deur en begaf ik me naar de voorkant van het gebouw.

Onderweg kwam ik langs de zelden gebruikte dienstingang, die uitkwam in de steeg aan de achterkant van het hoofdkantoor van het Genootschap. Dit was de deur waardoor ik Vaudeline zou binnenlaten, en ik kon een lachje niet onderdrukken bij de herinnering aan de andere vrouw die voorheen stiekem naar binnen glipte door deze ingang.

Evie Rebecca Wickes.

Tegen onze vierde wandeling was haar obsessie met de geestenwereld pijnlijk duidelijk. Het was het enige waarover ze wilde praten: welke geesten we hadden gezien tijdens onze seances, welke naslagwerken we in onze bibliotheek hadden, welke spiritistische contacten we in de stad hadden.

Op een bijzonder memorabele ochtend maakte ze een terloopse opmerking over een vrouw die ze mateloos bewonderde: het beroemde medium genaamd Vaudeline D'Allaire.

'Ik ben in één woord idolaat van haar,' zei Evie stralend. 'Ik heb alles gelezen wat ze heeft geschreven en ik had het geluk te mogen deelnemen aan een van haar opleidingstrajecten hier in Londen.' Ze richtte haar blauwe blik op me. 'Hebt u gehoord van Miss D'Allaire? Vast wel, gezien uw gemeenschappelijke belangen. Ze vertrok naar Parijs, zonder nadere verklaring, ongeveer een halfjaar geleden.'

Ik struikelde bijna over een oneffenheid in het pad, inwendig vloekend om mijn geschaafde schoen. 'Ja, ik heb van haar gehoord,' zei ik. 'We verkeerden in dezelfde kringen.'

Evie knikte, en tot mijn enorme opluchting vroeg ze niet door. Miss D'Allaires vertrek was een vertrouwelijke kwestie, die verband hield met zaken die ik onmogelijk kon bespreken met deze jongedame: geruchten, charlatans, reputatieschade.

'Ik vind het leuk om af en toe de regels te overtreden, Mr Morley,' zei Evie plotsklaps, naar me opkijkend vanonder haar wimpers. Ze bleef staan, daar midden in het park, en draaide zich om om me recht in de ogen te kijken. 'Ik zou de volgende keer graag op een rustige plek met u willen afspreken.'

Het was een onbetamelijk voorstel van haar kant, maar Miss Wickes had niets wat ik als 'betamelijk' zou kwalificeren. Het droop er bijna van af, die jeugdige eigenzinnigheid van haar. Ze was bijzonder ondernemend voor een vrouw en volkomen wars van conventie. Ik had geprobeerd, tijdens een eerdere wandeling, om aan te sturen op een meer traditionele verkering, maar toen ik om toestemming vroeg om bij haar vader langs te gaan, lachte ze me uit.

'O, maar ik geniet zo van het spannende hiervan,' had ze die dag gezegd. 'We hebben een speciale band, nietwaar? Ik vind het juist fijn dat niemand van ons afweet – en ik heb sowieso nooit veel opgehad met etiquette.'

Het was onmogelijk om boos op haar te worden, ondanks de verkapte belediging. Ik was in de ban van Evie en ik geloof dat ze het wist.

Haar verzoek om een priveafspraak overrompelde me, en ik zocht een ogenblik naar een antwoord. Ik ging nog altijd gebukt onder een levenslange gêne over de wijnvlek op mijn gezicht, en ik had nog nooit zo openlijk een oneerbaar voorstel gekregen van een vrouw. Een aantrekkelijke bovendien, een en al bergamot en fris geurende huid.

'Ik ben nogal verrast,' zei ik uiteindelijk, naar mijn schoenen starend. Hoezeer ik mijn best ook deed, op dat moment kon ik geen greintje zelfvertrouwen oproepen. Ik raakte mijn wang aan, met heel mijn hart wensend dat de vlek op mijn gezicht zou oplossen of anderszins zou verdwijnen.

Ze stapte dichterbij, haar blik nu heel serieus. Ze trok mijn hand van mijn wang. 'Waarom verbergt u uw gezicht altijd voor me?' vroeg ze. Boven ons wiegden een paar boomtakken op het briesje, en zonnestralen wierpen een grillig, glinsterend patroon rondom ons. 'Ik vind het wonderschoon,' vervolgde ze voor ik kon antwoorden. 'Dat u in menig opzicht anders bent dan alle andere mannen.'

Zoiets had nog nooit iemand tegen me gezegd. 'Wonderschoon,' herhaalde ik, de lettergrepen uitrekkend. Een fractie van een seconde meende ik in tranen te kunnen uitbarsten.

'Ja.' Ze schuifelde wat met haar voeten alsof ze op het punt stond te gaan dansen, daar in het onderbroken zonlicht. 'Hebt u afspraken voor vanavond?' vroeg ze, schalkser nu.

Die had ik inderdaad. Met een aantal Genootschapsleden hadden we een loge gereserveerd in het Theatre Royal aan Drury Lane voor een voorstelling van *De vrek*.

'Geen enkele,' zei ik desondanks.

Ze grinnikte. 'Uitstekend.'

We spraken om tien uur af, nadat de leden waren vertrokken. Ik zei dat ze naar de dienstingang moest gaan aan de achterkant van het Genootschapsgebouw. Daar had niemand iets te zoeken, behalve de rattenvangers en rioolwerkers, die toch te dronken waren om zich te herinneren wat ze hadden gezien.

Ik raadde haar aan herenkleding te dragen, zoals ze had gedaan voor de ectoplasmalezing. We zouden meer dan voldoende privacy hebben.

De regels konden me gestolen worden. Ik keek er reikhalzend naar uit die avond een vrouw binnen te laten via de achterdeur van het Genootschap.

8

Lenna

Parijs, zaterdag 15 februari 1873

Lenna besloot samen met Vaudeline terug te keren naar Londen. Op zaterdag, twee dagen na de seance op het chateau, namen de vrouwen plaats in een kleine tweedeklascoupé achter in een stoomtrein van Parijs naar Boulogne. Daar zouden ze aan boord gaan van een stoomschip dat hen over het Kanaal, via de Theems, rechtstreeks naar de London Bridge Wharf zou brengen. Deze route was een paar uur sneller dan Lenna's reis naar Parijs.

Zodra de trein uit Parijs vertrok, legde Lenna haar hoofd tegen de hoofdsteun en liet zich door de cadans van de trein diep in slaap wiegen.

Enige tijd later werd ze wakker van het gerinkel van porselein. Verdwaasd knipperde ze met haar ogen. Door haar slaapdronken waas ontwaarde ze Vaudelines gedaante tegenover haar in de treincoupé, bladerend door een boek met een tevreden uitdrukking op haar gezicht. Een porseleinen theepot stond op een klein, aan Vaudelines stoel bevestigd dienblad.

'Je hebt meer dan twee uren geslapen,' zei Vaudeline zachtjes, zonder van haar boek op te kijken.

Lenna keek op haar horloge en knikte, waarna ze haar ogen weer even sloot. Ze had zo raar gedroomd over Evie, die vrolijk danste in de regen met die vreemde vilten pet op. In de droom werd ze omringd door omgekeerde kaarsen die niet smolten of doofden in de regen, en op een gegeven moment was het munten en zeeschelpen en veren gaan regenen. Apports.

Daarna was de regen lichtgevend groen geworden – als fosforolie. Het deed haar denken aan haar gesprek met Vaudeline een paar dagen terug. Ze waren gaan wandelen in Vaudelines buurt en bespraken Evies vreemde gedrag voorafgaand aan haar dood. Inclusief eventuele aanwijzingen die Lenna erna had gevonden.

'Evie ging naar een feest op de avond dat ze overleed,' had Lenna aan Vaudeline uitgelegd. 'Ik weet niet waar – er waren die avond talloze feesten in de stad – of met wie. Ze had heel veel vrienden, en ze geloofden allemaal in geesten. Die verdwijntruc haalde ze zo vaak uit, het hotel uit glippen, overdag of 's avonds, zonder het onze ouders te vertellen. Ze wilde mij niet eens vertellen wat ze in haar schild voerde. Ik nam aan dat ze een geliefde had, misschien wel meer dan één.' Met haar armen stevig om zich heen geslagen stapte Lenna behoedzaam voort over het trottoir. 'En de bijeenkomst die ze die avond bijwoonde? Tja, ik weet niet eens zeker of het een feest was, in de gebruikelijke zin van het woord. Het kan een spokenjacht of een seance of iets dergelijks zijn geweest.'

'En je vond niets in de daaropvolgende dagen wat enig licht wierp op de bijeenkomst of met wie ze erheen was gegaan?' vroeg Vaudeline.

Lenna schudde haar hoofd. De ochtend na Evies dood was ze als een tornado door hun kamer gegaan. Door het ontwrichtende verdriet was ze buiten zichzelf – gewelddadig zelfs. Ze reet Evies matras open met een mes, op zoek naar liefdesbriefjes of geld of handgeschreven bekentenissen. Ze rukte een lade uit de kast, erin en eronder speurend naar vastgeplakte geheimen. Alles wat ze kapot kon maken, maakte ze kapot, afgesloten of niet. Voor even werkte het louterend, het afreageren van haar woede op een stuk versplinterd hout, maar ze vond geen antwoorden. Ze kon zelfs het notitieboekje niet vinden, dat waar Evie zo vaak in had zitten pennen. Alvorens de kamer te verlaten gaf ze een schop tegen de prullenbak om het af te maken. Die kletterde door de kamer, maar hij was leeg. Uiteraard. Ook daarin geen aanwijzingen.

'Ik doorzocht haar spullen de ochtend na haar dood, op zoek naar aanwijzingen of informatie. Ik vond niets over het feest. Alleen een flinke stapel... knipsels. Artikelen.'

Dit wekte Vaudelines belangstelling. 'Wat voor soort artikelen?'

'Heel veel over jou.' Lenna kauwde op haar onderlip. 'Maar ik vond ook artikelen over waarzeggerij uit vuur, een flesje fosforolie, een boek over automatisch –'

'Je vond een flesje fosforolie?' Vaudeline bleef plotseling staan.

'Ja,' zei Lenna langzaam. 'Wat is er mis met fosforolie?'

Vaudeline liep weer verder, waarna ze haar keel schraapte. 'Ik oordeel niet over de liefhebberijen van je zus of over haar doelstellingen voor haar mediumpraktijk, maar ik moet je erop wijzen dat fosforolie een favoriet instrument is van spiritistische oplichters, een van de meest schaamteloze vormen van bedrog in deze branche.'

Lenna zette haar stekels op. 'Hoezo?'

Vaudeline vervolgde: 'Fosforolie is lichtgevend – het gloeit – en malafide mediums dompelen voorwerpen vaak in de olie om ze er bovennatuurlijk te laten uitzien. Soms gebruiken mediums de olie om menselijke gedaantes op de muur of zelfs beddenlakens te schilderen. Er is geen enkele reden voor een spiritist het tussen haar spullen te bewaren, behalve met de bedoeling bedrog te plegen.'

Nu vond Lenna dat ze voor Evie moest opkomen. Als Vaudeline Evie een oplichter wilde noemen, nou, dat spelletje kon zij ook spelen. 'Wel, tussen haar spullen zaten ook een heleboel artikelen over jouw seances.'

'Het was niet mijn bedoeling de indruk te wekken dat jouw zus betrokken was bij bedrog,' zei Vaudeline vlug. Daarna klemde ze haar lippen op elkaar en veranderde ze van onderwerp.

Nu fronste Lenna, in een poging de flarden van haar vreemde droom in haar geheugen te prenten voordat ze haar ontglipten, maar plotseling boog de trein scherp af naar links, wat haar concentratie verstoorde. De droom, toch al zo ongrijpbaar, vervloog.

Ze rommelde in haar tas naar het blikje pepermuntjes. Daarbij schampte haar hand een papieren zakje. Erin zat de fluweelzachte veer van een zwartkop.

Na die beschamende, laatste ruzie met Evie op de ochtend van allerheiligenavond was Lenna linea recta naar het waarzeggerswinkeltje in Jermyn Street gegaan voor de verenapport die Evie haar had laten zien in de catalogus. Het voelde ontoereikend als zoenoffer – alles zou ontoereikend zijn na het verscheuren van Evies tekening en de beschuldiging dat ze Eloises briefje had gelezen – maar het was iets.

Tot haar grote opluchting was de veer nog te koop. De eigenaresse wikkelde hem zorgvuldig in papier, en Lenna overhandigde een paar muntstukken. Ze legde het pakje zolang in haar kamer, in de hoop 's avonds met Evie te kunnen praten en haar excuses aan te bieden. Het deed er niet toe dat zij apports onwerkelijk, denkbeeldig of in één woord nep vond. Het enige wat ertoe deed, was Evie. Zij had een veer willen hebben – déze veer – en na hun ruzie zou Lenna haar alles ter wereld hebben gegeven.

Nu leek ze voorgoed opgescheept met de zwartkopveer. Een herinnering aan wat ze had gedaan en de excuses die ze nooit had kunnen aanbieden.

'Wil je thee?' vroeg Vaudeline, gebarend naar een tweede theekopje op een schotel.

Ze knikte; haar tong voelde kurkdroog aan. Ze keek toe terwijl Vaudeline met zorg inschonk, onder de indruk – zoals bij hun eerste ontmoeting – van Vaudelines onwaarschijnlijk lange wimpers. 'Dank je,' zei ze toen ze het kopje van haar aannam, voor ze eraan toevoegde: 'Ik droomde over mijn zus.'

Vaudeline glimlachte warm. 'Ik droom ook geregeld over mijn zus.' Haar gezicht betrok. 'Maar het zijn geen fijne dromen, zoals die van jou vermoedelijk wel zijn.'

Lenna wist dat Vaudeline een zus had, maar ze hadden het niet uitgebreid over haar gehad. 'Waarom zijn het geen fijne dromen?'

Vaudeline legde haar boek neer. 'Ze woont in Parijs,' zei ze. 'Net als mijn ouders. Ik heb ze niet meer gezien sinds ik negentien was, meer dan tien jaar geleden. Toen werd ik medium en begon ik over de wereld te reizen. Mijn ouders en zus meden me daarna. Ze zijn in de loop van de jaren diverse keren geïnterviewd. Mijn moeder zei een keer tegen een verslaggever dat ik eigenlijk in een krankzinnigengesticht thuishoorde. Ze schept liever op over mijn jongere zus, die moeder is van een stel prachtige kinderen.' Ze speelde met een zwarte armband om haar pols. 'Heel ironisch dat families bereid zijn mij te betalen om contact te zoeken met hun geliefden in het dodenrijk, maar die van mij niet eens het ritje door Parijs wil maken.'

Ineens schoot Lenna te binnen wat Vaudeline in de nacht van de chateauseance had gezegd: 'Ik ben er nooit aan gewend geraakt een aanvaring te hebben met de mensen die ik als vrienden beschouw.' Misschien ging de pijn van de afwijzing door haar familie ook schuil in die uitspraak. Lenna kon het niet bevatten, deze publieke en persoonlijke verbanning. Het was een wonder dat Vaudeline überhaupt nog in staat was aardig te zijn.

'Misschien dat ik daarom zo graag onopgeloste misdaden wil oplossen,' zei Vaudeline. 'Wie wil genegeerd of veronachtzaamd worden, bij leven of erna? Niemand. En hoewel ik niet uit ben op wraak op mijn familie omdat ze me mijden, heb ik die frustraties in mijn werk gelegd. Ik geloof dat, in sommige opzichten, de afwijzing van mijn familie me voorbereidde op wat zou komen. In contact staan met de doden is een eenzame aangelegenheid. Zoals ik al zei, heb ik niet veel vrienden in deze branche.' Ze tuitte haar lippen. 'Je hebt gezien hoe stoïcijns ik moet blijven wanneer ik tegenover een treurende familie aan tafel zit. Zo'n houding nodigt niet bepaald uit tot... vriendschap. Ik ben koud, gevoelloos genoemd. Onverschillig.'

'Jouw stoïcijnse houding komt niet doordat je niet meevoelt met de seancedeelnemers,' zei Lenna. 'Je probeert hen te beschermen.' Fronsend bedacht ze dat Vaudelines koele houding slechts schijn was, een façade. 'Dat je je empathie wegstopt, maakt je nog niet ongevoelig. De empathie is er wel degelijk. Je bent er alleen heel goed in die van je af te zetten.'

Een dunne deur scheidde hun coupé van de gang die door de trein liep; buiten duwde een jongen een kar voort met kranten en sigaretten en verse croissants. Lenna hield hem aan, plotseling rammelend van de honger.

Vaudeline keek naar haar handen in haar schoot. 'Niemand heeft het ooit zo verwoord. Dank je wel daarvoor.'

Lenna mocht dan slechts een leerling zijn, het gaf haar een gevoel van trots te beseffen dat ze net iets over Vaudeline had blootgelegd – iets wat ze zelf had geconstateerd en hardop had durven uitspreken. Ze wilde dieper graven, verder zoeken en aan het licht brengen wat zij dacht dat schuilging onder het uiterlijk van deze beroemde vrouw. Te oordelen naar Vaudelines opmerking leken anderen er niet de moeite voor te hebben genomen dit te doen. Haar beroep hield in dat mensen haar beschouwden als niets meer dan een doorgeefluik, een middel om contact te leggen met hun overleden geliefden. Hoe moest het voelen voor Vaudeline om te fungeren als middel om mensen te verbinden maar nooit echt te worden gezien? Nooit zelf die verbinding te ervaren?

'Waarom ben je medium geworden?' vroeg Lenna. 'Als het gepaard gaat met zoveel eenzaamheid en scepsis...'

'Om precies dezelfde reden dat jij naar Parijs kwam. Ik verloor ook iemand. Een man van wie ik heel veel hield. Hij heette Léon. We kenden elkaar pas een jaar, maar ik weet zeker dat we op een dag zouden zijn getrouwd.'

Lenna nam een hapje van haar croissant, waar ze peinzend op kauwde. 'Waar heb je hem ontmoet?'

'In Parijs, op een braderie. Léon was kunstenaar. Aquarellen. Op een ochtend liep ik langs zijn kraam, onder de indruk van zijn werk, zijn kleurgebruik en zijn penseelvoering. Van alles wat hij maakte, van kinderen die langs een meer rennen tot tranen die over een wang biggelen. Zeilboten, narcissen, honden. Er was niets wat hij niet kon schilderen. Zijn werk was zo levensecht, alsof je een bloemblaadje zo van het doek kon plukken. Ik ging elk weekend naar zijn kraam tot hij uiteindelijk doorhad dat ik niet alleen geïnteresseerd was in zijn werk.' Ze glimlachte schalks, een glinstering in haar ogen. 'Het duurde niet lang voor we smoorverliefd waren.'

'Werd hij...' Lenna schraapte haar keel. 'Eh... je zei dat je hem verloor. Hoe is hij overleden?'

Vaudeline knikte alsof ze de vraag al verwachtte. 'Hij liep een hoofdwond op, een zware val van de trap achter zijn herenhuis. Het ene moment was hij nog zo levendig, creëerde zijn hand landschappen en emotie uit niets meer dan pigment op een kwast, en het volgende moment was hij... er niet meer. Een koud lichaam, dat spoedig ten grave zou worden gedragen. En de schilderijen. Ik kon amper bevatten dat ze vanaf dat moment zouden ophouden te bestaan.' Ze staarde uit het raam. De trein reed langs een veld vol sneeuwklokjes met hun nederig gebogen kopjes. 'Ik was ziek van verdriet als ik dacht aan wat de wereld was kwijtgeraakt. Wat ik was kwijtgeraakt. Uit wanhoop om iets van hem terug te halen bestudeerde ik alles wat er was over geesten en seances en trances. Ik werd er heel goed in, en ik vond rust – een tijdje.'

Terwijl de trein gestaag vorderde, haalde Vaudeline haar schouders op. Een straal zonlicht viel door het raam op haar schoot, en ze volgde de omtrek met haar vingers. 'Maar goed, ik ben blij dat jij van je zus droomde. Dromen werken helend.' Ze pakte het boek weer op; het was duidelijk dat ze geen zin had vandaag verder in te gaan op Léon. 'Mijn dromen zijn meestal abstract en vreemd,' vervolgde ze. 'Maar mijn ongebruikelijke smaak op literatuurgebied zal ook niet helpen.' Ze draaide de rug van het boek naar Lenna. *The Island Clairsensories*, stond er. 'Het is een roman over zes eilanden in het noordpoolgebied, elk bewoond door een prinses met een paranormale gave. Binnenkort zal ik wel dromen over beeldschone vrouwen omringd door ijs of jonge zeehondjes...'

Het verstrijken van de tijd mocht Lenna's driftbui dan hebben getemperd, maar niet haar scepsis. Kauwend op een stukje croissant was ze blij dat ze haar mond vol had – zolang ze maar niet kon doorvragen naar onzichtbare, ongrijpbare verschijnselen zoals paranormale gaven. Ze wilde de lieve vrede bewaren, dus zelfs nadat ze uitgegeten was, hield ze haar mond en staarde ze uit het raam naar een bevroren, troosteloze akker. Dit uitzicht, daar kon ze in geloven: de ijsvorming, de hoeveelheid kou. Ergens onder de samengeperste oppervlakte bevonden zich sedimentlagen, zoals zandsteen, kalksteen en krijt. Hier kon ze naar graven – wel heel diep – en de brokstukken omhooghalen, het sediment tussen haar vingers laten verbrokkelen. Ze zou zelfs enkele fossielen kunnen ontdekken.

Ze zuchtte, waarbij haar adem het raam deels deed beslaan en het uitzicht belemmerde. Ze wilde Vaudeline heel graag tegemoetkomen, op welk punt dan ook. Het leek nu hoognodig, als ze hun vriendschap wilden voortzetten. Na de seance in het chateau had Lenna zich koppig en ruziezoekerig gedragen, maar het was nog steeds gekmakend, het gebrek aan bewijs in dit hele gebeuren. Ze wilde erin geloven, maar zo langzamerhand kreeg ze het gevoel dat bewijs van de geestenwereld haar ontglipte. Haar tartte.

Leven en dood zijn niet zo zwart-wit als ik zou willen, moest ze toegeven. *Misschien is mijn verzet deel van het probleem. Hoe kan de geestenwereld zichzelf kenbaar maken aan mij als ik het simpelweg afdoe als zinsbegoocheling?* Ze nam zich voor minder koppig te zijn, te kijken of ze wetenschap en geesten naast elkaar kon laten bestaan, desnoods op kleine schaal. Anders vreesde ze dat haar wankele geloof een obstakel zou kunnen vormen om op een dag contact te krijgen met Evie, waar ze ook was.

Ze voelde ogen op zich rusten. Toen ze wegkeek van het raam, ontdekte ze dat Vaudeline haar nieuwsgierig zat op te nemen. 'Wist je dat je lippen bewegen wanneer je in gedachten verzonken bent?'

Ze kreeg een kleur. 'Nee,' zei ze opgelaten. Dit had niemand haar ooit verteld, zelfs Evie niet.

'Waar denk je aan?'

Ze koos haar woorden zorgvuldig, om geen frictie tussen hen te veroorzaken. 'Hoe gemakkelijk het is om te geloven in de dingen die we kunnen zien en aanraken. Met geesten kunnen we geen van beide.'

Vaudeline schudde haar hoofd. 'Je mag niet voor ons allen spreken. Wat je bedoelt, is dat jij ze niet kunt zien of aanraken. Nog niet.' Ze zweeg even. 'Geestelijken en wetenschappers denken dat wij spiritisten ons deze dingen inbeelden of dat we getalenteerde acteurs zijn op zoek naar aandacht en roem.' Ze lachte schamper. 'Geloof me, als ik uit was op roem, zou ik niet hebben gekozen voor een beroep dat gepaard gaat met zoveel leed. En cynisme.'

De trein reed soepel over het spoor, hun wagon lichtjes wiegend. Vaudeline schonk haar een warme glimlach. 'Ik heb me na de chateauseance niet fatsoenlijk verontschuldigd, wat ik wel had moeten doen. *Moi aussi, je suis désolée.* Mijn leven lang word ik al geconfronteerd met scepsis, maar ik trok me jouw twijfels meer aan dan ik normaal gesproken doe.'

Lenna vroeg zich af waarom dan. Kwam het doordat Vaudeline geschokt was door de brief uit Londen? Of doordat ze meer waarde hechtte aan Lenna's mening dan aan die van andere sceptici die ze had ontmoet? Ze hoopte dat het het laatste was, dat Vaudeline gevoeliger was voor de dingen die Lenna geloofde – of niet geloofde – dan de doorsneepersoon. Lenna wilde geen doorsneepersoon zijn in Vaudelines ogen, absoluut niet.

'Ik had je niet mee moeten vragen naar de Volckman-zaak in Londen,' zei Vaudeline nu. 'Het is niet veilig en ook niet praktisch. Ik kan je niet goed lesgeven, niet terwijl ik tegelijk geconcentreerd moet blijven op iets met zulke grote belangen voor hen en voor mij.' Ze sloeg haar benen over elkaar en legde haar handen gracieus in haar schoot. 'Wat Evie betreft, zal ik me aan mijn belofte houden. Zodra ik klaar ben met het Londense Seancegenootschap, voer ik de seance voor je zus uit.'

'Dank je. Ik hoop...' Lenna kon de trilling in haar stem niet onderdrukken. 'Nou ja, ik hoop dat alles veilig verloopt.'

Er vlamde iets duisters op in Vaudelines ogen. 'Ja.' Ze knikte. 'Ik ook.' De trein minderde vaart toen ze het station van Boulogne naderden. 'Tot die tijd...' Ze wees naar het braakliggende terrein langs het spoor. '...scheiden onze wegen zich, en kun je terugkeren naar je fossielen en stenen. Het is sowieso de veiligste optie voor jou.'

In haar woorden klonk een kalme gelatenheid door. Daar waar Lenna de afgelopen twee weken het gevoel had gehad dat ze vooruit was geholpen door Vaudeline – alsof haar nieuwe vriendin haar ongeloof gestaag zou afbikken – had Vaudeline de strijd nu opgegeven, besefte ze. Wat een verschrikkelijk ongelukkige timing, nu zij net had besloten haar koppigheid te beteugelen en voortaan op zoek te gaan naar illusie in het leven van alledag.

Beide vrouwen hadden een mildere houding aangenomen. En toch, terwijl Lenna van plan was in de richting van Vaudelines overtuigingen te bewegen, leek Vaudeline op het punt te staan Lenna ervan te bevrijden.

Lenna tuurde naar het riviertje de Liane en, erachter, het Kanaal dat ze straks zouden oversteken. Het was eb, en ze wist dat zich in de rotsige rivieroever talloze objecten bevonden die fraaie museumstukken zouden vormen: ammonieten die konden worden opgemeten, silicastenen die konden worden gewogen, zelfs botresten die konden worden herleid aan de hand van een taxonomische kaart.

Maar dit? Dit verloren gevoel dat zich binnen in haar roerde, bij het besef dat ze vanavond afscheid zou nemen van Vaudeline in de haven van Londen – het kon niet worden waargenomen, kon niet worden aangeraakt, en toch was het zo echt als maar kon.

Net wanneer ik inzie dat mijn koppigheid weleens het probleem kan zijn, dacht Lenna, *moeten zij en ik ieder onze eigen weg gaan.* Het leek heel oneerlijk. Ze sloeg haar ogen neer en veegde een verdwaalde traan weg voordat Vaudeline die in het oog kreeg.

Die avond kwam het stoomschip bijna een uur te vroeg aan in Londen. De vrouwen gingen van boord via de loopplank en liepen de kade bij de London Bridge op. Het was na zevenen, de zon was allang onder. Vaudeline haalde een zakdoek tevoorschijn, waarmee ze haar neus bedekte en haar ogen bette. Alsof de stank van de Theems niet erg genoeg was, kon de mistsluier die in deze tijd van het jaar over de stad hing je ogen laten prikken en tranen. Vaudeline was dit niet gewend, in tegenstelling tot Lenna.

Toen ze de kade op stapte, kon Lenna zich niet herinneren wanneer ze voor het laatst zo gaar, zo moe was geweest. Ze waren vroeg aan wal gegaan. Mr Morley zou er nog niet zijn, en er was geen denken aan dat ze Vaudeline hier alleen in de menigte achterliet.

'Ik wacht daar wel,' zei Vaudeline, gebarend naar een bankje aan de andere kant van de kade. Verderop was een bord, verlicht door een gaslamp, met de naam GENERAL STEAM NAVIGATION CO. Ze draaide zich om, alsof ze op het punt stond Lenna gedag te zeggen.

'Je denkt toch niet serieus dat ik je hier alleen laat wachten?'

'Het is al laat.'

Lenna trok haar wenkbrauwen op. In Parijs waren ze zo vaak later opgebleven om tot in de kleine uurtjes te praten. Vaudeline had altijd opengestaan voor Lenna's verhandelingen over de fossielenverzamelingen en conserveringstechnieken die ze in Londen had bestudeerd. Lenna, op haar beurt, was even benieuwd geweest naar de vele plaatsen waar Vaudeline heen was gereisd, terwijl ze uitgebreid verhaalde over haar seances in Bretagne, Tunesië, Servië. Lenna wist niet wat ze moest denken van de excentriekere beweringen – zwevende schalen en spontane littekens – maar de reisverhalen waren in elk geval fascinerend. De specerijenmarkten en zonnige klimaten. Ze hoopte het op een dag allemaal met eigen ogen te zien.

'We zijn al eerder veel later dan dit opgebleven,' zei ze.

Vaudeline glimlachte. 'Dat is waar.' Ze ging zitten, rommelde in haar tas. 'Onder het wachten kunnen we een spelletje doen.' Ze haalde haar boek eruit, dat over pooleilanden en paranormaal begaafde vrouwen, en draaide het naar de gaslamp.

Ook Lenna ging zitten, dicht naar haar toe schuivend. 'Een spelletje... waarbij we elkaar voorlezen?'

'Nee. Ik kies een willekeurig woord op de pagina. Dan probeer jij te raden welk woord ik heb gekozen.'

'Dus het is helemaal geen spelletje. Het is een manier om mij te dwingen mijn helderziendheid te oefenen.' Lenna grinnikte. 'Altijd en eeuwig de lerares.'

'Ik geef je een paar hints. Je hoeft niet helderziend te zijn.' Vaudeline wierp een vluchtige blik op haar. 'Ik verbeeld me graag dat we niet alléén lerares en leerling zijn.' Ze draaide het boek naar zichzelf, fronste en keek toen op. 'Ik heb het woord. Je aanwijzing is "drijven".'

Lenna glimlachte. 'IJsberg.'

'Ah,' riep Vaudeline lachend uit. 'Veel te makkelijk.' Ze sloeg de bladzijde om en liet haar vinger over het papier glijden. 'O, deze is echt heel mooi. Je aanwijzing is... *les seins*.'

Lenna gaf een speels tikje tegen haar been. 'Dit is dus gewoon een Franse les. Ik heb geen flauw idee wat dat betekent.'

'Goed dan. Een aanwijzing in je eigen taal: boezem.'

Lenna bloosde. 'Borst?'

'Nee.'

'Borsten.'

'*Oui.*'

Daarop schoten ze in de lach, zo hard dat verscheidene kruiers omkeken. Nog nagiechelend keek Lenna naar beneden. Haar hand had die van Vaudeline gevonden en hun vingers waren nu vervlochten.

Vaudelines opmerking in Parijs schoot haar te binnen, na de kasteelseance: 'Het ergst was het moment in de tuin, toen ik jouw hand zocht en je hem weghaalde.'

Maar nu had Lenna's hand onbewust de hare gezocht. Bijna uit eigen wil.

Vaudeline sloeg het boek dicht en legde het weg, en de twee vrouwen leunden achterover tegen de rugleuning, hun heupen tegen elkaar gedrukt. Geen van beiden maakte aanstalten hun vervlochten handen los te maken. Geruime tijd bleven ze zo zitten, in stilte, uitkijkend over de Theems, donker en schimmig als die nu was. Onwillekeurig vroeg Lenna zich af wat zich onder het wateroppervlak bevond, hoeveel leven daar moest bestaan, wakker en actief, zelfs op dit schemerige tijdstip.

De tijd verstreek te snel. Even voor achten bracht Vaudeline Lenna's hand naar haar lippen en drukte er een tedere kus op. 'Het kenmerk van mijn werk is dat het niet kan worden gezien,' zei ze met zachte stem. 'En dat geldt ook voor mijn genegenheid. Ik mag je heel graag, Lenna, maar genegenheid is niet altijd tastbaar. Ik hoop dat je toch gelooft in het bestaan ervan.'

Heel langzaam maakte ze haar hand los uit die van Lenna en keek naar de luifel verderop.

'Mr Morley gaf in zijn reisbeschrijving aan dat hij daar zou wachten,' zei Vaudeline. Ze rekte haar hals om door de menigte te kijken. Daarna stond ze op en ze draaide zich om naar Lenna. 'Geef je me je adres? Dan kom ik zo snel mogelijk langs.'

Lenna greep het leren handvat van haar rieten reiskoffer. 'Ik mag je heel graag,' had Vaudeline zojuist gezegd. Maar wat kon ze daarop zeggen, zeker op dit moment, dat bol stond van gevaar en onzekerheid? Het enige wat door haar hoofd speelde, was de ergst denkbare afloop: dat de malafide mannen binnen het Genootschap lucht kregen van Vaudelines aankomst in Londen of het geheime plan van haar en Mr Morley.

'Wees alsjeblieft voorzichtig,' was het enige wat ze kon uitbrengen.

'Ja,' fluisterde Vaudeline. 'Natuurlijk. Je adres?' Ze gaf een snelle knipoog in het donker. 'Als het niet goed gaat, moet ik wellicht onderduiken. Als je me in huis wilt nemen tenminste.'

Lenna's keel werd dichtgesnoerd. 'Ik begrijp niet dat je er zo luchtig over kunt doen. Je lijkt niet half zo bezorgd als ik ben.' Haar zorgen hadden echter geen zin, niet nu. Ze waren al in Londen, en onder de luifel iets verderop was net een groepje officieel ogende mannen gearriveerd. Mr Morley zou zich ongetwijfeld onder hen bevinden. Berustend deed ze een stap naar Vaudeline toe. 'Ik zit in Hickway House. Aan Euston Road.'

Vaudeline knikte, waarna ze gebaarde naar een man die de rij onder de luifel had verlaten en nu op hen afliep. 'Dat is hem volgens mij,' zei ze.

Lenna rommelde in haar tas en haalde er een stukje papier uit, waar ze snel Hickway House op krabbelde, voor het geval Vaudeline het vergat. Haar vingers trilden onder het schrijven. 'Alsjeblieft,' zei ze, het papiertje aan Vaudeline overhandigend. Daarna, vechtend tegen haar tranen, boog ze voorover om haar vriendin te omhelzen, waarbij ze haar hand tussen haar schouderbladen liet liggen. Vaudeline drukte zich dichter tegen haar aan.

Met haar hoofd op Vaudelines schouder kon Lenna de man die op hen afkwam duidelijk zien, de man die Mr Morley moest zijn. Hij was niet in herenkostuum, maar in standaard werkkleding – een bruine wollen jas en kuitbroek – alsof hij niet wilde opvallen. Op de linkerkant van zijn gezicht zat een donkere wijnvlek, en op zijn hoofd had hij een grijsbruine vilten pet. Het was een plat en tamelijk versleten exemplaar, met een haal boven het linkeroor.

Plotseling stokte Lenna's adem.

Ze had deze pet eerder gezien.

Het was dezelfde als ze tussen Evies spullen had gezien, diverse malen in de maanden vóór haar dood.

9

Lenna

Londen, zaterdag 15 februari 1873

Lenna maakte zich los uit de omhelzing met Vaudeline, niet langer bezig met de zware taak om afscheid te nemen. Een ogenblik terug was ze nog van plan geweest weg te lopen van Vaudeline en haar eigen rijtuig aan te houden.

Nu prikkelde Lenna's huid. Ze ging haar eigen rijtuig naar huis niet aanhouden. Nog niet.

Mr Morley was nog een paar passen bij hen vandaan, net ver genoeg om een streng van Vaudelines haar naar achteren te schuiven en in haar oor te fluisteren. 'De man die eraan komt, draagt een pet die Evie meer dan eens mee naar huis nam. Ik weet het zeker.'

Tegen de tijd dat de woorden eruit waren, stond Mr Morley naast hen en hij maakte een kleine buiging voor de vrouwen. 'Miss D'Allaire,' zei hij binnensmonds, om zich heen turend of niemand meeluisterde. Een pijp bungelde uit zijn mondhoek. 'Welkom, en bedankt dat u mijn uitnodiging hebt geaccepteerd.' Uit een over zijn schouder geslingerde tas haalde hij een donkerbruine overjas en een wollen pet. 'Dit moet u onmiddellijk aantrekken.'

Vaudeline deed wat haar werd opgedragen en hield intussen haar ogen strak gericht op Lenna, alsof ze haar gedachten probeerde te lezen.

Evie had contact gehad met talloze spiritistische genootschappen in de stad, en zelfs met buitenlandse. Bovendien had ze het Londense Seancegenootschap gekend, want zij hadden de seance voor Eloise uitgevoerd. Dit was niet wat Lenna schokkend vond.

Wat ze schokkend vond, was de pet.

Vrouwen droegen geen kledingstukken van een onbekende man, dus het maakte de band tussen Evie en deze man... persoonlijk. Ze bekeek de pet nogmaals, die onschuldig op Mr Morleys hoofd rustte. Als ze hem van dichtbij bekeek, zou ze dan een achtergebleven zwarte haar van haar geliefde zus vinden? De mogelijkheid bezorgde haar een ziekmakend gevoel.

'Hallo, Mr Morley,' zei Vaudeline op even gedempte toon. 'Een tijd geleden dat we elkaar hebben gezien. Meer dan een jaar.'

'Inderdaad.' Hij wierp een nieuwsgierige blik op Lenna. 'En dit is?'

'Mijn leerling,' zei Vaudeline. 'Ze is vanuit Parijs met mij meegereisd.'

Hij zette grote ogen op. 'Tamelijk gevaarlijk om u te laten vergezellen op de reis hierheen. Ik hoop dat u geen onnodige aandacht hebt getrokken of vertrouwelijke gegevens besproken.' Hij keek naar de luifel. 'Ik had zojuist een geanimeerd gesprek met een koetsier. Ik charter hem met alle plezier als uw leerling een rijtuig nodig heeft.'

Vaudeline trok haar wenkbrauwen op. Daarnet zou ze zonder meer hebben gereageerd met: 'Heel graag, dank u.' Maar nu wendde ze zich tot Lenna. 'Je wachtte tot onze aankomst om een beslissing te nemen over je opleiding en of je zou deelnemen aan mijn volgende seance.'

Het was een list, een leugen – beide vrouwen wisten dat de beslissing dat Lenna de seance aan zich voorbij zou laten gaan, al was genomen. Vanochtend in de trein had Vaudeline haar uitnodiging zo goed als ingetrokken, vanwege het gevaar en de grote belangen die ermee gemoeid waren.

In de laatste paar minuten was alles echter veranderd.

Lenna keek opnieuw naar de pet op Mr Morleys hoofd. Ze kon zich haarscherp herinneren dat hij op Evies dressoir lag – zelfs dat Evie hem terug in haar tas duwde de ochtend vóór haar dood, alsof niemand hem mocht zien. 'Ik kan het niet uitstaan dat je dit doet,' had Evie gezegd, doelend op Lenna's neiging om zich met haar zaken te bemoeien.

Maar Evie was dood. En Lenna zou zich net zo lang met haar zaken bemoeien tot ze de waarheid boven water had. 'Ik wil deelnemen, ja,' zei ze.

Mr Morley stootte een lachje uit, keek toen naar Vaudeline. 'Ze is Engels? Wel verhip, ik ging ervan uit dat ze Frans was. Hoe dan ook, Miss D'Allaire, dit was niet onze afspraak.' Hij kwam een stap dichterbij, legde een hand op haar arm. 'Dit is een strikt vertrouwelijke zaak, en ik heb mijn handen vol gehad aan het coördineren van de heimelijke komst van één vrouw, laat staan twee. Ik kan hier niet mee instemmen.'

Er liep een jongen langs die bekers warme vlierbessenwijn verkocht voor een halve penny, en Vaudeline kocht er twee. 'Mr Morley, ik wil niet dat we tegenover elkaar komen te staan. We waren allebei goede vrienden van Mr Volckman, en uw brief vermeldde niet dat ik alleen in Londen diende aan te komen.' Ze overhandigde een van de bekers aan Lenna. 'Ik vertrouw mijn leerling volledig, en ze is uitzonderlijk bedreven in de seanceruimte.' Snel sloeg ze haar wijn achterover.

Mr Morley wierp een steelse blik op de loopplank, alsof hij zijn opties overwoog. 'Werkelijk, Miss D'Allaire, het lijkt mij het best als ze niet meegaat. Het risico is zo groot, u kunt onmogelijk –'

'Zij gaat met mij mee, of ik zal de gehele seance beleefd moeten weigeren.'

Hij slaakte een lange, gelaten zucht. 'Goed dan,' zei hij, met een gepijnigd gezicht. 'Een paar voorwaarden.' Hij gebaarde naar Lenna. 'Nummer één,' begon hij. 'Ze kan het Genootschapsgebouw niet zomaar in- en uitlopen. De seance is morgenavond laat. Wij dachten dat u graag een dag zou willen rusten na uw reis.'

Vaudeline keek naar Lenna voor een reactie. Lenna had haar vader niet laten weten dat ze terugkwam naar Londen, dus voor zover hij wist, was ze nog in het buitenland. Niemand verwachtte haar en ze knikte instemmend.

'Alleszins aanvaardbaar,' zei Vaudeline tegen Mr Morley.

'Uitstekend. Ik heb een bescheiden kamer in gereedheid gebracht in het hoofdkantoor van het Genootschap. Hij is vrij klein, maar onopvallend. Nauwelijks meer dan een bezemkast.' Hij gebaarde naar hen beiden. 'Er staat maar één veldbed in, maar ik kan vast wel een tweede vinden.

Nummer twee,' vervolgde hij. 'Denk eraan dat dit een herensociëteit is, en vrouwen niet worden toegelaten in het hoofdkantoor. Ook mogen ze niet deelnemen aan onze activiteiten, binnen of buiten het gebouw. Het is een van onze strengste regels, hoewel ik onder de gegeven omstandigheden bereid ben voor u een uitzondering te maken. Desondanks mogen de andere leden er niets van weten, dus ik eis dat u beiden te allen tijde vermomd bent. Ik veronderstel dat dit voor u sowieso een opluchting is, Miss D'Allaire, gezien de reden van uw komst. Ik weet niet wie ik binnen het Genootschap moet verdenken van Mr Volckmans dood – wie ik kan vertrouwen en wie niet. Uw vermomming is cruciaal voor uw veiligheid.'

Op haar knikje ging hij verder. 'Nummer drie. We moeten uiterst voorzichtig zijn wat uw komen en gaan betreft. Als er een reden is om naar buiten te gaan – een korte wandeling bijvoorbeeld – zal ik u naar binnen en buiten loodsen via de dienstingang aan de achterkant van het gebouw, die zich vlak bij de kamer bevindt waar u verblijft. Agent Beck, die ik in mijn brief noemde, is ook aanwezig.' Hij gebaarde naar Lenna. 'Maar ik kan haar veiligheid niet garanderen tijdens haar verblijf in Londen. Agent Beck was uitsluitend voorbereid op uw komst, Miss D'Allaire. Hij zit te wachten, in de bus.'

Hierbij trok Vaudeline haar wenkbrauwen op. 'Akkoord. Zij heeft geen vijanden gemaakt binnen het Genootschap, zoals ik schijn te hebben gedaan. Ik zie dan ook niet in waarom ze beveiliging nodig zou hebben.'

Mr Morley, kennelijk klaar met zijn voorwaarden, gebaarde de vrouwen mee te lopen. Maar plotseling stopte hij en hij draaide zich om naar Lenna. 'Mag ik vragen hoe u heet?'

Lenna verstijfde. Ze wist dat hij een nog nader te bepalen band met Evie had, maar hij kon onmogelijk weten dat zij Evies oudere zus was. Tenzij Evie Lenna's naam een keer had genoemd…

Deed er niet toe. Mr Morley stond doodstil, in afwachting van haar antwoord.

'Lenna,' zei ze.

Hij fronste, zweeg voor haar gevoel nét iets te lang. 'En u woont hier in Londen?'

'Ja. Mijn familie is eigenaar van Hickway House.'

Achter hen klonk zacht gefluit. Een kruier manoeuvreerde een grote kist door de menigte. Vaudeline en Lenna stapten opzij om hem erlangs te laten, maar Mr Morley bleef staan en oogde plotseling… tja, hoe?

Niet onwillig om opzij te gaan, maar verbijsterd.

Uiteindelijk tikte de kruier hem op zijn schouder en stapte Mr Morley opzij. Hij schraapte zijn keel alsof hij inslikte wat op het puntje van zijn tong lag. Daarna loodste hij de vrouwen door de meute passagiers, via een zijingang de haven uit en de schaars verlichte stad in.

10

Mr Morley

Londen, zaterdag 15 februari 1873

Terwijl ik de vrouwen van de haven naar de bus leidde, deed ik mijn best om ontspannen, nonchalant over te komen.

In werkelijkheid was ik danig verontrust over wat ik zojuist had vernomen: Vaudelines onverwachte reisgenote was niemand minder dan Evies oudere zus. Ik vermoedde het zodra ze zei dat ze Lenna heette – daar konden er niet veel van zijn in Londen – en even later bevestigde ze het met de mededeling dat ze in Hickway House woonde.

Evie had het een paar keer over haar gehad, zei dat ze heel hecht waren. Verder had ik nooit zo stilgestaan bij het oudere meisje.

Wat een dwaas vond ik mezelf nu. Het was iets wat ik had kunnen voorzien, dat Lenna les volgde bij hetzelfde beroemde medium als bij wie Evie een opleiding had gevolgd.

Tenslotte moest Lenna een misdaad oplossen. Haar zus was onlangs overleden. Dit had ze mij niet verteld bij onze ontmoeting in de haven, maar dat hoefde ook niet.

Ik wist het al.

Evie en ik groeiden steeds dichter naar elkaar toe die zomer. Het was een klassieke voor-wat-hoort-wat-regeling van haar kant. Ik had toegang tot wat zij wilde, een scala aan mediumschapskennis: de moeilijk verkrijgbare boeken, de instrumenten, onze vertrouwelijke verslagen van seances en spokenjachten.

Wat ik zelf verlangde? Tja, je moest stekeblind zijn om het niet te zien. Evie Rebecca Wickes was zo levendig en lieftallig als een twintigjarige vrouw maar kon zijn. En ze keek niet alleen verder dan mijn ontsierende wijnvlek, maar ze had hem 'wonderschoon' genoemd. Er was duidelijk sprake van iets tussen ons – een band. Ze had het zelf hardop gezegd.

Hoe kon ik niet naar haar verlangen?

In de loop van de zomer ging het vaak als volgt. Zij kwam naar de dienstingang op het afgesproken tijdstip, doorgaans vrij laat. (Wanneer ik de deur opende en degene aan de andere kant zag, verkeerde ik steevast een ogenblik in de waan dat een kruier zich op het verkeerde adres had gemeld.) Daarna voerde ik haar snel mee via de achtertrap naar de bibliotheek en naar mijn werkkamer.

Die eerste paar avonden stond ze me alleen een lange kus toe, in het gunstigste geval een enkele streling. Na zo'n korte liefkozing gaf ze al snel aan wat ze wilde zien in de bibliotheekrekken, meestal een methode of techniek waarover ze had gehoord van een van haar vrienden.

In die beginperiode draaiden onze afspraken meer om kennisoverdracht dan om romantiek, maar ik bespeurde een meegaandheid in haar naarmate de weken verstreken en ze mijn handen lager, langer liet dwalen.

Op een keer vroeg Evie of wij bibliotheekboeken hadden over de constructie van geestenhoorns, of eventueel de hoorns zelf.

'Ja,' zei ik. 'Maar ik moet zeggen dat het inmiddels een tikje unfair begint te voelen.'

Ze boog haar hoofd opzij. 'Unfair?'

Ik knikte. Ze wist precies wat ik bedoelde. Toch legde ik het haar uit. 'Ik heb je hier best veel laten ontdekken. Beslist meer dan jij mij hebt laten ontdekken.'

Ze stootte een lachje uit, zoog haar onderlip naar binnen. Langzaam maakte ze de bovenste knoop los van haar kuitbroek, daarna de tweede en derde. De stof hing losjes om haar heupen en ze schoof hem omlaag, de welving van haar taille en de huid van haar onderbuik ontblotend, delen van haar lichaam die ik nog nooit had gezien.

Steeds lager ging de kuitbroek, centimeter voor centimeter, tot ze onthulde dat onder haar kleren de kousen en jarretels zaten die ze die dag onder haar jurk had gedragen. Een ogenblik was ik totaal van de wereld, dacht ik dat ik was gestorven, dat dit het was, ten langen leste.

Ze liet me een poosje kijken, liet me zelfs een jarretel tegen haar dijbeen petsen. Uiteindelijk liet ik mijn handen over haar buik glijden, omdat ik meer van haar wilde.

'De geestenhoorns,' zei ze, mijn handen wegduwend. 'Laat ze me zien. De constructietekeningen ook.'

Ik liet mijn handen langs mijn zij vallen. 'Evie.'

Ze trok haar broek weer omhoog. 'Het is jammer dat u onze regeling unfair vindt. Ik niet.' Ze deed de knopen weer dicht. 'Sterker nog, volgens mij heb ik amper geroken aan alles wat er valt te ontdekken.' Ze knikte naar de deur, waarachter de bibliotheek zich bevond.

Met een gelaten zucht wees ik haar de plank waar we diverse boeken hadden staan over de constructie van geestenhoorns.

De mahoniehouten boekenplanken reikten tot twee keer haar lengte. De rekken waren bijna drieënhalve meter hoog, met om de paar meter een krukje voor iedereen die een boekwerk van een hogere plank nodig had. Elke rij planken bevatte honderden titels. Er waren boeken over de geschiedenis van paranormale verschijnselen, traditionele seancekennis, beschrijvingen van waargenomen geesten door de eeuwen heen en talloze handleidingen over techniek.

Terwijl zij neusde in het deel over geestengeluiden, ging ik het vijftal hoorns halen dat we in de opslag hadden. Onder het tonen ervan legde ik uit welke geluiden de hoorns maakten in aanwezigheid van geesten of energie, en daarna namen we samen de tabellen in de boeken door, die aangaven wat elk geluid betekende, zoals de aanwezigheid van een dierlijke geest of een demon of een kind.

Ze kreeg wat ze wilde en maakte uitgebreid aantekeningen en een paar tekeningen in haar zwarte notitieboekje.

Zo verliep onze regeling weken achter elkaar, de hele broeierige zomer lang. Geleidelijk liet Evie me meer van haarzelf zien en aanraken, en in ruil daarvoor mocht ze van mij allerlei Genootschapsdocumenten doornemen. Ik liet haar onze notulen lezen, ik liet haar onze spokenjachthulpmiddelen zien en ik gaf haar vrijwel onbeperkte toegang tot onze bibliotheekrekken.

Ze snakte ernaar, was ik me gaan realiseren. En ze was gulzig. Ze verslond het allemaal als een hond een kluif.

Op een ochtend medio juli liep ik naar mijn werkkamer, waar ik tot mijn schrik een kleine, witte envelop op het tapijt aantrof. Iemand moest hem onder de deur door hebben geschoven.

Ik opende hem en herkende onmiddellijk Mr Volckmans handschrift. *We hebben een serieuze kwestie te bespreken. Laten we praten zodra het jou schikt.*

Het hart zonk me in de schoenen. Ik keek over mijn schouder, voelde me plotseling betrapt of bekeken. Ging dit om Evie? Had hij ons samen gezien, ondanks haar vermomming?

Ik ging onmiddellijk naar de gemeenschappelijke ruimte beneden om te informeren waar Volckman zich bevond. Iemand had hem even daarvoor gezien in de rookruimte, dus begaf ik me snel daarheen, blij hem in zijn gebruikelijke stoel aan te treffen, een pijp bungelend in zijn mondhoek. Verder was er niemand in de kamer. De middagzon scheen door een rond raam naar binnen, en er hing een rooksluier die de kamer een licht dromerige sfeer gaf.

'Ik las uw bericht,' zei ik, langzaam inademend. 'Een serieuze kwestie, zegt u?'

Volckman keek op van zijn papieren, sloeg zijn benen over elkaar. Hij wees op een vel perkamentpapier voor hem, vol gekrabbeld met cijfers. 'Inkomsten lopen weer terug.'

Er ging een golf van opluchting door me heen. Dit ging dus alleen om geld. Ik veegde een zweetdruppel achter mijn oor weg. 'Dan gaan we meer opdrachten werven of –'

'Nee.' Volckman schudde zijn hoofd. 'We moeten de kern van het probleem aanpakken, geen tourniquet eromheen klemmen.' Hij zweeg even. 'We moeten uitzoeken waar de geruchten – de praatjes – vandaan komen over bedrieglijke seances.'

Ik sloot mijn ogen even. Niet wéér. Aan het begin van het jaar had hij dit onderwerp voor het eerst ter sprake gebracht. 'Ik ben ermee bezig. Ik ben... het aan het uitzoeken.'

'Dit is belangrijk, Morley. Ik verzocht Miss D'Allaire goddorie de stad te verlaten.'

'Ik weet het.'

Hij legde zijn pijp neer. 'Het is één grote bende.' Hij tikte met zijn vinger op het vel perkamentpapier, een misprijzende trek op zijn gezicht. Daarna keek hij me strak aan. 'Stel orde op zaken, Morley. De cijfers, de praatjes, alles. Ik heb meer dan genoeg mannen die bereid en in staat zijn jouw functie op de afdeling over te nemen.'

Ik knipperde met mijn ogen, amper in staat te geloven wat hij zojuist had gezegd. Deze organisatie hadden we voor de helft samen opgebouwd. Nu dreigde hij me te ontslaan?

Ik beet op mijn onderlip, op het punt om terug te snauwen op Volckmans dreigement, maar ik wist dat ik er niets mee zou opschieten. Het zou het zelfs kunnen verergeren. Tenslotte was ik zijn ondergeschikte. Alles waar ik aan hechtte, had ik bereikt dankzij zijn genereuze gebaar tien jaar geleden.

Ik wenste hem een prettige dag, verzekerde hem nogmaals dat ik dit alles zou oplossen. Op de een of andere manier.

Toen ik de kamer verliet, kriebelde er iets tegen mijn hals. Gedachteloos voelde ik wat het was. Op de kraag van mijn jas zat een donkere haar. Van Evie natuurlijk. Vlug veegde ik hem eraf, bijna alsof hij aan één kant in brand stond.

Langzaam dwarrelde hij naar de vloer, als een veer.

Maar tijdens die zweeffase schoot het me eindelijk te binnen: een uitermate geschikte oplossing voor dit alles.

11

Lenna

Londen, zaterdag 15 februari 1873

Zodra ze de haven hadden verlaten, hielp Mr Morley de vrouwen hun bagage boven op een zwart gelakte bus te tillen, groot genoeg voor acht tot tien mensen. Een koppel onyxkleurige paarden was ervoor gespannen, zwarte verenpluimen aan hun hoofden bevestigd zoals je wel zag in een begrafenisstoet. HET LONDENSE SEANCEGENOOTSCHAP stond op de zijkant van de bus in sobere grijze letters. Door dit alles bood het rijtuig een vrije sombere aanblik, maar als deze mannen seances leidden, bestond hun clientèle uit rouwenden. Ze zouden niet bij een treurend gezin durven aankomen met witte paarden en kleurige verentooien.

Toen Lenna in het rijtuig stapte, schrok ze van iemand die er al in zat, verscholen in de schaduw achterin. Toen schoot het haar te binnen: de agent. Toen ze kort aan elkaar werden voorgesteld, vermeed agent Beck – breedgeschouderd met zware wenkbrauwen en een centimeterslang litteken over de onderkant van zijn kin – oogcontact en hij zei zo min mogelijk. Hij hield zijn armen over elkaar geslagen en deed geen moeite de trage blik waarmee hij de vrouwen taxeerde te verhullen. Hij hoorde te fungeren als beschermer voor Vaudeline – bij wijze van geruststelling – maar zijn houding maakte op Lenna de tegenovergestelde indruk. Eerlijk gezegd vond ze hem behoorlijk beangstigend.

Bovendien vroeg ze zich af hoeveel agent Beck wist van de Volckman-zaak. Had Mr Morley hem verteld over de oplichters binnen het Genootschap?

Lenna nam plaats op een van de banken aan weerszijden van het rijtuig, met een bedenkelijke blik op een aantal houten vaten achter in de bus.

'Ik beheer een distilleerderij,' legde Mr Morley uit. 'En af en toe gebruik ik de Genootschapsbus om bestellingen af te leveren.' Hij wees naar de vaten. 'Deze gaan er later deze week uit.'

Mr Morley tikte de koetsier op de schouder. Het was een aantrekkelijke jongeman in donker uniform met een hoge, stijve kraag. Lenna verwachtte dat ze zouden overleggen, maar zag tot haar verbazing dat de koetsier Mr Morley een lei en krijtje overhandigde. Mr Morley schreef vlug een paar woorden op de lei. Daarna gaf hij hem aan de koetsier.

'Onze koetsier, Bennett, kan niet horen en niet praten,' legde hij uit toen hij Lenna's verwarde blik zag. 'Wij communiceren door middel van de lei. Ik liet hem weten dat we rechtstreeks naar het Londense Seancegenootschap gaan. Ik neem aan dat u beiden vermoeid bent.'

Daar was Lenna blij om: ze was niet alleen moe, maar in de laatste paar minuten had ze verschrikkelijke hoofdpijn gekregen. Misschien door de stank die hier hing. Ze knoopte haar halsdoek los – ze had het heel warm, ondanks het seizoen – en legde hem naast zich op de bank. Intussen zon ze op een tactiek hoe ze inzicht kon krijgen in Evies relatie met Mr Morley.

'Ik begreep uit uw brief dat u en Mr Volckman nog altijd even hecht waren,' zei Vaudeline, voorovergebogen op de bank zodat Mr Morley haar kon horen boven het geklepper van paardenhoeven uit.

'Ja.' Hij schraapte zijn keel, haalde een hand over zijn nek. 'Heel hecht.'

'En hebben de mannen van het Londense Seancegenootschap stappen ondernomen om contact te leggen met zijn geest?' vroeg Vaudeline.

'Jazeker. Het resultaat was... zorgwekkend.'

Ze fronste. 'Hoezo?'

Mr Morley en agent Beck wisselden een behoedzame blik. 'We deden een poging tot een seance,' zei Mr Morley. 'Tweemaal zelfs. Beide keren wisten we geen enkele energie op te roepen. Het bleef doodstil in de ruimte.'

'Geen trilling in de lucht of warmte?' vroeg Vaudeline.

'Helemaal niets.'

'En u sprak de spreuken uit op de plaats waar hij overleed?' vroeg ze.

Mr Morley knikte. 'Ja. We hielden de seances in mijn privékelder. Ik weet dat hij daar overleed, want ik was degene die zijn lichaam vond.' Fronsend wreef hij over zijn kin. 'Ik vraag me af, Miss D'Allaire, of er zoiets bestaat als een contraspreuk. De ongelovigen binnen het Genootschap –'

'Voor we er dieper op ingaan,' onderbrak Vaudeline hem, 'hoeveel weet agent Beck?'

Morley knikte goedkeurend. 'Heel zorgvuldig van u. Ik heb Beck genoeg verteld, en hij heeft tevens een eed van geheimhouding getekend.' Hij schraapte zijn keel en vervolgde: 'Is het mogelijk dat deze malafide mannen iets hebben gedaan om onze seances te hinderen, zelfs als ze niet bij ons in de ruimte waren?'

'Geesten kunnen uit een ruimte worden verjaagd met belemmerende spreuken, zeker. Het is echter moeilijk ze goed uit te voeren.'

Mr Morley haalde zijn schouders op. 'Wel, onze leden zijn zeer bekwaam, zoals u weet. Wellicht dat een belemmerende spreuk, zoals u zegt, verklaart waarom onze seances geen resultaat hebben opgeleverd. Hoe dan ook, we hebben een aantal andere dingen geprobeerd. Zelfs een...' Hij sloeg zijn ogen neer, friemelend met zijn vingers. '...een planchette.'

Vaudeline knipperde alsof ze het verkeerd had verstaan. 'Een planchette?'

'Ja. Het is een plankje op rolletjes, met een potlood dat –'

'Ik weet wat het is, Mr Morley.' Ze lachte zuinig. 'Maar een planchette is kinderspeelgoed. Geen betrouwbaar hulpmiddel voor mediums.'

'Ik ben ten einde raad,' zei hij zachtjes. 'Ik ben bereid alles te proberen. Zelfs kinderspeelgoed.'

Terechtgewezen gaf Vaudeline een kneepje in zijn arm en ze leunde achterover op de bank.

Uiteindelijk draaiden ze York Street in aan de noordzijde van St. James's Square. De koetsier trok de teugels naar rechts om de paarden naar een smalle doorgang te sturen achter een rij gebouwen.

Ze versnelden hun tempo, en Mr Morley grinnikte. 'Hoe dichter bij huis, hoe sneller ze gaan lopen.' Hij wees naar de doorgang, waar her en der stro lag. Verderop waren de stallen duidelijk zichtbaar, de ingang aan weerszijden was verlicht door aan de muur bevestigde gaslampen. Erboven, op de eerste verdieping, kon Lenna net een paar lichtgekleurde gordijnen onderscheiden door een raam met verticale stijlen. Ze nam aan dat de koetsier hier woonde en sliep.

Ze keek achterom naar het Genootschapsgebouw, meerdere verdiepingen bijna geheel in schaduwen gehuld. De voorgevel was van portlandsteen. Ze herkende het meteen, omdat Stephen haar had verteld hoe het eruitzag: hij had haar voorbeelden laten zien en uitgelegd dat de steen in heel Londen werd gebruikt. De zandsteen was eenvoudig te herkennen door zijn bleke glans, hoewel hij in Londen vaak vervuild was door mist en roet. Lenna wist dat als ze de voorgevel goed bekeek bij daglicht, ze piepkleine spiraal- en schroefvormige fossielen – buikpotigen – in de steen zou ontdekken, evenals koraalsporen van een eeuwenoud rif.

Ze naderden een deur aan de achterkant, waar een gaslamp flikkerde.

Hier zag Lenna een onopvallende inscriptie op ooghoogte: HET LONDENSE SEANCEGENOOTSCHAP, SINDS 1860. Wat ironisch, dacht ze, het begrip 'seance' gekerfd in deze van fossielen wemelende steen. Twee kanten van de dood, de illusionaire en de tastbare.

Eenmaal binnen leidden Mr Morley en agent Beck de vrouwen door een korte gang. Aan het einde van de gang stonden een paar oude meubelstukken, waaronder een zware mahoniehouten boekenkast. Ze kwamen bij een dichte deur, en Mr Morley stapte de kamer binnen en hief de lantaarn in zijn hand op om de ruimte rondom hen bij te lichten. Het was inderdaad sober, met een veldbed en een stapel kleren. Onder een raam stond een stoel, de robuuste houten soort die je wel met honderd andere in een collegezaal aantrof. In een hoek stond een tot aan het middel reikende tafel met een keramieken kom en waterkan, plus een paar flannellen washandjes. Een geïmproviseerde toilettafel, hoe armzalig ook.

'Ik zal nog een veldbed brengen,' zei hij. 'Leden blijven weleens slapen, dus we hebben er een aantal.' Hij wees naar een papieren tas naast de stapel kleding. 'Daarin zit het een en ander dat is overgebleven van de Genootschapslunch van vanmiddag. Brood en jam en stukjes kip. Allemaal heel smakelijk.' Hij wendde zich tot agent Beck. 'Volgens mij zijn we klaar voor vanavond. Bedankt voor je hulp.'

Agent Beck gaf een stijf knikje. 'Ik ben er morgen weer, zo rond zevenen, mocht je me nodig hebben.' Zonder de vrouwen ook maar een blik waardig te keuren maakte hij rechtsomkeert en vertrok.

Vaudeline zette haar tas neer, waarna ze de kleine ruimte opnam. 'U gaf aan dat morgen een rustdag is voor Miss Wickes en mij,' zei ze. 'Eigenlijk kunnen we onze tijd beter besteden, wil de seance een succes worden.'

Mr Morley zette grote ogen op, en zelfs Lenna hield haar adem in, benieuwd waar Vaudeline op aan stuurde. 'Ja?' zei Mr Morley aarzelend.

'De dag van Mr Volckmans dood... Bent u op de hoogte van zijn gangen? We zullen die plaatsen moeten bezoeken, indien mogelijk.' Uit haar reistas haalde ze een notitieboekje en pen.

'Zijn gángen? U klinkt als een diender van de Met.' Glimlachend draaide Mr Morley aan de knop op de lantaarn om het schijnsel te dimmen nu hun ogen zich hadden aangepast aan het schemerlicht. 'De Met heeft alle forensische mogelijkheden al uitputtend onderzocht, dat verzeker ik u. Er zijn geen aanwijzingen, of bewijzen, te vinden op de plaatsen waar Mr Volckman is geweest op allerheiligenavond.'

Vaudeline schudde haar hoofd. 'O, maar dit gaat niet om forensisch onderzoek, Mr Morley. Hebt u weleens een artikel van mij gelezen over heldervoelendheid? Het was een favoriet gespreksonderwerp tussen Mr Volckman en mij.'

'Nee, maar nu hebt u me nieuwsgierig gemaakt.' Hij pakte de tas met lunchkliekjes, die hij Vaudeline aanbood, maar ze wimpelde het af.

'Heldervoelendheid heeft betrekking op de energie die iemand overbrengt op de dingen die hij aanraakt,' zei ze. 'Dit verschijnsel is met name sterk wanneer we hevige emoties voelen zoals woede, lust, afgunst – emoties waar mensen vaak tegen vechten in de minuten of uren voor hun dood, afhankelijk van de omstandigheden.' Geconcentreerd gleed ze met haar vingers langs de roodfluwelen gordijnen aan weerszijden van het raam. 'Ik ben in staat deze energie in me op te nemen, die mij weer in staat stelt de overledene makkelijker kenbaar te maken tijdens een seance. Daarom wil ik graag naar de plaatsen waar Mr Volckman op de dag van zijn dood is geweest, om te kijken of ik latente energie kan halen uit de voorwerpen die hij mogelijk heeft aangeraakt.'

Mr Morley deed geen moeite zijn ongelovige blik te verbergen en knipperde met zijn ogen. Heldervoelendheid was klaarblijkelijk niet een van de technieken die het Londense Seancegenootschap hanteerde. Toch kon Lenna begrip opbrengen voor zijn situatie. Hij had Vaudelines aankomst in Londen gecoördineerd en haar hier in het hoofdkantoor van het Genootschap ondergebracht. Wat hij ook vond van heldervoelendheid, Lenna kon zich amper een voorstelling maken van de druk die hij moest voelen om dit goed te doen – om deze zaak op te lossen.

'Goed dan,' zei Mr Morley. 'Enkele uren vóór Mr Volckmans dood voerde het Genootschap een seance uit voor een weduwe die hier dichtbij woont, Mrs Gray. Ik was er niet bij, maar Mr Volckman wel.'

'Weet u waar ze woont?'

Hij knikte. 'Ja. Ik ga over de opdrachten en overeenkomsten voor alle seances van onze afdeling. Ik wijs tevens de deelnemende leden aan. Ze woont in Albemarle Street.'

Vaudeline maakte enkele aantekeningen in haar boekje. 'Dan gaan we morgenochtend langs bij Mrs Gray. Ik zou ook graag bij Ada Volckman langsgaan, in Bruton Street. Het is maar een paar minuten van Albemarle.'

'Ik had er niet op gerekend dat we morgen bezoekjes door de hele stad zouden afleggen,' zei hij vriendelijk. 'Wellicht kan het bezoek aan Mrs Volckman wachten tot na de seance, zodra dit allemaal is opgelost.'

'Zij en ik waren bevriend, Mr Morley. Ik heb meer dan eens bij haar thuis gegeten. Sterker nog, ik heb haar kinderen verhaaltjes voor het slapengaan voorgelezen.' Ze zweeg, haar ogen bedroefd. 'Ik wil morgen graag bij haar langsgaan, al is het maar voor een paar minuten.' Plotseling fronste ze. 'Weet zij dat u me hebt ingeschakeld voor de seance voor haar overleden echtgenoot?'

Na een korte stilte schraapte Mr Morley zijn keel. 'Nee. Ik wilde haar niet lastigvallen met de details van uw bezoek. Ze heeft al genoeg zorgen. Vandaar dat ik u nogmaals vraag te overwegen of het werkelijk enig voordeel oplevert om zo onverwacht bij haar langs te gaan.' Hij rekte het woord 'voordeel' uit zoals een handelaar of verkoper zou doen.

Vaudeline nam hem aandachtig op. 'Hebt u ooit een dierbare verloren, Mr Morley?'

'Ja. Mijn vader.'

'Recent? Had u een hechte band?'

'Ruim tien jaar geleden. En ja, heel hecht.'

Vaudeline knikte. 'Had u het geluk vrienden te hebben die na zijn dood langskwamen om te kijken hoe het met u ging? Of voelde u zich eenzamer naarmate de weken verstreken?'

Mr Morley knipperde een paar keer. 'Het laatste, absoluut.'

'Precies. Na verloop van tijd lijken alleen naaste familie en vrienden te... delen in het verdriet. Het voelt alsof alle anderen verder zijn gegaan met hun leven. De bezoekjes lopen terug. Mensen zoeken elkaar weer op, lachen even hard als voorheen. De lege stoel wordt door iemand anders bezet. Ik ben het dan ook met u eens,' vervolgde ze, 'dat het voor het onderzoek weinig vóórdeel oplevert om morgen langs te gaan bij Mrs Volckman. Maar een vriendin troosten die haar echtgenoot drie maanden geleden verloor? Wel, ik kan geen betere reden bedenken om haar een bezoek te brengen.'

Alle drie waren ze een ogenblik stil. Toen strengelde Mr Morley zijn vingers ineen. 'Goed dan. We gaan morgenochtend bij haar langs.' Verbeeldde Lenna het zich of klonk er een vleugje verslagenheid – frustratie zelfs – door in zijn stem?

'Uitstekend.' Vaudeline keek in haar notitieboekje. 'Verder nog ideeën over waar Mr Volckman is geweest op de dag van zijn overlijden?'

'Ik zou het niet weten. Ik beheerde zijn agenda niet voor hem.' Terwijl hij sprak, sloeg Lenna haar ogen neer, opgelaten. Mr Morley was hun informatiebron en beschermer gedurende de komende paar dagen. Ze wilde hem niet irriteren met zoveel verzoeken. 'Uiteindelijk arriveerde hij echter in mijn souterrain, voor het allerheiligenfeest –'

'Uw jaarlijkse cryptesoiree,' onderbrak Vaudeline hem. 'Ik ben er een paar keer geweest, lang geleden.'

'Juist. Zoals gewoonlijk waren velen van het Genootschap aanwezig. Onder wie agent Beck en ikzelf.'

'Aangezien u zijn lichaam in de kelder vond, houden we de seance daar.' Ze maakte een snelle aantekening. 'Is hij hier geweest, op het hoofdkantoor van het Genootschap, op de dag van zijn overlijden?'

'Ja. Doordeweeks ontbeet hij hier altijd. Dan nam hij de logboeken door, beantwoordde vragen enzovoort.'

'De lógboeken?'

Mr Morley knikte. 'We hebben een bezoekerslogboek in de hal, waar leden zich elke dag registreren. Mr Volckman nam het regelmatig door om te controleren of er leden waren die niet aan hun aanwezigheidsplicht voldeden.'

'En u weet vrij zeker dat hij dit logboek heeft doorgebladerd?' Op zijn knikje ging Vaudeline verder. 'Dan wil ik het morgen graag zien. En had hij een werkkamer hier bij het Genootschap? Waar hij een pen of pijp kan hebben achtergelaten? Iets wat hij die dag heeft aangeraakt.'

Mr Morley schudde zijn hoofd. 'Sommige mannen doen hun werk liever in de bibliotheek, vlak boven ons op de eerste verdieping. Ik ook – mijn werkkamer is aan de achterkant. Maar Mr Volckman was een sociale man, meer geneigd om zijn werk te doen in een vrije stoel in de eetzaal, de recreatieruimte of eventueel de rookruimte. Ik heb geen idee waar in het gebouw hij zijn tijd doorbracht op allerheiligenavond.'

Terwijl Vaudeline nog wat aantekeningen maakte, vatte Lenna moed. 'Verder nog iets?' vroeg ze. Ze had Mr Morley niet meer aangesproken sinds de haven. 'Andere verslagen, kasboeken of papieren die hij in handen kan hebben gehad?' Ze wilde zich nuttig maken; tenslotte speelde ze nog steeds de rol van leerling.

Mr Morley kneep zijn ogen samen. 'Ik kan geen inzage bieden in dergelijke documenten. Ik kan u de openbare presentielijst laten doornemen, maar Genootschapsgegevens zijn over het algemeen vertrouwelijk.'

Vaudeline toverde een zuinig lachje tevoorschijn. 'Uw plichtsbesef is bewonderenswaardig, Mr Morley.'

'Bovendien kan ik het logboek morgen niet weghalen uit de hal,' zei hij. 'Dan lopen er de hele dag leden in en uit. Maar ik kan het nu voor u halen, nu iedereen naar huis is en heeft getekend bij vertrek. Dan neem ik het tweede veldbed ook meteen mee. Een paar minuten geduld, alstublieft.'

Weg was hij, zijn voetstappen weergalmend door de gang.

'Allerheiligenavond,' zei Lenna zodra hij weg was. 'Ik kan nauwelijks geloven dat Mr Volckman en Evie op dezelfde avond zijn vermoord.'

Vaudeline knikte, een peinzende uitdrukking op haar gezicht. 'Op het eerste gezicht lijkt het stom toeval. Maar op allerheiligenavond was het nieuwe maan. Wanneer dit gebeurt – het komt om de negentien jaar voor, conform de aloude cyclus van Meton – is het een voorteken van de dood in schokkende aantallen. Vele mediums weigeren hun huis te verlaten wanneer een nieuwe maan op allerheiligenavond valt. De grens tussen de levenden en de doden is zo ontzettend fragiel die avond.'

De aloude cyclus van Meton. Vaag herinnerde Lenna zich dat Evie er iets over had gezegd afgelopen herfst, maar ze had het afgedaan als de zoveelste absurde theorie van haar zus.

Even later ging de deur open en kwam Mr Morley binnen. Eerst overhandigde hij Vaudeline een dik, in leer gebonden boek. 'Het logboek,' zei hij. Daarna ging hij aan de slag om het tweede veldbed op zijn plek te manoeuvreren. Zweet parelde langs zijn haarlijn, hoewel het veldbed relatief licht leek. Hij was niet een van de fitsten, constateerde Lenna.

Vaudeline nam plaats op de stoel onder het raam en liet het logboek openvallen op haar schoot. Ze liet haar handen lichtjes over de bladzijden glijden, waarbij ze haar ogen sloot. Lenna wilde vragen wat ze precies trachtte te doen of voelen of gewaarworden, maar ze wilde Vaudelines techniek ook niet verstoren.

Met haar ogen dicht sloeg Vaudeline willekeurig een paar bladzijden om. Toen stopte ze ineens, met een bevreemd gezicht. Ze opende haar ogen en plotseling klonk er een hard, bonkend geluid van ergens op de gang buiten de kamer. Alle drie schrokken ze op.

Het geluid klonk nogmaals. Het leek of er geklopt werd op de dienstingang die zij hadden gebruikt om het gebouw binnen te komen. Lenna werd misselijk. Had iemand hen naar binnen zien gaan, iemand die niet mocht weten dat Vaudeline in de stad was? Het leek onwaarschijnlijk: ze waren in het donker het gebouw binnengegaan.

'Eens kijken wie het is,' zei Mr Morley. Hij wierp een bedenkelijke blik op het logboek op Vaudelines schoot. 'Ik ben zo terug.'

Zodra hij weg was, knielde Lenna naast Vaudeline, die zojuist de registraties op allerheiligenavond had opgeslagen.

'Daar,' zei Lenna, wijzend naar halverwege de bladzijde. *M. Volckman*, stond er. *Binnenkomst 10.14 uur, vertrek 15.30 uur.* Vaudeline streek met haar vingers over de handgeschreven tekst, waardoor de inkt iets uitliep.

'Wat... voel je?' vroeg Lenna.

'Als ik heel eerlijk ben: iets vreemds...' Ze sloeg nog een paar bladzijden om.

'Wacht,' zei Lenna. 'Blader eens terug.' Toen Vaudeline dat niet snel genoeg deed, draaide Lenna het boek naar zich toe en bladerde zelf vliegensvlug terug.

Plotseling slaakte ze een kreet. Toen stak ze een klamme hand uit om te wijzen naar de betreffende bladzijde, een registratie bij binnenkomst van afgelopen zomer.

Daar stond het, met potlood geschreven.

E.R. W–.

Lenna kende dit handschrift, de sierlijke krul van de R en de ronde bogen van de W. Zelfs het kastlijntje om haar achternaam geheim te houden was niet ongebruikelijk; ze had Evie vaker dingen zo zien ondertekenen, haar manier om de draak te steken met oude tradities. *E.R. W–.*

Evie Rebecca Wickes.

Het leed geen twijfel: deze potloodstreken waren onmiskenbaar. Lenna kon de letters opmeten als ze wilde, of het vel papier wegen, of haar vinger halen door de grafietkristalletjes op de bladzijde in de vorm van initialen.

Evie was niet alleen omgegaan met Mr Morley op een nog nader vast te stellen wijze.

Ze was hier geweest, ín het hoofdkantoor van het Londense Seancegenootschap.

In een gebouw waar vrouwen niet werden toegelaten, had Evie zich op een of andere manier naar binnen gewerkt.

12

Lenna

Londen, zaterdag 15 februari 1873

In de kleine opslagruimte op de benedenverdieping van het Londense Seancegenootschap werd de lucht ijl. *Evie is hier geweest*, dacht Lenna. *Hier, in ditzelfde gebouw.*

De deur ging open. Mr Morley kwam binnen, terug van het gesprek met degene die even daarvoor op de deur had geklopt. In zijn handen had hij iets wat Lenna herkende. Het duurde een ogenblik voor ze het thuis kon brengen: haar halsdoek.

'U had dit in het rijtuig laten liggen,' zei hij. 'Mijn koetsier was zo goed hem terug te brengen. Dit kunt u beter niet nog een keer laten gebeuren. Stel u voor dat een ander lid eropuit ging voor een ochtendritje in de bus en een vrouwenshawl op de bank vond.' Hij trok zijn wenkbrauwen op. 'U weet nog wat ik zei over de deelname van vrouwen aan Genootschapsactiviteiten?'

'Natuurlijk,' zei Lenna ademloos.

Vaudeline klapte het boek dicht en streek nog eenmaal met haar hand over het omslag. 'Ik heb wat ik nodig heb, Mr Morley.' Ze overhandigde het logboek. 'Ik denk dat we allemaal toe zijn aan een goede nachtrust. Hoe laat kunnen we u morgenochtend verwachten?'

Ze spraken om acht uur af, waarna Mr Morley vertrok met het logboek. Vaudeline maakte onmiddellijk de veters van haar laarsjes los, maar Lenna bleef staan, aandachtig luisterend naar Mr Morleys wegstervende voetstappen op de gang. Toen ze hem niet meer kon horen, klemde ze haar trillende handen ineen, wetende wat ze straks ging doen.

Vaudeline trok haar tweede laars uit, waarna ze aan een van haar kousen trok. 'Ik popel om morgen te praten met de weduwe, Mrs Gray, wanneer we haar thuis bezoeken. Wat mij betreft, staat zij bovenaan onze agenda.'

Bovenaan de agenda? Voor Vaudeline misschien. Maar niet voor Lenna. Zij had zojuist de naam van haar dode zus zien staan in het logboek van het gebouw waarin zij de komende zesendertig uur zouden verblijven. Bovenaan Lenna's agenda stond dat logboek weer in handen krijgen. Ze wilde alle mogelijke aanwijzingen verzamelen van Evies handel en wandel in de maanden vóór haar dood.

Het was tot nu toe niet bij haar opgekomen, maar misschien was ze hier, binnen het Genootschap, dichter bij de waarheid dan vrij rondlopend door de stad.

Ze zou desnoods elke bladzijde van dat logboek doornemen.

En ze was van plan het vannacht te doen.

Ze zou een uur wachten, minstens, lang genoeg voor Mr Morley om het logboek terug te brengen naar de hal en het gebouw te verlaten. Intussen kon ze haar tijd net zo goed benutten: iets eten en schone kleren aantrekken.

Ze groef in haar tas, op zoek naar schone kousen. Toen ze er een paar uit haalde, viel er iets op de vloer, vlak bij Vaudelines voeten. Een reeds geopende envelop. Lenna zag dat het een brief van Stephen was die hij vorige week naar haar in Parijs had gestuurd.

Bij ontvangst had ze hem opengescheurd – was er wellicht een doorbraak in Evies zaak? – maar de brief bevatte niets meer dan wat uitingen van genegenheid. Toen ze verder las, werd ze bang dat Stephen zou zinspelen op een toekomstige verloving, maar tot haar opluchting bleek aan het eind van de brief geen sprake van een dergelijke suggestie.

Nu gaf Vaudeline de envelop aan Lenna, waarbij hun knokkels langs elkaar streken. 'Is dit niet de brief die je vorige week ontving? Ik heb er helemaal niet naar gevraagd. Is het iets belangrijks?' Vaudeline keek toe terwijl Lenna hem terug in haar tas stopte.

Ze schudde haar hoofd. 'Gewoon een berichtje van een man genaamd Stephen Heslop – de tweelingbroer van mijn vriendin Eloise, die een paar jaar geleden overleed. Stephen is degene die in het museum werkt en me alles over fossielen heeft geleerd. Hij schreef om me te laten weten dat hij al uitkeek naar mijn thuiskomst.'

'Dan moet hij wel dol op je zijn.' Vaudelines stem was een paar octaven gestegen. 'Is hij een voormalige geliefde? Of een huidige?'

Afgezien van het korte gesprek over Léon in de trein hadden de twee vrouwen het nooit gehad over hun romances, voormalige of huidige. Een paar dagen geleden was een vraag over geliefden wellicht niet gepast geweest, maar Lenna herinnerde zich de zachte aanraking van Vaudelines lippen op haar wang na de chateauseance, en hoe stevig ze elkaars handen hadden vastgehouden eerder die avond, toen ze zwijgend in de haven zaten.

'Hij is geïnteresseerd in mij, maar ik vind hem niet bijster interessant. Eerlijk gezegd vind ik zijn fossielen en boeken fascinerender.' Ze keek op. Misschien was het verbeelding, maar Vaudelines ogen leken een beetje te stralen.

'En jij? Heb jij geliefden?' Plotseling werd Lenna nerveus en ze wilde dat ze het moment kon opschorten om op adem te komen, haar wangen te laten afkoelen. Ze was nooit zo zenuwachtig geweest bij Eloise. Maar zij waren dan ook nooit samen stiekem verborgen in een gebouw.

'Ik heb er voldoende gehad,' zei Vaudeline glimlachend. 'Mannen én vrouwen.'

'Vróúwen,' herhaalde Lenna, die de hitte naar haar hals voelde stijgen. 'Best onconventioneel. Wie maakt werk van wie in dat geval?'

'O, daar zijn geen regels voor. Bovendien zijn zulke relaties niet onconventioneel in Parijs. Het is geen Londen, waar alles draait om manieren en schone schijn. In Parijs onderdrukken we onze verlangens niet.'

Een paar minuten later neusde Lenna door de kleren die Mr Morley had achtergelaten. Maar haar hart begon te bonzen: aan de andere kant van de kamer was Vaudeline begonnen zich uit te kleden. Lenna draaide zich om, met een vluchtige blik op haar. Ze had Vaudeline nog niet verteld dat ze van plan was uit de kamer te ontsnappen om op zoek te gaan naar het bezoekerslogboek, maar dat zou ze zo doen.

Vaudelines silhouet werd verlicht door het zwakke schijnsel van de lantaarn op tafel. Ze had haar rok rond haar middel losgemaakt en sloeg nu even haar ogen op. Ze onderschepte Lenna's starende blik, maar ze ging door zonder een spoortje schroom, langzaam een paar knoopjes op haar lijfje losmakend. Lenna kon haar ogen er niet van afhouden en vroeg zich licht verdwaasd af hoe het ineens zo warm en benauwd in de kamer was geworden.

Algauw was Vaudeline alleen gehuld in een katoenen onderjurk. Lenna had niet eerder zoveel van haar gezien – niet eerder zoveel van een andere vrouw gezien, behalve van Evie, jaren geleden, toen ze nog kinderen waren. Dit was de eerste keer dat ze een vrouw onder ogen kreeg zonder jurk, een en al huid en welvingen en schaduwen. Ze probeerde te slikken en ontdekte dat het niet ging.

'In het chateau in Parijs,' zei Vaudeline, 'uitte je je frustratie door te zeggen dat ik je geen bewijs van geesten heb laten zien.' Ze stopte een losse haarlok terug. 'Ik kan je nu iets laten zien, als je wilt. Het is het meest concrete dat ik als bewijs te bieden heb, buiten een seance.'

Lenna knipperde. Waarom had Vaudeline zo lang gewacht om hiermee voor de dag te komen? 'Graag,' zei ze. 'Wat is het?' Ze wachtte af, ervan uitgaande dat Vaudeline een boek met spreuken of misschien een afbeelding uit haar koffer zou halen. In plaats daarvan bleef Vaudeline staan en tilde de zoom van haar onderjurk op, waarna ze de katoenen stof traag over haar benen omhoogschoof en pas stopte toen die onvoorstelbaar hoog en strak om haar dijen spande.

Vaudeline draaide haar rechterbeen iets naar buiten om de bleke, zachte huid van haar dijbeen te tonen. Lenna's adem stokte. Zelfs in het schemerige licht was het onmiskenbaar: een dubbel gebogen litteken. Een allang geheeld beetspoor. Het ontsierde de verder gladde huid van Vaudelines binnenbeen, maar Lenna vond de imperfectie wonderschoon.

Desondanks moest het pijn hebben gedaan. 'Mijn god,' zei ze met een hand voor haar mond. 'Hoe is dit gebeurd?'

'Zoals ik al zo vaak heb gezegd, kunnen geesten heel wispelturig zijn.'

Fronsend bekeek Lenna het litteken nogmaals. Wilde Vaudeline daarmee suggereren...

Vaudeline liet de onderjurk zakken, streek hem glad met haar handen. 'Weet je nog waarom ik spiritist werd?'

Lenna werd duizelig, verscheurd door verwarring en verlangen. Ze had net zoveel huid gezien. Een wee gevoel – teleurstelling? – nestelde zich in haar borst. 'Ja,' zei ze. 'Léon. Hij kwam ten val, verwondde zijn hoofd.'

'Juist.' Vaudeline zweeg even. 'Ik vertelde je dat ik me na zijn dood de kunst van het mediumschap eigen maakte. Ik leerde Léon op te roepen, en dat deed ik veelvuldig. Dan ging ik naar de buitentrap achter zijn herenhuis – de plek waar hij viel – en zat daar vele nachten, in trance onder de sterrenhemel. Zo bekwaamde ik me in de seancekunst. Ik experimenteerde met de spreuken en de volgorde, en ik leerde snel over de vermoeidheid van een trance heen te komen zodat ik weer naar hem terug kon gaan.' Ze legde een hand op haar binnenbeen, waar het beetspoor nu schuilging onder de stof. 'Je weet dat wonden vaak optreden tijdens een trance. Het is een manier waarop wij, mediums, weten dat de geest bezit van ons heeft genomen. Maar geesten kunnen zich ook fysiek laten gelden – ze kunnen ons dingen aandoen, ons dingen laten voelen waarvoor normaliter vlees of fysiek contact nodig is.'

Het had er alle schijn van dat Vaudeline suggereerde dat ze de liefde had bedreven met Léon ná zijn dood. Prompt fabriceerde Lenna's fantasie een onaangenaam beeld van Vaudelines gekromde rug tegen de hoekige trede van een trap en bloed, kersrood, dat van haar dijbeen droop.

Vaudeline ging verder. 'Ik hield heel veel van Léon, en dat zal altijd zo blijven. Het blijkt voor mij onmogelijk om te stoppen met van iemand te houden – onmogelijk om gevoelens voor mijn geliefden volledig te doven. Er blijft altijd iets smeulen.'

'Wanneer heb je hem voor het laatst...' Lenna schraapte haar keel. '...opgeroepen?'

Vaudeline stak een hand uit en gaf een kneepje in Lenna's knie. 'Het is vele, vele jaren geleden. Geesten oproepen staat gelijk aan hen half tot leven wekken. Het tegenovergestelde van liefde. Geesten hunkeren naar een lichaam; ze verlaten je niet uit eigen beweging. En dus is het een vorm van marteling om ze herhaaldelijk op te roepen, alsof je een mus loslaat in een dichtbegroeid bos, maar zijn veren uittrekt zodat hij niet kan vliegen.' Ze ging op haar veldbed zitten, één been onder zich gevouwen. 'Wonden horen te verdwijnen zodra een seance wordt beëindigd en de geest is verdreven. Maar in het begin wist ik niet hoe ik geesten moest verdrijven, en ik zag ook niet in hoe egoïstisch het was om een geest bij herhaling op te roepen, te verleiden met een bestaan. Het litteken op mijn dijbeen is het bewijs van deze onwetendheid.' Ze trok de dunne deken naar zich toe. 'Dus hoewel een deel van mij altijd van Léon zal houden, ben ik nu wijzer geworden en zal ik hem nooit meer oproepen, juist vanwege die liefde.'

Vaudeline ging liggen, nestelde haar hoofd in het platte geval dat voor een kussen moest doorgaan, en sloot haar ogen. Lenna wist niet goed wat ze moest denken van het verhaal dat ze zojuist had gehoord. De mogelijkheid bestond dat Vaudeline net een grandioze leugen had verteld – dat het litteken in werkelijkheid was toegebracht door iemand die nog leefde, een voormalige geliefde in Londen of Parijs.

Algauw sliep Vaudeline. Lenna bleef even naar haar kijken, het gestage op en neer gaan van haar ademhaling, de holte van haar onderbuik tussen haar heupen. De katoenen onderjurk liet niet veel te raden over.

Lenna trok haar eigen jurk uit, waarna ze snel de eerste broek aanschoot die ze in de berg vond. Die was te wijd in haar middel, maar bleef met een beetje ophijsen wel zitten. Ze had geen puf om naar een betere maat te zoeken.

Na een blik op haar horloge knielde ze bij Vaudeline, op het punt haar wakker te maken en te laten weten wat ze vannacht van plan was. Maar eerst…

'Vaudeline,' fluisterde ze in het donker.

'Hm?' luidde de gedempte reactie, haar ogen nog dicht.

'Ik vind het naar voor je dat Léon je pijn heeft gedaan.' Ze liet haar hand boven Vaudelines dijbeen hangen. 'Het litteken, bedoel ik. Het moet heel pijnlijk zijn geweest.'

'Pijnlijk?' Knipperend opende Vaudeline haar ogen. '*Mais au contraire.* Hij wist precies wat ik fijn vond.' Langzaam legde ze haar hand over die van Lenna, hun vingers dooreengevlochten. Zo bleven ze een poosje naar elkaar kijken, Lenna geknield naast Vaudelines veldbed, zonder dat een van beiden iets zei. Lenna kon alleen Vaudelines ademhaling horen en het bonzen van haar eigen hart.

Tot hun samengevouwen handen naar Vaudelines dijbeen bewogen, en vervolgens over haar huid omhoog, naar het litteken. Wie leidde, wie volgde? Het deed er niet toe; geen van beide vrouwen verzette zich, geen van beiden sprak. De spier die verticaal over Vaudelines dijbeen liep, voelde gespannen onder Lenna's vingers, als de snaar van een instrument, tot ze uiteindelijk een ribbeltje littekenweefsel voelde aan één kant van het beetspoor.

'Pijnlijk?' had Vaudeline daarnet gezegd. 'Mais au contraire' – integendeel. 'Hij wist precies wat ik fijn vond.'

Bij de gedachte aan deze woorden volgde Lenna het litteken met haar vinger, er hard op drukkend, harder dan ze anders zou hebben gedaan. Nauwlettend hield ze Vaudelines gezicht in de gaten om een eventueel teken van ongemak te zien. Dat was er niet. Ze had haar ogen weer gesloten, haar mond iets geopend, en zette nu haar duimnagel in Lenna's hand.

'In Parijs onderdrukken we onze verlangens niet.' Maar in Londen, jaren geleden met Eloise, was dit precies wat Lenna had gedaan.

Nou, voortaan niet meer. Ze oefende meer druk uit op het litteken, de pees en de spieren die weerstand boden onder haar vingers. Dit zou vast en zeker een blauwe plek opleveren, maar hoe dieper ze duwde, hoe harder Vaudeline in haar hand kneep.

Het was overduidelijk: Vaudeline genoot van deze pijn. En hoewel de situatie misschien verontrustend was – het idee plezier te ontlenen aan andermans pijn – had die ook iets bevredigends. Deze afgelopen maanden was Lenna machteloos geweest, haar inspanningen tevergeefs tegenover de politie, Evies geheimen, zelfs haar eigen overtuigingen. Eindelijk had ze nu controle over iets – iemand.

Bovendien vroeg ze zich af of het omdraaien van de rollen bijdroeg aan de opwinding op Vaudelines gezicht. In haar werk als mentor en medium nam Vaudeline altijd een leidinggevende positie in. Vond ze het wellicht prettig om iemand anders de leiding te laten nemen? Om haar stoïcijnse houding te laten varen en zichzelf dingen te laten vóélen, zelfs – vooral – pijn? Léon had het geweten, en ook Lenna wilde haar dit geven.

In de verte gaven kerkklokken het uur aan. Vlug trok ze haar hand weg, onder Vaudelines onderjurk vandaan, weg van het litteken, uit Vaudelines greep.

'Ben ik mezelf dan helemaal vergeten,' vroeg ze zichzelf af, zich nu scherp bewust van het verstrijken van de tijd, van manieren. 'Ben ik dan helemaal vergeten waarom ik hier ben?'

Vaudelines ogen vlogen open. 'Wat is er?'

'Sorry.' Inmiddels stond Lenna. 'Ik moet...' Ze knipperde een paar keer, omdat ze niet zeker wist hoeveel tijd er was verstreken sinds ze haar vinger op Vaudelines litteken had gelegd. Was het een minuut, of een uur? Ze schudde haar hoofd, schraapte haar keel. 'Ik moet het logboek nog een keer inzien. Ik moet meer te weten komen over wat Evie hier zocht.'

Ze keek naar de deur, toen naar Vaudeline. Wat zou er vannacht nog meer tussen hen zijn gebeurd? Gevoelsmatig wist ze dat Vaudeline had gewild dat ze haar hand verder omhoog bewoog; hun strelingen waren gelijkmatig en synchroon geweest. Een paar centimeters slechts hadden hen afgehouden van wat ze ook waren, en wat ze ook maar hadden kunnen zijn.

Niet vannacht, dacht Lenna. *Niet hier, weggemoffeld in de opslagruimte van het Londense Seancegenootschap.*

Altijd zou Evie op de eerste plaats komen.

13

Mr Morley

Londen, zaterdag 15 februari 1873

Met gebogen hoofd haastte ik me door het donker van het Genootschap naar huis. Het was laat, bijna elf uur. Het had langer geduurd om de vrouwen onder te brengen dan ik had gepland: het tweede veldbed, de vergeten shawl, het bizarre verzoek om het bezoekerslogboek te zien.

Er viel een bitter koude motregen. Het trottoir was glibberig, en ik trok mijn jas hoger op rond mijn schouders, blij dat ik niet ver hoefde te lopen.

Ik stapte de kleine salon binnen op de eerste verdieping van mijn herenhuis, waar ik met mijn moeder woonde. Ik gooide een blok hout op het vuur, waarna ik mijn pet en jas op de houten haak naast de haard hing. Het zou de hele nacht duren eer ze helemaal droog waren.

Ik was rusteloos, piekerde over de vrouwen in de opslagruimte van het Genootschap. Inmiddels zouden ze wel slapen.

Ik schonk mezelf een cognac in, ging zitten in mijn leunstoel en luisterde naar het knappen van het haardvuur. Het licht was gedempt, sensueel. Schaduwen kronkelden over de muren, wat me deed denken aan het kant dat Evie een keer had gedragen. Eén keer, en nooit meer.

Ze had het kledingstuk slim ingezet. Ik had kunnen weten wat me te wachten stond, een verzoek met zulke verstrekkende gevolgen.

Die zomeravond, begin augustus, had ze zich trager uitgekleed dan anders. Ik bespeurde enige aarzeling of nervositeit van haar kant. Toen, nadat de kuitbroek en trui uit waren, stond ze daar in het licht van de lantaarn, in niet alleen die godvergeten kousen die de lucht uit mijn longen zogen, maar nog iets anders, een korsetachtig gevalletje dat vastzat aan haar kousen en onder en om haar heen sloot. Het was gemaakt van opengewerkt kant, en de duivelskunstenaar die het kledingstuk had ontworpen, wist precies waar de kleine openingen en gaatjes geplaatst moesten worden. Het was ijskoud in de kamer, en toch had ik het gevoel ter plekke te kunnen ontvlammen.

Ik liep naar haar toe, in de veronderstelling dat dit, eindelijk, het rendez-vous was waarop ik had gewacht.

'Ik wil iets vragen,' zei Evie plotseling, haar hand uitgestoken om me op afstand te houden.

Ik bleef staan, rukte mijn blik los van haar middel om haar in de ogen te kijken. 'Ja?'

'Ik heb in mijn leven één seance bijgewoond. Voor mijn goede vriendin Eloise Heslop. Haar seance werd uitgevoerd door het Londense Seancegenootschap.'

'Ja,' zei ik, benieuwd waar ze heen wilde. 'Ik was daarbij niet aanwezig, maar wel bij haar vaders seance een paar dagen later.'

Verbaasd keek ze me aan. 'Dat wist ik niet.'

Ik knikte. 'Het was een besloten aangelegenheid.'

'Juist, natuurlijk,' zei Evie vlug. 'Hoe dan ook, ik wil vragen of ik nog een seance mag bijwonen, maar ditmaal wil ik met u mee.' Voor ik kon reageren, ging ze verder. 'Het is niet meer dan logisch, gezien alles wat u me hebt laten zien hier bij het Genootschap. Ik heb zoveel geleerd, en ik wil het allemaal in de praktijk zien. Ik ga alleen mee om te observeren, en ik zal me compleet vermommen – een nog betere vermomming dan ik hier draag. Niemand zal het weten, niemand behalve u. Ik zal geen mond opendoen. U kunt zeggen dat ik een neef of een kennis of een kandidaat-lid ben.'

Ik stootte een lachje uit, wilde doorvragen, maar dat zou het gesprek ingewikkelder maken en dit afspraakje wellicht een ongewenste wending geven.

'Laten we het later bespreken, ja?' vroeg ik met hese stem terwijl ik een stap naar voren deed.

Zij deed een stap achteruit.

Nu stond ze tegen mijn bureau, haar billen op de rand ervan, mijn favoriete zilveren schaar op luttele centimeters van haar vlees. Ze leunde achterover op haar handen en deed haar benen iets uit elkaar. 'Laten we het nu bespreken,' zei ze. 'Doe me een belofte. U laat me een seance bijwonen. Binnenkort.'

Vervloekt zij de zo geraffineerd geplaatste gaatjes in dat korset.

En dus zei ik ja. Já. En ik wist dat ik me aan de afspraak moest houden, anders zou ik haar nooit meer op dit bureau mogen nemen.

Ik liep naar haar toe en ze verzette zich niet. Eindelijk, daar op mijn bureau, stond ze me toe haar helemaal te nemen...

In mijn moeders salon knapperde het vuur, het schoot vonken die mijn mijmering onderbraken.

Het maakte niet uit. In mijn hoofd kon ik Evie van top tot teen uittekenen. Dat was herinneringen eigen. Ze waren zo levensecht, vol sensaties en zuchten. Kuiltjes in de huid, rechtopstaande haartjes. Ik zag het allemaal voor me, alsof ze op dit moment voor me stond, in de gloed van het vuur.

Na ons liefdesspel die avond – mijn god, hoelang had ik er niet naar gehunkerd! – was Evie heel stil. Ze vroeg niet iets te mogen zien. Geen bibliotheekboeken, geen oude notulen. Er hing een enigszins opgelaten sfeer toen we ons aankleedden.

'Evie,' doorbrak ik de stilte, mijn mond plotseling kurkdroog.

Ze maakte een knoopje vast, keek op. 'Hm?'

'Zou je...' Mijn stem haperde en ik kuchte. 'Wel, er is een festival in Cremorne Gardens volgende week. Zou je het leuk vinden met mij mee te gaan?'

'Wat voor festival?' vroeg ze.

'Een bloemenfestival. Extravagante bloemstukken,' zei ik. 'En diverse zeldzame orchideeën, dat heb ik gehoord althans.' Ik had hier zelf geen enkele belangstelling voor, maar zij vast wel.

Haar gezicht begon niet te stralen zoals ik had gehoopt, en ze richtte haar aandacht weer op de resterende knoopjes. 'Bloemen doen mij helemaal niets.'

'Een boottochtje over de rivier dan, of ik kan je chaperonneren wanneer –'

'Probeert u me nu wéér in een traditionele verkering te manoeuvreren?'

Ik knipperde een paar keer, verbluft zoals zo vaak over haar onbeschaamdheid. Mijn uitnodiging was absoluut niet bedoeld als een zodanige manoeuvre. Ik wilde enkel meer tijd in haar gezelschap doorbrengen.

'Ik ben bang dat ik je totaal niet begrijp,' zei ik uiteindelijk.

Ze schonk me een meewarig lachje. 'Het spijt me zeer, maar ik ben niet geïnteresseerd in bloemen of festivals of boottochtjes.'

Een moedeloos gevoel nestelde zich in mijn borst, zwaar en koud. 'Goed dan,' zei ik, amper in staat haar aan te kijken.

Ze vertrok vlak daarna, niet in de stemming om nog na te praten. Ondanks alles miste ik haar meteen.

Pas later besefte ik dat ze naar buiten was geglipt met mijn pet en haar eigen pet had laten hangen. Ze moest ze door elkaar hebben gehaald. Ter verdediging van haar: qua kleur leken ze op elkaar, en ik draaide de lantaarn altijd laag.

Hoewel het gesprek niet was gelopen zoals ik wilde en ze zo haastig was vertrokken, dwong ik mezelf me over de schoffering heen te zetten, en ik nam me voor onze bestaande afspraak voortaan te respecteren.

Tenslotte had ze het overduidelijk gemaakt: toestemming om een seance bij te wonen was het enige wat ze die avond van me had gewild.

14

Lenna

Londen, zaterdag 15 februari 1873

Bij Vaudeline vandaan stappend drentelde Lenna door de kleine ruimte met een roekeloos gevoel van vastberadenheid. ‘Het logboek,’ zei ze. ‘Ik ga het zoeken. Ik ga het nog een keer doornemen.’

‘Lenna.’ Vaudeline ging rechtop zitten op haar veldbed. Haar toon was streng, waarschuwend. ‘Deze kamer verlaten zou een ernstige fout zijn.’

Dit verwachtte Lenna al. ‘Riskant, ja. Een fout, nee.’ Ze vouwde haar jurk op, legde die zolang aan de kant.

Vaudeline stond op van haar veldbed en liep de kamer door om Lenna’s hand te grijpen. ‘Stop,’ zei ze. Zodra ze Lenna’s aandacht had, schudde ze haar hoofd. ‘Dit kun je niet doen. Je weet niet wie er in het gebouw zijn. En wat hoop je trouwens te vinden?’

Zachtjes trok Lenna haar arm los, nadenkend over Vaudelines vraag. Tja, wat hoopte ze eigenlijk te vinden? Het was onzinnig te denken dat het antwoord op Evies dood ergens in het logboek verborgen lag.

Niettemin was haar zus erin geslaagd binnen te dringen in een West End-herensociëteit bij uitstek en had ze onder één hoedje gespeeld, zo leek het, met minstens een van de leden. Wie wist met hoeveel anderen ze zich had ingelaten?

'Evie stierf op dezelfde avond als Mr Volckman. Wat als...' Lenna probeerde deze mogelijkheid te beredeneren. 'Ik weet dat jij gelooft dat de samenloop van omstandigheden verband houdt met de nieuwe maan, maar wat als de mannen die Mr Volckman vermoordden ook haar vermoordden? Wat als zij en Mr Volckman een relatie of afspraak hadden, en iemand hen allebei dood wilde?'

Vaudeline spreidde haar handen, duidelijk geïrriteerd. 'Het zal allemaal duidelijk worden wanneer ik haar seance doe. We hoeven het nog maar een paar dagen uit te zitten.'

'Ervan uitgaande dat je resultaat boekt met Mr Volckmans seance.'

'Klopt, ja. Maar hoe gevaarlijk dat ook zal zijn, het is lang niet zo gevaarlijk – of roekeloos – als vannacht deze kamer uit glippen.' Haar stem was luider geworden. 'Dit is een gigantisch gebouw, en zoals Mr Morley zei, blijven leden soms slapen. Het is heel goed mogelijk dat je wordt –'

'Sst,' siste Lenna vermanend. 'Je praat zo hard dat we eerder daardoor worden betrapt.'

Met uitgestoken hand liep ze naar de deur. Ze kon Vaudeline niet kwalijk nemen dat ze tegen het plan inging, maar haar besluit stond vast. Zij ging, wat Vaudeline er ook van vond.

Ze legde haar hand op de deurknop. 'Misschien neem ik straks het logboek door en vind ik verder niets,' zei ze. 'Maar denk niet dat je me dit uit het hoofd kunt praten. Ik ga naar de hal.'

Fronsend tuurde Vaudeline in het schemerige licht naar haar. 'Dit is absurd, Lenna. Denk aan wat je op het spel zet. Je was zo ongerust over mijn veiligheid, en de mogelijkheid dat de seance zou mislukken. Wat als we er niet eens aan toekomen door jouw roekeloosheid? Als iemand ontdekt dat wij hier zitten, valt Mr Morleys hele plan in duigen...'

Lenna opende de deur, waarop een koude tocht de kamer in stroomde. Ze draaide zich om naar Vaudeline met een plotseling gevoel van... wat?

Wantrouwen. Net als na de chateauseance.

'Ik heb je verteld wat ik ga doen, met of zonder jouw hulp,' zei ze koeltjes. 'Toch blijf je er maar tegen ingaan. Het lijkt bijna alsof je niet wilt dat ik het logboek nogmaals inkijk. Alsof er iets in staat wat ik van jou niet mag zien.'

Vaudeline kromp ineen. 'Niets is minder waar.'

'Gelukkig.' Lenna tuurde de donkere gang in. 'Ik zal voorzichtig doen,' zei ze, en ze meende het. Ze was zich bewust van de risico's die Vaudeline net had geschetst. Maar ze kon deze nacht niet voorbij laten gaan zonder te proberen in de hal te komen. 'Ik ga alleen een kijkje nemen,' zei ze, niet geheel naar waarheid. Ze stapte over de drempel.

Voor ze nog een stap kon zetten, klemde Vaudelines hand zich om haar pols. 'Je bent niet goed wijs, Lenna,' fluisterde ze. Ze probeerde haar tegen te houden, haar terug de kamer in te trekken, en Lenna gaf zich even over aan de fantasie waarin ze rechtsomkeert maakte, verderging waar ze een paar minuten geleden waren gestopt.

Nee. Ze rukte zich los. Nog geen tel later liep ze over het zachte tapijt door de gang. Achter haar, in de kamer, liet Vaudeline een laatste onverstaanbaar protest horen, iets over wachtposten. Daarna trok ze de deur zachtjes dicht.

Lenna ademde diep in. Zelfs als er mannen waren geposteerd in het gebouw, voelde ze zich vrijwel onzichtbaar in de donkere gangen, langs de inktzwarte gelambriseerde muren sluipend. Ze luisterde aandachtig of ze geen geluiden hoorde: stemmen, voetstappen, het rinkelen van sleutels. Maar het was gelukkig een stille avond, en ze doolde minutenlang door het labyrint van gangen, teleurgesteld toen een aantal uitkwam op dichte deuren. Ze opende er een, maar toen ze de ruimte in stapte, botste ze hard tegen een klein, zeshoekig meubelstuk – een kaarttafel. Ze bleef even staan wrijven over de pijnlijke plek op haar heup, waarbij haar oog viel op een rek biljartkeus. Dan was ze dus in de recreatieruimte. Vlug sloot ze de deur en ze trippelde ervandaan, blij met het tapijt dat haar voetstappen dempte.

Ze vervolgde haar weg via een gang die breder leek dan de rest. Bij het schijnsel van een gaslamp buiten naast een van de ramen konden haar ogen een met schilderijen behangen muur onderscheiden, een paar met leer beklede stoelen en verderop, zo te zien, een atrium. De hal.

Een mahoniehouten tafel stond midden in de ruimte. Erop stond een inktpot met ernaast een in leer gebonden boek dat ze herkende: het bezoekerslogboek, met bewijs van Evies aanwezigheid in ditzelfde gebouw.

Ze vloog eropaf, zich nu pas realiserend dat ze zonder kaars niet zou kunnen zien wat er op de bladzijden stond. Ze zou het logboek weg moeten grissen, meenemen naar de kamer en het op een of andere manier veilig terug zien te krijgen...

Het zou een slapeloze nacht worden – zoveel was zeker.

Een bons echode door de gang achter haar. Ze verstijfde, week uit naar de muur, maar er was geen plek om zich te verstoppen. Paniekerig keek ze om zich heen, en ze moest bijna kokhalzen toen ze voetstappen hoorde naderen in het donker, aan het einde van de gang.

Ze stond te trillen, het gebrek aan licht vervloekend. *Het moet een bewaker zijn*, dacht ze. *Zo direct word ik betrapt, dan leidt het spoor terug naar Vaudeline en Mr Morley en mislukt het hele plan door mij.*

Ze had wel kunnen huilen als ze niet zo doodsbang was geweest.

De voetstappen kwamen dichterbij en Lenna zette zich schrap voor een confrontatie. Ze moest een excuus bedenken, een geloofwaardige verklaring, en snel ook.

Een kaars deinde op haar af. Haar adem stokte toen iemand in zicht kwam, gehuld in een donkere kuitbroek en jas. Een Genootschapslid, dat kon niet missen – maar toen zag ze een paar goudblonde krullen die het licht van de vlam weerkaatsten.

Vaudeline.

'Gevonden,' fluisterde ze zodra ze haar leerling in het oog kreeg. Ze had geen pet opgezet.

Lenna's hart bonsde nog wild in haar borst. 'Je hoefde niet te komen,' fluisterde ze terug in het donker. 'Ik kon het prima alleen af.'

'Ik dacht niet dat je het lef had om het te doen. Het was een hele schok, jou die gang in te zien lopen en uit mijn zicht.'

Lenna gebaarde naar de tafel in de hal, zich bewust van de wegtikkende minuten. 'Het logboek ligt daar,' zei ze. 'Laten we het snel doen.'

De vrouwen liepen naar de tafel, en Lenna wierp nog een snelle blik op de verlaten ingang voor ze het logboek opensloeg. Vaudeline hield de kaars boven het papier en Lenna zocht snel de bladzijde op waar ze Evies initialen eerder had gezien. Opnieuw wees ze naar de naam: *E.R. W–*.

Het was dus geen verbeelding geweest, geen hersenspinsel na een lange dag reizen. 'Het zal heel veel tijd kosten om elke dag door te nemen,' mompelde ze in zichzelf, terugbladerend naar het begin van het boek.

Naast haar had Vaudeline een van de tafelladen geopend. Daar haalde ze een tweede in leer gebonden boek uit, dat helemaal achter in de lade was geduwd. Gedecideerd sloeg ze het open.

'AS-lezingen – uitsluitend voor genodigden,' las Vaudeline hardop.

'AS?'

'Afdeling Spiritisme waarschijnlijk. Morleys afdeling.' Ze las verder. 'Lampadomantie en Vlammen lezen, 31 juli 1872.' Ze tuitte haar lippen zijwaarts. 'Het is ook een soort presentielijst, denk ik, maar dan voor hun lezingen.'

'Wat is lampadomantie in hemelsnaam?' Lenna struikelde over het woord, dat ze vast verkeerd had uitgesproken.

'Een oeroude waarzeggerstechniek. De theorie luidt dat een vlam op een bepaalde manier beweegt als een geest aanwezig is en wenst te communiceren. Een vlam die naar links buigt bijvoorbeeld, kan worden geinterpreteerd als een "nee" wanneer het medium een vraag stelt.' Lenna keek naar de kaars in Vaudelines hand; de vlam brandde bewegingloos. 'Vreemd hoor, want naar mijn mening is de techniek totale flauwekul,' vervolgde Vaudeline. 'Een medium kan zachtjes uitademen of een hand bewegen om de vlam op een bepaalde manier te beïnvloeden.' Ze maakte een kleine beweging, waardoor de vlam wild flakkerde voor hij weer tot rust kwam.

Plotseling wees Vaudeline naar het logboek. 'Laten we kijken of de data waarop ze zich registreerde overeenkomen met deze lezingen.'

Vaudeline lichtte bij met de kaars terwijl Lenna aan de slag ging door met haar vinger over elke lezingspresentielijst te gaan, vanaf het begin van vorige zomer, en die te vergelijken met de registraties. Nu werkten de radertjes van haar brein gesmeerd, net zoals wanneer ze zich over een kleiafdruk boog om fossiele ribbeltjes en inkepingen te bestuderen. Het was een merkwaardig omgekeerde rolverdeling, Lenna die het werk deed terwijl haar lerares toekeek.

Tegen de tijd dat ze klaar waren met hun controle, was het duidelijk: Evie had zich geregistreerd in het bezoekerslogboek op elke dag dat er een lezing was gegeven, wat inhield dat ze op een of andere manier bij elke lezing van het Genootschap was binnengeglipt van juni tot en met oktober.

Lenna fronste. 'Waarom zou ze zich überhaupt hebben geregistreerd? Als ze hier niet mocht komen...'

Vaudeline schudde haar hoofd. 'Ze verborg zich in het volle zicht. Stel je voor dat iemand haar de hal door zag lopen zonder zich te registreren. Dat zou beslist opvallen. Vergeet niet dat het Genootschap honderden leden heeft, van wie velen gasten mogen uitnodigen in de gemeenschappelijke ruimtes. Als haar vermomming overtuigend genoeg was – wat het geval lijkt te zijn geweest – zou ze zich vrij hebben kunnen bewegen.'

Lenna wees naar een van de lezingen, getiteld 'Demonstratie gezichtsverandering' en toen naar een andere, die 'Bovennatuurlijke materie en ectoplasma' heette.

‘Wat is ectoplasma?’ vroeg ze.

Vaudeline zuchtte. ‘Ik kan hier geen touw aan vastknopen.’ Fronsend las ze de kop nogmaals. ‘Ectoplasma is een stof die volgens sommigen wordt afgescheiden tijdens een trance,’ legde ze uit. ‘Er bestaan allerlei huis-tuin-en-keukenrecepten voor. Borax, lijm, maïzena. Mediums doen alsof ze ectoplasma uitbraken, of het afscheiden uit hun oren of uitscheiden via hun, eh… genitaliën. Wanneer ze gegeven worden door vrouwen, trekken zulke demonstraties meestal enorme bezoekersaantallen.’

Lenna bleef maar bladeren, verbijsterd met haar hoofd schuddend. Al die keren dat ze Evie had gevraagd waar ze naartoe ging en Evie had geweigerd te antwoorden… Was ze hierheen gegaan, naar het Genootschap?

‘Evie sloeg geen lezing over,’ zei Lenna zachtjes. ‘Met recht een ijverige leerling.’

‘Dat was ze inderdaad,’ zei Vaudeline. Toen trok er ontzetting over haar gezicht. ‘Vlammen lezen. Gezichtsverandering.’ Haar handen begonnen te trillen. ‘Dat zijn de praktijken van malafide mediums, de onbetrouwbare. Dit sluit aan op de geruchten die ik hoorde over het Genootschap voor ik uit Londen vertrok – de beweringen die Mr Volckman wilde onderzoeken.’ Ze knipperde verwoed, alsof ze de gegevens wilde dwingen zichzelf te herschrijven. ‘Het Genootschap heeft meer dan tweehonderd leden, maar deze lezingen waren vrij kleinschalig.’ Ze wees naar een bladzijde. ‘Maar negen aanwezigen bij deze, en in het register staat “Uitsluitend voor genodigden”. Het lijkt erop dat deze lezingen besloten waren. Slechts bijgewoond door een select gezelschap.’

‘Ik zie Mr Morleys naam op geen enkele lijst,’ zei Lenna.

‘Ik vraag me af of deze lezingen vlak voor zijn neus plaatsvonden.’

Lenna liet haar ogen over een van de presentielijsten gaan, volgekrabbeld met afgekorte namen en initialen. ‘Denk je dat de mannen die betrokken waren bij het bedrog van het Genootschap ergens op deze lijsten staan?’

'Dat lijkt me wel, ja.' Vaudeline slaakte een geërgerde zucht, waarna ze naar een van de lijsten wees. 'Agent Beck staat erbij.'

Lenna's mond viel open. 'Vanaf het moment dat we hem ontmoetten, geeft hij me de kriebels. Ik mag hem niet.'

'Ik ook niet. En hoewel ik Mr Morley zou willen vragen of hij deze goed heeft bekeken, zou ik hem dan ook moeten vertellen dat we de opslagruimte hebben verlaten.' Ze tikte op de pagina. 'Dit is heel verontrustend. Wetenschappers en theologen vormen al een bedreiging voor degenen onder ons die de kost proberen te verdienen als medium. Misleiding kunnen we er niet ook nog eens bij hebben.'

Deze onthulling bracht Lenna van haar stuk. Als deze Genootschapsleden oplichters waren, en haar zus tussen hen had rondgedarteld, wat zei dat dan over Evie?

Ze bladerden nog wat verder. Er was een lezing over dermografie, oftewel schrijven op de huid door geesten, zei Vaudeline, maar eenvoudig te doen met goedkope onzichtbare inkt, en eentje over de constructie van geestenhoorns, een soort houten toeters die spookachtige stemmen zouden versterken.

'Daar was Evie te intelligent voor,' zei Lenna. 'Ze zou deze trucs hebben doorgehad.' Ze sloot haar ogen en sprak uit wat ze niet hardop wilde toegeven. 'Evie wilde dat haar mediumpraktijk floreerde. Ze geloofde dat er veel geld mee te verdienen was. Nu vraag ik me toch af of ze de kunst wilde afkijken van deze mannen. Hun trucs afkijken, als dat inderdaad is wat ze sommige leden leerden.'

'Ja,' zei Vaudeline grimmig. 'Weet je nog dat ik mijn zorgen uitte over de fosforolie die je tussen haar spullen vond?'

Lenna knikte. En of ze dat nog wist. Een favoriet hulpmiddel van spiritistische oplichters, had Vaudeline gezegd.

Nijdig schoof Lenna het logboek opzij. Was Evie slachtoffer geworden van de beweringen van deze mannen door in hun zwendel te geloven, of had ze geweten dat het leugenaars waren en zich voorgenomen zelf een paar lucratieve methoden aan te leren?

Als het laatste waar was, riep het nog een onthutsende vraag op. Had Evie überhaupt in het bestaan van geesten geloofd? Misschien had dit voor haar van meet af aan om ondernemen gedraaid – een kans om geld te verdienen. Hoe meer technieken ze kon leren, des te meer ze kon toepassen in haar eigen mediumpraktijk. Het deed Lenna anders aankijken tegen het gekissebis van de twee zussen over de geestenwereld... Had Evie gedaan alsof, in de wetenschap dat ze, zodra ze met haar praktijk begon, moest overkomen als hartstochtelijk gelovige, zelfs tegenover haar eigen zus? Het leek ondenkbaar, maar dat gold ook voor Evies initialen hier in dit logboek.

'Ik ben zo boos op haar,' zei Lenna. 'Ik vraag me nu af of ze überhaupt in geesten geloofde, of dat het allemaal komedie was, in de wetenschap dat ze er geld aan kon verdienen.' Ze sloeg haar armen over elkaar, omdat ze het ineens heel koud kreeg.

'Neem van mij aan dat Evie in geesten geloofde. Ik trof haar zo vaak nog wakker aan, lang nadat mijn andere leerlingen naar bed waren gegaan, om ademhalingsoefeningen te doen en spreuken te repeteren. Als ze haar praktijk op trucs wilde opbouwen, waarom zou ze dan zoveel moeite hebben gedaan technieken en hun toepassingen aan te leren?'

Dit bood Lenna enige troost. Maar toch, waarom had Evie er zo geheimzinnig over gedaan? 'Ik mocht nooit in haar notitieboekje kijken,' zei ze. 'En ze hing vaak smoesjes op over waar ze was geweest. Ik dacht...' Ze trok een gezicht. '...nou ja, ik dacht dat het om een man ging. Een minnaar. Ik wilde dat ik meer vragen had gesteld.'

'Geef jezelf niet de schuld,' drukte Vaudeline haar op het hart. 'Dat pad ken ik maar al te goed, mezelf de schuld geven van de keuzes die mijn familie maakte. Hoeveel je ook van Evie hield, ze was een volwassen vrouw die haar eigen beslissingen nam.'

Het was vreemd iemand Evie een volwassen vrouw te horen noemen. Voor Lenna zou Evies nagedachtenis altijd een jeugdig gevoel oproepen. Gefrustreerd spreidde ze haar handen, kijkend naar het bezoekerslogboek. 'Dit deugt in de verste verte niet? Dat weet je zeker?'

Vaudeline knikte. 'Veel van wat ik geloof – wat ik uitoefen – kan niet worden vastgesteld. Trances tijdens een seance, energieopname via heldervoelendheid, dat zijn dingen die ik inwendig ervaar – onzichtbaar.' Ze leunde met haar heup tegen de tafel. 'Maar neem de lezingen die we in dit logboek hebben gezien, wat hebben ze allemaal gemeen?'

Lenna fronste. Vlammen lezen, gezichtsverandering, ectoplasma, geestenhoorns. Volgens Vaudelines uitleg resulteerden al deze technieken in iets wat gezien, gehoord of aangeraakt kon worden. 'Deze technieken leiden allemaal tot iets concreets,' zei ze. 'Iets… wat kan worden vastgesteld.'

'Precies,' beaamde Vaudeline. 'Denk aan wat ik in Parijs zei. De missie van dit Genootschap is om tastbare tekenen van het leven na de dood te cultiveren.'

De ironie ontging Lenna niet. Deze lezingen draaiden om het vervalsen van bewijs voor mensen die anders niet in geesten geloofden. Mensen zoals zij.

'Maar wat interessant is,' vervolgde Vaudeline, 'is de lezing van eind augustus.' Ze bladerde terug en wees naar de kop. 'Casestudy: een analyse van de seance in het bordeel in 22 Bow Street.' Ook op deze dag had Evie zich geregistreerd als bezoeker. 'Dit lijkt me geen demonstratie,' merkte Vaudeline op, 'maar meer een bespreking van een seance die al had plaatsgevonden.'

'In een bordeel nog wel.' Verbaasd trok Lenna haar wenkbrauwen op. 'Evie was altijd verzot op schandaaltjes.'

Ze sloegen het logboek dicht, waarna Lenna het keurig in het midden van de tafel legde, precies zoals ze het had aangetroffen. Inmiddels had ze een brok in haar keel, de waarheid over Evies doen en laten drukte zwaar op haar. Vijf maanden lang had ze geen lezing overgeslagen. Tien in totaal, en wie wist wat voor bezoekjes ze nog meer had afgelegd aan het Genootschap.

Dit was niet zomaar een heimelijk avontuurtje. Evies doel was nu in nevelen gehuld – haar obsessie, haar plannen, haar streven.

Wie was Evie werkelijk geweest?

15

Mr Morley

Londen, zondag 16 februari 1873

De ochtend na de aankomst van Miss D'Allaire en Miss Wickes was ik vlak na zonsopkomst terug op het Genootschap. Bij de hoofdingang stond een jongetje met zijn smoezelige handpalm uitgestoken. Me afvragend wanneer hij voor het laatst had gegeten, stak ik een hand in mijn zak en gaf hem alles wat ik had.

Ik ging naar binnen. Door de in zonlicht badende hal liep ik naar het bezoekerslogboek om me te registreren, waarna ik op weg ging. Maar plotseling stopte ik, fronsend bij een matglanzende vlek op de vloer.

Ik knielde om er met een vingernagel aan te krabben. 'Bijenwas,' fluisterde ik, omhoogkijkend. Maar dat had ik net zo goed kunnen laten. Er hingen geen kandelabers of kroonluchters in dit deel van de hal. Hoe kwam een bleekwit rondje was, in de vorm van een zanddollar, midden in de entree terecht? Ik peuterde een stukje was onder mijn nagel vandaan en vond het wel merkwaardig maar geen nader onderzoek waard. Ik had genoeg aan mijn hoofd, met de verborgen vrouwen en de voor vanavond geplande seance.

Precies op dat moment riep juniorlid Mr Armstrong me vanaf de andere kant, zijn ogen groot. 'Morley. Was jij gisteravond toevallig in de recreatieruimte?'

Ik fronste, want iets in zijn toon gaf me een... onbehaaglijk gevoel. 'Nee,' antwoordde ik.

Hij knikte en gebaarde me mee te komen naar de zuidoostelijke gang.

Dit, dacht ik, *is ontegenzeglijk een nader onderzoek waard.*

'Ik begrijp er niets van,' zei Armstrong toen we de recreatieruimte binnenstapten. 'Gisteravond hebben we met een groepje zitten kaarten. Na afloop legde ik de kaartspellen op drie keurige stapeltjes zoals ik altijd doe.' Hij wees naar de palissanderhouten kaarttafel vlak voor ons. Waar een keurig spel kaarten hoorde te liggen, was het nu een warboel: kaarten lagen door elkaar, sommige helemaal naar de andere kant van het gladde oppervlak gegleden. 'Het lijkt wel of iemand tegen de tafel heeft geduwd of heeft geprobeerd hem te verschuiven,' zei Armstrong.

Een merkwaardig raadsel, waarop ik het antwoord onmiddellijk wist. Armstrong was echter geen ingewijde – hij had geen idee dat twee vrouwen stiekem werden verborgen in het gebouw.

Ik legde mijn hand tegen mijn voorhoofd om een verstrooide indruk te wekken. Ineens had ik zin om een vlakbij staande vaas tegen de muur te smijten. 'Ik ben hier wél geweest, heel kort,' loog ik. 'Gisteravond laat was ik mijn monocle kwijt en ik ging ernaar op zoek. Toen ik in de recreatieruimte keek, liep ik tegen de tafel aan. Dat was me even ontschoten.' Ik boog voorover om een aantal kaarten bij elkaar te vegen en ze in een keurig stapeltje terug te leggen.

Armstrong moest er hartelijk om lachen. 'Volkomen begrijpelijk,' zei hij, alvorens me te helpen de rest van de kaarten te ordenen.

Daarna liet ik geen seconde verloren gaan. Ik toog onmiddellijk naar de bibliotheek, mijn hart bonkend tegen mijn ribben. Wat zou ik daar aantreffen – of, God verhoede, in mijn werkkamer?

Staand voor de deur van de bibliotheek, mijn hand op de klink, slaakte ik een zucht van verlichting. Alles leek in orde, op slot en onaangeroerd. Er waren geen voetafdrukken achtergelaten in de vezels van het tapijt. Voor zover ik kon zien, was hier vannacht niemand geweest.

Ik vroeg me af: waar waren de vrouwen naar op zoek? Iets over Evie, of iets over Mr Volckman, of iets over...

Ik schudde mijn hoofd. Vróúwen, en hun aanmatigende gedrag. Druppels was in de hal, een warboel van kaarten in de recreatieruimte.

Nadat ik mijn klamme handen had afgeveegd aan mijn broek, deed ik de bibliotheek van het slot, liet mezelf binnen en liep door naar mijn werkkamer. Zo dadelijk zou ik een hartig woordje wisselen met de dames over deze overtreding. Nog zo'n speurtocht door het gebouw kon alles in gevaar brengen.

Hadden ze dan geen enkel benul van het risico voor hen – voor ons allemaal – door zo door het gebouw te dolen?

16

LENNA

Londen, zondag 16 februari 1873

Geen van beide vrouwen deed die nacht een oog dicht, allebei malend over de verontrustende ontdekkingen die ze hadden gedaan.

'Ik ben geneigd Evie het voordeel van de twijfel te geven,' fluisterde Lenna. 'Misschien zit er meer achter.' Op het moment dat ze het zei, voelde de uitspraak echter al onoprecht. In Lenna's ogen waren er al barstjes ontstaan in de geloofwaardigheid van haar zus.

Een andere manier om de rest van de slapeloze nacht door te komen was er niet, dus hield Lenna een kaars boven haar notitieboekje met spreuken en oefende op haar ademhaling en de *Expelle-* en *Transveni-*verdrijvingsbevelen, die beide bijzonder lastig waren. Af en toe fluisterde Vaudeline een paar vriendelijke woorden ter correctie, maar over het algemeen prees ze Lenna's snelle beheersing van wat altijd moeilijk was gebleken voor haar andere leerlingen.

Eindelijk viel het vroege ochtendlicht in de kamer, en bekeken de vrouwen de kleding die Mr Morley voor hen had achtergelaten eens wat beter. Gisteravond hadden ze aangetrokken wat voor het grijpen lag, iets in plaats van hun jurken. Nu neusden ze door het karige aanbod.

Het was een beetje een verkleedfeestje, dacht Lenna, hoewel het weinig feestelijks had. Er waren geen geruite vesten of zijden sjaaltjes zoals je wel zag bij heren die St. James's Square frequenteerden. Dit waren arbeiderskleren – smoezelig, alledaags en onopvallend.

Vaudeline hield een lange wollen onderbroek op, waarbij ze een vies gezicht trok. 'Alsof de ruwe tailleband niet erg genoeg is, denk je eens in waar deze omheen heeft gezeten.' Ze liet hem vallen. 'Ik houd mijn katoenen ondergoed aan. Daar komt Mr Morley toch niet achter.'

Lenna lachte. 'Dan doe ik dat ook. Ons geheimpje.'

Net als het geheimpje van gisteravond, bedacht ze ineens, terugdenkend aan het gebogen litteken op Vaudelines dij. Aan de andere kant van de kamer kuchte Vaudeline, en Lenna zou zweren dat ze haar zag glimlachen. Misschien dacht ze hetzelfde.

Uiteindelijk trok Vaudeline een vilten jak en een donkere broek aan, terwijl Lenna een gebreide trui vond en een canvas broek die haar beter paste dan wat ze gisteravond had gedragen. Ze probeerden een aantal petten, jassen en handschoenen uit. Er was geen spiegel in de kamer, dus Lenna moest afgaan op Vaudelines goedkeuring van haar ensemble.

'Heel overtuigend,' zei ze, Lenna van top tot teen opnemend, 'als je een sjaal om je gezicht slaat. Anders verraden je kin en jukbeenderen je.' Ze haalde een grijze sjaal uit de stapel, die ze om Lenna's nek wikkelde en over haar oren trok. 'Ziezo. Perfect.' Ze wierp een blik op haar horloge, waarna ze haar stem dempte tot fluistertoon. 'Het is bijna acht uur. Hij kan elk moment komen.' Ze spreidde haar handen. 'En, hoe zie ik eruit? Kan ik voor een man doorgaan?'

Lenna moest glimlachen. 'Helaas wel. Heel goed.'

Een paar minuten later werd er op de deur geklopt. Mr Morley glipte naar binnen, een smetteloze hoge hoed onder zijn arm geklemd en een wandelstok achter zich aan zwaaiend.

'Een aangename nacht?' vroeg hij.

'Zeer,' antwoordde Vaudeline.

Hij schraapte zijn keel. 'De recreatieruimte,' zei hij. Hij tuitte zijn lippen en wachtte af, waarmee hij de indruk van een ontstemde ouder wekte.

Vaudeline trok haar wenkbrauwen op. 'Wat is daarmee?' Intussen hield Lenna haar ogen neergeslagen; zij was degene die daar binnen was geweest, niet Vaudeline.

'Ik zag de kaarten. De tafel een warboel, alsof iemand ertegenaan was gebotst na de ruimte te hebben betreden.' Mr Morleys stem was zacht, kalm. Vriendelijk zelfs. 'Ik zal u niet in de pijnlijke situatie brengen dat u uw bezigheden van gisteravond dient te bevestigen of ontkennen. Laat me dit zeggen: ik verzoek u dringend deze ruimte niet nog eens zonder mij te verlaten.' Hij stapte op Vaudeline af, legde een hand op haar pols. 'Als uw bedoelingen worden ontdekt, Miss D'Allaire, door de mannen die we willen identificeren...' Hoofdschuddend wendde hij zijn blik af. 'Wel, ik huiver al bij de gedachte.'

Vaudeline gaf een knikje. 'Ja. Ja, uiteraard.' Zelfs nu beschermde ze Lenna.

Daarop opende Mr Morley de deur op een kier, tuurde de gang in en gebaarde de vermomde vrouwen hem te volgen.

Buiten stond de Genootschapsbus te wachten. Dezelfde koetsier als ze de vorige avond hadden gehad, stond een van de paarden over zijn neus te aaien. Zwijgend tilde hij zijn pet even op en gaf de vrouwen een warme glimlach.

De straten waren glibberig, de lucht was bleekblauw. Agent Beck wachtte bij het rijtuig, ertegenaan geleund met zijn enkels nonchalant gekruist en een licht chagrijnig gezicht.

Eenmaal in de bus pakte Mr Morley de lei, waar hij met een krijtje 'Albemarle Street' op schreef, en hij liet het aan Bennett zien. De koetsier gaf zijn paarden de teugel, en weg was het rijtuig.

Albemarle was maar een paar minuten rijden. Toen de koetsier de laatste bocht nam, zag Lenna verderop een rij georgian bakstenen herenhuizen, vrijwel identiek met hun donkere paneeldeuren en waaiervensters erboven. Door de hele straat lagen hopen paardenmest, zacht geworden door de regen van afgelopen nacht. Bij de aanblik werd Lenna misselijk – vreemd, gezien het feit dat ze haar leven lang al zulk straatvuil zag.

'Voor de goede orde,' zei Mr Morley, 'de naam van de vrouw die we gaan bezoeken, is Mrs Gray. Het Genootschap hield hier een seance op de middag van Mr Volckmans dood. Dit moet een van de laatste plaatsen zijn die hij bezocht.'

De paarden kwamen stapvoets tot stilstand voor een van de herenhuizen. Uit het raam turend zag Lenna een breed, zwart lint van crêpe aan de deur hangen, een symbool van rouw binnen de familie. Het lint fladderde wild in de koude wind.

'Het verbaast me telkens weer,' zei Mr Morley, 'dat de paarden precies weten waar ze halt moeten houden. Dit koppel is al zo lang bij ons. Wanneer ze het lint op de deur zien, weten ze dat we er zijn.'

Het groepje stapte uit het rijtuig en liep naar de deur. Een katje met een askleurige vacht kwam vanachter een hulststruik op hen af. Mr Morley bukte glimlachend om het onder zijn kin te aaien.

De gordijnen in het huis waren dicht. Mr Morley klopte tweemaal en de deur ging open. Aan de andere kant van de drempel stond een jonge vrouw, gekleed in een hooggesloten zwarte jurk. Ze leek niet veel ouder dan Lenna. Een kanten sluier bedekte haar gezicht en haar, en op de hals van haar jurk droeg ze een broche met een inktzwarte edelsteen, onyx of git. Haar haar zat in een strenge, lage knot. Het totaalbeeld was beklemmend, onheilspellend zelfs.

De weduwe zag er vermoeid uit, dacht Lenna – eerder uitgeput dan bedroefd. Dit begreep ze maar al te goed, want rouw bestond niet alleen uit verdriet, maar uit zoveel meer: het verlangen een stem te horen die nu voorgoed zweeg. Het koesteren van alledaagse spullen, zoals een versleten portemonneetje of een kam met haren. Het opnieuw beleven van die laatste dagen, en je afvragen of je genoeg knuffels had gegeven, genoeg liefde had laten blijken. Dit alles maakte het doodvermoeiend om de dagen door te komen.

'Mrs Gray,' zei Mr Morley met neergeslagen blik en een kleine buiging.

'Geen vragen meer over de dood van mijn echtgenoot. Ik heb al te veel beambten gesproken. Ik heb verder niets te zeggen.' Met een boos gezicht wilde ze de deur dichtdoen, maar Mr Morley stak een hand uit.

'Alstublieft, hoort u aan waarom we hier zijn.' Hij schuifelde heen en weer, tikte met zijn wandelstok op de grond en ging toen snel verder. 'Ik ben vicevoorzitter bij het Londense Seancegenootschap. We zijn voornemens een seance te doen en we hebben uw hulp nodig.'

Onder haar sluier trok Mrs Gray een wenkbrauw op, en ze liet de deur los. 'De eerste seance van het Genootschap was niet succesvol.'

Lenna en Vaudeline wisselden een snelle, veelbetekenende blik. Gezien alles wat ze afgelopen nacht hadden ontdekt in het lezingenregister, kwam dit nieuws niet geheel als een verrassing.

De weduwe keek naar Lenna, die ze aandachtig opnam. Ze stonden nauwelijks op een armlengte van elkaar. Kon ze door Lenna's jongensachtige vermomming heen kijken? 'Wie zijn deze twee?' vroeg ze.

'Ik zal het binnen allemaal uitleggen,' zei Mr Morley. 'Ik verzeker u, er is een zeer goede reden voor ons bezoek.'

Nu keek de weduwe naar agent Beck, waarbij haar blik viel op de revolver op zijn heup. 'Dit is de laatste keer dat ik een van u binnenlaat. Ik zal thee laten brengen.'

Een paar minuten later had het groepje plaatsgenomen in de salon. Lenna installeerde zich op de bank en keek om zich heen. Een aantal ingelijste foto's was op de kop neergelegd, en aan de muur hingen diverse zwarte lappen – om spiegels af te dekken, nam ze aan. Haar moeder had dezelfde maatregelen genomen in tante Irenes huis voor Evies wake, door foto's en spiegels af te dekken opdat Magere Hein niet achter iemand anders aan kwam.

Lenna had meerdere uren gewaakt in tante Irenes huis tijdens Evies tweedaagse wake, en de herinneringen achtervolgden haar nog steeds: de aanblik van het bleke, slappe lichaam van haar zus op de koelplaat. De steekwond aan de linkerkant van haar hals, provisorisch gecamoufleerd met een bleekbeige poeder. De weeïg zoete lucht van de witte lelies overal in de kamer, bedoeld om de geur van ontbinding te maskeren.

Lenna hoefde van haar leven geen witte lelie meer te zien.

Vaudeline zat aan de andere kant van de salon, in een oorfauteuil bij het raam, apart van het groepje.

'Vaudeline D'Allaire is een medium uit Parijs,' zei Mr Morley, naar haar gebarend. Ze had net een beeldje opgepakt van het tafeltje naast haar, een van een tiental glazen siervoorwerpen: miniatuurhondjes, diverse rassen en kleuren.

Mrs Gray trok haar wenkbrauwen op. 'Ik herinner me dat u de stad verliet. Er werd flink op los gespeculeerd. Maandenlang.'

'Het is een ingewikkeld verhaal,' gaf Vaudeline toe.

'Wel, voor mij geen mediums meer,' zei Mrs Gray. 'Ik ben alle vertrouwen in jullie kwijt.'

Mr Morley stak zijn handen uit. 'O, u begrijpt het verkeerd, Mrs Gray.' Zijn toon leek berouwvol, verontschuldigend. 'Het was niet mijn bedoeling te suggereren dat Vaudeline is gekomen om contact te leggen met wijlen uw echtgenoot. Integendeel. Ik neem aan dat u hebt gehoord van de dood van de voorzitter van ons Genootschap, Mr Volckman, die u...' Hij wrong zijn handen, zichtbaar opgelaten. '...wel, die u ontmoette op allerheiligenavond, tijdens de seance.'

'Uiteraard heb ik van zijn dood gehoord. De kranten schrijven er bijna dagelijks over. En zijn moordenaar, die nog steeds vrij rondloopt in de stad. En de Met? Geen enkele aanwijzing.'

Bij deze opmerking kuchte agent Beck, duidelijk gegeneerd. Mr Morley praatte er snel overheen. 'In feite is Vaudeline hier om Mr Volckmans gangen na te gaan op de dag van zijn overlijden.'

'Met welk doel?' Mrs Gray zette haar thee neer.

Vaudeline keek op, zette het beeldje terug op het tafeltje. 'Ik ben –'

'We kunnen niet in detail treden,' onderbrak Mr Morley haar. Hij wierp Vaudeline een koele blik toe.

Fronsend keek Vaudeline hem aan. 'Ik wilde alleen zeggen dat ik niet bevoegd ben om persoonlijke gegevens te delen.' Ze wendde zich tot Mrs Gray. 'Ik hoop eventuele energie die Mr Volckman achterliet vóór zijn dood te kunnen opnemen – de plaatsen te bezoeken waar hij is geweest, de dingen aan te raken die hij heeft aangeraakt.'

Mrs Gray boog weer naar haar thee, het porseleinen kopje sierlijk in haar hand nemend. 'Door mijn ervaring van enkele maanden geleden sta ik sceptisch tegenover mediums en spiritisme in het algemeen,' zei ze. 'Dat gezegd hebbende, Miss D'Allaire, moet ik bekennen dat van de acht stoelen hier in deze salon, u linea recta ging naar de stoel waarin Mr Volckman zat op de avond van de seance. Bovendien speelde hij enkele minuten met hetzelfde beeldje dat u zojuist vasthad. Het spaniëltje – de verzameling is een erfenis die ik van mijn grootmoeder heb gekregen.'

Vaudeline knikte, alsof het haar niet verbaasde, terwijl Lenna's mond openviel. Kon Vaudelines stoel- en beeldjeskeuze puur toeval zijn? Of had ze... iets gevoeld?

'De seance was hier, in deze kamer?' vroeg Vaudeline.

'Ja. We hadden de stoelen in een kring rond een tafel gezet. Mr Volckman zat in die stoel, en daar bleef hij totdat...' Opnieuw aarzelde Mrs Gray. 'Wel, een van de andere Genootschapsmannen zei dat hij een magnetische detector had die hij wilde gebruiken op de plek waar mijn echtgenoot de laatste keer had geslapen. Dat is de slaapkamer boven natuurlijk, en tegen beter weten in bood ik aan hem die te laten zien. Ik zag Mr Volckman pas een minuut of tien later weer, toen hij bij ons kwam kijken.'

Vaudeline had haar handen stevig op de armleuningen gelegd en gaf een kneepje in beide. Het deed Lenna denken aan de vorige avond, aan huid en blauwe plekken. Blozend wendde ze haar blik af.

Vaudeline stond op, met een knikje naar Mrs Gray. 'Wilt u ons die kamer laten zien?'

Mr Morley duwde zichzelf uit zijn stoel omhoog, maar Vaudeline stak een hand op. 'Met ons bedoel ik mezelf en Miss Wickes.' En voordat hij kon protesteren: 'Ik zal niets vertrouwelijks onthullen, Mr Morley. Mijn doel is om informatie te verzamelen, niet te delen.'

Terechtgewezen ging hij weer zitten.

De vrouwen verlieten de salon. In de hal viel Lenna's blik op een wandklok, die halfvier aangaf. Ze fronste, dacht dat hij kapot was. Tot ze zich herinnerde dat haar moeder en tante Irene dit ook hadden gedaan: het gebruikelijke stilzetten van de klokken op het tijdstip van overlijden van de gestorvene. Halfelf voor Evie. Zo laat had de politieagent haar tijdstip van overlijden geschat.

Vaudeline bleef staan. 'Mr Volckman ging naar boven, maar hij nam niet de hoofdtrap. Hij nam de diensttrap, verderop.'

Mrs Gray zette grote ogen op. 'Ja, dat klopt. De hoofdtrap was net geverfd. We hadden hem die dag afgezet.' Ze togen naar de achterkant van het huis en gingen de trap op.

Onderweg raakte Vaudeline een paar dingen aan – een slijtplek op de leuning, de plank in een alkoof. 'Een magnetische detector,' mompelde ze tegen Lenna. 'Wat een bedriegerij.'

Op de eerste verdieping liepen ze door een smalle gang naar een bescheiden slaapkamer aan de rechterkant. Ook hier zaten de gordijnen dicht. Vaudeline bleef in de deuropening staan om een kras in het houten kozijn aan te raken.

Vol ongeloof schudde Mrs Gray haar hoofd. 'Toen Mr Volckman ons boven kwam zoeken, raakte hij dezelfde beschadiging in het hout aan – maakte er zelfs een opmerking over.'

'Ik volg zijn energie,' zei Vaudeline ernstig. 'Die is hier heel sterk.'

Lenna kon het niet ontkennen, de scène die zich vlak voor haar ogen afspeelde. Sinds hun aankomst bij het huis leek het inderdaad of Vaudeline dingen wist, dingen waarnam die voor de anderen onzichtbaar waren. En het leek beslist geen act of toneelstukje. 'Waarom zou zijn energie zo sterk zijn?' waagde ze te vragen, het eerste wat ze zei sinds hun aankomst.

'Energievelden zijn het krachtigst wanneer iemand onderhevig is aan bedreiging of hartstocht of heel boos is,' antwoordde Vaudeline.

Dit gaf Lenna voldoende stof tot nadenken. Wat had Evie gevoeld in de minuten vóór haar dood, en zou die gemoedstoestand haar toekomstige seance belemmeren of helpen?

'Als u terugdenkt aan die avond,' zei Vaudeline tegen Mrs Gray, 'was Mr Volckman dan opvallend humeurig of prikkelbaar?'

'Verontrust, zou ik zeggen.' Mrs Gray ging op de rand van het hemelbed zitten en zakte iets voorover. 'Toen namelijk duidelijk werd dat de seance beneden ten einde liep en we geen contact hadden gekregen met mijn overleden echtgenoot, vertelde het Genootschapslid dat de bijeenkomst leidde – Mr Dankworth heette hij – mij dat zijn magnetische misbaksel het best functioneerde in de kamer waar de overledene had geslapen.'

Lenna's maag verstrakte. Mr Dankworth? Dat was de man die Eloises seance had geleid.

'Beneden hoorde ik de andere mannen naar buiten gaan en later afspreken voor een feest,' zei Mrs Gray. 'Intussen leek Mr Dankworth opgetogen, op het uitzinnige af, toen hij het instrument uitpakte. Hij zette het op die kast en morrelde er wat aan.' Ze wees naar het palissanderhouten dressoir bij de deur. Hier hingen uitgebloeide bloemen, viooltjes en vergeet-me-nietjes, slap over de rand van een met troebel water gevulde vaas. Naast de vaas lag een stapel kaarten, zwart omrand. 'Uiteindelijk,' vervolgde ze, 'begon de naald te bewegen en wees hij bepaalde letters aan, en hij beweerde de bewegingen te interpreteren. Volgens hem was de geest van mijn echtgenoot aanwezig, en hoewel hij er vrede mee had, maakte hij zich grote zorgen om mijn eenzaamheid.'

Lenna kon haar oren niet geloven. Absurd te denken dat een metalen apparaat zoiets kon communiceren. En wat een goed van pas komende mededeling deed het apparaat, althans voor Mr Dankworth.

Mrs Gray bleef op de rand van het bed zitten, haar gezicht in haar handen. 'Hij ging maar door, beweerde dat deze woorden zichzelf spelden op het instrument. Ten slotte viel het ding stil, en Mr Dankworth kwam hier zitten, naast mij. "U wilt toch niet dat hij nog langer inzit over uw eenzaamheid?" vroeg hij. En ik was zo overstuur, zo terneergeslagen en verdrietig, en ze hadden me beneden te veel wijn gegeven.'

Ze keek op, haar gezicht rood en vochtig. 'Hij boog opzij en kuste me, en hoewel ik hem probeerde weg te duwen, was ik geen partij voor hem. Ik voelde me zo gedesoriënteerd, en hij legde zijn handen om mijn middel en probeerde me achterover op het bed te duwen. Even later hoorde ik iemand op de diensttrap. Goddank was het Mr Volckman, die riep of alles in orde was. Mr Dankworth rolde onmiddellijk van me af. Toen Mr Volckman in de deuropening verscheen, wisselden hij en Mr Dankworth een blik. Nu vraag ik me af of Mr Volckman argwaan koesterde. Hoe dan ook, hij knipte met zijn vingers, zei dat het tijd was om te vertrekken, en toen was hij weg.'

Bij haar woorden vertrok Lenna haar gezicht van walging, maar Vaudelines uitdrukking was ondoorgrondelijk. Hierin was ze getraind; of ze nou in de seanceruimte was of onderzoek deed, ze leek bestand tegen zelfs de meest schokkende onthullingen.

'Vóór Mr Dankworth de kamer verliet,' zei Mrs Gray, 'vroeg hij om tien procent fooi op een al exorbitant bedrag, gezien de mislukte seance. Toen ik dat weigerde, bedreigde hij me, zei dat een paar Genootschapsmannen die als columnist werkten dit graag zouden willen weten, hoe gierig ik was en hoe gretig ik hem mee naar boven had genomen...' Ze schudde haar hoofd. 'Hij had dit zo eenvoudig in mijn nadeel kunnen verdraaien. Dus gaf ik hem wat hij vroeg en waarschuwde hem nooit meer bij mij in de buurt te komen.'

Ze was aardiger dan Lenna zou zijn geweest. Mr Dankworth had misbruik gemaakt van de kwetsbaarheid van een vrouw, haar te veel wijn gegeven, haar op het bed geduwd. Van Lenna had hij naar de hel kunnen lopen. Al die flauwekul over magnetische straling en naalden en eenzaamheid... Doodvallen konden ze, die mannen, die op geld beluste roofdieren.

'De man beneden, Mr Morley,' zei Vaudeline. 'Herkent u hem? Was hij bij de seance?'

Mrs Gray schudde haar hoofd. 'Nee, ik weet zeker van niet.' Beneden blafte een hond. 'Aha, hij is terug van zijn rondje,' zei ze met een lachje, het eerste dat Lenna zag. 'Dat is Winkle. Een ogenblik, ik laat hem binnen.' Ze verliet de kamer, en het geluid van haar voetstappen weerklonk op de diensttrap.

'Mr Dankworth was degene die jaren geleden de seance van mijn vriendin Eloise leidde. Het werd niets,' fluisterde Lenna. 'En na alles wat Mrs Gray zojuist vertelde, vraag ik me af of hij een van de oplichters van het Genootschap is.'

'Ongetwijfeld.' Vaudeline sloot haar ogen even. 'Ik vind het weerzinwekkend. Echt weerzinwekkend. De geruchten die ik vorig jaar hoorde, waren één ding. Het lezingenoverzicht duidde er ook alleen maar op dat de mannen misleidende methoden aanleerden. Maar Mrs Grays relaas? Zij is een van hun slachtoffers – bewijs van hoe ze hun trucs inzetten.' Ze legde een hand tegen haar maag. 'Het is duidelijk dat Mr Volckman dit vermoedde en de mannen op heterdaad probeerde te betrappen. En goddank blijft Mr Morleys verhaal ook overeind. Hij was niet aanwezig bij deze seance of de louche lezingen.'

Enkele ogenblikken later kwam Mrs Gray terug, een zwart mopshondje onder haar arm. Ze kroelde hem tussen zijn oren, zei toen: 'Vertel eens waarom u dit doet, Miss D'Allaire. Waarom zou u een moord oplossen voor een man die zo'n afschuwelijke organisatie leidt? Waarom zou u hem überhaupt een dienst bewijzen?'

Vaudeline glimlachte treurig. 'Een terechte vraag. Onlangs kwam ik erachter dat het Genootschap niet zo integer is als ik tot dan toe dacht.'

'Daar ben ik het mee eens. Vrouwen roddelen, weet u.'

Vaudeline keek op. 'Dat doen ze al een poos.'

Mrs Gray knikte stijfjes. 'Het Genootschap was al vele jaren een respectabele organisatie – anders had ik ze niet ingeschakeld – maar na de mislukte seance en Mr Dankworths wangedrag sprak ik met mijn nicht en een paar vriendinnen. Hoewel geen van hen zelf een seance heeft aangevraagd, hebben ze allemaal verhalen – geruchten – gehoord over het Londense Seancegenootschap. Niets wat kan worden bewezen, maar ik blijk niet de enige vrouw in Londen op wie deze mannen aasden, financieel of anderszins. Daarom, Miss D'Allaire, moet ik bekennen geen traan te laten om de dood van hun voorzitter. Ik hoop dat u mijn harteloosheid niet zult opvatten als een aanwijzing dat ik betrokken was bij zijn dood. Het getuigt alleen van het leed dat het Genootschap mij heeft aangedaan.'

'Natuurlijk niet,' zei Vaudeline hoofdschuddend. 'Maar u moet weten dat Mr Volckman de organisatie trachtte te bevrijden van haar malafide elementen.'

'Denkt u dan dat een van de Genootschapsleden verantwoordelijk is voor zijn dood?'

'Het zou kunnen,' zei Vaudeline. 'Maar aannames zijn gevaarlijk. Zijn seance is vanavond laat. We zullen de ware toedracht van zijn dood snel genoeg kennen.'

'Goed dan.' Mrs Gray leidde de vrouwen naar de deur. Het hondje kronkelde in haar armen om vrij te komen. 'Ik wens u succes met uw seance, en ik raad u beiden aan elkaar in de gaten te houden. Deze mannen, die zijn niet te vertrouwen. Wie weet wat ze in hun schild voeren. Volgens mijn nicht gaan er geruchten dat ze een vrouwelijke handlanger in de arm hebben genomen, dus wie weet –'

'Een vrouwelijke handlanger?' onderbrak Lenna haar. Het bloed stolde in haar aderen.

'Dat wordt gezegd, ja. Ze is jong, met opvallend blauwe ogen. Ze zeggen dat ze is gespot bij enkele waken, enkele begrafenissen, en zelfs vermomd als jongen is opgedoken bij een aantal seances.' Mrs Gray hief haar handen op, liet ze weer vallen. 'Zelfs als het waar is, kan ik het zelf niet bevestigen. Ik weet zeker dat ze niet hier was op allerheiligenavond. Ik herinner me iedereen rond de tafel. Let wel: het waren allemaal mannen.'

Lenna zocht houvast bij het dressoir. Opvallend blauwe ogen.

Evie. Het kon alleen Evie zijn.

Dat Evie zich had verdiept in de snode plannen van het Genootschap, was al erg genoeg. Maar dit nieuws? Dit was schokkend, het idee dat ze als handlanger had opgetreden en betrokken was geweest bij hun manipulatieve, oneerlijke praktijken. En als iemand bij het Genootschap haar toegang verleende tot de organisatie, was de kans groot dat de jonge, losbandige Evie er iets voor terug zou geven. Draaierig drukte Lenna haar vingers tegen haar lippen. Ze kwam meer te weten over Evie – na haar dood – dan waar ze op had gerekend.

Misschien het ergst van alles: dit nieuws verbreedde het netwerk van mensen die Evies dood op hun geweten konden hebben. Als ze bekend was – als praatjes over deze handlanger als een lopend vuurtje door Londen gingen – dan kon iedereen haar hebben vermoord. Iedereen die wraak wilde nemen op het Genootschap.

Tenslotte leek Evie nu een regelrechte booswicht.

17

Lenna

Londen, zondag 16 februari 1873

Na het bezoek aan Mrs Gray installeerde het groepje zich in de bus. Somber keek Lenna uit het raam naar de felblauwe hemel, piekerend over het gesprek dat ze zojuist hadden gehad met de jonge weduwe. Het was in meerdere opzichten alarmerend, en nu wilde ze niets liever dan een dutje doen in een donkere, koele kamer.

Agent Beck haalde een vinger over het litteken op zijn kin. Daarna mompelde hij iets over een laat ontbijt op het hoofdkantoor van het Genootschap.

Mr Morley schudde zijn hoofd. 'We hebben nog een korte tussenstop. Miss D'Allaire wil graag langsgaan bij Mrs Volckman,' zei hij.

Hierop begon agent Beck te morren, zijn ogen wijd open. 'Ik ben uitgehongerd,' zei hij. 'En het zou me verbazen als haar lakeien ons überhaupt binnenlaten.'

Vaudeline fronste. 'Hoezo dat?'

Beck weifelde even. 'O, de Met heeft haar meer dan genoeg overlast bezorgd met hun ondervragingen. Ze weet dat het Genootschap zelf ook naspeuringen doet. We hebben haar behoorlijk lastiggevallen. Dat vertelde ze me zelf, een paar weken geleden: ze is doodmoe van onze vragen en heeft er niets meer aan toe te voegen.'

Wat mankeert deze mannen toch, vroeg Lenna zich af. Agent Beck en Mr Morley leken beiden niet in te zien dat bij een bezoek aan een treurende weduwe een ondervraging allesbehalve gepast was.

'Ik heb haar niets te vrágen,' zei Vaudeline. 'Ik wil alleen mijn condoleances overbrengen aan een vriendin. U en Mr Morley hoeven niet eens uit te stappen. Ik ben met een paar minuten terug.'

Na een cynische blik op haar pakte Beck de lei. 'Goed dan,' zei hij, een krijtje opvissend waarmee hij '14 Bruton Street' krabbelde. Hij hield de lei op naar Bennett, zonder moeite te doen zijn irritatie te verbergen.

Ze kwamen aan bij de Volckman-woning, een georgian herenhuis met drie verdiepingen, de gevel en entree perfect onderhouden. Vaudeline en Lenna stapten uit en liepen naar de portiek, die aan weerszijden enorme witte zuilen had.

Voor de deur zette Vaudeline haar pet af en ze woelde even door haar haar. Ze klopte aan, en een ogenblik later ging de deur open.

Een dienstmeisje in een lichtblauw schort deed open. Tegelijkertijd bracht ze ademloos uit: 'Miss D'Allaire.'

Vaudeline glimlachte haar hartelijk toe. 'Miss Bradley,' zei ze met een knikje.

'Alstublieft, kom binnen.' Miss Bradley zwaaide de deur open, Vaudeline van top tot teen opnemend alsof ze nauwelijks kon geloven dat ze zich beiden in dezelfde ruimte bevonden. 'U bent in Londen. Ik...' Ze schudde haar hoofd, zichtbaar verward en opgetogen. 'Ik ga Mrs Volckman halen. Een ogenblik.'

Nog geen minuut later kwam een vrouw de hoek om snellen, ademloos. Ze droeg een inktzwarte wollen jurk, zonder opsmuk. Merinowol, gokte Lenna – veel mooier dan alles wat ze zelf in de kast had.

Zodra ze Vaudeline in het oog kreeg, barstte Mrs Volckman in tranen uit. Ze stak haar armen uit, en de twee omhelsden elkaar langdurig, daar in de hal. Vaudeline fluisterde het een en ander in haar oor, maar Lenna ving slechts een paar woorden op: 'Zo verschrikkelijk... gekmakend... was het maar waar.'

Lenna stond er opgelaten naast terwijl zij elkaar vasthielden, het gebrandschilderde raam boven de deur en het geel gedessineerde behang op de muren bestuderend. Het was een lichte, fleurige ruimte, in schril contrast met het treurige weerzien dat voor haar neus plaatsvond.

Nadat de twee vrouwen elkaar hadden losgelaten, stelde Vaudeline Lenna voor, waarna ze kort samenvatte waarom ze in Londen was. Ze legde uit dat Mr Morley en agent Beck buiten wachtten in het rijtuig en dat ze hen zou helpen met een seance die, hopelijk, licht zou werpen op Mr Volckmans dood.

'Ik had geen idee dat jij zou meewerken,' zei Mrs Volckman, in wier ogen weer tranen opwelden. 'Dit geeft mij zoveel hoop...' Ze haalde een zakdoekje tevoorschijn, bette haar ogen en kwam uiteindelijk tot zichzelf. Vervolgens vroeg ze naar de kleding van Vaudeline en Lenna, duidelijk een vermomming.

Vaudeline aarzelde, maar ze zei niets over zich schuilhouden voor gevaarlijke of malafide mannen binnen de organisatie. In plaats daarvan scheerde ze langs de rand van de waarheid. 'Zoals je weet, mogen vrouwen niet deelnemen aan Genootschapsactiviteiten. Dat wij Mr Morley helpen, die de stad doorkruist in de bus, zou niet goed vallen.'

'Duidelijk,' zei Mrs Volckman. 'Ik ben geroerd, werkelijk, dat je zo'n risico neemt om mijn echtgenoot te wreken.'

Zwijgend keek Vaudeline naar de grond. Lenna dacht opnieuw aan wat Vaudeline in Parijs had gezegd na het lezen van Mr Morleys brief: 'Niet alleen vernam ik dat een vriend is overleden, maar het heeft er alle schijn van dat de geruchten die ik onder zijn aandacht bracht hem de dood in hebben gejaagd.' Ze vroeg zich af of Vaudeline nu gebukt ging onder die gewetenswroeging – sterker nog, of dit verklaarde waarom ze per se zo snel mogelijk bij Mrs Volckman langs wilde gaan.

'Wil je de seance bijwonen?' vroeg Vaudeline.

Mrs Volckman dacht diep na. 'Mr Morley en agent Beck zijn erbij aanwezig, neem ik aan?'

'Ja, vanzelfsprekend.'

'En het is vanavond?' Op Vaudelines knikje sloeg Mrs Volckman haar armen over elkaar, ze was een ogenblik stil. Toen pas gaf ze antwoord. 'Nee. Nee, dan bedank ik ervoor.'

Dit verbaasde Lenna. Was ze bang voor wat er tijdens de seance zou kunnen gebeuren of welke informatie aan het licht zou komen? Of had ze zo'n hekel aan de mannen dat ze liever de seance voor haar eigen echtgenoot aan zich voorbij liet gaan dan dat ze er samen met hen aan deelnam?

Het had geen zin erbij stil te staan, wist Lenna, en het gaf geen pas aannames te doen over de reden van haar weigering. Het was aan Mrs Volckman, en aan haar alleen.

'Je bent niet dol op de mannen, begrijp ik,' zei Vaudeline.

Mrs Volckman schudde haar hoofd. 'Mr Morley is vooral irritant, zeker als hij dronken is. Ik betrapte hem eens op urineren in een plantenbak buiten. Een andere keer haalde hij een gemene grap uit met een van de kinderen.' Ze lachte zuur. 'Vergeeflijk, wellicht. Maar agent Beck? Zelfs mijn man vond hem onguur. En dat wil wat zeggen voor iemand die een organisatie vol energieke mannen leidde.'

'Hoezo onguur?' vroeg Vaudeline.

Na een snelle blik over beide schouders dempte Mrs Volckman haar stem. 'Nou, ik heb begrepen dat de Met agent Beck al diverse malen bijna heeft ontslagen. Hij is betrapt op het aannemen van steekpenningen, het vervalsen van rapporten. Vorig jaar deden ze onderzoek naar hem wegens mishandeling van een collega-agent.'

Nu vroeg Lenna zich af of het donkere litteken op zijn kin verband hield met de aanvaring waarover Mrs Volckman het had.

Ze ging verder. 'Alsof dit niet genoeg is, gaat agent Beck om met een ander Genootschapslid, ene Mr Dankworth –'

‘O!’ riep Lenna uit, niet in staat haar afgrijzen te verbergen.

Vaudeline schudde haar hoofd. ‘De man die Mrs Gray...’

Lenna knikte.

‘Rotte appels, Beck en Dankworth,’ zei Mrs Volckman.

‘Dat hadden we al begrepen,’ zei Vaudeline, een verontruste trek op haar gezicht. ‘Het verbaast me dat je dienstmeisje ons nog binnenliet. Ik was al bang dat de Genootschapsbus waarin we arriveerden, niet in ons voordeel zou werken. Naar ik heb gehoord, ben je doodmoe van de eindeloze ondervragingen.’

Fronsend boog Mrs Volckman haar hoofd opzij. ‘Pardon?’

‘Agent Beck zei dat je van de Met en het Genootschap samen heel wat vragen hebt beantwoord over de dood van je man,’ legde Vaudeline uit.

‘Niets is minder waar.’ Mrs Volckman spreidde haar handen. ‘Vlak na zijn dood heb ik een paar vragen beantwoord, ja. Maar de Met noch het Genootschap is hier sindsdien geweest. Eerlijk gezegd had ik gedacht dat ze meer inzet aan de dag zouden leggen.’

De ontzetting droop van Vaudelines gezicht. ‘De Met noch het Genootschap is hier geweest in... maanden?’

‘Zo is het.’

Lenna en Vaudeline wisselden een blik; dit nieuws was in tegenspraak met wat agent Beck op de rit hierheen had gezegd. Hij had hun verteld dat hij Mrs Volckman een paar weken terug nog had gesproken.

Plotseling schrokken de drie vrouwen op. Boven de mahoniehouten chiffonnière naast hen sloeg een wandklok het uur. De klok weergalmde luid en lang, en tegen de tijd dat hij stopte, had Vaudeline een stap naar de deur gezet. ‘Inmiddels zijn ze vast ongeduldig,’ zei ze. Ze draaide zich om naar haar vriendin om haar nog een laatste keer te omhelzen. ‘Ik kom gauw terug. Dat beloof ik.’

Mrs Volckman knikte. ‘Het was zo fijn om je te zien. En om u te ontmoeten, Miss Wickes.’ Ze gaf Lenna een klopje op de arm. Maar toen ze naar de deur liepen, schraapte Mrs Volckman haar keel. ‘Nog één ding, als het mag.’

'Natuurlijk.' Vaudeline hield haar pas in.

'Ik wil alleen zeggen dat ik ongerust ben over jullie beiden.' Ze draaide haar trouwring om haar vinger, waarbij de marquise amethist het licht ving. 'Beloof me dat jullie op je hoede blijven en op elkaar passen.'

'Doen we,' zei Vaudeline. Ze pakte haar haar bij elkaar, stopte het onder haar pet en loodste Lenna mee naar buiten.

De deur ging achter hen dicht. 'Op onze hoede, zeg dat wel,' zei Lenna, die haar hoofd gebogen hield. 'We hebben Beck al op een leugen betrapt. En zijn naam in het lezingenregister...' vervolgde ze, terwijl Vaudeline instemmend knikte. Hij kwam steeds slechter over. Hij en Dankworth allebei.

'Ik begrijp er niets van,' reageerde Vaudeline. 'Het Genootschap heeft jarenlang een smetteloze reputatie gehad.' Ze ademde hoorbaar uit. 'Maar blijkbaar is er sprake van nog meer smetten dan ik vreesde.'

18

Lenna

Londen, zondag 16 februari 1873

Voor Mrs Volckmans huis installeerde het groepje zich weer in de bus. Lenna frunnikte aan haar jasknopen, ervan uitgaande dat ze nu teruggingen naar het Genootschap. De koetsier wachtte, teugels in de hand, tot een van de mannen de lei aangaf.

Op de bank tussen Mr Morley en agent Beck stond een papieren zak met een van vet doordrenkte bodem. Mr Morley wees door het raampje: een verkoper met een handkar slenterde de straat door, bij hen vandaan, roepend naar voorbijgangers.

'Vleespasteitjes,' verklaarde Mr Morley. 'We hebben er een stuk of vijf gekocht terwijl u binnen was, als u er een wilt.'

'Tikje kraakbeenachtig,' merkte agent Beck op, een druppel lichtbruin vet van zijn lippen vegend. 'Maar best lekker.' Hij hield de zak op, zo te zien een stuk vrolijker dan even daarvoor.

Beide vrouwen bedankten, en Vaudeline schraapte haar keel. 'Mr Morley, een punt van overweging. Volckman stierf in uw privékelder vlak bij Grosvenor Square.'

Hij verstijfde. 'Ja, dat klopt.'

'Wat betekent dat we zouden verwachten dat hij, na dit deel van de stad te hebben verlaten, noord- of westwaarts ging. Maar ik kan u verzekeren, met evenveel zelfvertrouwen als waarmee ik zijn spoor volgde door Mrs Grays huis, dat hij niet noord- of westwaarts ging. *Croyez-moi,* hij ging zuidwaarts. Naar Piccadilly.'

Eerder, aan het eind van hun bezoek, had Mrs Gray hoog opgegeven van Vaudelines helderziendheid door de mannen te vertellen dat het medium daadwerkelijk Volckmans spoor door het huis stap voor stap had gevolgd. Nu knipperde Mr Morley dommig, zichtbaar verrast door Vaudelines mededeling.

Agent Beck boerde. Daarna stak hij een hand in de papieren zak en haalde er nog een pasteitje uit. 'Dan moeten we die kant uit, naar het Circus.'

'We hebben al meer dan genoeg risico genomen,' zei Mr Morley, die zijn hand beschermend boven Vaudelines schouder hield. 'Ik ben niet van plan met haar te paraderen door het drukste deel van de stad in onze bus.'

'De Met heeft meermaals vraagtekens geplaatst bij Volckmans gangen die avond. Dit kan nuttig zijn voor het onderzoek.' Met vettige handen pakte agent Beck de lei, schreef 'Piccadilly Circus' op, en gaf hem vervolgens aan Bennett. 'En ze is vermomd, Morley. Dus je hoeft er niet zo melodramatisch over te doen.'

Mr Morley mocht dan vicevoorzitter van het Genootschap zijn, agent Beck maakte deel uit van de Met. De spanning tussen de twee mannen was voelbaar, en Lenna keek weg, niet op haar gemak. Mr Morley balde zijn vuisten, alsof hij verder in discussie wilde gaan, maar toen kwam het rijtuig in beweging.

Onderweg zat Vaudeline voorovergebogen, een geconcentreerde uitdrukking op haar gezicht. Op een van haar wangen lag een lange, losgeraakte wimper, en het kostte Lenna de grootste moeite haar handen in haar schoot te houden, hem niet weg te vegen.

Mr Morley kreeg nog een paar aanvullende instructies van Vaudeline, die hij op de lei schreef. Ze reden over Haymarket en Leicester Square, waarna ze de drukke noordzijde van Covent Garden naderden.

'Vraag de koetsier hier te keren,' zei Vaudeline plotseling.

Hierbij wisselden de mannen een lange blik.

Het rijtuig minderde vaart en keerde, voordat de paarden halt hielden. Toen Lenna uit het raam tuurde, begon haar hart ineens te bonzen. Gisteravond, bij het doornemen van het bezoekerslogboek, hadden Vaudeline en zij Evies naam zien staan op dezelfde dag dat de lezing over de casestudy van het bordeel was gehouden.

En tot Lenna's stomme verbazing was 22 Bow Street precies het adres waar ze nu waren aangekomen.

Agent Beck gooide lachend zijn hoofd in de nek. 'Goeie god, hij ging naar het bordeel,' zei hij. 'Wat dom dat dat niet bij ons is opgekomen.'

'We hebben allemaal zo onze zwakten,' sprak Mr Morley, al keek ook hij verbaasd.

Lenna nam de tijd om uit het rijtuig te stappen, benieuwd wat voor informatie hier te halen viel. Het Genootschap had niet alleen een seance uitgevoerd in een bordeel, maar de voorzitter had er blijkbaar een bezoek aan gebracht op de dag van zijn dood.

'We gaan naar binnen,' liet Vaudeline de mannen weten, 'voor een korte ronde, net zoals ik bij Mrs Gray thuis heb gedaan.'

Welk mysterie er ook rond dit pand hing, Lenna wist dat de kans om het te onderzoeken van korte duur zou zijn. Nu kwam het erop aan zich van de domme te houden, te doen alsof ze nog nooit van deze plek had gehoord. Terwijl ze wegliepen van het rijtuig, veinsde ze een nieuwsgierige blik, als van een kind.

Onderweg naar de voorkant van het bordeel keek Lenna omhoog naar het onopvallende gebouw. Zwart uitgeslagen, met roet bedekt metselwerk werd onderbroken door diverse boogvormige ramen, afgewerkt met saai gefreesde randen. Op een vensterbank boven hen zat een vogel te koekeloeren.

Een man van middelbare leeftijd – de eigenaar, gokte Lenna – deed open toen Mr Morley aanklopte. 'Morley,' zei de man. Zijn gezicht was pokdalig, zijn haar vet en dun. 'Nu alweer terug?'

Met een rood hoofd gebaarde Mr Morley naar de vrouwen achter hem. 'Peter, ik wil je om een kleine gunst vragen,' zei hij, alvorens kort uit te leggen dat dit bezoek verband hield met Mr Volckmans dood en enkele nieuwe communicatietechnieken die het Genootschap wilde uitproberen.

Peter fronste. 'Van mij mogen ze gerust rondkijken, maar Mr Volckman was niet –'

Vaudeline stapte naar voren. 'Alstublieft, het duurt niet lang,' zei ze, een hand lichtjes op Peters arm gelegd.

Hij staarde naar haar vingers alsof hij in jaren niet door een vrouw was aangeraakt. Hij knikte stijfjes en liet het groepje door, zijn armen over elkaar slaand over zijn pauwblauwe gilet, dat eruitzag als een afdankertje van een lakei. Toen Lenna langs hem liep, liet hij zijn blik over haar glijden. 'Waarom dragen ze mannenkleren?' morde hij.

'Laat zitten, Peter,' zei Mr Morley. 'Het is niet van belang.'

Eenmaal binnen moesten Lenna's ogen zich even aanpassen. Ondanks de felle ochtendzon buiten was het aardedonker in de hal waar ze nu stonden. Het had net zo goed tegen de avond kunnen zijn: er waren een paar lantaarns aangestoken in de salon en ontvangstkamer aan weerszijden, en in beide kamers waren zware, niet bij elkaar passende gordijnen dichtgetrokken. De houten vloer kraakte onder haar voeten toen ze verder liep.

In de salon hing een stoffig olieverfschilderij scheef aan de muur. Donkere vlekken ontsierden de gestoffeerde rugleuning van een chaise longue, en een insect, lang en roestkleurig, kroop in een plooi. Lenna trok een vies gezicht en keek weg. Het hier ongezellig noemen zou een compliment zijn; het was een krakkemikkige, weerzinwekkende bende.

Maar niet in Vaudelines ogen, blijkbaar. Die liet inmiddels haar handen over een van de muren gaan, zonder op het hier en daar afbladderende pleisterwerk te letten, en ze keek nieuwsgierig naar de trap die naar de eerste verdieping leidde. Mr Morley en agent Beck hielden haar nauwlettend in de gaten. Het leek heel erg op hoe ze te werk was gegaan in Mrs Grays huis.

Een beweging in de ontvangstkamer trok Lenna's aandacht. Op een tweepersoonsbank zat een jonge vrouw in een fletse zwarte japon met een drankje in de hand, dat ze door het glas liet wervelen. Het lijfje sloot laag om haar boezem, en ze droeg geen schoenen en kousen. De zoom van haar japon viel op haar dikke, bleke enkels. Ze zag Lenna kijken en glimlachte. 'Ik ben Mel,' zei ze, Lenna strak aankijkend. 'En jij bent?'

'L-Lenna.' Het kwam er stamelend uit, aarzelend en vol afkeer van deze plek.

Nu ze wist dat Evie in dit bordeel een casestudy had bijgewoond over de seance van het Genootschap, vroeg ze zich af hoe ze naar meer details kon vragen zonder aandacht te trekken. Ze liep naar de bank, en hoewel ze ervan gruwelde, ging ze op het uiterste randje zitten.

In de andere kamer had Peter Mr Morley en agent Beck naar de buffetkast geroepen, waar hij zijn bezoekers nu iets urinekleurigs uit een karaf aanbod.

'Ik herken de kleinste,' zei Mel. 'Mr Mott of zo?'

'Mr Morley,' verbeterde Lenna haar, in de veronderstelling dat ze hem herkende omdat hij vaste klant was. Maar wat Mel daarna zei, overrompelde haar.

'Hij was bij een seance hier, vorige zomer.' Mel liet haar drankje nog eens rondwervelen en nam een slok. 'Hoewel je het eigenlijk geen seance mag noemen. Een schijnvertoning, dat was het. Vergeven van de trucs.'

Lenna's wenkbrauwen schoten omhoog. Hoe kortstondig ook, ze greep haar kans. 'Laat me raden.' Ze dacht aan het bezoek aan de weduwe. 'Ze troffen geen enkele geest aan en probeerden in plaats daarvan de vrouwen hier te verleiden?'

'Precies.' Mel sprak op gedempte toon.

In de andere kamer werden de mannen luidruchtiger en ze begonnen te lachen bij het doorbladeren van een catalogus die Peter uit een lade had gehaald.

Mel bukte om haar glas naast haar blote voeten op de grond te zetten. 'Onze oude madam, Betty, overleed vorige zomer – in juli. Een van de meiden trof haar dood aan in de achtertuin. Ze had leliebollen zitten scheuren. Wij denken dat ze struikelde en met haar hoofd op een steen viel. Ze hield van bloemen.' Mel frunnikte aan een naadje in haar jurk, ging met een nagel over de stof. 'We huurden het Londense Seancegenootschap in voor een laatste afscheidsgroet. Uiteindelijk heeft niemand er de kans voor gehad. Nog steeds niet.' Ze hield zich groot, ging rechtop zitten. 'Peter is Betty's zoon. Hij is een onvoorstelbare engerd.'

'En je zei dat Mr Morley bij deze seance aanwezig was?' Lenna dacht aan wat Mel zojuist had gezegd: 'Een schijnvertoning, dat was het. Vergeven van de trucs.' Ze vroeg zich af welke rol hij had gespeeld bij de seance. Was hij er als waarnemer? Had hij aan de seancetafel gezeten of zich afzijdig gehouden?

'O, ja,' zei Mel gedecideerd. 'Maar hij was niet alleen aanwezig.' Ze ging nog zachter praten. 'Mr Morley leidde het hele gebeuren.'

19

Mr Morley

Londen, zondag 16 februari 1873

Terwijl ik met agent Beck en Peter bij de buffetkast stond, wierp ik een blik in de andere kamer. Miss Wickes was in gesprek met een van de bordeelmeisjes.

Plotseling keek ze in mijn richting.

Onze blikken ontmoetten elkaar. Ik nam een slok cognac, over het glas naar haar glurend. Ik had haar en Miss D'Allaire de hele ochtend in de gaten gehouden, ook als ze zich er niet van bewust waren.

In Mrs Grays huis bijvoorbeeld. Nadat ze via de achtertrap naar boven waren gegaan, was ik ook onmiddellijk naar boven getogen. Ik had niet de houten diensttrap genomen, maar de beklede trap vanuit de hal, waardoor ik geruisloos kon volgen. Agent Beck had toegekeken toen ik naar boven ging, een ondoorgrondelijke uitdrukking op zijn gezicht – geamuseerd wellicht, of was het geërgerd? Deed er niet toe. Ik hield me schuil op de gang vlak bij de slaapkamer waar de vrouwen zich bevonden, terwijl de hele bliksemse boel zich ontvouwde. Ik had flarden opgevangen van wat Mrs Gray de vrouwen vertelde: enkele bijzonderheden over Dankworth, het magnetische apparaat. 'Wie weet wat ze in hun schild voeren,' had ze gezegd.

Nu vroeg ik me af wat het meisje aan Miss Wickes zat te vertellen. Welke vermoedens zij onthulde.

Al die praatjes over oplichters en trucs. Hadden Miss Wickes en Miss D'Allaire de puzzel al opgelost?

Hadden ze enig idee dat de illusionist binnen het Genootschap niemand minder was dan... ik?

Per slot van rekening was het aan mij de afdeling Spiritisme te besturen, en de missie van het Genootschap vermeldde 'gemoedsrust' en 'nieuwsgierigheid bevredigen'.

Niemand had het over 'waarheid'.

En illusie? Het volstond – daarmee kregen we de klus geklaard.

Ik was heel goed in de kunst van het misleiden. Ik verdiepte me in theatertechniek, de manier waarop licht het oog voor de gek kon houden. Ook hield ik er de juiste vrienden op na: schoorsteenvegers die zich voor een penny achter muren verstopten, buiksprekers die vanaf de andere kant van de seancetafel fluisterden, variétéartiesten die speelden dat ze behekst waren.

De andere mannen van de afdeling waren op de hoogte van de trucs, zeker. Maar stuk voor stuk hadden ze mijn eed getekend, waarmee ze beloofden nooit ruchtbaarheid te geven aan wat ze tijdens de seances hadden gezien of wat ze eventueel vermoedden. Ze mochten niets bespreken – niet onder elkaar, niet in het bijzijn van Mr Volckman en zeker niet in het bijzijn van iemand van de afdeling Helderziendheid.

Het was de reden dat ik Bennett had aangenomen om onze bus te mennen. Een koetsier ving nu eenmaal weleens raadselachtige of vreemde dingen op. Dit had ik door schade en schande geleerd en die fout zou ik niet nog eens maken. Mochten de leden van mijn afdeling hun eed van geheimhouding breken, dan kenden ze mijn machtsmiddelen. Ik kon een openstaande schuld fabriceren, hen zwartmaken in de kranten, hun Genootschapsroyement opstellen. En bedenk wat ze allemaal zouden kwijtraken als ze geroyeerd werden. De exclusieve feesten, de theaterloges, de dividenduitkeringen.

Het enige wat ze hoefden te doen, was méééwerken. Niet heel veel gevraagd.

Onder de leden van mijn afdeling waren er enkelen – zoals Mr Dankworth – die ik gewiekst en betrouwbaar genoeg vond om de plannen zelf uit te voeren. Ik was besloten lezingen gaan geven aan deze leden, waarin ik mijn methoden en technieken uiteenzette. Meer zwendelaars betekende meer geld, hogere dividenduitkeringen. Bovendien had ik geen tijd om elke seance bij te wonen. Als zich 's avonds een aanlokkelijkere afspraak aandiende, liet ik een lid als Mr Dankworth met alle plezier een seance leiden.

Maar toen borrelden die verduivelde geruchten op, en er was dat gesprek met Volckman – het gesprek waarin hij dreigde me te ontslaan als ik niet de onderste steen boven kreeg op mijn afdeling.

Mijn technieken waren in de loop der jaren versloft, denk ik. Ik had mijn mannen te onbeschaamd laten worden met de postseance-flirts. Ik was er te snel bij geweest om de betekenis van een flakkerende vlam te verklaren tijdens een seance. Te zelfverzekerd bij het oplezen van de zogenaamde boodschap op een vel papier.

De kern van het probleem – de smet op de overigens vlekkeloze reputatie van het Genootschap – was ík.

20

Lenna

Londen, zondag 16 februari 1873

Hij had het hele gebeuren geleid.

Gezeten op de bank op 22 Bow Street moest Lenna bekomen van wat Mel haar net had verteld. Ze ging rechtop zitten, op het punt om door te vragen, onder andere of iemand met een tengere bouw en blauwe ogen had meegedaan aan de door Mr Morley geleide, bedrieglijke seance. Ze werden echter gestoord door het geluid van voetstappen, en toen Lenna zich omdraaide, zag ze twee mensen de trap af komen: een vrouw die lichtvoetig naar beneden trippelde, en achter haar een rood aangelopen man die aan zijn broekriem liep te sjorren. Peter snelde op hen af, en in een wirwar van vingers ging geld van hand tot hand. Peter stak alles in zijn zak.

'Zoals je ziet, zijn we allemaal in de rouw.' Mel knikte naar het meisje dat net beneden was gekomen. Ook zij droeg een zwarte japon, al was die lang niet zo verbleekt als die van Mel. 'Peter smeekte ons onze felgekleurde jurken weer tevoorschijn te halen. Hij beweert dat rouwvoorschriften niet gelden in een bordeel. Hij draagt dat gilet om "de boel op te fleuren", zoals hij het noemt. Foeilelijk, vind je niet?'

Het meisje dat beneden was gekomen, zag Mel en glimlachte. Daarna liep ze naar hen toe en ging in kleermakerszit aan hun voeten zitten. Ze stelde zich voor als Bea. Aan de andere kant van de gang stond Vaudeline voorovergebogen bij de haard om het houtwerk en de kolenkit aandachtig op te nemen. Wat vreemd toch, die methoden en technieken van haar. En hier in het bordeel leek ze zich opvallend langzaam voort te bewegen...

'Krenterig, die daar,' fluisterde Bea, wijzend naar de man met wie ze boven was geweest. Hij pakte net zijn jas, op het punt te vertrekken. 'Stopte me maar de helft van de fooi toe die hij had beloofd.'

Mel gaf een kneepje in Bea's hand. 'Hoeveel heb je nog nodig?'

Bea tuitte haar lippen. 'Drie shilling.' Ze keek Lenna aan. 'Mijn moeder is onlangs ziek geworden en ze heeft geen geld voor de medicijnen die ze nodig heeft. Ik stuur naar huis wat ik kan.' Ze keek opzij naar de nieuwkomers die met Peter stonden te keuvelen. 'Hebben ze al een meisje gekozen?'

'O, daarvoor zijn we hier niet...' stamelde Lenna. Wat pijnlijk dat Bea dacht dat ze deze mannen vergezelden bij een bordeelbezoek.

Maar Bea was al opgestaan, de mannen monsterend.

'Ze is een doorzetter,' zei Mel vol medelijden. 'Zij en haar moeder zijn heel hecht.'

Lenna bewonderde Bea's vastberadenheid, maar dit werd niets. Geen schijn van kans dat agent Beck of Mr Morley Vaudeline en Lenna uit het oog verloor.

Bea liep op de mannen bij de buffetkast af en liet de zwarte shawl van haar schouders glijden. Op hun beurt staarden zij naar haar, ogenschijnlijk met stomheid geslagen door de bleke, blote huid van haar schouders. Zelfs Peter keek verbaasd; misschien had hij er niet op gerekend dat dit vreemde bezoek hem geld zou opleveren.

Dat zag Bea anders, zo bleek. Ze keek agent Beck diep in de ogen.

Daarna pakte ze zijn glas – hij bleek de cognac te hebben afgeslagen in ruil voor water – en nam een trage slok. Ze drukte haar lippen zacht op de zijne. Bij de gedachte aan de gulzigheid waarmee Beck de vleespasteitjes had verorberd op de rit hierheen, trok Lenna een vies gezicht.

Bea verbrak de kus. Daarna wendde ze zich tot Mr Morley alsof ze het kunstje wilde herhalen. Hij stak een hand op. 'Nee,' zei hij. Hij wierp een zijdelingse blik op Lenna. 'Niet in hun bijzijn.'

Peters gezicht vertrok van afkeer. 'Niet te geloven dat je haar afwijst.' Hij stak een hand in zijn zak om met het muntgeld te spelen.

Plotseling ging de voordeur open. Twee slonzige types, onvast ter been, kwamen binnen. Kregelig nam Peter hen op. 'Christus,' foeterde hij. 'Die twee hebben er een handje van om problemen te veroorzaken.' Hij rechtte zijn schouders en stapte op hen af.

Agent Beck merkte hen amper op. 'Ik wijs het meisje niet af,' riep hij naar Peter, alvorens zijn ogen over Bea's bovenlijf te laten gaan. Daarop lachte ze naar hem. Vervolgens nam ze hem bij de hand en begon hem mee te trekken.

'Beck,' zei Mr Morley, zijn handen gespreid. 'In het bijzijn van de dames, mijn hemel...' Hij gebaarde naar Vaudeline en Lenna.

'Miss D'Allaire en Miss Wickes zijn niet van gisteren,' riep Beck terug, inmiddels hoorbaar gefrustreerd. Hij was onderaan de trap gestopt, zijn lichaam naar het groepje gedraaid. 'Ze weten wat hier gebeurt. Trouwens, Peter begroette je als een oude bekende.'

'Wat is er aan de hand?' kwam een van de nieuwkomers lallend tussenbeide. Hij was dronken – stomdronken.

'Niets wat jou aangaat,' zei Peter, die een hand op zijn schouder legde. 'Wat zeg je ervan om later terug te komen? Over een uurtje of zo?'

'Ik zeg van niet,' antwoordde de man, die langs Peter drong. Hij wreef in zijn handen. 'Komt er een gevecht? Ik zet mijn geld op hem.' Hij wees naar Beck. 'Kom op, heren. Laat eens wat zien.'

Er viel een stilte, waarin elke man de anderen stond op te nemen. Uiteindelijk doorbrak Peter de spanning. Hij knikte naar Beck. 'Ga jij maar. De rest van ons heren gaat even naar buiten, een luchtje scheppen, onder het genot van een drankje.'

Ditmaal sloeg Mr Morley het voorstel niet af. Hij volgde Peter en de twee nieuwkomers door een gang naar de achterkant van het gebouw. Boven hoorde Lenna een deur open- en dichtgaan.

Nu de mannen weg waren, leek de sfeer in de salon op slag lichter, rustiger.

Vaudeline liep bij de haard vandaan naar Lenna in de ontvangstkamer.

'Heb je wat je zocht?' vroeg Lenna haar.

'Dat hangt ervan af. Jij?'

'Nee, ik...' Fronsend viel Lenna stil. 'Hoe bedoel je, dat hangt ervan af?' Vaudeline keek haar slechts aan. Plotseling viel Lenna's mond open.

'Precies,' zei Vaudeline met een korte grijns. Op fluistertoon vervolgde ze: 'Het hele verhaal dat Mr Volckman hier is geweest, heb ik verzonnen. Wie zegt dat we zelf niet een paar trucs kunnen uithalen?'

Vaudeline die de kluit bedonderde: het toppunt van ironie. Ineens kon Lenna haar wel bij de kraag van haar jas naar voren trekken om haar een klapzoen te geven.

Onder de indruk van haar lef voelde Lenna nu een grotere verantwoordelijkheid om deze tijd nuttig te besteden. Dus vroeg ze snel aan Mel: 'De seance. Kun je ons er meer over vertellen?'

'Kom mee,' zei Mel, de vrouwen gebarend mee te lopen. Ze gingen naar de plek waar de mannen even daarvoor hadden gestaan, en Mel opende de middelste lade. Ze overhandigde Lenna een spits toelopende, deels opgebrande kaars. 'Ze lieten hun kaarsen achter. Moet je deze eens zien.'

Fronsend draaide Lenna de crèmekleurige kaars rond in haar handen. 'Moet ik ergens op letten?' vroeg ze.

'Laat mij eens kijken,' zei Vaudeline. Ze nam hem aan, waarna ze met haar nagel over een licht verkleurd lijntje in de was ging, dat over de hele lengte liep. 'Een magische kaars,' constateerde ze.

'Juist,' zei Mel. 'Dat vermoedden we al toen we halverwege de seance omgeven werden door de overweldigende geur van tulpen.'

'Ik begrijp het niet,' zei Lenna, die nogmaals naar de kaars keek. 'Tulpen? Een magische kaars?'

'Geuren kunnen duiden op een geslaagde manifestatie,' legde Vaudeline uit. 'Maar ze zijn zo eenvoudig na te bootsen in een seanceruimte. Je hoeft alleen de juiste soort kaars te maken of te kopen. Die bestaat doorgaans uit een laag bijenwas, en dan een laag geparfumeerde was. Voor degenen in de ruimte lijkt er niets veranderd – de kaars brandt gewoon op – maar de plotselinge verandering in geur is een overtuigende kunstgreep. Handige oplichters stemmen de geur af op iets wat de overledene gewend was te gebruiken. Een favoriet luchtje bijvoorbeeld. Stel je voor dat je in de seanceruimte zit en plotseling vult die zich met de geur van de eau de cologne van je dode echtgenoot.'

'O,' bracht Lenna uit. 'Ja, dat zou heel overtuigend zijn.' Ze sloeg Vaudeline nauwlettend gade, verbaasd over hoeveel ze wist van al deze praktijken. Ze leek de hele trukendoos te kennen. Om nog maar te zwijgen van het feit dat ze de mannen net haar eigen streek had geleverd en ze haar rol goed had gespeeld. Iets te goed, vond Lenna eerlijk gezegd. Ze negeerde het onbehaaglijke gevoel dat begon op te spelen.

Vaudeline wendde zich tot Mel. 'Is er verder nog iets?'

Mel knikte. 'Er was een fotograaf bij de seance en de mannen brachten ons de ontwikkelde foto de week erna. Ze beweerden dat die bewees dat ze Betty hadden opgeroepen, maar ze vroegen meer geld voor ze hem wilden laten zien.'

Vaudelines ogen vernauwden zich. 'Heb je de foto?'

Opnieuw knikte Mel, waarna ze de kaars weer in de kast legde. 'Ik zal hem even halen. Ik ben zo terug.'

Zodra ze weg was, keek Vaudeline Lenna aan. 'Een ware samenzwering van illusionisten,' constateerde ze op gedempte toon. 'Hoe kon Volckman niet weten wat zich vlak voor zijn neus afspeelde?'

Mel kwam terug met iets tegen haar borst gedrukt. Ze stak het uit en

Vaudeline nam de tien bij tien centimeter grote afdruk aan. Erop stonden diverse bordeelmeisjes rond een tafel. Lenna herkende de schilderijen aan de muur: de foto was genomen in de ontvangstkamer, waar ze eerder had gezeten. De meisjes op de foto keken ernstig – verdrietig maar verwachtingsvol. Het deed Lenna heel erg denken aan de uitdrukking op het gezicht van de moeder tijdens de chateauseance: leed vermengd met een sprankje hoop.

Aan de rand van het beeld, een stukje boven de grond zwevend, was de schimmige en doorzichtige gestalte van een vrouw zichtbaar. Haar haren hadden een bleke kleur en ze droeg een dun, lichtgekleurd kanten gewaad.

'Je kunt het gezicht niet goed zien,' zei Mel, 'maar Betty had zwart haar. Bovendien zou ze van haar leven niet zo'n lelijk gewaad aantrekken. De foto is nep, zonder twijfel.'

Lenna vroeg of ze de foto mocht zien. Daarna draaide ze hem om. Ze las het stempel van de fotograaf op de achterkant: MR HUDSON'S STUDIO, HOLLOWAY. Ze tikte er met haar vinger op, want de naam kwam haar vaag bekend voor. Plotseling schoot het haar te binnen. Dit was de studio waarover Evie vorig jaar in de krant had gelezen.

'Deze studio werd gesloten,' merkte Lenna op, bij de herinnering aan haar gesprek met Evie. 'De eigenaar werd ervan beschuldigd beelden over foto's heen te plaatsen.' Ze gaf de foto terug, herinnerde zich hoe Evie over deze Mr Hudson had gesproken, bijna verdedigend. Had ze ook met hem samengespannen? Of met de magische-kaarsenmaker, of met een van de andere door het Londense Seancegenootschap ingeschakelde oplichters? Opeens doodmoe haalde ze haar hand over haar nek.

Vaudeline knikte naar de foto. 'Je zei dat ze er meer geld voor wilden?'

Mel knikte. 'We hadden ons geld al bij elkaar gelegd voor de seance. Toch kwamen we nog tekort. Op de avond van de seance zeiden de mannen dat we het tekort konden aanvullen met een andere vorm van… betaling. Het is tenslotte wat we hier doen.' Een flits van schaamte trok over Mels gezicht. 'De week erop kwamen de mannen terug met de foto. Maar ze wilden hem ons niet laten zien tot een paar meiden instemden met nóg een rendez-vous.'

Aan de achterkant van het gebouw hoorde Lenna voetstappen, geroezemoes. Ze moest naar Evie vragen, en snel ook. 'Mel,' zei ze. 'Ik heb je hulp ergens bij nodig. Mijn zus, tja, ik geloof dat ze op een bepaalde manier betrokken was bij het Genootschap. Dat ze bij hen in de leer was, of hen misschien wel hielp. Was er niemand bij de seance die je er niet thuis vond horen? Een jonge vrouw, vermomd in mannenkleding?'

Mel trok haar wenkbrauwen op. 'Evie bedoel je.'

Een onzichtbare schok deed de lucht trillen, en Lenna's knieën knikten. Vaag besefte ze dat Vaudeline haar elleboog greep. 'J-Ja,' stamelde ze. 'Evie. Ken je haar?'

'Natuurlijk. Ze was hier tijdens de seance, in mannenkleren, net als jullie nu. Maar onmiskenbare ogen. Een van de meiden herkende haar, die was haar eens tegengekomen in een waarzeggerswinkeltje in Jermyn Street.'

'Ja,' zei Lenna. 'Daar kwam Evie vaak.'

Mel schudde haar hoofd alsof ze zich iets naars herinnerde. 'Behoorlijk sluw, die meid.'

Lenna zocht houvast bij de buffetkast. Evie was hier geweest, in het bordeel, vermomd. Bij een seance vol trucs. Het klopte precies met wat de weduwe, Mrs Gray, had gezegd.'

'Evie is mijn zus,' zei ze. Haar toon was nu dringender. 'Kwam ze terug met de mannen toen ze de nepfoto brachten?'

Met een verwarde blik boog Mel haar hoofd opzij. 'Als ze jouw zus is, kun je het haar toch zelf vragen?'

Lenna beet op haar onderlip, schudde haar hoofd. 'Evie is vermoord op allerheiligenavond.'

De foto in Mels hand fladderde naar de vloer en ze sloeg haar handen voor haar mond. 'O, o lieve hemel…' Ze knipperde diverse keren, verbijsterd. ‘Wat verschrikkelijk,’ zei ze uiteindelijk. ‘Hoewel, gezien haar band met het Genootschap kan ik niet zeggen dat het me heel erg verbaast.’

21

Mr Morley

Londen, zondag 16 februari 1873

Peter en ik werkten de twee dronken mannen door de achterdeur naar buiten, de tuin in. Het kostte ons heel wat moeite om de mannen tot bedaren te brengen; ze waren belachelijk beneveld voor deze tijd van de dag, belust op een gevecht tussen wie dan ook – dat deed er niet toe.

Zodra de gemoederen gesust waren, keuvelde Peter met de mannen aan een tafel onder de met klimop begroeide pergola, terwijl ik het korte rondje door de tuin liep zonder er oog voor te hebben. Er hingen hier te veel herinneringen.

Herinneringen, en fouten.

In de loop van mijn zomer met Evie viel me iets vreemds op. Hoeveel documenten of zogenaamde spokenjachthulpmiddelen ik haar ook toonde – en hoe bizar ze ook waren – ze bestudeerde ze altijd grondig, zonder een oordeel of beschuldiging uit te spreken. De ectoplasmalezing bijvoorbeeld. Het was duidelijk dat de materie die ik op tafel had gezet, een mix was van aardappelzetmeel en eiwit. Je kon de rotte eieren nota bene ruiken, en toch had Evie niet eens een wenkbrauw gefronst.

De geestenhoorns waar ze om had gevraagd ook: ze konden evenmin tonen voortbrengen als de stenen pijp die vaak in mijn mond stak, en de klanken van de hoorns waren volledig toe te schrijven aan omgevingsgeluiden vanuit de kamer, de straat enzovoort. Dit moet Evie hebben geweten. Ze was te slim om het niet door te hebben.

Toch bleef ze terugkomen voor meer. De lezingen met name. Ik liet haar plaatsnemen achter de schermen, waar ze niet kon worden gezien door de andere aanwezigen. Ze verwonderde zich over de urenlange discussies, belaagde me steevast met een spervuur van intelligente vragen over de instrumenten en of iets ervan kon worden gestaafd. Ik wees haar er een keer op dat mijn technieken niet bewijsbaar waren, maar ook niet níét-bewijsbaar. Dat was het enige wat ertoe deed, nietwaar?

Ze had instemmend geknikt.

Haar honger naar kennis werd een soort spel voor me. Ik deed de ene na de andere techniek uit de doeken, sommige ervan tamelijk belachelijk, en verdomd als ze het niet grandioos meespeelde.

Aanvankelijk vroeg ik me af waar ze op uit was. Ze had duidelijk laten merken dat het maar weinig met mij te maken had. Tot ze me, hartje zomer, vertelde over de mediumpraktijk die ze wilde beginnen in het nieuwe jaar. Toen viel alles op zijn plaats. Ze moet het voordeel van bedrog hebben ingezien – niet alleen financieel, maar ook het gemak waarmee het kon worden uitgevoerd. Rouwenden wílden geloven in wat zich voltrok in de seanceruimte. Hun wanhoop maakte mijn baan zo doodeenvoudig.

En ik vergat nooit die keer dat ze zei: 'Ik vind het leuk om af en toe de regels te overtreden, Mr Morley.'

Op een gegeven moment vormde zich een idee in mijn hoofd. Met de geruchtenstroom en teruglopende inkomsten en Mr Volckmans hete adem in mijn nek dacht ik dat Evie heel goed van pas kon komen. Ze kon nieuwe clientèle trekken. Ze kon geruchten ontkrachten op begrafenissen en verhalen verzinnen over tevredenheid over onze diensten. Het allerbelangrijkst: ze kon lasterpraat tijdens de wake weerleggen – de rouwenden ervan overtuigen dat verdriet hen had verblind, hun denkvermogen had aangetast.

Evie was wat ik nodig had om de vloedgolf van roddels de kop in te drukken. Rijke weduwen zouden een gevoelig, benaderbaar iemand geloven. Iemand zoals Evie. Zij kon de geruchten vast en zeker doen verstommen.

Wat konden we wel niet voor elkaar krijgen in de salons van weduwen met een handlanger als Evie aan mijn zijde!

Toen kwam die allesbepalende gebeurtenis, de avond dat Evie en ik voor het eerst de liefde bedreven. De avond dat ze me smeekte haar een seance te laten bijwonen.

Na te hebben ingestemd met haar verzoek nam ik de komende afspraken voor de afdeling Spiritisme grondig door. Mijn keus viel op die in het bordeel, licht geamuseerd over het feit dat mijn afdeling op veel interessantere locaties werkte dan waar Shaw zich op richtte met de afdeling Helderziendheid. Zo braaf, zijn aanpak. Die afdelingsleden gaven de voorkeur aan bazaars en kermissen, niet aan hoerenkasten.

De bijeenkomst in 22 Bow Street zou drukbezocht worden. Tal van meisjes, tal van Genootschapsleden. Dit was belangrijk, want des te minder aandacht zou de vermomde jongen trekken.

Enkele dagen van tevoren lichtte ik Evie in over het plan, en ik nam de gelegenheid te baat om de vraag aan te stippen waarover ik al enkele weken liep te prakkiseren: Evies mening over wat zich werkelijk afspeelde binnen de afdeling Spiritisme. Alvorens ook maar te beginnen over het voorstel om handlanger te worden, moest ze eerst toegeven dat ze op de hoogte was van en zich kon vinden in onze afwijkende technieken.

Ik begon via een omweggetje. ‘Evie, vertel eens hoe je je mediumpraktijk voor je ziet.’ We waren op de gebruikelijke plek, mijn werkkamer. Ik was oude kwitanties aan het uitzoeken terwijl zij haar notitieboekje doorlas, met een peinzende blik. Dat ding hield ze altijd angstvallig afgeschermd, door het scheef te draaien zodat ik geen glimp kon opvangen van wat erin stond. Niet dat ik bijster geïnteresseerd was in de onbeduidende mijmeringen van vrouwen.

Ze keek op, hield haar hoofd schuin. 'Nou, de ene seance na de andere, natuurlijk. Ik wil mijn praktijk opzetten naar het voorbeeld van die van Vaudeline D'Allaire. Alleen ga ik mijn seances niet beperken tot moordslachtoffers.'

'Ze heeft een heel goede naam,' zei ik. 'Gebruikt niet eens een kabinet, hoor ik.'

'Geen trukendoos te bekennen.' Evie hield mijn blik vast toen ze het zei, haar uitdrukking ondoorgrondelijk.

'Je denkt niet dat ze weleens een truc heeft uitgehaald? In al die jaren?' Mijn handpalmen werden klam. We draaiden eromheen.

'Helemaal zeker weten kun je het nooit, maar ze heeft veel geld verdiend zonder haar toevlucht te nemen tot list en bedrog.'

Géld. Daar was ze dan, mijn kleine, hebzuchtige Evie. 'Wat zou jij doen,' vroeg ik toen, 'als jouw vaardigheden niet zoveel succes opleverden? Zou jij je toevlucht nemen tot list en bedrog?'

Zwijgend tikte ze met haar pen op haar notitieboekje. 'Ja,' zei ze. 'Ja, absoluut.'

Ik sloeg bijna op mijn knie van verrukking. 'En hoe zou je zulke trucs aanleren en in de praktijk brengen?'

Ze sloeg haar notitieboekje dicht en boog voorover. 'Ik zou waarschijnlijk een manier bedenken om het van de beste te leren.' Eén kant van haar mond krulde omhoog.

Met deze insinuaties kon ik overweg. Ik kende dit spelletje beter dan wie ook. 'En wat als je de kans kreeg om je aan te sluiten bij de beste? Niet alleen om van diegene te leren, maar ook om samen te werken?' Ik zweeg even om haar nauwlettend gade te slaan. 'Voor flink veel geld ook nog.'

Haar mond viel een stukje open, het roze van haar tong zichtbaar. 'Wat voor werk?'

Een schouderophalen. 'Iemand om hoog op te geven van onze expertise, om op te scheppen over alles wat we bereikt hebben in seances door heel Londen. Iemand om begrafenissen bij te wonen, eventuele verdachtmakingen tegen ons te weerleggen.'

Er verscheen een bedachtzame trek op haar gezicht. 'Dan hebt u dus een actrice nodig.'

Daar had je het.

'Een actrice, ja, maar meer nog: een handlanger.'

Haar ogen schitterden, ondeugend en jeugdig. 'En u zou me toegang blijven geven tot de naslagwerken van de afdeling? Me seances laten bijwonen?'

Wat dapper van haar om het gesprek die wending te geven. Dit was niet langer hypothetisch. Geen insinuaties meer. Ze had ervoor gezorgd dat het over ons ging. Over háár. 'Ja. Inderdaad.'

'En hoe weet ik welke begrafenissen ik moet bijwonen? Moet ik dan op eigen houtje rondvragen of –'

'O nee, geen sprake van.' Ik wuifde met mijn hand door de lucht om dit volgende punt kracht bij te zetten. 'Ik zal je precies vertellen welke gelegenheden je moet bijwonen.'

'En u zou me hiervoor betálen?'

'Zeker. Heel goed.'

Ze begon te lachen, haar hoofd schuddend alsof ze haar oren niet kon geloven. Ik keek toe, mijn armen over elkaar geslagen, met het vage gevoel dat mij zojuist iets was ontgaan.

'Afgesproken,' zei ze uiteindelijk. Ze propte haar notitieboekje in haar tas en kondigde aan dat het tijd was om naar huis te gaan.

De bordeelseance vond eind augustus plaats. Zodra de bus bij het hoofdkantoor vertrok, informeerde ik de andere leden dat een kandidaat-lid erbij zou zijn, een jonge buitenlander over wie ik me had ontfermd in een van de dranklokalen. Ik vertelde de mannen dat hij vrijwel geen Engels sprak, en het dus geen zin had een gesprek met hem aan te knopen. De leden slikten het voor zoete koek. Mijn rol als vicevoorzitter en de eed die ze hadden ondertekend pakten gunstig voor me uit die dag.

Evie – voortreffelijk vermomd – stond te wachten voor het bordeel, evenals de buikspreker die we voor de avond hadden ingehuurd. We gingen allemaal naar binnen. Zoals gewoonlijk bij seances begon het met een ernstig gesprek over de wijze waarop de overledene was gestorven. In dit geval was de overledene Betty, de voormalige hoerenmadam. Er werd ons verteld dat ze was overleden in de tuin aan de achterkant van het huis op 16 juli, vlak na zonsondergang. De doodsoorzaak was een niet nader vastgestelde hoofdwond: volgens de meisjes was Betty gestruikeld en op een steen gevallen.

Daarop gingen we naar de tuin en zetten een tafel en een tiental stoelen neer bij de met klimop begroeide pergola, maar onze kaarsen bleven niet branden in de avondbries – en bij god, ze moesten blijven branden! Dus verhuisden we naar de ontvangstkamer, waarna het allemaal op rolletjes liep.

We werkten onze rondjes hummen, handen vasthouden en vragen stellen af. We hielden de kamer heel donker, afgezien van de kaarsen, en een paar meisjes begonnen te snotteren toen zwak gefluister opklonk uit een hoek van de kamer, niet toevallig de plek waar ik mijn buikspreker had geplaatst. De fotograaf, Mr Hudson, stond achter zijn statief foto's te nemen.

Minutenlang ging het zo door. Vervolgens gingen we de tafel langs en mocht iedereen die de geest een vraag wilde stellen, dat doen.

De meisjes waren ontzettend emotioneel, uitsluitend begaan met Betty's rust en welzijn. De mannen waren praktischer ingesteld, die stelden vragen over het lot van het bordeel. Ik vroeg Betty of zij graag wilde dat het bordeel openbleef, en ik was verheugd met haar bevestigende antwoord. (Het was in het eigen belang van de buikspreker om 'ja' te fluisteren op mijn vraag, want zelf brengt hij menig bezoek aan het bordeel. Zijn vermomming was echter meesterlijk. Zelfs ik trapte bijna in de opgeplakte gezichtsbeharing.)

Toen we door de vragen heen waren, vroeg ik de meisjes om enkele ogenblikken stilte. In werkelijkheid zat ik te wachten tot de magische kaarsen opbrandden. Ik had ze gekocht bij een kaarsenmaker die nieuw in de stad was, een waar ik zwoer nooit meer te komen, want ze deden er veel te lang over. Eindelijk smolt die ellendige was. Een bloemengeur begon zich door de kamer te verspreiden, en de reactie op de gezichten van de meisjes – en zelfs een paar van mijn mannen – was onvergetelijk.

Ik kon het niet laten een steelse blik op Evie te werpen. Ze had haar notitieboekje tevoorschijn gehaald en zat aantekeningen te maken. Ze keek bedachtzaam, ernstig. Dit stemde mij uiterst hoopvol; de hele avond had ze haar rol perfect gespeeld.

Na nog een paar foto's en wat zinloos gemompel liep de seance ten einde. We brachten de geldkwestie ter sprake. We hadden de meisjes vooraf geen honorarium opgegeven, wetende dat ongeacht hoeveel ze betaalden, we toch zouden constateren dat het niet genoeg was.

Toen de meisjes ons vertelden hoeveel ze bij elkaar hadden gelegd, klaagden sommige Genootschapsleden heel geloofwaardig over het tekort, waarna ze een andere manier suggereerden om het volledige bedrag te betalen. Het was zeer overtuigend, moet ik zeggen, en de vrouwen stemden ermee in een aantal mannen mee naar boven te nemen. (Wat konden ze anders doen? Onze diensten waren verleend; het was niet meer dan redelijk.) Maar eerst haalde Peter de cognac tevoorschijn, en fleurde de stemming enorm op.

Evie sloop naar de deur. Ik volgde. Terwijl zij haar jas aantrok, deed ik alsof ik iets zocht in de zakken van mijn eigen jas.

'Voortreffelijk gedaan,' mompelde ik tegen haar.

Ze gaf me een kort knikje, alsof we elkaar amper kenden, en glipte vervolgens de deur uit en het donker in.

22

Lenna

Londen, zondag 16 februari 1873

In het bordeel weergalmden voetstappen aan de achterkant van het gebouw, en de vrouwen draaiden zich om naar het geluid. De mannen keerden terug van hun adempauze buiten, en Lenna wist dat haar gesprek met Mel erop zat. Meer zou ze vandaag niet te weten komen.

'Beck nog bezig?' vroeg Mr Morley bij binnenkomst. Hij liep naar de trap, zette een schoen tegen een spijl. Intussen ging Peter in de salon zitten met de twee dronken mannen, die nu zichtbaar kalmer waren.

Lenna kon amper in Mr Morleys richting kijken. Mels opmerkingen van daarnet hadden haar vermoedens bevestigd. Evie was betrokken geweest bij de malafide tak van het Genootschap, via een seance die Mr Morley zelf had geleid.

'Ik ga in de bus wachten,' zei Mr Morley. 'Miss D'Allaire, Miss Wickes, komt u mee, alstublieft. We hadden al lang terug moeten zijn op het Genootschap.'

Lenna zei Mel gedag, spijtig omdat er zoveel was wat ze niet hadden besproken over Evie. Maar hoe kon dat ook, onder het toeziend oog van Mr Morley?

Trouwens, hoeveel meer wilde ze eigenlijk weten? Ze was al meer te weten gekomen over de ware activiteiten van haar zus dan ze had verwacht. Het verdriet om het gemis van wat ze beschouwde als haar onschuldige, zo niet vrijgevochten zusje was al zwaar genoeg. Maar na de dood had Evie een nieuwe rol aangenomen: een bedrieger in het gunstigste geval, een boef in het ergste geval. Een die in uiterst slecht gezelschap verkeerde.

Een paar minuten later, in de bus, sprak Mr Morley op afgemeten toon tot Vaudeline. 'Miss D'Allaire, u en ik zijn vrienden, en het is geenszins mijn bedoeling uw methoden of de informatie die u door middel van uw technieken vergaart in twijfel te trekken. Ik vroeg Peter buiten echter of Mr Volckman hier daadwerkelijk is geweest op de dag van zijn overlijden.'

Nee. O god, nee. Lenna's maag draaide om.

'Hij zei van niet. Niet die dag, niet die week. Sterker nog, hij kan zich niet herinneren Volckman hier überhaupt te hebben gezien, ooit.' Mr Morley keek Vaudeline achterdochtig aan. 'Is er iets wat we onderling dienen uit te praten?'

Vaudelines gezicht liep rood aan, maar haar stem bleef kalm. 'Zijn ontkenning verbaast me niets. Met zoveel raadselen rondom Mr Volckmans dood gelooft u toch niet echt dat Peter bereid is toe te geven dat hij hier was, luttele uren voordat hij werd vermoord? Ik vermoed dat hij zich niet in de vingers wil snijden met informatie over Mr Volckmans doen en laten die dag.' Na een korte stilte zei ze: 'Als ik het mag zeggen, lijkt Peter me ook niet bepaald het meest betrouwbare type.'

Gezien de daaropvolgende stilte had dit weerwoord Mr Morley overrompeld. Lenna wist echter dat Peter de waarheid had verteld en dat Vaudeline degene was die nu leugens ophing. Desondanks voelde ze niets dan begrip en bewondering voor haar. Het was riskant geweest de mannen hierheen te dirigeren. Maar kijk wat ze nog meer te weten waren gekomen over de mannen en hun methoden.

'Goed dan,' zei Mr Morley op niet-overtuigende toon. 'Wellicht verklaart dat het.' Hij draaide zich om en tikte de koetsier op de schouder, waarna hij de lei overhandigde. Agent Beck was nog steeds niet uit het bordeel gekomen. Een ogenblik later begon het rijtuig te rijden. 'Beck komt op eigen gelegenheid wel terug,' zei Mr Morley. Hij boog zijn hoofd achterover en sloot zijn ogen.

Terwijl de paarden terug draafden naar het hoofdkantoor van het Genootschap, liet Lenna de gebeurtenissen van de afgelopen vierentwintig uur de revue passeren. Het uitpluizen van de lezingengegevens, die aantoonden dat Evie het Genootschap was binnengedrongen. Het aanhoren van het relaas van de weduwe, en er vervolgens achter komen dat Evie een handlanger van de mannen was geweest. En dan Vaudelines list om hen in het bordeel te krijgen, waar Mel het ergste had bevestigd: Evie had de nepseance bijgewoond.

'Mr Morley,' zei Lenna, de stilte in het rijtuig verbrekend. Was het nervositeit die haar stem deed trillen, of het ratelen van het rijtuig over de kasseien?

'Hm?' mummelde hij, zijn ogen nog steeds dicht.

'Ik heb een zus genaamd Evie Wickes.' Mr Morleys ogen vlogen open, waarop ze vervolgde: 'Dat wil zeggen, ik hád een zus. Ze werd vermoord op allerheiligenavond. Dezelfde avond als Mr Volckman.'

Naast haar verstrakte Vaudeline. 'Lenna,' zei ze op waarschuwende toon.

Maar Lenna negeerde haar. Evie was al dood, dus ze hoefde haar niet meer te beschermen. 'Mijn zus was in de ban van geesten. Spiritisme, seances. Toen u daarnet buiten was, vertelde Mel me...' Ze schraapte haar keel. 'Ze vertelde me iets heel alarmerends. Ze zei dat Evie vorige zomer bij een seance was met de mannen van het Londense Seancegenootschap. Ik wist niets van haar betrokkenheid bij het Genootschap. Is het waar?'

Hij schudde stijfjes zijn hoofd. 'Nee. Hemel, nee. Dat zou lijnrecht indruisen tegen het beleid.'

Ze tuitte haar lippen, niet onder de indruk. 'Apart, want Mrs Gray zei min of meer hetzelfde. Dat er geruchten gingen dat het Genootschap een vrouwelijke handlanger had. Iemand die meewerkte aan uw seances in de stad.'

Mr Morley nam haar aandachtig op, daarna boog hij zijn hoofd iets opzij. Ze geloofde niet per se dat hij Evie had gedood – die twee konden samenzweerders zijn geweest, minnaars zelfs, en ze kon hem niet vastpinnen op een motief. Toch hoopte ze door hem zo ongegeneerd te confronteren dat hij zich zou verspreken en een cruciaal detail zou onthullen. 'Ik wil alleen graag weten of het waar is,' hield ze koelbloedig vol. 'Mijn zus lijkt sommige dingen voor me te hebben achtergehouden. Ze heeft het nooit gehad over optrekken met een herensociëteit.'

'U wilt toch niet suggereren dat het Genootschap iets met haar dood te maken had?' Hij legde een hand op zijn borst alsof hij zich persoonlijk beledigd voelde.

Lenna's handen werden klam. 'Niet per se. Ik wil alleen weten of wat Mel en Mrs Gray zeiden waar is. Kende u mijn zus? Was ze bij de seances van het Genootschap?'

Met een peinzend gezicht streek Mr Morley met zijn handen over de houten bank. 'Nee,' zei hij uiteindelijk. 'Nee, ik kende uw zus niet, en ze nam beslist niet deel aan Genootschapsbijeenkomsten. Zoals u weet, mogen vrouwen op geen enkele manier betrokken zijn bij de organisatie.'

Lenna bleef uiterlijk onverschillig, maar vanbinnen kookte ze. Zijn antwoorden waren om gek van te worden. Dit was niet goed genoeg voor haar, nog niet. 'Ik zag Evies initialen,' hield ze koppig vol. 'In het bezoekerslogboek, toen u het ons gisteravond liet doornemen. Evie was in het Genootschapsgebouw. Ik heb het met eigen ogen gezien.'

Mr Morley kneep zijn ogen samen. 'Initialen bewijzen niets. Ik wed dat ik elk stel initialen aan een naam kan koppelen als ik lang genoeg door het logboek kijk.'

Lenna verbeet zich. Deze man was onuitstaanbaar. Toch had hij een punt. Evie had niet haar volledige naam in het logboek geschreven, dus kon ze de bladzijde niet aanvoeren om haar gelijk aan te tonen. Het leek wel alsof Mr Morley Evie lang geleden had opgedragen haar inschrijvingen af te korten. Niet te verifiëren.

'Ik bewonder uw onderzoekende instelling, Miss Wickes, maar zit niet in over wat u hebt gehoord. Het klinkt mij als vrouwenpraatjes in de oren. Een treurende weduwe, een bordeelmeisje? U kunt hen niet vertrouwen. Ze hebben deze verhalen verzonnen, als u het mij vraagt. Theekransjesroddels.'

Nogal een uitspraak, uit zijn mond. Lenna sloeg haar armen over elkaar toen ze zich een laatste bewijsstuk tegen hem herinnerde – de pet die hij had gedragen in de haven. Maar dit ter sprake brengen zou slechts de zoveelste smoes van hem opleveren. *Duizenden van die petten in omloop,* zou hij waarschijnlijk zeggen.

Het was gaan regenen, en het verkeer werd drukker naarmate ze dichter bij St. James's Square kwamen. Minutenlang stond het rijtuig stil voor een kruising. De koetsier bladerde door een boek om de tijd te doden, waarbij hij op sommige bladzijden iets krabbelde of tekende. Intussen werd Mr Morley steeds geagiteerder en hij keek om de haverklap op zijn horloge.

'Als ik niet zo bezorgd was dat u werd herkend,' zei hij tegen Vaudeline, 'zou ik voorstellen verder te lopen.'

Dat had Lenna graag gedaan. Ze haatte deze bus; elke keer dat ze ergens naartoe gingen, werd ze onpasselijk van de beweging van het rijtuig. Maar Vaudeline haalde haar schouders op. 'We zitten bepaald niet te popelen om terug te keren naar onze opslagruimte.'

'Tja, wel, sommigen van ons hebben dingen te doen.' Hij glimlachte geforceerd, toen: 'Excuses voor mijn toon. Ik ben nogal vermoeid vandaag.' Hij sloot zijn ogen en deed de rest van de rit geen mond meer open.

Enkele minuten later hield het rijtuig halt achter het Genootschapsgebouw. Mr Morley steeg als eerste uit en haastte zich naar de achteringang. Ook Vaudeline stapte uit het rijtuig, maar toen Lenna volgde, voelde ze een lichte aanraking tegen haar schouder. Ze draaide zich om en zag dat de koetsier, iets gedraaid op de bok, zijn arm naar haar uitstak.

Tussen zijn vingers een klein stukje papier.

Lenna nam het aan, klemde het in haar hand, en de koetsier trok zijn arm terug, ging weer recht zitten. Het ging zo snel dat Lenna had kunnen denken dat ze het zich had verbeeld als het papiertje niet stevig tegen haar huid gedrukt zat.

Eenmaal terug in de opslagruimte wachtte ze gespannen tot de echo van Mr Morleys voetstappen wegstierf op de gang. In plaats daarvan klonk er een gedempt geluid, alsof een kist of doos door de gang werd gesleept. Even later stopte het geluid.

'Psst,' siste Lenna, om Vaudelines aandacht te trekken. Ze opende haar hand en liet het vodje papier zien.

Vaudeline fronste. 'Wat is dat?'

'De koetsier gaf het aan me toen we uitstapten.'

'En, wat staat er?'

Met trillende vingers vouwde ze het vierkantje open. Ze las het één keer, twee keer en nog een derde keer.

'Mijn god,' fluisterde ze. 'Ik geloof...' Ze werd duizelig. 'Ik geloof dat de koetsier helemaal niet doof is.'

Vaudeline kwam naast haar staan, en samen lazen ze het briefje nogmaals.

Hij loog.

Maak dat je bij hem wegkomt.

23

Mr Morley

Londen, zondag 16 februari 1873

Wat een dag was het geworden, het ene ellenlange bezoek na het andere.

Mijn geduld was bijna op toen Bennett ons terugreed van het bordeel naar het Genootschap. Ik was niet in de stemming voor een gesprek en wilde alleen maar verder met mijn dag, mijn plannen. Ik liet mijn hoofd achterover rusten, op het punt weg te dommelen...

Dat was het moment waarop Miss Wickes besloot me te bestoken met vragen over haar zus.

Ik draaide me eruit zo goed als ik kon, al was me duidelijk dat de vrouwen meer te weten waren gekomen dan ik had gewild. Terwijl de bus verder reed, overdacht ik de situatie, vastbesloten me niet van mijn stuk te laten brengen. *Laat hen maar piekeren over Evies betrokkenheid bij het Genootschap*, dacht ik bij mezelf, mijn ogen weer sluitend. *Laat hen zelfs maar geloven dat het bij ons wemelt van de oplichters. Als dat het ergste is wat ze over ons ontdekken, dan komen we er goed van af.*

Toen we het hoofdkantoor naderden, kwam de regen met bakken uit de hemel. Het deed me denken aan die stormachtige dag vorig jaar oktober, toen mijn gevoelens voor Evie begonnen te veranderen.

Ik zat achter mijn bureau, vingers koud en gevoelloos. Ik was net aangekomen bij het Genootschap, mijn broek doorweekt van het eindje lopen, een en al windvlagen en horizontale regen. Ik pakte een stapel te lezen en te sorteren brieven en ik onderdrukte een koude rilling, slechtgehumeurd. Dat deed noodweer met me, de donkere wolken en nattigheid.

Ik begon de enveloppen te openen. Eindelijk, iets waar ik met smart op had gewacht. Twee aanvragen, beide met vermelding van de vrouw die zo hoog opgaf van het Londense Seancegenootschap op een recente begrafenis: Miss Evie Wickes.

Dit was business, niéúwe business – precies het soort nieuws waarmee Volckman in zijn sas zou zijn. Elke week had ik de overlijdensberichten en necrologieën van vooraanstaande personen in de kranten doorgenomen, waarbij ik de loftuitingen en woorden van genegenheid oversloeg. In plaats daarvan keek ik naar de achternamen, om de rijkste eruit te pikken. Met deze gegevens had ik een lijst opgesteld voor Evie – zelfs een schetsmatige plattegrond – met begrafenislocaties en data.

Hier waren dan de vruchten van onze inspanningen.

De kou in de kamer trok op, en op dat moment was ik apetrots op haar. Ik begon het voor mogelijk te houden dat zij en ik eigenhandig de bezoedelde naam van het Genootschap konden herstellen.

Wie weet konden we het van de rand van de afgrond wegslepen.

Een wederopstanding.

Alleen had Evie iets heel anders voor ogen.

24

Lenna

Londen, zondag 16 februari 1873

Met slechts enkele uren tot de seance kreeg Lenna haar bonzende hart niet rustig. Het papiertje van Bennett tussen haar tintelende vingers was verfrommeld, vochtig van het zweet.

Het briefje had haar volkomen overdonderd. Agent Beck was juist degene die ze niet had vertrouwd, en ze was zelfs zover gegaan hem ervan te verdenken een van de charlatans van het Genootschap te zijn, samen met Dankworth. Maar Beck had niet in het rijtuig gezeten toen Bennett haar dit briefje toestopte, dus kon hij maar één iemand bedoeld hebben. Mr Morley.

En dit briefje was een regelrechte veroordeling van hem.

'Hij loog.' Dit zinnetje was beschuldigend, maar niet per se verrassend. Toen ze Mr Morley vroeg of hij Evie had gekend en of ze had deelgenomen aan Genootschapsseances, had ze hem uitgetest. Ze kende de waarheid immers al. Bennett moest Evie van gezicht kennen van haar omgang met de mannen. Misschien had ze zelfs weleens in de bus gezeten.

Onheilspellender was de boodschap die de koetsier eronder had geschreven. 'Maak dat je bij hem wegkomt.'

Wat wist hij? Duidde dit op iets wat Mr Morley al had gedaan, of iets wat hij van plan was te doen? Het was gekmakend vaag.

Na alles wat ze die dag te weten waren gekomen, was Lenna er stellig van overtuigd dat Evies betrokkenheid bij het Genootschap haar dood was geworden, en het was heel goed mogelijk dat die verband hield met Mr Volckmans dood, ook op allerheiligenavond. Maar wie zou zowel de zondaar, Evie, áls de zedenmeester, Mr Volckman, dood hebben gewild? Had iemand het wellicht gemunt op het Genootschap – zonder te beseffen dat Mr Volckman zijn organisatie wilde zuiveren van malafide elementen – en had dit diegene ook naar Evie geleid?

In het licht van deze vragen wist Lenna niet eens zeker of ze de waarschuwing wel ter harte wilde nemen. Wilde ze vluchten als het antwoord – of een deel van het antwoord – over Evies dood kon worden verkregen tijdens de Volckman-seance, over slechts enkele uren?

'Bennetts briefje kan natuurlijk ook een list zijn,' dacht Lenna hardop. 'Hij werkt tenslotte voor het Genootschap, en wij hebben geen idee wie we kunnen vertrouwen binnen deze organisatie.'

Hierbij zette Vaudeline grote ogen op. 'Ik ben geneigd Bennett eerder te vertrouwen dan Mr Morley, na wat we te horen kregen in het bordeel. Dat hij de seance leidde, en al die trucs…' Ze trok een grimas. 'Het roept bij mij de vraag op wat hij nog meer verborgen houdt. Over het Genootschap. Over Evie.'

Lenna speelde met het briefje in haar hand. 'Maar als Mr Morley en Evie allebei oplichters waren, dezelfde snode plannen uitvoerden, waarom zou hij haar dan kwaad doen? Ik ben overtuigd van een ander scenario. Ik denk dat iemand Mr Volckman vermoordde – een vrouw die wraak wilde nemen op het Genootschap misschien – en dat diezelfde persoon Evie vermoordde, omdat ze een handlanger van het Genootschap was. Of wat als…' Ze hapte naar lucht, verbaasd dat ze het niet eerder had bedacht. 'Wel, we vermoeden dat Mr Morley en

Evie een verhouding hadden. Wat als Evie ook iets had met Mr Volckman en Mr Morley erachter kwam? Wat als dit een crime passionnel is en het helemaal niets te maken heeft met de oplichterij van het Genootschap?' Ze huiverde bij haar eigen woorden, walgend van het idee dat haar zus met nog een Genootschapslid naar bed was geweest.

'In welk geval,' zei Vaudeline, 'Mr Morley weer als schuldige uit de bus komt. Hij mag dan niet aanwezig zijn geweest bij de seance in Mrs Grays huis, dan nog kan ik niet negeren wat er nu op tafel ligt. Ik vertrouw die man voor geen cent meer.' Vaudeline kwam langzaam overeind, waarna ze de kamer door liep. Ze knielde voor Lenna en trok haar hand zachtjes bij haar mond vandaan. Zonder het in de gaten te hebben had Lenna zitten nagelbijten; haar duim was roze en rauw, de nagel bijna tot op het vlees afgekloven en vochtig van het speeksel.

Nu kuste Vaudeline de top van haar pijnlijke duim. 'Ik word gek van dat nagelbijten van jou.'

Lenna zuchtte diep. 'Ik ga Bennett zoeken,' zei ze gedecideerd. 'De pot op met Mr Morleys waarschuwingen over het verlaten van de kamer. Ik wil weten wat Bennett hiermee bedoelt.' Ze hield het briefje op en zonder op Vaudelines reactie te wachten, ging ze naar de deur en gaf er een duw tegen.

De deur gaf echter niet mee. Hij ging op een kier, wat betekende dat hij niet op slot zat, maar geblokkeerd werd door iets op de gang.

Fronsend draaide ze zich om naar Vaudeline. 'Wat krijgen we nou?' Ze duwde opnieuw tegen de deur, er met haar schouder tegenaan leunend. Nog steeds gaf hij niet mee. 'Heeft hij...' Ze spreidde haar handen, geloofde niet wat dit kon betekenen. 'Heeft hij ons opgesloten?'

Vaudelines opmerking van daarnet – 'ik vertrouw die man voor geen cent meer' – leek plotseling volkomen terecht.

Vaudeline stond op, haar gezicht grimmig. Ook zij probeerde de deur open te duwen, vergeefs. Zelfs samen kregen ze er geen beweging in.

'De boekenkast,' zei Lenna, wier onderarmen inmiddels brandden van de inspanning – en angst. 'Die stond aldoor op de gang. En een paar minuten terug hoorden we dat geluid, alsof er iets werd versleept.'

'Gezien de plaats van de boekenkast voor de deur,' zei Vaudeline, 'moet hij de hele breedte van de gang in beslag nemen.'

Lenna knikte. Door kracht te zetten op de deur zou de boekenkast slechts tegen de tegenoverliggende muur worden geduwd. Een perfecte barricade, alleen van zijn plek te krijgen door iemand in de gang.

'Niet te geloven,' zei Vaudeline.

'Misschien dacht hij dat we zouden afzien van de seance...'

'Je geeft hem veel te veel krediet. Ik vrees het ergste.'

Lenna zweeg. Ze snapte Vaudelines sceptische houding, maar toch knaagde er iets aan haar. 'Waarom heeft hij dit dan allemaal op touw gezet? Je aankomst in Londen, je bescherming, je onderdak, de seance op zich. Hij is heel behulpzaam geweest.'

'Ja,' zei Vaudeline. 'Iets te behulpzaam.' Ze wendde zich af van de deur en sloeg haar armen over elkaar. 'Ik denk dat we van deze hele onderneming moeten afzien,' zei ze ernstig.

Lenna's adem stokte. 'Pardon?'

'Toen we gisteravond in Londen aankwamen,' zei ze, 'hield ik er rekening mee dat deze seance gevaarlijk was. Vandaag zijn er echter schokkende waarheden over deze mannen aan het licht gekomen. Bennetts onheilspellende briefje, nu deze geblokkeerde deur. Je hebt gelijk dat Mr Morley deze seance heeft geregeld, maar we weten niet wat hij verder nog van plan is vanavond.'

Daar had je het, Vaudeline in haar gebruikelijke, autoritaire rol, haar toon resoluut. Toch was Lenna licht teleurgesteld, wetende dat het antwoord op Evies dood heel goed uit de Volckman-seance naar voren kon komen.

'Hoe zie je dat precies voor je, áfzien van de seance?' vroeg ze. 'Het is niet dat hij de deur voor ons zal openen om ons adieu te zeggen.'

'Nee, absoluut niet. We moeten iets anders tegen hem inzetten.'

Lenna dacht er even over na, maar ze had vanavond geen puf voor Vaudelines spelletjes en hints. 'En dat is?'

'Lust. Voor zover wij weten, werkte Evie zich naar binnen bij het Genootschap door er zelf ook gebruik van te maken. En eerder vandaag zag je hoe gemakkelijk Bea Beck mee naar boven kreeg. Ik zou het niet voor mogelijk houden als ik niet ooit in de schoenen van Evie en Bea had gestaan.'

'Ga me alsjeblieft niet vertellen dat jij Mr Morley in het verleden hebt verleid,' zei Lenna, het verfomfaaide briefje tussen haar vingers even vergeten.

Vaudeline schudde haar hoofd. 'Nee, natuurlijk niet. Maar aan het begin van mijn carrière, tijdens mijn eerste seances, zag ik al snel het nut van verleiding in. Uit zelfbescherming moest ik ervoor zorgen dat de anderen in de ruimte zwakker waren dan ik. We hebben het gehad over de nadelen van dronkenschap, jong-zijn, emoties. Lust is er ook een van. Alleen riep ik deze zwakte bewust op, vóór en tijdens een seance.'

Hoofdschuddend probeerde Lenna niet te raden hoe vaak Vaudeline had moeten terugvallen op deze vorm van bescherming.

'Hoe ging het precies in zijn werk?' vroeg Lenna op koele toon. 'Je onderbrak de seance, trok wat kledingstukken uit en danste om de mannen heen?' Dit soort dingen had ze weleens op plaatjes gezien in Evies boekjes, halfnaakte vrouwen die door de seanceruimte zwierden in een soort erotische trance.

'Dat is het nou juist met jullie wetenschappelijk ingestelde lui,' fluisterde Vaudeline, een gefrustreerd ondertoontje in haar stem. 'Alles moet zo doodsimpel zijn. Een hypothese, bewezen of weerlegd. Zwartwit.' Ze morrelde nog wat aan de deur. 'Kun je een paar tinten grijs in je leven toelaten? Kunnen er dingen zijn die je niet kunt classificeren op een taxonomietabel van emoties, als die al bestond?'

Ze had geen idee wat ze vroeg, geen idee hoe graag Lenna wilde zeggen: *Er zijn duizenden gevoelens die ik niet kan classificeren, allemaal nieuw voor me sinds ik jou ken. Stuk voor stuk een grijstint.*

'Jawel,' bracht ze verstikt uit. Ze vond het vreselijk dat de sfeer tussen haar en Vaudeline was omgeslagen in de laatste paar minuten. De genegenheid tussen hen was bekoeld.

'Zo is het met mannen ook. Ze zijn niet zo simpel als jij schijnt te denken.' Vaudeline wendde zich af. 'Mannen willen zich begeerd voelen, maar wel superieur. Ze willen zich begrepen voelen, maar niet kwetsbaar. Ze willen controle over jou, maar ze willen geloven dat je te onnozel bent om het in de gaten te hebben.'

Lenna dacht aan hoe Bea agent Beck eerder die dag had verleid. Ze had precies gekregen wat ze wilde, gebruikgemaakt van haar charme. En hoewel ze het nooit met eigen ogen had gezien, nam ze aan dat Evie hetzelfde had gedaan om binnen te komen bij het Genootschap.

'Het doel van verleiding,' vervolgde Vaudeline, 'is de weerstand van een man breken zodat hij niet rationeel kan handelen. Dan is hij ontvankelijk voor kwade geesten in de seanceruimte, of een handeling die hem verzwakt. Dat wordt onze strategie vanavond. Of, juister gezegd, míjn strategie.'

Vaudeline rechtte haar rug, een vastberaden trek op haar gezicht. '*Seducere*. In het Latijn betekent het: op een dwaalspoor brengen. Dus dat gaan we doen. Mr Morley zei dat hij ons om elf uur komt halen, en wanneer hij arriveert, sta jij achter de deur. Ik sta hier, vol in het zicht en grotendeels ontkleed. Hij zal minstens enkele ogenblikken afgeleid zijn. Dan neem jij een van de twee kandelaars en –'

'Een kandelaar?' bracht Lenna uit. Haar keel werd dichtgesnoerd, verstikt van tranen. Ze had gehoopt dat Vaudeline een beter idee zou hebben, iets minder... gewelddadig. 'Ik heb nog nooit iemand verwond. Ik ben niet sterk genoeg, denk ik.'

Vaudeline haalde een vinger door een van haar krullen, hem in tweeën splitsend. 'Ik doe alsof ik me aan het omkleden ben en Mr Morley me toevallig half ontkleed treft. Ik loop naar hem toe, en dan duik jij achter hem op en... Nou ja, je snapt het wel. Het is de bedoeling hem te verrassen, niet hem te doden. Net genoeg tijd voor ons om de kamer uit te rennen en hem op te sluiten zoals hij met ons heeft gedaan.' Ze sloot haar ogen, rekte haar hals van links naar rechts. 'Dit is het plan dus. Tenzij...' Ze schraapte haar keel, leek niet op haar gemak.

'Tenzij wat?'

'Tja, tenzij hij niet neergaat van jouw klap zoals we hopen. Denk erom, je krijgt maar één kans. Als je mist of hem niet ernstig genoeg verwondt, wordt hij natuurlijk razend. Dan zal ik hem zo lang mogelijk tegenhouden, maar moet jij ervandoor gaan – zo snel mogelijk weg zien te komen en jezelf in veiligheid brengen. Naar huis, of waar je je het veiligst voelt.'

'En jou hier opsluiten met hem?'

Vaudeline aarzelde geen moment. 'Precies.' Ze knikte naar de deur. 'Mr Morley is niet sterker dan jij. Ik denk dat de boekenkast niet heel zwaar is. Je moet alleen zorgen dat je hem op de goede plaats schuift.'

Lenna herinnerde zich maar al te goed het gevoel van gisteren in de haven, toen Vaudeline en zij op het punt stonden afscheid te nemen. Dezelfde akelige melancholie overviel haar nu. Ze wilde niet gescheiden worden van Vaudeline. Vanavond al helemaal niet. Ze liep naar het tafeltje, pakte een van de kandelaars op om hem te wegen. Hij was massief, gemaakt van koper. Ze streek met een vinger over de rand van de voet, scherp als graniet.

Ze zette de kandelaar neer en knipperde een paar keer. Naar huis, had Vaudeline gezegd. Het idee haar vader op te zoeken in Hickway House zou haar moeten aanspreken. Het betekende het normale, vertrouwde leven. En het was er beslist veiliger dan hier.

Maar naar huis gaan betekende ook weer de frustratie en raadselen die Evies dood omgaven. Ze had het gevoel dat ze nu dichterbij was dan ooit tevoren. Vandaag was er zoveel aan het licht gekomen over Evies betrokkenheid bij het Genootschap. En de koetsier, Bennett, leek ook iets te weten.

Vaudelines besluit stond vast, dat was duidelijk. En hoewel Lenna overwoog er verder over te discussiëren, zag ze in dat door te ontsnappen aan Mr Morley ze weleens de kans kon krijgen om iets anders te onderzoeken. Een ander spoor te volgen.

Met dat voor ogen was Vaudelines idee misschien toch niet zo absurd als ze aanvankelijk had gedacht. Misschien kon ze de koperen kandelaar boven haar hoofd heffen en Mr Morley ermee neerslaan. Misschien kon ze deze man verwonden om haar zusje te wreken.

Alleen had Vaudeline het helemaal mis over één ding.

Als ze weg wist te komen, was thuis niet de plek waar ze als eerste naartoe zou gaan.

25

Mr Morley

Londen, zondag 16 februari 1873

Met een paar uur te gaan tot de seance zat ik in mijn werkkamer, een pijp in mijn mondhoek geklemd. Er werd zacht aangeklopt, en toen ik opendeed, stond agent Beck voor de deur. Ik was nog steeds geïrriteerd dat hij met Bea naar boven was gegaan. Het was een losbandige daad geweest en tijdverspilling bovendien.

'Zo, je bent dus terug,' zei ik bij het opendoen.

'Inderdaad.' Beck gebaarde naar de bank. 'Mag ik gaan zitten?'

'Zoals je wilt.' Ik liet hem binnen.

'Gezien de manier waarop Vaudelines seances doorgaans verlopen, vind ik dat we de vrouwen moeten vragen wat we vanavond kunnen verwachten,' zei hij. Hij zat op de rand van de bank, nerveus met zijn voet tikkend. Toen we een paar dagen geleden de risico's van haar seance bespraken, was hij zo zelfverzekerd geweest, maar nu sprak uit zijn normaal gesproken zo koele, uitgestreken gezicht ongerustheid.

Wat zou het goed uitkomen als Beck afzag van de seance; zijn aftocht zou een onverwachte meevaller zijn. 'Als je bij nader inzien liever niet gaat, dan kan ik het prima alleen af,' zei ik.

'Welnee. Het lijkt me alleen verstandig om te weten of we speciale voorzorgsmaatregelen moeten nemen om het risico te verkleinen dat er...' Hij grimaste, schudde zijn hoofd alsof hij niet kon geloven wat hij zei. '...wel, het risico dat er chaos ontstaat.'

Ik knipperde een paar keer, afwezig in mijn handen wrijvend. Een beetje kruit – residu – deed ze glad aanvoelen. Ik merkte dat Beck ernaar keek en stopte ze snel in mijn zakken.

'Het kan geen kwaad, lijkt me,' reageerde ik. Ik moest me vanaf dit moment meegaand opstellen. Alles om achterdocht te voorkomen.

We gingen naar beneden. Terwijl we door de gangen stiefelden, hield ik de kamers waar we langs kwamen in de gaten, om te zorgen dat we geen onnodige aandacht trokken van andere Genootschapsleden.

Bij de opslagruimte aangekomen boog ik naar Beck over. 'Zoals je ziet, heb ik een boekenkast voor de deur geschoven,' zei ik. 'Ik ontdekte dat ze gisternacht in het gebouw hebben rondgeneusd. Kon niet hebben dat ze weer op avontuur gingen.'

Ik gaf de boekenkast een zetje om hem bij de deur weg te schuiven. Daarna klopte ik op de deur en glipte met Beck naar binnen.

De vrouwen zaten naast elkaar op Vaudelines veldbed, beiden nog in de kleding die ze die ochtend hadden gedragen. Ze keken naar ons op met grote ogen van verbazing en... schrik? Dat vroeg ik me even af, alsof we hen hadden betrapt tijdens het beramen van een plan.

'U hebt ons opgesloten,' zei Vaudeline onmiddellijk. Haar stem ijskoud.

Het duurde een ogenblik voor ik terug had van zo'n boude uitspraak. 'Ik voelde me genoodzaakt dat te doen,' zei ik uiteindelijk, 'gezien de toestand met de recreatieruimte afgelopen nacht.'

'U vertrouwt ons niet.'

Ik haalde een hand over mijn nek, mijn reactie afwegend. Ik vertrouwde haar niet, nee. Ik vertrouwde haar leerling ook niet. 'Vertelt u me eens, Miss D'Allaire, hoe is het mogelijk te weten of een deur op slot of geblokkeerd is, tenzij men hem tracht te openen?' Daarna trok ik mijn wenkbrauwen op. Ik had haar tuk, en dat wist ze.

Haar reactie bestond slechts uit een nijdige blik en ik knikte naar Beck om het woord te nemen.

'De seance,' begon Beck. 'We willen vooraf graag wat dingen bespreken.'

'Goed,' morde Vaudeline. Ze gebaarde naar de enige stoel in de kamer, en Beck nam zonder aarzelen plaats. Met een verbolgen blik op hem stelde ik me ineens voor hoe het zou zijn om mijn vingers om zijn vlezige nek te sluiten.

'Laten we beginnen met de volgorde,' zei Beck, voorovergebogen. 'De fasen, noemt u het geloof ik.'

'Dat klopt. Mijn seances verlopen doorgaans in zeven fasen.' Vaudeline stak een vinger op. 'Fase één is de Eeuwenoude Duivelbezwering, zonder meer de belangrijkste fase. Die beschermt de aanwezigen in de seanceruimte tegen boze geesten – demonen en dergelijke. Ik begin geen enkele seance zonder deze fase.'

Beck haalde een notitieboekje uit zijn zak en maakte een paar aantekeningen.

'Fase twee is de Oproep,' vervolgde Vaudeline. 'Hierbij roep ik alle geesten in de omgeving op en verwelkom ze in de seanceruimte. Dan beginnen er vaak vreemde dingen te gebeuren in de ruimte, trillingen en flikkeringen.'

Beck boog zijn hoofd opzij. 'Moeten we ons daar zorgen over maken?'

'Erop bedacht, zeker. Tijdens deze fase kunnen deelnemers een korte, zij het grillige trance ervaren, een fenomeen dat bekendstaat als absorptie. Dit kan gepaard gaan met discussies, fysieke uitbarstingen, het optreden van verwondingen. Zelfs met wilde of heftige bewegingen van voorwerpen in de ruimte.' Ze schraapte haar keel. 'Zodra de Oproepspreuk is opgezegd, zijn er geesten aanwezig. Kortom, de seance is begonnen en moet voltooid worden.'

'Want anders?' vroeg ik.

'Als we de rest van de fasen niet doorlopen?' Ze sloeg haar benen over elkaar. 'Wel, dan hebben we een kamer vol energieke geesten die kunnen doen wat ze willen.'

Het verwonderde me hoe nonchalant ze over deze hele toestand deed. 'Wat is fase drie?' vroeg ik om er vaart achter te zetten.

'De Isolatiefase.' Vaudeline keek naar de druk pennende Beck. 'In die fase vraag ik alle geesten weg te gaan, behalve de doelgeest – degene die ik wil oproepen, in dit geval Mr Volckman. Deze fase is vaak een grote opluchting voor de zitters. Het klaart de lucht, vrij letterlijk. Maar als dwarse of gevaarlijke geesten op enig moment tijdens de seance de zitters in trance proberen te brengen, heb ik twee verbanningsbevelen tot mijn beschikking. Het Expelle-bevel, dat een geest uit een zitter verdrijft, en het Transveni-bevel, dat een geest overbrengt van een zitter naar het medium.'

Beck zette grote ogen op en zijn pen bleef boven zijn notitieboekje hangen. 'Interessant hoor, al die spreuken...'

'U hoeft de bevelen niet op te schrijven,' beweerde Vaudeline. 'Hoogstonwaarschijnlijk dat we die nodig hebben.' Ze glimlachte hem toe en ging verder. 'Fase vier is de Uitnodiging. Zodra ik heb vastgesteld dat alle andere geesten de ruimte hebben verlaten, zeg ik de Uitnodigingsspreuk op, wat een oproep is aan de doelgeest om mij in trance te brengen. Deze stap kost minder tijd als ik latente energie kan opdoen die de overledene vlak voor zijn dood heeft achtergelaten. Vandaar dat we naar het huis van de weduwe en het bordeel gingen. Zoals ik al zei, is deze latente energie het sterkst op de plaatsen waar de overledene in de uren voor zijn dood is geweest.'

Beck en ik wisselden een blik. Wij van de afdeling Spiritisme voerden onze seances heel anders uit. We lazen een paar passages op, ja, maar al dit gedoe over oproepen en manifestatie en verdrijving – pff, illusies creëren was een stuk makkelijker. Ik vroeg me af of Beck hetzelfde dacht of dat hij juist onder de indruk was van Vaudelines technieken.

Beck vroeg door. 'Excuses, Miss D'Allaire, voor mijn simplistische vragen, maar de manier waarop u uw seances leidt, is volkomen nieuw voor mij. Dat gezegd hebbende, kan de geest de uitnodiging weigeren?'

'Een merkwaardige vraag, maar nee. De spreuk is heel krachtig. Door die uit te spreken dwing ik de geest mij in trance te brengen.'

'Dus eigenlijk is het helemaal geen uitnodiging,' zei ik. 'Het is een eis.'

Ze hield haar hoofd schuin. 'Ik zie het niet zo ongenuanceerd. Dit zijn slachtoffers van moord, Mr Morley. Ze wachten met smart op belichaming – en gerechtigheid. Wat ons brengt bij fase vijf, Trance. Voor een medium is in trance zijn gelijk aan een dubbel bestaan, of een gespleten persoonlijkheid. Het geeft ons toegang tot de herinneringen en gedachten van een overledene, want op dat moment bevindt diegene zich binnen in ons – is deel van onze eigen belevingswereld en ons bewustzijn. Een trance is onbeschrijflijk vermoeiend. Het eigen bestaan is al zwaar genoeg, met al die onvervulde verlangens en weggestopte geheimen. Desondanks is het de effectiefste manier om de benodigde informatie te achterhalen.'

'Wie de moordenaar is.' Beck wreef zich geestdriftig in de handen.

'Precies. Toegang tot het geheugen van het slachtoffer levert niet alleen deze informatie op, maar brengt ook vaak de laatste ogenblikken van de overledene aan het licht. Deze herinneringen kunnen de politie of de familie op het spoor zetten van bewijzen die wellicht nog niet zijn gevonden. Verborgen wapens en dergelijke.'

Ik sloeg mijn armen over elkaar. 'Hoelang duurt dit allemaal?'

'Kan een halfuur zijn. Kan twee uur zijn.'

'Niet minder dan een halfuur dus.'

Vaudeline keek me fronsend aan. 'Nee.'

'Ik kan niet wachten,' zei Beck met een kleur van opwinding. Zijn hele gezicht was rood behalve het donkere, pezige litteken op zijn kin.

'En zodra u de moordenaar hebt geïdentificeerd?' vroeg ik.

'Daarna is het een kwestie van afronden. Fase zes is de Ontknoping, het moment waarop ik vaststel wie de moordenaar is en het bekendmaak aan de deelnemers. Fase zeven, de laatste, is de Afsluiting, een spreuk om alle geesten uit de ruimte te verdrijven. In dit geval dus de doelgeest die mij in trance heeft gebracht. Zonder de Afsluitingsspreuk zou een geest, zeg maar, vast kunnen blijven zitten in deze wereld en de weg terug niet meer kunnen vinden.'

'Over een nachtmerrie gesproken.'

'Inderdaad.' Vaudeline spreidde haar handen. 'Wat wilt u verder nog weten?'

'Waarom moeten we tot middernacht wachten?' vroeg Beck. 'We zouden nu moeten gaan. Dan kunnen we dit in een uurtje of twee opgelost hebben voor de commissaris.'

'Middernacht is wat we hebben afgesproken,' zei ik resoluut. Ik wendde me tot Vaudeline. 'Moeten we verder nog iets weten? Of voorzorgsmaatregelen nemen?'

Daarop somde ze een en ander op. Ik deed alsof ik de regel over vooraf geen wijn drinken niet hoorde, want ik was geenszins van plan me eraan te houden. Ik zou een paar hartversterkende slokken nemen vóór de seance.

Misschien meer dan een paar.

God wist dat ik de oppepper nodig had.

Laat die avond, na mijn laatste klusje, keerde ik een stuk geruster terug naar het Genootschap dan ik me in dagen had gevoeld. Ik had een heel goed gevoel over de avond nu ik een aantal zaken had geregeld.

Ik ging naar mijn werkkamer en nam plaats achter mijn bureau. Eerst haalde ik mijn adresboek uit een la. VERTROUWELIJKE CONTACTPERSONEN, stond erop. De bladzijden waren beduimeld, want ik raadpleegde dit boek minstens één keer per week. Het bevatte de namen en adressen van variétéartiesten en toneelknechten, magische-kaarsenmakers en papiermakers, fotografen en apothekers, buiksprekers, decorbouwers, brandweermannen, advocaten. Er stonden sterretjes bij de allerbesten, mijn favoriete compagnons.

Ik legde het adresboek neer om door de overige inhoud van de la te neuzen: een paar vellen blanco papier, die in feite allesbehalve blanco waren. Het was duur, speciaal ontworpen papier, drielaags. De middelste laag was uiterst vaag bedrukt met inkt, die bepaalde woorden of namen spelde. De tekst werd alleen zichtbaar nadat het papier was bevochtigd met water.

Met een grijns op mijn gezicht legde ik de vellen naast het adresboek. Dit trucpapier was al heel lang een lucratief rekwisiet.

Ik zocht verder tussen mijn spullen. Mijn oog viel op een notitieboekje – Evies notitieboekje, dat ze altijd van me afgeschermd had gehouden. Ik mikte het opzij; inmiddels wist ik wat erin stond, en hier was ik niet naar op zoek.

Waar ik naar op zoek was, was de foliant.

Ik haalde het in velijn gebonden boek uit de la. Geen vergulde belettering op de voorkant, geen goud op snee. Ik legde de portfolio op mijn bureau en sloeg hem open, de oude krantenknipsels overslaand om in één keer naar de perkamentvellen achterin te gaan, met handgeschreven aantekeningen voor toekomstige raadpleging. Zodra ik de bladzijde had gevonden waarop ik vorige week iets had geschreven, hield ik mijn pen boven de tekst.

Vlug doopte ik mijn kroontjespen in de inktpot.

Ik zette de pen op het papier.

Ik maakte een korte notitie.

Zodra ik klaar was, vloeide ik de overtollige inkt af en sloeg de portfolio dicht. Daarna stopte ik hem terug in de la.

Nauwelijks was ik opgestaan of ik hoorde het opnieuw: de grasmus buiten was aan het zoveelste wijsje begonnen. Ik luisterde heel even, en toen werd het melodietje overstemd door de valse symfonie van torenklokken die over de hele stad elf uur sloegen.

Het was tijd.

Ik slenterde de werkkamer uit, trok de deur achter me dicht en begaf me vervolgens naar beneden. Onderweg merkte ik dat mijn tred lichtvoetiger was dan hij in maanden was geweest.

Bij God, ik voelde zelfs een glimlach opkomen.

26

Lenna

Londen, zondag 16 februari 1873

Terwijl de vrouwen wachtten tot het tijd was, ijsbeerde Lenna door de kamer, niet in staat haar rusteloosheid de baas te blijven. Buiten tsjilpte een vogel hysterisch, wat haar nog meer op de zenuwen werkte. 'Hoelang nog?' foeterde ze.

'Vijfentwintig minuten,' antwoordde Vaudeline met een blik op de klok. Zelfs zij kauwde op haar onderlip, zichtbaar gespannen. 'Laten we het woordspelletje doen. Dan hebben we tenminste wat afleiding.' Ze pakte haar roman, sloeg die open en gebaarde dat Lenna naast haar moest komen zitten. Na wat geblader wees ze op een pagina. 'Ik ben zover. Het zijn twee woorden. Je aanwijzing is...' Ze dacht even na. '...hemels vuur.'

Dit liet Lenna een ogenblik bezinken, allang blij met het verzetje. Alles was beter dan piekeren over Bennetts briefje of Evies band met de oplichters binnen de organisatie of de kandelaar op het tafeltje aan de andere kant van de kamer. In plaats daarvan dacht ze aan sommige sterren die rood of oranje fonkelden, als vuur, aan de nachtelijke hemel. Maar het antwoord kon niet 'sterren' of 'planeten' zijn. 'Het antwoord bestaat uit twee woorden, zei je?'

'Ja.'

'Mag ik nog een aanwijzing?'

Vaudeline boog opzij, stootte met haar schouder tegen die van Lenna. Een ogenblik waren hun gezichten luttele centimeters van elkaar verwijderd. 'Het is iets wat velen hebben ervaren,' zei ze, 'maar wat niemand kan uitleggen.'

Lenna knipperde, haar mond droog. 'Liefde,' zei ze. 'Of verliefd zijn?'

'Dat heeft niets te maken met hemels vuur.'

'Je hebt gelijk,' kermde ze, over haar slapen wrijvend. 'Ik kan niet helder denken.'

'Ik ook niet. Het antwoord is *aurora borealis*, oftewel noorderlicht.' Ze sloeg het boek dicht en klopte op de voorkant.

'Aha,' zei Lenna, enigszins opgelaten over haar gok. 'Ik heb het noorderlicht gezien.'

'Echt?'

'Ja. Evie en ik gingen er samen naar kijken.' En Eloise ook, maar dit detail liet ze achterwege.

Twee jaar geleden had Evie het tripje voorgesteld voor Lenna's verjaardag. Midden in de winter waren de drie meiden met de trein naar Sheffield in het noorden gereisd. Tegen elkaar aan gekropen onder een deken hadden ze op hun rug gelegen en urenlang naar de hemelse voorstelling gekeken. De dansende golven van het noorderlicht leken wel een droom: hemelsbrede lichtbogen in chroomgroen, lichtgevende slierten in vermiljoen. Het was een van de gelukkigste momenten van Lenna's leven geweest. Ze lag tussen Evie en Eloise in genesteld, hun warmte aan weerszijden van haar. De twee mensen van wie ze het meest hield, knus bij haar op dat moment.

Lenna had de manier waarop de lichtstrepen bewogen bestudeerd met het oog van een wetenschapper. De golvende bewegingen deden niet denken aan damp of gas, maar eerder aan felgekleurde inkt in een watervat. Hoe dan ook, er moest een logische verklaring zijn voor de manier waarop de kleuren verstrooid werden en zich opnieuw vormden. Er moesten bepaalde, kleine deeltjes in de lucht zweven.

'Waar denk je dat het uit bestaat?' had Lenna gevraagd aan geen van beiden in het bijzonder. Naast haar, verborgen onder de deken, bewoog Eloise haar duim in trage cirkels over Lenna's handpalm.

'Ik denk dat het een soort wolk is,' zei Eloise peinzend. 'Een nachtwolk. Van nevel of mist.'

'Heel interessant. Een nachtwolk.' Ze kneep in Eloises hand. 'En, Evie? Wat denk jij?'

Na een korte stilte zei Evie: 'Geesten natuurlijk.' Boven hen deinde een wervelende kolom van felgroen licht. 'Het is net of ze dansen.'

'Dat vind ik wel een mooi idee,' zei Eloise. Lenna keek opzij en zag een flits groen licht, de kleur van limoenen, in haar ogen weerspiegeld. Eloise keek terug. 'Wat is het volgens jou, Lenna?'

'Deeltjes van iets,' zei ze. Recht boven hen zwakte het licht iets af, waardoor een sterrennevel zichtbaar werd. Daarna kwam het weer tot leven. 'Misschien stof.'

'Stof?' herhaalde Evie. 'Wat ontzettend saai.' Maar terwijl ze het zei, stopte ze haar hoofd in de holte tussen Lenna's hals en schouder, zich tegen haar aan nestelend. 'Geeft niks. Ik hou toch van je, zusje.' Boven hen schoot een vallende ster verticaal door de lucht. 'Gefeliciteerd,' zei ze.

'Ja, gefeliciteerd,' echode Eloise.

Als er één moment in haar leven was dat ze opnieuw kon beleven, zou het dat zijn – een tijd waarin ze haar dagen in zalige onwetendheid sleet, vol vertrouwen in de goedheid van haar zus en de vele jaren die ze alle drie voor zich hadden om avonturen te beleven, te ontdekken, lief te hebben.

Het was bijna elf uur. Mr Morley zou er over een paar minuten zijn. Vaudeline had zich net uitgekleed en stond nu in de hoek van de kamer te rillen in haar katoenen onderjurk.

Lenna hield haar ogen neergeslagen, gespannen nu hun plan realiteit dreigde te worden. Als ze Mr Morley niet hard genoeg wist te raken, en als de vrouwen op een of andere manier gescheiden raakten, wanneer zouden ze elkaar dan weer zien? En onder welke omstandigheden?

Ze herinnerde zich haar voornemen om dapperder te zijn, niet dezelfde fouten als in het verleden te maken, zoals treuzelen met haar excuses aanbieden. Of treuzelen met luid en duidelijk verkondigen wat ze wilde. Wíé ze wilde.

Ze schraapte haar keel, sloeg haar ogen op. 'Vaudeline, ik moet je iets vertellen.'

Vaudeline trok haar wenkbrauwen op. 'Ja?'

'In de haven, bij aankomst in Londen, zei je dat je genegenheid voor mij niet iets tastbaars is. Je vreesde dat ik niet zou geloven dat die echt was.'

'Ja.' Ze gaf een knikje. 'Dat voel ik nu nog. De genegenheid en de vrees.'

Ze stonden tegenover elkaar, met niets dan koude lucht en een wereld van mogelijkheden tussen hen in. Hoe makkelijk zou het niet zijn om het gesprek hier te beëindigen, om het restant van Vaudelines gevoelens genoeg te laten zijn.

Maar daar school niets dappers in.

Na een keer diep inademen gooide Lenna de waarheid eruit. 'Hierna...' Ze maakte een weids gebaar. 'Na dit alles wil ik onderzoeken wat er mogelijk is tussen ons. Iets wat verder gaat dan onze relatie nu als lerares en leerling, en als vriendinnen. Ook al zitten we qua overtuigingen niet helemaal op één lijn. Ook al kan ik het bewijs van jouw werk niet zien of aanraken.' Ze keek Vaudeline strak aan. 'Ik kan jou zien. Ik kan jou aanraken. En jij bent wat ik wil. Niet jouw werk of waar je in gelooft.' Ze hield haar adem in, benieuwd hoe dat zou vallen.

Ondanks de omstandigheden – de koude kamer, het donker, Mr

Morley die elk moment kon arriveren – liet Vaudeline haar hoofd zakken en liet ze een lachje ontsnappen. 'Hoewel ik dit al vermoedde, vroeg ik me af of je jezelf ooit zou toestaan het hardop te zeggen. Ik ben diep onder de indruk van je, Lenna Wickes. En ja, we hebben inderdaad heel wat te onderzoeken.'

Lenna's hart maakte een sprongetje, een moment van vreugde in al deze narigheid.

'Maar zoals je zei, moeten we eerst iets doen aan –' Vaudeline zou haar zin hebben afgemaakt als er niet dat geluid was geweest van iets wat werd verplaatst voor de deur. De boekenkast.

Na een blik op elkaar gingen de vrouwen snel op hun plek staan. Vaudeline trok haar onderjurk iets naar beneden, en Lenna klemde haar handen om de koperen kandelaar. In een oogwenk was het metaal warm onder haar vingers.

De deur zwaaide langzaam open. Geruisloos deed Lenna een stap achteruit, zich verstoppend in de v-vormige opening tussen de deur en de muur.

Mr Morley kwam binnen, olielamp in de hand. Hij was in het net, met een zware jas en een hoge hoed afgezet met een zwart bombazijnen lint. Zijn rug was naar Lenna gekeerd toen hij binnenkwam – hij zag haar niet, nog niet. Toen bleef hij plotseling staan. Pal voor hem stond Vaudeline in haar dunne onderjurk. Ze rilde nu heviger, en zelfs vanaf haar plek kon Lenna het kippenvel op haar armen zien, haar harde tepels onder de stof.

Vaudeline slaakte zogenaamd een zucht van frustratie. 'Ik krijg het knoopje hieronder niet open,' zei ze, een herenvest ophoudend dat ze eerder uit de stapel kleren had gekozen. 'We moesten allang aangekleed zijn, maar...' Ze frunnikte aan de stof.

Mr Morley bleef stokstijf staan. Hij kon zich nu elk moment omdraaien, zodra tot hem doordrong dat hij Lenna niet zag in de kleine ruimte. Ze had slechts seconden om de kandelaar op te heffen en ermee uit te halen. Haar armen begonnen hevig te trillen.

'Helpt u me even?' vroeg Vaudeline hem nu, haar stem zwaar en hees. Ze boog voorover, waardoor de bovenkant van de onderjurk een stukje openviel. *Seducere*, schoot Lenna te binnen. 'Op een dwaalspoor brengen,' had Vaudeline gezegd.

Mr Morleys adem stokte. Dat zou Lenna ook zijn gebeurd, als ze hem niet al had ingehouden. Op dit moment was ze geen haar beter dan Mr Morley. Allebei hunkerden ze naar Vaudeline.

'Ik wil met alle plezier h-helpen,' bracht Mr Morley uit, op Vaudeline afstappend. Lenna kon zijn gezicht niet zien, maar ze kon zich de kleur voorstellen, het bonzen van zijn hart. Vaudeline gaf hem het vest, waarbij ze met haar hand over de zijne streek. Dacht hij dat het een onbedoelde streling was?

'En Miss Wickes?' zei hij. 'Is zij –'

Hij kapte zichzelf af, alsof hij eindelijk weer bij zijn volle verstand was.

Hij weet het, dacht Lenna. *Hij weet dat ik achter hem sta.*

Toen ze zich dit moment had voorgesteld, had het zich traag voltrokken. Een stap of twee, een langzame draai. Maar zo ging het in de verste verte niet. Mr Morley draaide zich pijlsnel om, als een roofdier dat de geur van een prooi opving in de wind. Op slag begon Lenna's huid te prikkelen, het gevoel van duizend naalden in haar lijf die naar buiten klauwden.

Hij keek naar haar handen. 'Miss Wickes,' zei hij, starend naar de kandelaar. Ze had hem nog niet opgeheven. Misschien dacht hij dat ze hem alleen wilde aansteken, of misschien bespeurde hij haar duisterdere bedoeling. 'Ik zie dat u in elk geval klaar bent voor de seance,' zei hij, haar van top tot teen opnemend.

Achter zijn schouder stond Vaudeline doodstil, het vest als een overbodig rekwisiet in haar handen bungelend. Ze gaf Lenna een traag knikje – een stilzwijgend startsein, slechts gecommuniceerd via haar vlammende ogen.

'Ik ga toch maar niet mee naar de seance,' antwoordde Lenna met schorre stem.

Mr Morley boog zijn hoofd opzij. 'Pardon?' Hij wendde zich enigszins af naar Vaudeline voor een verklaring.

Lenna zag haar kans schoon. Met alle woede die ze kon opbrengen hief ze haar arm op. Ze blies krachtig uit – hoelang had ze haar adem eigenlijk ingehouden? – en zwiepte de kandelaar naar beneden, ramde hem tegen Mr Morleys wang en neusbrug. Onderwijl echoden Vaudelines woorden door haar hoofd: 'Denk erom, je krijgt maar één kans.'

Er klonk een krakend geluid – bot of koper? – en toen zijn woeste brul van razernij en pijn, het meest angstaanjagende geluid dat ze ooit had gehoord. Hij kneep zijn ogen dicht, waar subiet tranen uit sijpelden. Kermend zakte hij tegen de vloer.

Lenna keek naar de deur terwijl Vaudeline – nog steeds rillend in haar onderjurk – naar een jas graaide. Dit ene moment bleek echter nét te lang. Vanuit zijn ineengedoken houding op de vloer stak Mr Morley een hand uit en greep Vaudelines enkel. Zelfs in het zwakke licht kon Lenna het wit van zijn knokkels zien, de woede op zijn gezicht.

Hij zou Vaudeline van zijn leven niet loslaten, zoveel was duidelijk.

Lenna slaakte een kreet, een hand tegen haar mond gedrukt. Ze had het laten afweten. Ze had hem niet hard genoeg geraakt.

Terwijl Vaudeline zich probeerde los te schoppen uit Mr Morleys greep, vormde ze met haar mond twee woorden voor Lenna. *Ga. Nu.*

Er was geen tijd om te denken, niet nu. Ze hadden exact deze situatie besproken. Lenna rende de kamer uit, zonder nog een keer om te kijken naar Vaudeline. Ze kon het niet aan om de uitdrukking op haar gezicht te zien, of het trots of tederheid of angst was. Evenmin kon ze Mr Morleys bloeddoorlopen, woeste blik nog langer aanzien.

Ze moest alleen weg zien te komen, weg. Vliegensvlug schoof ze de boekenkast op zijn plaats, in het besef dat ze de vrouw naar wie ze het meest verlangde opsloot met een man die ze niet kon vertrouwen.

Allemaal voor Evie.

Toch had ze het gedaan. Ze had tijd gewonnen en er een hoge prijs voor betaald, niet in de laatste plaats Vaudelines veiligheid. Ze moest slim gebruikmaken van deze kans.

Ze holde naar de dienstingang, de ingang die Vaudeline en zij hadden gebruikt sinds hun aankomst bij het Genootschap, steevast vergezeld door Mr Morley. Ze duwde de deur een paar centimeter open om een blik in de donkere steeg te werpen. Die was verlaten, op een paar aan de kant geduwde handkarren na. Ze glipte naar buiten en sloop geruisloos als een kat langs de achtergevel van het gebouw.

Even later was ze bij de zware houten poort, de ingang naar de stallen. De boxen.

Erboven was achter het raam van de woonruimte het flauwe schijnsel van een lamp zichtbaar. *Bennett is nog op,* dacht ze. Hij wachtte natuurlijk om hen zo direct naar de seance te brengen. Ze snelde de stallen in, die roken naar vers stro en ingevet leer. Op slag moest ze niezen.

Aan het eind van de muur, die vol hing met hoofdstellen en bitten aan haken, ontwaarde ze een smalle houten trap. Bovenaan de trap gekomen klopte ze op de deur. Terwijl ze wachtte, blies ze haar handen warm en ze vroeg zich af hoe Mr Morley eraan toe zou zijn – en Vaudeline.

De deur ging open. Als het handgeschreven briefje niet voldoende bewijs was, dan was dit het wel. Het bestond niet dat Bennett doof was, niet als hij het klopje op zijn deur had gehoord.

'Je bent helemaal niet doof,' zei Lenna buiten adem.

Bennett schudde zijn hoofd. 'Nee,' beaamde hij, turend naar de lege trap achter haar.

Ze volgde zijn blik, fronste toen. 'Waarom deed je de deur open? Voor hetzelfde geld had Mr Morley hier gestaan.'

'Ik hoorde je niezen.'

Geen speld tussen te krijgen. Dus knikte ze, daarna: 'Vertel me wat je weet.'

'Waar is –'

'Alsjeblieft,' drong ze aan. 'Ik heb maar een minuut of twee. Mr Morley, waar loog hij over?'

Bennett slaakte een diepe zucht, met zijn gewicht tegen de deurpost geleund. 'Zij en ik waren vrienden,' zei hij, een harde trek om zijn mond.

'Zij?'

Hij knikte. 'Evie.' Zijn stem klonk schor en zwaar, alsof hij hem al dagen niet had gebruikt.

Verbluft knipperde ze met haar ogen. 'Je kende mijn zus?'

'Ja. Hoewel ik vanmiddag pas besefte dat ze jouw zus was, toen je er zo onomwonden over sprak tegen Mr Morley.' Hij verplaatste zijn gewicht van de ene voet op de andere. 'We ontmoetten elkaar een paar jaar geleden. Ik reed weleens op mijn vaders koets om extra geld te verdienen, en Evie was een keer een van mijn passagiers. We werden vrienden. En begin vorig jaar vertelde ze me dat het Londense Seancegenootschap een vacature had geplaatst voor een koetsier. Ik heb geen flauw idee waarom ze de vacatures van het Genootschap in de gaten hield. Het betaalde – betaalt – heel goed. In de vacature stond dat ze onlangs een samenwerking waren aangegaan met een pas opgerichte liefdadigheidsinstelling die doven steunde, en dat ze dus de voorkeur gaven aan sollicitanten die binnen die categorie vielen.' Hij spreidde zijn handen, liet ze vervolgens langs zijn zij vallen. 'Het is niet zo moeilijk om te doen alsof.'

Ongelovig schudde ze haar hoofd. 'Je verkeert in goed gezelschap. Het Genootschap vaart ook grotendeels onder valse vlag.'

'Tja, nou ja, na hier een paar weken te hebben gewerkt begon Evie me vragen te stellen. Welke leden de bus namen, waar ze naartoe gingen, waar ze over praatten. Ze wilde altijd weten wat ik had opgevangen. Af en toe betaalde ze me wat muntgeld voor de informatie.'

Dit was onverwacht. Lenna begreep Evies motieven om meer te weten te komen over de technieken van het Genootschap, maar het klonk alsof haar nieuwsgierigheid naar het interne reilen en zeilen – het wie, wat en waarom – nog dieper ging. 'Zei ze waarom ze dat wilde weten?'

Bennett schudde zijn hoofd. 'Nooit. Maar ik vroeg er ook niet naar. Ik mocht Evie graag en zag geen reden om me met haar zaken te bemoeien.'

Lenna keek achterom naar de trap, blij dat die leeg was. Maar Bennett had haar vraag nog niet beantwoord. 'In je briefje stond dat Mr Morley loog. Waar liegt hij over?'

'Evies betrokkenheid bij het Genootschap. Hij zei dat ze niet deelnam aan seances, wat gewoon niet waar is. Ik zag haar – hoewel ze vermomd was – bij de deur van 22 Bow Street voor hun seance afgelopen zomer. En dat was niet de enige keer. Mr Morley en Evie gingen altijd samen naar binnen. Ik weet zeker dat ik haar ook weleens door de achterdeur van het Genootschap naar binnen heb zien glippen.'

Dit was niets nieuws, en Lenna verbeet haar toenemende ongeduld. Ze zette door. 'Waarom stond er in je briefje "Maak dat je bij hem wegkomt"?'

Bennett tuitte zijn lippen. 'Ik heb me aldoor afgevraagd of er iets is voorgevallen tussen Mr Morley en Evie op allerheiligenavond. Evie vertelde me dat ze van plan was zijn cryptesoiree binnen te glippen, waar veel Genootschapsleden zouden zijn, wist ik. Ze vroeg of ik enig idee had hoe laat Mr Morley op het feest zou aankomen. Ik wist niet zeker hoe laat hij mij zou laten voorrijden, maar ze leek heel ongerust dat ze hem daar tegen het lijf zou lopen. Ik begreep niet waarom ze hem in vredesnaam wilde ontlopen op de soiree, als je nagaat hoeveel tijd ze samen doorbrachten.

Ook Mr Morley gedroeg zich vreemd die avond. Ik vroeg hoe laat ik terug moest zijn om hem op te halen van het feest. Tot mijn verbijstering droeg hij me op het rijtuig te laten staan en hij zei dat ik op een andere manier thuis moest zien te komen. Hij zei dat de soiree tot laat zou doorgaan en dat hij het rijtuig zelf terug zou rijden. Daar werd ik heel nerveus van – de paarden moeten niets van hem hebben – maar het is de bus van het Genootschap, het zijn de paarden van het Genootschap. Wat kon ik anders doen?' Verslagen haalde Bennett zijn schouders op. 'Al die vreemde gebeurtenissen die avond, en nu is jouw zus, mijn vriendin, dood.

Ik ben ervan overtuigd dat Mr Morley iets weet,' vervolgde hij. 'Na die avond zat hij dagen op zijn werkkamer. Ik hoorde de andere leden erover praten dat hij niet weg wilde, dat hij daar at, daar sliep.' Plotseling fronste hij. 'Waar is Mr Morley trouwens? En de seance, is die nog steeds...' Hij keek op zijn horloge. 'We moeten over een paar minuten vertrekken.'

Ze had genoeg gehoord. 'Bedankt hiervoor,' fluisterde ze. 'Ik wens je...' Ze zweeg even om Bennett strak aan te kijken. 'Ik wens je het allerbeste.'

'Waar ga je –'

De rest van zijn vraag hoorde ze niet meer. Binnen een paar tellen was ze de trap af en terug in de steeg, waar ze weer naar de dienstingang rende.

Eenmaal binnen bleef ze aan de grond genageld staan. Van links, uit de gang waar Vaudeline en Mr Morley waren opgesloten in de kamer, kwam een donderend gebeuk tegen de deur, gevolgd door een reeks krachttermen. Het was Mr Morleys stem. Hij was bij bewustzijn, in leven, en probeerde zich naar buiten te beuken. Een ogenblik vreesde Lenna dat ze moest kokhalzen. Met heel haar hart hoopte ze Vaudelines stem daarbinnen te horen, al was het maar een kreet.

Dat gebeurde niet. Nog geen zuchtje.

Ze verspilde geen seconde. Ze ging rechtsaf, naar de trap. Die nam ze met twee treden tegelijk, een stuk gemakkelijker in een broek dan het in een jurk zou zijn geweest. Toch struikelde ze, waarbij ze hard op haar knie terechtkwam. Ze krabbelde overeind, haar handen vochtig van de tranen die ongemerkt van haar wangen rolden.

Woedend en vastberaden zette ze koers naar de bibliotheek. Na Bennetts opmerking dat Mr Morley zich dagen had opgesloten in zijn werkkamer na allerheiligenavond, moest ze daar een kijkje nemen.

Ze had geen kaars, dus boven zocht ze op de tast haar weg door de gang. Verderop duidde een glazen wand op de bibliotheek. Gisteren had Mr Morley gezegd dat zijn werkkamer zich erachter bevond. Een detail dat hij beter voor zich had kunnen houden.

Tijd, dacht ze, het woord op pure wilskracht door de vloer zendend naar de kamer waarin Vaudeline en Mr Morley waren opgesloten. *Win tijd voor me, Vaudeline, om hier rond te kijken.* Als ze ertoe in staat was althans. Daarnet had ze Vaudeline niet gehoord, en ze was niet blind voor de mogelijkheid dat Mr Morley haar, in zijn blinde woede, al ernstig verwond kon hebben. Maar als Vaudeline geen tijd voor haar kon winnen, dan zou de boekenkast voor de deur het doen. De barricade die Mr Morley zelf had opgeworpen. Had hij zich gerealiseerd dat die uiteindelijk tegen hem zou worden gebruikt?

De bibliotheekdeur zat op slot. Ze dubde een ogenblik. Toen draaide ze haar lichaam, bracht haar arm naar achteren en stootte vervolgens met haar elleboog tegen het glazen paneel. Met een oorverdovende klap ging het aan diggelen. Ze stak haar hand door de gekartelde opening en draaide het slot open.

De muur aan de andere kant van de bibliotheek bestond uit ramen. Ze rende naar een ervan om de gordijnen te openen; er kwam genoeg licht van buiten om te zien waar ze liep. Rondom haar rezen boekenkasten op. Er moesten wel duizend boek staan. Toen ze door het middenpad liep, stootte ze tegen een houten kruk, vloekend bij de pijnscheut in haar scheenbeen. Onmiddellijk voelde ze een bult opkomen, maar ze gaf geen krimp en vervolgde haar weg naar de achterkant van de bibliotheek – naar Mr Morleys werkkamer.

Zou daarbinnen een spoor van Evie te vinden zijn? Haar notitieboekje of een kledingstuk?

Ze kwam bij een dichte deur – de enige deur, voor zover ze kon zien. Dit moest het zijn. Ze duwde hem open.

Fronsend stapte ze naar binnen. De krappe ruimte kon je amper een werkkamer noemen. Het had meer weg van een bezemkast: raamloos, met een klein bureau, een paar ingelijste artikelen en een bank tegen een van de muren. Het zou in elk geval niet veel tijd kosten om hem te doorzoeken.

Ze begon met het bureau. Het was een oud mahoniehouten geval, massief ogend. Erop stond een olielamp, lucifers ernaast, dus stak ze hem meteen aan. Het bureau, nu beter verlicht, zat onder de krassen en slijtplekken. Het was niet goed onderhouden, maar dat leek niets in deze kamer. Armzalig hoor, voor een vicevoorzitter.

Ze begon met de papieren op zijn bureau. Kwitanties, verslagen, memo's, brieven. Gejaagd doorzocht ze ze, zonder de moeite te nemen de papieren die op de grond vielen op te rapen.

Daarna ging ze verder met de bovenste lade. Een handjevol kroontjespennen rolde ratelend heen en weer toen ze hem openrukte. Diverse inktpotjes, zwart en blauw, waren naar één kant geschoven. In een bakje zaten dof uitgeslagen en gevlekte kroontjes, en ernaast lag een vloeiblok bedekt met dikke, zwarte inktkringen. Ze trok de lade uit het bureau en zette die op het tapijt. Ze tastte de opening in het bureau af op iets wat loszat. Niets.

Vervolgens doorzocht ze de tweede lade, maar de inhoud was al even saai en oninteressant: dikke stapels blanco perkamentpapier, reservekaarsen en -lucifers, een zakdoek, een tinnen zakflacon. Onder de flacon lagen een paar schunnige blaadjes. Vlug bladerde ze erdoorheen, onaangedaan door de vulgaire plaatjes. Ook deze lade zette ze op de grond. Inmiddels vormden zich zweetparels bij haar haarlijn.

De derde en laatste lade bevatte niets anders dan een map met het opschrift MORLEY BOEDELBESCHEIDEN – familieboekhouding of zo? – en een dun boekje waarvan de titel luidde *Vrouw ontkleed: een pikant en amusant liefdesverhaal.* Ze haalde de inhoud eruit, legde die opzij.

Ze begon te huilen. Er was geen spoor van Evie te bekennen, en het leek nu ook dom, het idee dat Mr Morley iets van haar zou bewaren. Toch kon ze de gedachte niet verdragen dat alles wat ze hadden ontdekt over het Genootschap hiertoe had geleid – een punt zonder antwoorden, zonder ontknoping.

Ze trok de derde lade uit de behuizing met de bedoeling erachter te zoeken. Maar op het moment dat ze die lostrok, fronste ze. Deze lade, hoewel nu leeg, was zwaar. Veel zwaarder dan de andere twee laden.

Toen ze op de bodem van de lade drukte, wipte één kant iets naar beneden. Dus drukte ze harder op die kant.

De andere kant schoot omhoog, ver genoeg om haar vinger eronder te schuiven. Voorzichtig wurmde ze de bodemplaat omhoog en uit de lade.

Haar adem stokte. De bodemplaat van de lade was niet de echte bodem. Het was een loze plaat; er zat een verborgen vak onder.

Nep. Zoals zoveel van wat ze hier had ontdekt.

In het verborgen vak waren twee boeken zichtbaar: een bordeauxrode, in velijn gebonden portfolio, en de hoek van een notitieboekje – een dat ze herkende. Haar hart begon te bonzen. Maanden geleden, na Evies dood, was dit precies de soort vondst die ze had gehoopt te doen bij het doorzoeken van de spullen van haar zus.

Ze haalde het notitieboekje eruit en streek met haar handen over de glanzend zwarte kaft alsof het een relikwie was. Hiernaar was ze op zoek geweest sinds Evies dood – op onverklaarbare wijze was het verdwenen van haar bureau en uit haar tas – en hier was het dan, in Lenna's handen.

Tranen welden op toen ze het behoedzaam opende. Evie had haar er nooit in laten kijken, en nu kon ze het gevoel niet van zich afzetten dat ze inbreuk maakte op de privacy van haar dode zus. Desondanks bladerde ze door een paar pagina's om Evies uitvoerige aantekeningen en lijstjes door te nemen. Het werd al snel duidelijk dat het notitieboekje gedetailleerde beschrijvingen bevatte van de listen en methoden die de mannen van het Londense Seancegenootschap eropna hielden, waarbij exact werd aangegeven hoe en wanneer ze elke techniek had achterhaald.

Op sommige pagina's was Evies handschrift hoekig en was de pen hard op het papier gedrukt. Zo schreef ze wanneer ze kwaad was – in de loop van de jaren had ze heel wat briefjes in hetzelfde handschrift aan Lenna geschreven, vanwege onderling gekibbel.

Lenna hield het notitieboekje een ogenblik op armlengte afstand, in het besef dat ze het tot nu toe meest bezwarende bewijs tegen Mr Morley had gevonden. Hier was een van Evies persoonlijkste bezittingen, verstopt in een dubbele bodem van een van zijn bureauladen. Hiermee was zo goed als bewezen dat hij op een of andere manier betrokken was geweest bij haar dood. Een crime passionnel leek steeds aannemelijker.

Ze sloeg nog een bladzijde om en trof er tot haar verbazing een envelop tussen aan. Haar verbazing sloeg echter om in schrik toen ze de afzender en het poststempel op de envelop zag.

De brief kwam uit Parijs, aan Evie gestuurd in de tweede week van oktober, twee weken vóór haar dood.

En de brief was gestuurd door niemand minder dan Vaudeline D'Allaire.

Dit was onthutsend. Vaudeline had er met geen woord over gerept dat ze Evie slechts twee weken vóór haar dood had geschreven.

Lenna draaide de envelop om en rukte de brief eruit, of een van de vouwen daarbij scheurde, zou haar een zorg zijn. Terwijl ze de brief ophield naar het licht van de olielamp, vlogen haar ogen over de vage pennenstreken. De hanenpoten waren herkenbaar, want die had ze talloze malen gezien tijdens de lessen met Vaudeline.

Wat betreft het exposé en de Genootschapsgeheimen die moeten worden gedeeld met The Standard Post *in het nieuwe jaar...*

Lenna fronste. Het exposé? Dit sloeg nergens op. Ze trok aan de kraag van haar trui, die begon te prikken op haar huid. Ze was ineens zo duizelig als wat. Duizelig en blijkbaar leesblind.

Ze wierp een blik op de ondertekening van de brief om de afzender te controleren – Vaudeline – en daarna las ze de eerste zin opnieuw. *Wat betreft het exposé...*

'Ik snap er niets van,' foeterde ze tegen zichzelf. Haar handen werden gevoelloos. Haar blik werd wazig. In het zwakke licht, vervormd en mistig door tranen, liet ze haar ogen over de brief gaan, waarvan ze alleen flarden kon onderscheiden.

...indrukwekkende prestatie, je maanden van zowel intern als extern informatie verzamelen, en je geraffineerde verleiding van Mr Morley...

...je moet simpelweg een manier bedenken om de bordeauxrode portfolio te pikken – het kan de genadeslag zijn – en die tezamen met het exposé indienen...

...ik kan het niet doen nu ik in Parijs zit...

...wraak voor Eloise en om dit alles recht te zetten...

Lenna begon zo hevig te trillen dat de brief uit haar hand viel en op de grond dwarrelde.

Exposé. Wraak. Evie had helemaal niet samengewerkt met het Genootschap. Ze had hen tégengewerkt.

Ze dacht aan Evies komen en gaan op de raarste tijdstippen, het ijverige onderzoek naar en driftige gepen over dubieuze spiritismepraktijken, en haar aanwezigheid bij elke Genootschapslezing.

Het was geen fanatisme geweest, zoals Lenna aanvankelijk had gedacht.

Het was geen samenzwering met misdadigers geweest, zoals Lenna tot een paar uur geleden nog had gedacht.

Het was speurwerk geweest, verslaglegging. En hoewel deze openbaring Evies motieven op slag goedmaakte, kwam de schuld nu elders te liggen: bij Vaudeline. Volgens deze brief had ze Evie aangemoedigd – gesmeekt zelfs – om in haar plaats onderzoek te doen naar het Genootschap nadat ze vanuit Londen naar Parijs was vertrokken. Deze brief was een smeekbede om in actie te komen. 'Je moet simpelweg een manier bedenken,' stond er.

Lenna viel op haar knieën en las verder.

...heel goede relatie met Mr Volckman, wat betekende dat ik naar vele kelderfeesten ben geweest gegeven door zijn vriend Mr Morley. De meest liederlijke en legendarische zijn die op allerheiligen-

avond – cryptesoirees, heten ze. Anders vermom je jezelf toch weer en glip je naar binnen?

...de feesten beginnen altijd om zeven uur. Tegen negenen is het één dolle dronkenmansbende. Glip dan naar binnen en zie in de vermoutkelder te komen. Mr Volckman liet zich eens ontvallen dat Mr Morley daar zijn privédocumenten bewaart. Ik kan niets garanderen, maar ik vraag me af of de portfolio daar wellicht ligt...

De boodschap was helder: zorg dat je de portfolio in handen krijgt. In deze brief had Vaudeline het de genadeslag genoemd. Lenna keek naar het tweede voorwerp dat in de lade verstopt was. Het was zowaar een bordeauxrode portfolio. Dus pakte ze die op, draaide hem rond in haar handen. Wie weet bevatte deze informatie over de toegepaste methoden door de oplichters binnen de organisatie, beschreven in Morleys eigen handschrift. Belastend bewijs, vast en zeker.

In elk geval was duidelijk dat Vaudeline haar vriendschap met Volckman, en informatie over Morleys feesten, had gebruikt om Evie een gevaarlijke situatie in te sturen. Ze had Evie aangespoord om het vuile werk op te knappen. De infiltratie. Het spitwerk. Het schrijven van het exposé, het pikken van de portfolio, het afleveren van beide bij *The Standard Post*.

En dit vuile werk was Evies dood geworden.

'Nee, nee,' kermde Lenna, nog steeds op haar knieën op de grond. Ze boog voorover, bang te moeten overgeven, en ging de laatste paar weken na, te beginnen bij het moment dat ze bij Vaudeline op de stoep stond. Ze had Vaudeline verteld dat haar zus, Evie Wickes, was vermoord. Vaudeline had haar onmiddellijk toegelaten, buiten haar normale lesrooster om. Vervolgens had ze haar een versnelde opleiding geboden, alles om Evie zo snel mogelijk te wreken. Lenna had het opgevat als medeleven met een oud-leerling – misschien gekleurd door iets meer, affiniteit met Lenna – maar nu was ze er niet zo zeker meer van.

Doelbewust of niet, Vaudeline had Evie de slangenkuil van deze mannen in gestuurd. Ze herinnerde zich Vaudelines tranen na ontvangst van Mr Morleys brief ter kennisgeving van Volckmans overlijden. Op dat moment moest tot Vaudeline zijn doorgedrongen dat ze, in haar jacht om de oplichters van het Genootschap te identificeren, twee mensen de dood in had gejaagd.

Alles werd vervormd in het licht van deze nieuwe waarheid. Elk contact tussen haar en Vaudeline in de afgelopen weken – hun vertrouwensband, hun kwetsbaarheid, de genegenheid tussen hen – in hoeverre was het echt geweest? Ze dacht nog eens na over Vaudelines sterke acteerwerk tijdens de rit naar het bordeel eerder die dag. Toen al had het haar een onbehaaglijk gevoel gegeven hoe soepeltjes Vaudeline de mannen had misleid. Ze had naar dat gevoel moeten luisteren.

Wat had Vaudeline ontzettend veel achtergehouden. Lenna had honderd keer liever de waarheid over Evie gehad dan een tedere kus op de wang. Ze had elke streling, elke verwachtingsvolle blik zo ingeruild voor één greintje eerlijkheid van Vaudeline.

Ze kende Vaudeline helemaal niet, niet in het licht van dit nieuws. Ze leek een even grote leugenaar als de mannen van het Londense Seancegenootschap zelf. Wie was de vrouw beneden echt?

Heel even vergat ze waar ze was – in deze verstikkende kamer, dit Genootschap van leugens, deze stad waar haar zus was vermoord – en alles begon voor haar ogen te draaien. Ze voelde zich verschrikkelijk alleen nu haar enige bondgenoot – Vaudeline – helemaal geen bondgenoot bleek te zijn. In plaats daarvan was ze een wildvreemde. Een leugenaar, een geheimschrijver, een meesterbedrieger.

Erger nog, ze was een leugenaar voor wie Lenna zojuist haar gevoelens had uitgesproken. 'Jij bent wat ik wil,' had ze tegen Vaudeline gezegd.

Maar nu niet meer, niet na dit. Ze wilde niets meer te maken hebben met Vaudeline.

Ze legde de brief en Evies notitieboekje aan de kant. Niet in staat zich nog langer in te houden pakte ze de in velijn gebonden portfolio, het boek dat Evie en Vaudeline met alle geweld in handen hadden willen krijgen.

27

Mr Morley

Londen, zondag 16 februari 1873

Ik had Lenna's afwezigheid moeten opmerken zodra ik de opslagruimte binnenstapte, maar toen ik Vaudeline half ontkleed zag staan, werd ik verblind door lust.

De pijn en de schok van wat er vervolgens gebeurde, verhinderden dat er een herinnering aan werd gevormd. Ik voelde iets achter me, draaide me pijlsnel om en stelde een vraag – die me niet meer bijstaat – aan Miss Wickes.

Toen ik even later bij zinnen kwam, sijpelde warm bloed uit mijn neus op mijn handen. Ik greep het dichtstbijzijnde beet, Vaudelines enkel.

Zodra ik op mijn benen kon staan, stortte ik me op de deur, probeerde hem open te duwen – en toen liet ik mijn handen langs mijn zij vallen, met stomheid geslagen. Ze had ons opgesloten, precies zoals ik had gedaan.

Ik beukte met mijn lichaam tegen de deur, duizelig en vloekend.

Toen ik langs mijn broek naar beneden keek, kwam ik tot de afschuwelijke ontdekking dat ik mijn urine had laten lopen nadat ik was neergeslagen. Vaudeline bleef met haar rug tegen de muur gedrukt staan, met een timide gezicht. Het leek of ze huilde of zo.

Ik meende de klik van een deur te horen – de buitendeur, naar de steeg aan de achterkant. Als het Miss Wickes was, dan hoopte ik dat ze naar huis rende, weg van hier. Maar ik vroeg me af of ze slimmer was dan dat, en het joeg me de stuipen op het lijf, de gedachte aan waar ze op uit zou kunnen zijn: de bibliotheek, mijn werkkamer.

Ik schopte nog harder tegen de deur, en langzamerhand trok er een barst rond de kruk. Minutenlang ging ik zo door. Als ik maar een deel van de deur weg kon breken, dan mijn arm erdoor steken om de boekenkast van zijn plaats te schuiven...

Hoelang zou de deur het houden? Ik keek rond, op zoek naar iets stevigs om ertegenaan te rammen. Plots klonk glasgerinkel van ergens boven me. De bibliotheek, besefte ik, het bijna uitbrullend.

Ik vloog naar de stoel aan de zijkant van de kamer en beukte ermee in op de deur. Dit deed ik enkele minuten, maar het was minder effectief dan mijn eigen schouder, en één stoelpoot brak in tweeën. Dus wierp ik mezelf opnieuw tegen de deur, me ervan bewust dat elke minuut die verstreek, er een was waarin Miss Wickes het geheime vak onder de derde bureaulade kon ontdekken.

Op die regenachtige middag in oktober, toen ik de post had afgehandeld – verheugd over de twee nieuwe aanvragen waarin Evies werk werd geprezen – fronste ik. Iets had mijn aandacht getrokken, een paar meter verderop onder de bank, waarop Evie en ik de vorige avond nog hadden gelegen. Het had verdraaid veel weg van nóg een envelop. Was er een van mijn stapel gevallen? Onmogelijk, tenzij deze pootjes had gekregen. Ik legde mijn briefopener neer en liep erheen om hem op te rapen.

Zodra ik de voorkant las – de afzender en de geadresseerde waren keurig handgeschreven, in blokletters – werden mijn handpalmen klam. De brief was gericht aan Vaudeline D'Allaire, en de afzender was niemand minder dan Evie Wickes. Hij was gefrankeerd, klaar om te posten. En de envelop was behoorlijk dik. Langs de randen stonden kleine tekeningetjes, mussen en vogeleieren.

Met gefronst voorhoofd keek ik nogmaals naar de bank. Gisteravond had Evie haar leren tas neergezet vlak bij de plek waar ik de brief had gevonden. Hij moest eruit zijn gegleden.

Ik knipperde een paar keer, mijn opties overwegend. Ik kon de ongeopende brief aan Evie teruggeven bij haar volgende bezoek. Of ik kon de brief zelf op de bus doen; ik moest vandaag toch wat Genootschapspost versturen.

Er was nog een derde optie.

Ik liep naar de deur van mijn werkkamer en vergrendelde hem. Daarna stak ik mijn briefopener in de envelop en scheurde hem open.

Ik haalde het epistel eruit, zes vellen in totaal, en begon te lezen.

Ik wist na het lezen van de eerste alinea al dat de inhoud uiterst onaangenaam zou zijn.

Als jouw oud-leerling vind ik dat ik onderstaande informatie met je moet delen. Ik ben in het bezit gekomen van informatie met betrekking tot het Londense Seancegenootschap, en ik heb vastgesteld dat sommige door de organisatie uitgevoerde spiritistische activiteiten allesbehalve legaal, geoorloofd of ethisch zijn. Minstens een van de mannen binnen het Genootschap is niets minder dan een verdorven toneelspeler en oplichter. Ik heb het jaar grotendeels besteed aan het maken van aantekeningen voor een lang, anoniem exposé dat dit wangedrag tot in detail zal onthullen, waar mogelijk inclusief namen, data en locaties.

Mijn twijfels over het Genootschap ontstonden ruim een jaar geleden, na de dood van mijn dierbare vriendin Eloise Heslop. Het

Genootschap voerde haar seance uit, en ik vond het verdacht weinig om het lijf hebben. Overigens had ik nog een paar vermoedens over hen. Ik nam me voor een keer of twee het Genootschapshoofdkantoor binnen te glippen en wellicht wat informatie bijeen te sprokkelen over hun ware activiteiten.

Waar ik niet op had gerekend, was dat ik zelf werd meegesleurd in deze activiteiten. Maar hoe meer ik te weten kwam over het interne functioneren, des te meer ik me realiseerde hoever de snode plannen gingen. Wat begon uit frustratie en verontwaardiging na Eloises seance, ontwikkelde zich al snel tot meer. Ik ben, kort gezegd, geschokt over wat ik heb ontdekt.

Ik bevind me in een unieke positie om zo'n exposé te schrijven, want ik heb (vermomd) diverse, door het Genootschap georganiseerde lezingen en seances bijgewoond. Daarnaast werd ik naar diverse waken en begrafenissen gestuurd, met de opdracht op rijke nabestaanden af te stappen en de reputatie van de organisatie op te hemelen. In werkelijkheid hemelde ik niets op, maar bleef ik voornamelijk zwijgend op de achtergrond, om mijn deelneming te betuigen. Vervolgens vervalste ik een paar brieven aan de vicevoorzitter van het Genootschap die me naar die bijeenkomsten had gestuurd, waarmee ik hem liet geloven dat de nabestaanden daadwerkelijk gebruik wilden maken van de diensten van het Genootschap.

Ik kan de schijn niet eeuwig ophouden. Ik ben van plan mijn exposé in het nieuwe jaar te versturen aan The Standard Post. *Het Genootschap heeft de kunst van spiritisme bezoedeld en naar de verdoemenis geholpen, maar dit is niet eens het ergste. Ze maken misbruik van kwetsbare mensen, met name vrouwen.*

Hierna somde ze meer dan twintig tactieken en technieken van het Genootschap op; dat alleen besloeg al meer dan de helft van de brief. De beschrijvingen waren gedetailleerd, uiterst nauwkeurig. Ik kende ze allemaal – ik was godbetert degene die ze met haar had gedeeld.

Onder het lezen werden de woorden op het vel voor me wazig, zo bevangen was ik van ongeloof, van angst. Ik dacht dat Evie hebzuchtig was, net als ik – dacht dat ze uit was op succes en fortuin, net als het Genootschap, en bereid was haar weg ernaartoe te plaveien met list en bedrog.

Maar dít? Dit betekende dat ze al die tijd komedie had gespeeld. Ik herinnerde me haar enthousiasme over het idee van de betaalde handlanger, en dat ze had gelachen toen ze besefte wat ik haar aanbood. Wat schaamde ik me nu. Ik had mijn eigen soort moeten herkennen. Het enige verschil tussen Evie en mij was dat zij, als vrouw, haar lemmet in mijn achilleshiel kon zetten: mijn wellust.

Mijn maag draaide om toen me iets anders te binnen schoot. 'Ik vind het wonderschoon,' had ze tegen me gezegd, in het begin, 'dat u in menig opzicht anders bent dan alle andere mannen.' Wat hoopgevend had ik dit gevonden, het idee dat niet elke vrouw in Londen mijn wijnvlek afstotelijk vond. Maar nu was ik ervan overtuigd dat het een leugen was. Een lokmiddel. Deze klap voor mijn zelfrespect – ik was zowaar gaan geloven dat ik begeerlijk was – was even erg als de brief zelf.

'Ik bevind me in een unieke positie om zo'n exposé te schrijven,' had ze neergepend. Een unieke positie, zeg dat – over een dubbelzinnigheid gesproken. Ik wierp een blik op de hoek van mijn bureau, waar Evie zo vaak had gezeten, kleding verfomfaaid opzij geschoven.

Ik las verder, en hoewel ik het niet voor mogelijk had gehouden, werd het nog erger.

Vanaf het begin van dit jaar volg ik onopvallend een van de leden, een afdelingsvoorzitter, Mr Morley.

'Mijn god,' foeterde ik bij de herinnering aan onze eerste ontmoeting, toen Evie verkleed als jongen de lezing over ectoplasma had bijgewoond. Die dag had ik al een vaag gevoel van herkenning, alsof ik haar misschien weleens in de stad had gezien. Ik had op dat instinct moeten vertrouwen.

Het is me opgevallen dat Mr Morley soms een bordeauxrode portfolio bij zich heeft. Het doet mij vermoeden dat deze portfolio weleens belastend bewijs tegen het Genootschap zou kunnen bevatten – bewijs van hun ernstigste vergrijpen, door hen zelf opgeschreven.

Toen ik dit las, stolde het bloed in mijn aderen.

De portfolio. Ze had hem gezien.

Ik ben van plan Mr Morley te blijven volgen om de portfolio te stelen. Zodra dat is gelukt, zal ik hem samen met mijn exposé indienen. Hoewel ik het anoniem zal doen, ben ik er zeker van dat hij zal weten dat ik de auteur ben. Als het exposé eenmaal is gepubliceerd, zal ik een poos moeten onderduiken – wellicht maanden. Misschien dat jij me kunt toelaten tot een tweede leergang, ditmaal in Parijs. Zou je dit in overweging willen nemen?

Tot slot: jouw snelle, onopvallende vertrek uit Londen heeft altijd vragen bij mij opgeroepen. Ik vraag me af of jij op eenzelfde spoor zat? Hoe dan ook hoop ik dat deze brief welkom nieuws voor je is. Een vorm van wraak op mannen die rouwenden manipuleren en uitbuiten. Tenslotte is wraak het grondbeginsel waarop jij je hele carrière hebt opgebouwd.

Ik zie je reactie graag tegemoet.

Met vriendelijke groet, je toegewijde vriendin en leerling,
Evie R. Wickes

Ik legde de brief neer, verkild. Daarna bekeek ik de aanvragen die ik daarnet zo verheugd had gelezen. Ze had ze vervalst. En nu ik ze beter bekeek, zag ik het: de schrijfwijze van beide brieven vertoonde overeenkomsten. Hetzelfde schuinschrift onder andere. Wat dom dat het me niet meteen was opgevallen.

Wat zou Evie nog meer uithalen? Ik achtte haar nu tot alles in staat.

Mijn kleren, nog vochtig van de oktoberbui, voelden ijskoud aan. 'Ik liet haar grasduinen in onze geheimen,' foeterde ik tegen mezelf, tot op het bot vernederd. Want hoe vaak ik me ook had uitgekleed bij de vrouw, plotseling voelde ik me naakter – kwetsbaarder – dan ooit.

Ik liep naar mijn bureau, hief mijn vuist op en haalde hard uit. De dreun weergalmde door de kamer, deed de dunne wanden trillen. De in een houten lijst aan de wand bevestigde Genootschapsmissie schoot los en kletterde tegen de vloer.

28

Lenna

Londen, zondag 16 februari 1873

Met de portfolio in de hand deed Lenna een paar stappen naar de olielamp, de stapel papieren en de laden die ze op de grond had gezet omzeilend. Ze hield de portfolio in het licht om hem beter te bekijken.

Er stond geen opschrift of merkteken op de buitenkant; hij was opvallend onopvallend. Op het schutblad stond een korte notitie: HLSG BIJZONDERE REGELINGEN.

Het was geen gedrukt boek, maar een verzameling krantenknipsels en overig drukwerk voorin, gevolgd door korte, handgeschreven aantekeningen achterin. Lenna begon met de knipsels: necrologieën en rouwadvertenties en, vreemd genoeg, een aantal berichten over huwelijken, erfenissen en eigendomsakten van rijke Londense families. In de necrologieën had iemand de namen van achtergebleven vrouwen en kinderen onderstreept. Eigenaardig, maar het sloot aan bij wat ze was gaan vermoeden over het Genootschap. Ze aasden op het geld van de rijken.

Toen ze verder bladerde naar de vellen perkamentpapier achterin, zag ze dat de bladzijden namen bevatten, elk met een korte tekst eronder.

Ze sloeg een willekeurige bladzijde op, een registratie van ruim een jaar geleden, en begon snel te lezen.

Mr J. Flanders, Berkeley Square, eenendertig jaar oud. Pas getrouwd met Henrietta, negenentwintig, enig kind en erfgename van Lord Stevens. Pand aan Berkeley een huwelijkscadeau van Lord Stevens, plus aanzienlijke jaarlijkse toelage toegekend aan Henrietta. Geen kinderen. Flanders verlaat de bank doorgaans laat op dinsdag, eet om acht uur in de bistro ten westen van Golden Square.

Lid/kandidaat-eedgenoot voor acquisitie: Mr Steele.

Geschatte jaarlijkse betaling aan Genootschap: £550.

Zaak beoordeeld & overeenkomsten getekend 4 september 1871.

Ze fronste bij de vreemde registratie, waarbij de focus duidelijk lag op de vrouw, Henrietta, en haar rijkdom. Wie had deze notitie gemaakt? En vanwaar de specifieke gegevens over Mr Flanders' routine?

Ze sloeg een paar bladzijden om om er nog een te lezen.

Sir Christopher Blackwell uit Lincolnshire, tegenwoordig woonachtig in Westminster.

Bij deze eerste regel stokte Lenna's adem. Iedereen in Londen was op de hoogte van Sir Christopher Blackwells dood eind februari vorig jaar. De kranten hadden er vol van gestaan, gezien zijn bekendheid. De politie had vastgesteld dat hij was doodgeslagen in zijn werkkamer. De dader was nooit opgepakt.

Ze las de rest van de handgeschreven notitie.

Blackwell brak onlangs een heup: komende tijd aan huis gebonden. Zit grotendeels in zijn werkkamer; rechtstreekse toegang aan noordzijde van huis.

Lid/kandidaat-eedgenoot voor acquisitie: Mr DeVille.
Geschatte jaarlijkse betaling aan Genootschap: £830.
Zaak beoordeeld & overeenkomsten getekend 18 februari 1872.

Lenna's huid begon te tintelen. Dit deugde van geen kanten. Een notitie over Blackwell – inclusief vermelding van zijn werkkamer en een manier om er binnen te komen – slechts dagen vóór hij dood werd aangetroffen in diezelfde kamer? Dat kon geen toeval zijn. Een ijskoude rilling liep over haar rug. Ze vermande zich en bladerde verder.

Mr Richard Clarence, afdelingskoetsier. Heeft meermaals gedreigd vertrouwelijke informatie die hij heeft opgedaan over het Genootschap naar buiten te brengen.
Lid/kandidaat-eedgenoot voor acquisitie: – –
Geschatte jaarlijkse betaling aan Genootschap: – –
Zaak beoordeeld & overeenkomsten getekend: beoordeeld 8 maart 1871, geen overeenkomsten.

'Mijn god,' fluisterde ze tegen zichzelf. Al deze registraties wezen op één afschuwelijke waarheid. Geen wonder dat deze foliant verstopt was onder een valse bodem van Mr Morleys bureaulade. Het was een dodenlijst.

Halsoverkop sloeg ze de laatste bladzijden van de portfolio op – de registraties uit oktober.

Ze was op zoek naar een andere naam. Geen graaf, geen erfgenaam, maar een veel belangrijker iemand. Iemand die het Genootschap had geïnfiltreerd, al een aantal geheimen had ontsluierd en het allergrootste op het spoor was.

Bladerend door de portfolio vond ze eindelijk de registraties uit oktober. Nu kon ze elk moment Evies naam ontdekken…

Maar toen fronste ze. September, oktober, zelfs tot in november. Evies naam was nergens te bekennen. Het kon niet kloppen. Wetende dat Evie in werkelijkheid tegen het Genootschap streed, had Mr Morley een uitstekend motief om haar te vermoorden. Om nog maar te zwijgen van het feit dat haar notitieboekje verstopt was in zijn bureau. Dus waarom had hij haar naam dan niet opgeschreven?

Ze had geen tijd om over de eventuele redenen na te denken. Diep inademend kwam ze overeind. Ze had het ware geheim van het Genootschap ontdekt. Deze portfolio vormde doorslaggevend bewijs tegen Mr Morley; geen wonder dat Evie hem in handen had willen krijgen. *De politie en de kranten zullen dit maar wat graag willen bekijken*, dacht ze. *Dat moet Evie ook hebben geweten.*

Ter plekke besloot ze de portfolio en Evies notitieboekje mee te grissen, ervandoor te gaan via de dienstingang en linea recta naar huis te gaan. De mogelijkheid bestond dat ze Mr Morley op weg naar buiten tegenkwam – als hij door de deur had weten te breken althans – en dus greep ze een briefopener die op het bureau lag. Ze was zo buiten zichzelf van woede en verdriet dat ze ervan overtuigd was de briefopener desnoods zo door zijn oog te kunnen steken.

En Vaudeline dan, was ze ongedeerd? In leven? In moeilijkheden? *Doet er niet toe*, dacht ze. *Ze heeft me bedrogen – en Evie ook.* Haar keel werd dichtgesnoerd, en ze besloot dat het haar niets kon schelen wat er vanavond met Vaudeline gebeurde. Ze kon doodvallen. Ze had zelf onderzoek moeten doen naar het Genootschap, niet een leerling moeten vragen om het vuile werk voor haar op te knappen.

Nog een keer keek ze naar de brief die Vaudeline aan Evie had geschreven. Daarin werd Eloise genoemd. Vreemd. Wat had Evie over haar aan Vaudeline geschreven? Misschien dat de mannen van het Genootschap een bespottelijke seance hadden uitgevoerd na Eloises dood, of misschien ging het over…

Ze hapte naar lucht. De dodenlijst. Wat als Evie dít had vermoed?

Vliegensvlug zocht ze de registraties op uit januari 1870, de maand waarin Eloise was overleden. Daar, onderaan de bladzijde, stond het:

Mr L. Heslop, grote financiële belangen in de spoorwegen en staalindustrie. Wandelt elke avond rond 19.30 uur langs zuidwestkant van Regent's Park; komt binnen via York Gate en loopt tegen de klok in langs vaarvijver.

Lid/kandidaat-eedgenoot voor acquisitie: Mr Cleland.

Geschatte jaarlijkse betaling aan Genootschap: £1.000.

Zaak beoordeeld & overeenkomsten getekend 12 januari 1870.

Ze kon het niet geloven. Verstikt door tranen kon ze het boek wel tegen de muur smijten. Mr Morley had Mr Heslop vermoord. En omdat Eloise haar vader onverwachts had vergezeld op zijn wandeling, was zij ook vermoord.

Jarenlang had Lenna – en Eloises familie en vrienden – geloofd dat Mr Heslop was overleden bij zijn poging zijn dochter te redden nadat ze in de vijver was gevallen. Wat hadden ze er allemaal faliekant naast gezeten.

Maar er was nog een raadsel dat moest worden opgelost. Deze registratie vermeldde Mr Cleland, de man met wie Mrs Heslop vervolgens was getrouwd. Hij stond bekend als iemand met fikse gokschulden, en hij werd hier genoemd als 'lid/kandidaat-eedgenoot', die het Genootschap elk jaar een enorme bijdrage verschuldigd was.

Dit kon maar één ding betekenen. Mr Cleland was een pion in een prijzige regeling. Door met een rijke weduwe te trouwen kon hij niet alleen zijn schulden aflossen, maar het Genootschap ook zo'n exorbitante jaarlijkse contributie betalen. Het Genootschap had de hele zaak bekokstoofd, zo leek het. En waarschijnlijk hadden ze het proces in gang gezet tijdens Mr Heslops seance. Niemand had erbij mogen zijn, behalve Mrs Heslop.

Dit nieuws was zo ontstellend dat ze blij was dat Eloise niet meer achter de smerige waarheid hoefde te komen.

Mr Morley was niet alleen een oplichter en manipulator. Hij was niet alleen een meester van de illusie, van de schijnvertoning. Hij deed veel meer dan misleidende seances organiseren door de hele stad waarbij hij zijn mannen met de vrouwen naar bed liet gaan.

Hij had een tweede geheim plan, nog veel erger: hij vermoordde rijke mannen, zorgde ervoor dat hun weduwen trouwden met een van zijn Genootschapsleden – 'eedgenoten' noemde hij hen – en streek een mooie jaarlijkse contributie op dankzij de regeling.

Een verdorven verdienmodel dat zijn weerga niet kende.

Alleen, hoe wist Mr Morley door middel van een seance deze weduwen zover te krijgen met een van de eedgenoten te hertrouwen? Dit begreep ze niet.

Ze had ook medelijden met Mr Richard Clarence, de koetsier die had gedreigd Genootschapsgeheimen te onthullen. Kennelijk deinsde Mr Morley er niet voor terug zijn eigen mensen te vermoorden – iedereen die dreigde vertrouwelijke informatie naar buiten te brengen. Bennett had gezegd dat hij vorig jaar was aangenomen, dus dat moest vlak na Mr Clarence' dood zijn geweest. Mr Morley had een vacature geplaatst voor een dove koetsier, zogenaamd omdat het Genootschap banden had met een liefdadigheidsinstelling voor doven, maar hier geloofde ze niets meer van. Mr Morley had een koetsier nodig die geen gevaar vormde voor zijn geheimen.

Evie, Eloise. Mr Morley had Lenna alles afgenomen wat haar dierbaar was. Ze greep de briefopener steviger beet.

Het was tijd om te gaan, maar ze had net iets gehoord. Een bons.

Ze verstijfde, mond kurkdroog. Nog een bons, gevolgd door een schreeuw. Ze schrok zo van de abrupte verbreking van de stilte dat de portfolio uit haar hand glipte.

Iemand was zojuist binnengekomen door de bibliotheekdeur, de deur die ze had opengebroken. Iemand was stommelend zijn weg aan het zoeken, naar haar, en wel nu.

Paniekerig keek ze om zich heen – geen raam hier, geen uitweg behalve naar de bibliotheek – en toen viel haar blik op de portfolio op de vloer. Die was opengevallen bij de recentste pagina.

Die had ze nog niet gezien, maar er stond een naam die ze herkende, haastig genoteerd. Of eigenlijk twee namen: *Vaudeline D'Allaire en agent Beck.*

En eronder: *Loc: Volckman-seance.*

Haar adem stokte.

Was dit waarom Mr Morley Vaudeline had teruggeroepen naar Londen? Niet omdat hij haar hulp nodig had bij het oplossen van de moord op Volckman, maar omdat hij van plan was haar te vermoorden? Tenslotte was ze een los eindje. Ze was op de hoogte van de geruchten en had met Evie gecorrespondeerd over zaken, wat Mr Morley had ontdekt.

En agent Beck – hij leek ineens niets meer dan een van Mr Morleys pionnen. Vaudelines instemming om terug te keren naar Londen was grotendeels te danken aan de bescherming die hij haar kon bieden. Hij was als middel ingezet door Mr Morley om Vaudeline terug naar de stad te krijgen.

De lucht ontsnapte uit Lenna's longen toen ze alles wat ze zojuist had ontdekt even op zich liet inwerken.

Tot ze zag wat er naast deze notitie was geschreven. In de rechterkantlijn, de inkt nauwelijks droog, stonden drie woorden: *en Lenna Wickes.*

Mr Morley moest deze aantekening pas in de afgelopen twee dagen hebben gemaakt. Ze was immers een onverwachte reisgenoot. Hij had niet geweten dat hij met haar zou moeten afrekenen, niet totdat ze met Vaudeline in de haven was aangekomen. Onbewust had Lenna haar eigen leven op het spel gezet. Ze had afscheid moeten nemen van Vaudeline zodra ze in Londen waren gearriveerd.

Maar dat had ze niet gedaan. Ze was verstrikt geraakt in deze ellende, in Mr Morleys snode plannen.

En nu was hij van plan haar te vermoorden – hen alle drie – tijdens de seance van vanavond.

29

Lenna

Londen, zondag 16 februari 1873

Het duurde even voor Lenna besefte dat de muffe, zilte lucht in Mr Morleys werkkamer de geur van haar eigen zweet was.

Als Mr Morley haar en Vaudeline dood wilde, kon dat alleen maar doordat ze te dicht bij de waarheid waren gekomen over Mr Volckman. Of Evie. Of allebei. Hij wilde korte metten maken met alles wat ze tot dusver te weten waren gekomen of nog te weten zouden komen tijdens de seance.

Ze zou meer tijd hebben besteed aan het doornemen van de pagina's als er geen naderende voetstappen in de bibliotheek hadden geklonken. Het kon alleen Mr Morley of Vaudeline zijn.

Vaudeline. De vrouw voor wie Lenna in de afgelopen dagen was gevallen. Toch had Vaudeline al die tijd cruciale informatie achtergehouden over Evie en het Genootschap. Ze was geen vriendin meer. En hoewel haar naam ook werd vermeld in de portfolio, liet het Lenna koud. *Laat haar maar boeten in handen van deze mannen,* dacht ze. *Maar ik niet. Ik ga eruit komen, hoe dan ook.*

Ze bukte vlug om de portfolio dicht te slaan. Als Mr Morley erachter kwam wat ze had ontdekt, zou hij haar hier niet levend weg laten komen. Ze schopte het boek opzij, naar het bureau, alsof ze het niet had gelezen. Ze hield de briefopener stevig vast, afwachtend.

De deur van de werkkamer vloog open en daar was het gewonde gezicht van Mr Morley. Hij was alleen, zijn lichaam voorovergebogen alsof hij op het punt stond in elkaar te zakken. Lenna slaakte een gil. Hij leek halfdood, zijn gezicht was een bloederige smurrie, opgedroogd bloed op de kraag van zijn overhemd. Er hing een stank om hem heen, weeïg en penetrant als urine. Zijn linkerwang was opgezwollen tot twee keer de normale omvang, waardoor zijn oog halfdicht zat en traande. Desondanks liet zijn uitdrukking niets te raden over. Het oog dat nog wel open was, schoot vuur, vervuld van haat.

Had Evie deze blik meegemaakt? Had ze die ook gezien in haar laatste ogenblikken?

Met een grote pas deed Mr Morley een uitval naar haar, maar net toen Lenna afwerend de briefopener ophief, bleef hij plotseling staan. Zijn blik was op de vloer gericht, de chaos van papieren en boeken. 'Wat is hier verdomme...' stamelde hij verbouwereerd. Hij speurde de bende af – was hij op zoek naar de portfolio? – en toen viel zijn blik erop, bij het bureau. Meteen beende hij de kamer door om de dodenlijst op te rapen.

Hij hield hem op. 'Heb je hierin gekeken?'

Ze klemde de briefopener zo hard vast dat de spieren in haar hand verkrampten. 'Nee,' loog ze. 'Ik heb vrijwel niets bekeken nadat ik dit vond.' Ze wees naar Evies notitieboekje op het bureau. 'U loog tegen me in de bus vanmiddag. Hoe komt u aan het notitieboekje van mijn zus?'

Hij kreeg geen kans te antwoorden, want achter hem kwam Vaudeline met een hoop kabaal de kamer binnenstrompelen, nog steeds in haar onderjurk, die nu bebloed en gescheurd was. Ze bleef naast Mr Morley staan, haar gezicht betraand, vegen opgedroogd bloed op haar bleke armen. Was het haar of zijn bloed? Het had Lenna niets meer uit moeten maken, maar toch nam ze Vaudeline vlug op. Er leek niets gebroken, geen ernstige verwondingen.

'Wat doe je hier?' riep Vaudeline uit. Pas toen drong tot Lenna door hoe onverwacht deze ontdekking voor Vaudeline moest zijn. Eerder had Lenna haar beloofd dat ze zich in veiligheid zou brengen zodra ze uit de opslagruimte was ontsnapt. In plaats daarvan was ze naar Bennetts woning boven de stallen gegaan, en vervolgens terug naar het gebouw om in te breken in de werkkamer.

'Dat zou ik ook weleens willen weten,' zei Mr Morley, die wankel dichterbij kwam. Het leek of hij op het punt stond flauw te vallen, en een paar zweetdruppels rolden over zijn wang.

'Ik heb het gevonden,' zei Lenna nogmaals. 'Evies notitieboekje, vol details over de oplichterspraktijken van het Genootschap. Ik weet ook van het exposé dat ze wilde indienen.' Haar borst ging op en neer bij haar gejaagde ademhaling. 'Vaudelines brief, die heb ik ook gezien.' Ze draaide haar hoofd iets om Vaudeline recht in de ogen te kijken. 'Jij bent net zo'n grote leugenaar als al die lui.'

De ontzetting en de verwarring op Vaudelines gezicht waren zo totaal, zo volmaakt dat Lenna er bijna voor had geapplaudisseerd. *Een steractrice*, dacht ze.

'Een léúgenaar?' bracht Vaudeline verstikt uit.

Voor ze kon reageren, rukte Mr Morley in een onverhoedse beweging de briefopener uit haar hand. De pijn was ogenblikkelijk voelbaar. Ze slaakte een kreet en keek naar haar hand, om te ontdekken dat het geribbelde handvat de tere huid van haar palm had opengereten.

Mr Morley gooide de briefopener door de kamer. Hij viel op de grond, buiten bereik. 'Jouw zus was een rat,' siste hij, loerend naar de prullenbak alsof hij moest overgeven. 'Je was natuurlijk al op de hoogte van het exposé. Dat moet ze je verteld hebben. Ze vertelde je alles.'

Dit had hij mis, maar dat hield ze voor zich.

Vaudeline stapte op Lenna af en greep haar hand om de wond dicht te drukken. Lenna kromp ineen van het prikken van zoutachtige huid op de jaap.

'We moeten dit verbinden,' zei Vaudeline. 'Het bloed gutst eruit.' Ze keek naar Mr Morley, met een blik op de pochet die uit zijn zak stak. Zonder te vragen trok ze hem eruit en wikkelde hem om Lenna's hand. Daarbij ging ze bepaald niet voorzichtig of zachtzinnig te werk; ze trok de stof strak aan, zonder die ook maar een millimeter losser te maken toen Lenna's gezicht vertrok van pijn.

Lenna kon het niet uitstaan hoe prettig ze het vond, dat iets in haar onderbuik opvlamde bij de ruwe zorgzaamheid. Ze durfde het aan naar Vaudeline te kijken, de holte bij haar sleutelbeen en haar liplijn te bewonderen, alle kleine details die ze beter wilde leren kennen en wat er nu nooit meer van zou komen. Op dat moment voelde ze zich zo verscheurd. Ze verafschuwde deze vrouw evenzeer als ze naar haar dorstte, het zoetste gif.

'Ziezo,' zei Vaudeline uiteindelijk, nadat ze er een knoop in had gelegd. Door haar wimpers keek ze op naar Lenna, alsof ze zwijgend iets probeerde duidelijk te maken.

Lenna keek weg. Ze kon deze vrouw niet meer vertrouwen, kon haar niet lang in de ogen kijken, die diepe poelen waarin iets warms tussen hen was opgebloeid in de afgelopen weken.

Althans, dat had ze geloofd.

Opeens had ze zin om te gillen. Ze had zin om Vaudeline bij haar bleke, smalle schouders door elkaar te schudden, met haar handen door die aanstellerige krullen te rauzen. Die charlatan! Een verleidster, een flirt was ze, zonder grenzen of normen en waarden.

Ze draaide zich om naar het bureau om Evies notitieboekje te pakken. Daaruit haalde ze de brief die Vaudeline aan Evie had geschreven. Ze vouwde de brief open, klaar om haar beschuldigingen naar het hoofd te slingeren, toen Mr Morley naar voren stapte en hem uit haar hand griste. Hij propte hem in zijn zak.

De onverwachte uitval overrompelde Lenna. Ze verstijfde. Het was belastend, besefte ze. De brief en Evies notitieboekje hoorden helemaal niet in zijn bezit te zijn. 'Nam u haar spullen weg voor- of nadat u haar vermoordde?'

Hij gniffelde. Zijn neus was gestopt met bloeden. 'Jij denkt dat je precies weet hoe het zit, hè?' Na een blik op zijn horloge gebaarde hij naar de deur. 'We zijn te laat,' zei hij. 'Beck zal al staan te wachten.'

Hij had het natuurlijk over de seance. Het bloed stolde in Lenna's aderen.

Mr Morley liep door de kamer naar de bank. Hij bukte om de onderkant af te tasten, en haalde er vervolgens een kleine revolver onder vandaan. Daar zwaaide hij even mee, om hem aan de vrouwen te laten zien, waarna hij hem in de binnenzak van zijn jas stak.

Zo wil hij ons dus vermoorden, dacht Lenna.

Hij begaf zich naar de deur. Onderweg plukte hij een canvas tas van een muur, waar hij de portfolio in stopte. Daarna griste hij Evies notitieboekje van het bureau. Dat stopte hij samen met Vaudelines brief in de tas, slingerde hem over zijn schouder en gebaarde dat de vrouwen mee moesten komen.

Vaudeline had nog steeds geen idee wat hun te wachten stond – dat Mr Morley van plan was hen allebei uit de annalen te schrappen, hen uit de weg te ruimen voordat ze nog meer schade konden aanrichten. Dit kon Lenna haar niet vertellen, niet in het bijzijn van Mr Morley.

Maar al kon ze het wel, zou ze het dan ook doen?

Zou ze proberen deze vrouw die haar had voorgelogen te redden?

30

Mr Morley

Londen, zondag 16 februari 1873

Ik griste een reservebroek mee uit mijn werkkamer en volgde de vrouwen naar beneden. Eerst togen we naar de toiletten, waar ik me omkleedde en koud water in mijn gezicht plensde om er zoveel mogelijk opgedroogd bloed af te vegen. Vaudeline deed hetzelfde, maar ze droeg nog steeds haar bebloede onderjurk, dus gingen we terug naar de opslagruimte, waar ik buiten wachtte – revolver in de hand – met Miss Wickes terwijl Vaudeline iets fatsoenlijks aantrok.

Daar nam ik de versplinterde deur eens op, die ik nog maar enkele minuten daarvoor had opengebroken. Het had beslist meer moeite gekost dan ik had verwacht. Ik had tegen het hout getrapt tot er, eindelijk, een stuk versplinterde. Met mijn handen brak ik het zo ver mogelijk weg, tot er een gat ontstond groot genoeg om de boekenkast opzij te schuiven.

Weg was ik, zonder ook maar een blik te werpen op Vaudeline. Instinctief wist ik dat ze achter me aan zou komen. Ze zou Miss Wickes willen beschermen, haar op alle mogelijke manieren willen helpen. Al die blikken die ze hadden gewisseld – het onstilbare verlangen tussen hen droop ervan af. Ik wist dat waar Miss Wickes ook naartoe ging, Vaudeline er niet ver achter zou zitten.

Op de eerste verdieping stond de bibliotheekdeur open, het glazen paneel verbrijzeld. Achter de boekenrekken zag ik een zwak schijnsel aan de achterkant van de bibliotheek. Mijn werkkamer! Vloekend stormde ik erheen, me vaag bewust van Vaudelines voetstappen vlak achter me. Ik haalde een hand over mijn oog, waarbij mijn palm besmeurd raakte met een kleverige afscheiding. Te vroeg om pus te zijn, te dik om tranen te zijn.

Ik stapte mijn werkkamer binnen, gehuld in een gouden gloed dankzij de olielamp op mijn bureau, die Miss Wickes moest hebben aangestoken. Op slag werd mijn grootste angst werkelijkheid, want op de vloer lagen papieren en kapotte ladeonderdelen kriskras door elkaar.

Met een briefopener als zelfbescherming in de hand begon Lenna onmiddellijk beschuldigingen te spuien: de listen, het notitieboekje. Maar toen, tot mijn stomme verbazing, viel ze uit tegen Vaudeline en zei ze iets over de brief, die met Vaudelines handtekening eronder. 'Jij bent net zo'n grote leugenaar als al die lui,' verweet Lenna haar.

Daarop rukte ik ogenblikkelijk de briefopener uit Lenna's hand.

Alles om het moment af te kappen, om deze discussie een andere wending te geven.

In oktober, na de vondst van Evies vermaledijde brief aan Vaudeline, verliet ik mijn werkkamer, verbijsterd over wat ik had ontdekt.

Met lange, trage passen liep ik door de gangen naar de hal beneden. Daarbij kwam ik langs een paar vergaderzalen, en ik hoorde dat mijn naam een keer of twee werd geroepen. Ik negeerde het, niet geïnteresseerd in een gesprek. Ik had iets te doen – iets dringends, geknipt voor een vicevoorzitter die het niet altijd zo nauw nam.

In de hal meldde ik me af in het logboek, en ik nam een ogenblik om de krabbels en cijfers te bestuderen op de pagina voor de mijne. Ik meende de pagina's een paar minuten in me op te moeten nemen om de handschriften uit elkaar te halen. Misschien zelfs een paar rijen tekst te oefenen.

Ik ging via de hoofdingang naar buiten, van plan om naar de achterkant te lopen, op zoek naar Bennett. Maar toen ik over het trottoir liep, hoorde ik haastige voetstappen achter me en ik draaide me om.

'Mr Morley,' fluisterde Evie buiten adem toen ze naast me stopte.

Was ik verbaasd? Verre van. Ik had zoiets al verwacht. Hoeveel uur had ze hier buiten op me staan wachten?

We stonden op straat voor het oog van de wereld, zij in haar gebruikelijke vermomming. Toch oogde ze vandaag heel anders. Haar blauwe ogen stonden angstig, haar porseleinachtige voorhoofd bezorgd gerimpeld. Ik wist precies wat hier aan de hand was.

'Evie,' zei ik met een brede glimlach. 'Wat is er? Je kijkt buitengewoon ongerust.'

'Er is ie-iets...' stamelde ze, en ze propte haar handen in haar zakken. 'Ik heb binnen iets laten vallen. Ik weet niet precies waar het eruit is gevallen.' Ze wierp een bezorgde blik op het gebouw.

Ik hield mijn hoofd schuin, alsof ik tegen een beteuterd kind sprak. 'De brief?'

Ze verstrakte. 'Ja. Een brief, klaar om te posten. Hebt u hem gevonden?'

'Jazeker. Ik heb hem net op de bus gedaan, tezamen met een stapeltje zakelijke post.' Ik boog achterover om me uit te rekken en voelde mijn wervels zachtjes knakken.

Op slag trokken de rimpels uit haar voorhoofd. 'O,' zei ze met een knikje. 'Goed dan. Bedankt.'

Ik was niet klaar met haar, nog niet. 'Ik zag dat de brief geadresseerd was aan Miss D'Allaire. Neem me niet kwalijk, maar ik kan mijn nieuwsgierigheid niet bedwingen. Schrijven jij en Vaudeline elkaar regelmatig? Ik weet dat je al lang idolaat bent van haar, maar misschien realiseerde ik me niet in welke mate...'

Evie stootte een nerveus lachje uit en keek naar haar schoenen. 'Niet echt, nee, maar omdat mijn opleiding bij haar een poos geleden is, vond ik het tijd om haar een update van mijn vorderingen te geven.'

'Een behoorlijke update dan, te oordelen naar het gewicht van de brief.'

Ze trok aan de zoom van haar mouw. 'Ja, best wel.'

We keken elkaar strak aan, en het ontging me niet: dit was de eerste keer dat ik echt naar Evie Rebecca Wickes had gekeken. De eerste keer dat ik had gezien wie ze werkelijk was. Een rát.

Wat van de afgelopen maanden was echt geweest, en wat illusie? Heel even overwoog ik haar mee naar binnen te vragen, maar toen ik haar tengere, jongensachtige figuurtje opnam, ontdekte ik dat ik het verlangen nauwelijks kon oproepen. Ik voelde geen enkele prikkeling.

Wonderlijk hoe snel de waarheid hartstocht kon doven.

'Wel, nog een fijne dag gewenst,' zei ik uiteindelijk.

Evie bleef even stil – was ze verbaasd dat ik haar niet binnen had gevraagd? – en daarna wenste ze mij hetzelfde voordat ze wegliep in de richting waaruit ze was gekomen.

Zodra ze weg was, legde ik een hand op mijn borst. Ik drukte zachtjes op de dikke brief in mijn jas, grijnzend bij het geritsel van papier.

Evies belastende epistel zou nooit op de post gaan.

Het zou nooit het Kanaal oversteken.

Daar zou ze snel genoeg achter komen.

31

Lenna

Londen, zondag 16 februari 1873

Wat moesten ze eruit hebben gezien, toen ze in de Genootschapsbus stapten! Mr Morley met een bont en blauw, opgezwollen gezicht. Lenna met een witte zakdoek strak om haar rechterhand gewikkeld. Vaudeline zeulend met haar koffer vol seanceboeken en outils, een dunne veeg opgedroogd bloed langs haar haarlijn. Die moest ze hebben gemist toen ze zich hadden gefatsoeneerd in de toiletten.

Bennett zat voorop, teugels in de hand. De lei was vanavond niet nodig, want de bestemming was bekend. Toen Lenna zich in het rijtuig installeerde, haar kleine tas met persoonlijke bezittingen naast zich, draaide Bennett zijn hoofd om haar een bedenkelijke, angstige blik toe te werpen. Die bleef rusten op haar verbonden hand; zijn lippen gingen uiteen, alsof hij heel graag iets wilde zeggen.

Ze reden noordwaarts en daarna westwaarts, naar Grosvenor Square, tot ze bij een smalle straat met bakstenen huizen kwamen. Diverse malen wierp Lenna een schuine blik op Mr Morley, zinnend op een manier om hem te lijf te gaan, het wapen uit zijn zak te trekken. Maar hij hield zijn armen stevig over elkaar geslagen, en trouwens, wat moest ze met het wapen als ze het eenmaal in handen had? Ze kon niet schieten – had überhaupt nog nooit een wapen aangeraakt – en door het ding weg te gooien zou ze maar een paar seconden tijd winnen. Zelfs als ze enkele meters bij Mr Morley vandaan wist te komen, zou hij het oprapen, en een kogel kon zo'n afstand in een oogwenk afleggen.

Uiteindelijk liet Bennett de paarden halt houden, en door het raam zag Lenna een man op het geplaveide voetpad staan. Agent Beck.

Vaudeline boog opzij. 'Je hoort hier helemaal niet te zijn,' zei ze stijfjes. 'Maar aangezien je je niet houdt aan ons afgesproken plan, wil je misschien wel weten dat de kelder waar we naartoe gaan achter dat voetpad ligt, een trapje af.'

Lenna gunde haar niet eens de beleefdheid van een knikje, hoewel ze in haar hart blij was met de uitleg. Ze was straal vergeten dat Vaudeline hier naar een paar feesten was geweest.

Mr Morley haalde een lantaarn en een doosje lucifers onder een van de rijtuigbanken vandaan. Met de aangestoken lantaarn liep het groepje naar agent Beck, hoofden gebogen tegen de kou. Ze liepen het pad af tot ze bij het trapje kwamen waar Vaudeline het over had gehad. Naast het trapje liep een hellingbaan, die moest dienen om vaten in en uit de kelder te rollen.

'Mijn god,' zei agent Beck, wiens ogen langs hen drieën schoten. Hij nam Mr Morleys gehavende voorhoofd op, zijn opgezwollen oog. 'Je gezicht. Wat is er in vredesnaam gebeurd?'

'Ik zou jou hetzelfde kunnen vragen,' snauwde Mr Morley terug, wijzend naar het onmiskenbare litteken op Becks kin.

Agent Beck proestte. 'Ik wilde dat ik een beter verhaal had. Van een pony gevallen op mijn zestiende.'

Lenna was ervan uitgegaan dat zijn litteken een onguurdere oorzaak had. Mr Morley blijkbaar ook, want hij praatte er snel overheen. 'Ik moest ingrijpen in een... situatie,' zei Mr Morley. 'Rondom deze twee, alsof het niet duidelijk genoeg is.'

'Verklaart dat waarom je je revolver bij je hebt?' vroeg Beck, knikkend naar het wapen dat uitpuilde in Mr Morleys jas.

'Beslist een betere reden dan jij hebt.'

'Je kent mijn bedenkingen over vanavond.'

De vijandigheid tussen de mannen was voelbaar, maar het wapen op agent Becks heup bood Lenna toch enige geruststelling. Hoewel hij lid was van het immorele Genootschap, was hij eerder een bondgenoot dan Mr Morley. Zijn naam stond op de dodenlijst samen met de hare, en dit plaatste hen aan dezelfde kant.

Mr Morley draaide een houten buitendeur van het slot en ging hun voor naar binnen. Daar liep hij de kelder rond om de kaarshouders aan te steken die om de paar meter aan de stenen muren waren bevestigd. Vervolgens ging hij naar de haard, maar Vaudeline raadde hem af die aan te steken; ze zou hem straks toch met zwarte stof afdekken.

Nu de ruimte verlicht was, zette Lenna grote ogen op. Het had meer weg van een crypte dan elke andere ruimte waar ze ooit was geweest. Het gewelfde stenen plafond zorgde voor een claustrofobisch gevoel, doodskistachtig. De andere kant van de ruimte lag in de schaduw, en ze stelde zich gangen voor die dieper de kelder in liepen. Ondanks de sinistere sfeer had de ruimte toch ook iets sensueels. De kaarsen verzachtten het geheel met een goudgele gloed, en de lucht was vochtig – als de adem van iemand die vlakbij stond te hijgen.

Ze schatte dat er zo'n vijftig vaten in de kelder stonden. Op planken stonden donkere glazen flessen – gin, whisky, wijn. Uit een aantal etiketten bleek dat deze afkomstig waren van exotische, verafgelegen plaatsen zoals Spanish Town en Siam. Ongetwijfeld flink aan de prijs.

Toen ze de ruimte verder in liep, kreeg ze een beklemmend gevoel op haar borst. Een heldere kobaltblauwe aura flitste op in haar linkeroog. Inmiddels was het bijna vertrouwd geworden, die vreemde verschijnselen in haar zicht, gepaard met tintelende vingertoppen en een wee gevoel in haar maag. Bij een van de muren gekomen legde ze een hand tegen de koude steen. *Het is de wetenschap wat Mr Morley van plan is,* dacht ze. *Het is de wetenschap dat ik er alleen voor sta. Het is mijn eigen verantwoordelijkheid om mezelf te redden.*

Ze liet dit besef indalen, schudde toen haar hoofd.

Nee, er was nog iets. Iets... eigenaardigs.

De blauwe aura flikkerde en wervelde in haar blikveld. Ze dacht terug aan de vorige keren dat ze dit had meegemaakt: de ochtend van Evies dood, tijdens de seance in het chateau, en, de laatste keer, na het lezen van Bennetts briefje over Mr Morley. Ze had het altijd geweten aan zenuwen, maar nu was ze er niet zo zeker meer van. Ze herinnerde zich Vaudelines opmerking over haar natuurlijke aanleg voor het mediumschap, zelfs haar vraag op de avond van de chateauseance: 'Voelde je iets vreemds vannacht toen je de spreuken oplas?'

Lenna had gelogen en nee gezegd.

Nu vroeg ze zich af of er iets anders aan de hand was. Misschien had dit minder te maken met zenuwen en meer met intuïtie. Een diepgeworteld – zij het ongegrond – besef dat iets ingrijpends op het punt stond te gebeuren.

'Hierheen,' zei Mr Morley, gebarend dat het groepje hem moest volgen. Ze liepen onder een lage doorgang door. Hier rook het naar schimmel en afval. Achter een rij vaten stond een ronde houten tafel met meerdere kaarsen erop. 'Zal ik deze aansteken, Miss D'Allaire?'

'Nee,' fluisterde ze. 'Ik gebruik mijn eigen kaarsen.' Ze liep naar de seancetafel en zette haar tas op de stenen vloer. Daarbij klonk de bons echter hol, alsof ze hem op hout had neergezet, niet op steen. Fronsend tikte Vaudeline met haar voet op de vloer. 'Is er nog een andere ruimte onder ons, Mr Morley?' vroeg ze.

Bedachtzaam nam hij haar op. 'Jazeker. Er is nog een kelder waar ik de vermout opsla. Het is er een paar graden koeler; de sterkedrank rijpt beter daar beneden. Het is tevens waar ik... Wel, het is waar ik Mr Volckmans lichaam aantrof.'

Vaudeline fronste. 'Waarom doen we zijn seance dan niet daar beneden?'

'Er is amper ruimte voor ons vieren om te staan, laat staan om er een tafel en stoelen neer te zetten. Maar zoals u al opmerkte, bevindt die kelder zich recht onder ons.'

Vaudeline knikte, hiermee genoegen nemend. Daarna haalde ze een paar voorwerpen uit haar tas. Tegelijkertijd boog ze opzij, bracht haar lippen vlak bij Lenna's oor. 'Waarom noemde je me een leugenaar?' siste ze.

Niet eerder had Lenna zo'n kilheid in haar stem gehoord. Misschien was Vaudeline kwaad dat ze was ontmaskerd, of misschien had het iets te maken met Lenna's gewijzigde plannen. Na Mr Morley met de kandelaar te hebben geslagen had ze moeten vluchten. Vaudeline wist dat deze seance gevaarlijk zou zijn en had haar willen beschermen. Maar Lenna was niet ontsnapt. In plaats daarvan was ze dieper doorgedrongen in de bol van geheimen staande buik van het Genootschap. Misschien was Vaudeline bang dat ze verantwoordelijk zou zijn voor de dood van een derde persoon.

'Het exposé was jouw idee, of niet soms?' fluisterde Lenna terug, vol afschuw. 'Ik zag de brief. Jij droeg Evie op hierheen te gaan. Jij hebt haar dood op je geweten.' Ze ademde beverig uit, wetende dat ze nooit kon terugnemen wat ze nu ging zeggen. 'Ik haat je erom en ik vergeef het je nooit.' Ze knipperde haar tranen weg, want ze had nergens spijt van.

'Ik heb je zus nooit geschreven,' siste Vaudeline, een harde trek om haar mond.

Lenna kneep haar ogen samen. Ze loog. Vaudeline zou het nooit toegeven; deze vrouw gedijde op leugens en bedrog, geen haar beter dan de mannen.

Mr Morley liep vlak langs hen en de vrouwen braken hun gesprek af. Hij stapte op de rij vaten af, waar hij wat rondscharrelde om dingen te inspecteren. Al die tijd hield Lenna hem nauwlettend in de gaten, benieuwd of – en wanneer – hij in zijn zak zou graaien. Ook agent Beck leek hem met argusogen te bekijken, hoewel Lenna niet begreep waarom hij zijn collega-Genootschapslid zo wantrouwde.

Vaudeline begon diverse spullen uit te stallen die ze had ingepakt voordat ze het Genootschap verlieten: haar spreukenboek, de cederhouten doos met gebruikelijke outils – kaarsen, edelstenen, veren, zwarte linten – plus een stel pennen, een dagboek en een inktpotje. Vluchtig vroeg Lenna zich af of Vaudeline een van de pennen uit de tas had gebruikt om haar brief aan Evie te schrijven.

'Waar zullen we gaan zitten?' vroeg ze Vaudeline, niet in staat haar recht aan te kijken.

Vaudeline keek naar de tafel, maar Mr Morley kwam tussenbeide voordat ze antwoord kon geven. 'Ik denk dat jullie tweeën hier moeten zitten,' zei hij, gebarend naar de stoelen het dichtst bij de rij vaten.

'Zoals u wilt,' reageerde Vaudeline.

Lenna nam plaats, waarna ze haar notitieboekje uit haar tas haalde en een blanco pagina opsloeg. Ze onderdrukte de neiging om een vlijmscherp briefje aan Vaudeline te schrijven en het haar toe te schuiven: *Je wist van meet af aan waar Evie op uit was. Je bent net zo'n zwendelaar als zij zijn. Welke leugens heb je nog meer voor me achtergehouden?*

Niet alleen Lenna's hart brandde van deze vragen, ook haar onderbuik, de plek in haar lichaam die begeerte en verlangen voedde.

Kwelt de herinnering aan mijn vingers op jouw litteken jou evenzeer als mij? Was elke blik, elke aanraking van jou een leugen? Vond je het leuk om mij in de maling te nemen?

Maar dit schreef ze allemaal niet. In plaats daarvan schudde ze haar hoofd en ze knipperde het vuur in haar ogen weg.

Vaudeline liep naar de haard en drapeerde er een zwarte lap stof overheen. Daarna legde ze een andere lap stof over de tafel. Nadat ze die had gladgestreken, stak ze drie kaarsen aan en plaatste ze op gelijke afstand tussen de zitters.

Iedereen nam plaats aan tafel.

De kaars voor Lenna flakkerde. Van haar gejaagde ademhaling waarschijnlijk. Ze klemde haar handen ineen, met een vluchtige gedachte aan de laatste keer dat ze dit scenario had meegemaakt – het chateau in Parijs.

Die nacht was in meerdere opzichten een teleurstelling geweest, maar toen had tenminste niemand haar dood gewild. Ze keek over de tafel naar Mr Morley en hield zijn blik vast, zich intussen afvragend wanneer hij naar de revolver in zijn jas zou grijpen – en of ze snel genoeg zou zijn om hem uit zijn hand te slaan.

Vaudeline ademde diep in.

De seance was begonnen.

32

MR MORLEY

Londen, maandag 17 februari 1873

Mijn opstelling was perfect: het vat, de lont, de tafel, de stoelen waarop de vrouwen nu zaten. Het tegen mijn borst gedrukte wapen was er alleen voor de show, om de vrouwen in het gareel te houden.

De gepensioneerde brandweerman in Fleet Street had me de lont verkocht – een stuk touw van cipressenschors en vlas, gedrenkt in een salpeteroplossing – die brandde met de snelheid van een meter per drie uur. Zorgvuldig had hij de exacte lengte afgemeten en afgesneden die ik nodig had. Ik vertrouwde op zijn deskundige advies. Hij mocht dan corrupt en reumatisch zijn geworden op zijn oude dag, maar hij had eerder voor het Genootschap gewerkt en zich bekwaam en betrouwbaar betoond.

'Vijfendertig minuten, geen minuut langer,' had hij gewaarschuwd bij overhandiging van het touw. Toen: 'Wat staat er aan het eind van de lont?'

'Een vat buskruit,' zei ik.

Hij floot zacht. 'Iedereen in de directe omgeving zal zwaargewond raken.'

'Ja,' reageerde ik. Dat was ook mijn bedoeling.

Ik had de lont snel en onopvallend aangestoken toen het groepje de kelder binnenkwam, waarbij ik de tijd had vastgesteld op een minuut na middernacht. Dit betekende dat tegen de tijd dat we om de tafel zaten, het vat – op minder dan een meter van de vrouwen – over achtentwintig minuten zou exploderen. Minder nog.

Over een minuut of twintig zou ik een excuus verzinnen om naar buiten te gaan, keldersleutel in de hand.

Stenen muren dicht rondom houten vaten whisky, gin en wijn: de vuurzee zou ongekend zijn. Ik wenste bijna dat ik erbij kon zijn om het met eigen ogen te zien, om te genieten van de eenklapsoplossing van alle sores. Opdat de geheimen in vlammen opgingen, en de bemoeiallen erbij, met name Vaudeline, de ergste van allemaal.

Ze was aldoor al een los eindje.

Ik had geluk dat haar seances vaak misliepen. De kranten hadden veelvuldig bericht over het chaotische verloop van Vaudelines bijeenkomsten, en dit zou slechts de zoveelste seance zijn die verkeerd uitpakte. Een spontane brand, één fortuinlijke overlevende: ík.

Toch zou het allemaal een stuk gemakkelijker zijn geweest als Beck geen revolver op zijn heup en een arendsoog op mij had. Verdacht hij me ergens van? Ik wist het niet zeker. Hoe verleidelijk het ook was om hen allemaal neer te schieten zodra we de kelder in stapten – ik kon wegkomen en wachten tot de explosie alle sporen in de ruimte wegvaagde – Beck was een betere schutter dan ik. Ik vreesde dat als ik het waagde mijn wapen te trekken, hij zich als een jachthond op me zou storten.

Dus hield ik de schijn op tot het allerlaatste moment.

Nu, terwijl Vaudeline haar boek opensloeg – vermoedelijk om aan haar eerste bezwering te beginnen – nam ik Miss Wickes over de tafel heen op. Ze was net zo'n stuk ongedierte als haar zus.

Ik kon niet hebben dat ze erachter kwamen wat hier beneden was gebeurd op allerheiligenavond, hoe het allemaal in zijn werk was gegaan. Ik kon zeker niet hebben dat ze die informatie meenamen de trap op en de kelder uit. Daarom zou ik er dus voor zorgen dat geen van hen hier levend wegkwam.

Vaudeline trok haar boek naar zich toe, ademde diep in.

Ik keek nogmaals op mijn horloge, met bonkend hart.

Vierentwintig minuten.

33

Lenna

Londen, maandag 17 februari 1873

'*Circum hanc mensam colligimus...*'

Vaudeline sprak de eerste strofe van de Eeuwenoude Duivelbezwering uit in perfect Latijn, terwijl Lenna in haar notitieboekje voor zich op tafel meelas met de vertaling van elke strofe.

De Eeuwenoude Duivelbezwering bestond uit zeven kwatrijnen – achtentwintig regels in totaal. Ze had Vaudeline de bezwering diverse malen horen uitspreken tijdens hun oefensessies samen, steevast onder de indruk van haar feilloze ademhalingstechniek. Ook nu kwamen de woorden haar in een gestaag, melodieus ritme over de lippen.

Wij zijn bijeen rond deze tafel in een sfeer van rouw en raadselen.

Wapen ons tegen onheil en kwaadaardigheid op onze zoektocht naar licht en waarheid.

Bescherm ons tegen boze geesten en kwade bedoelingen...

Lenna kneep haar ogen dicht, de bezwering opvattend als een gebed. En toch waren het geen demonen waar ze bang voor was vannacht. Het was de man tegenover haar.

Vaudeline ging bijna een minuut door. Net zoals het geval was geweest in de tot seanceruimte omgetoverde salon in het chateau, had ze een kalme controle over de ruimte gekregen. Dit was macht, subtiel en iets wat Lenna nog nooit een vrouw over een man had zien uitoefenen. In Londen waren er zo weinig mogelijkheden voor een vrouw om op deze manier haar invloed te laten gelden.

Zodra ze klaar was, ademde Vaudeline diep in en ze draaide haar handpalmen naar boven. Er glinsterde vocht in als piepkleine zoutkristallen: ze was bezweet, verhit. 'Nu houden we elkaars handen vast om een kring te vormen,' zei ze zacht. 'Dan voer ik de Oproep uit – het oproepen van alle geesten.'

Aan de andere kant van de tafel slikte agent Beck. 'Dit is het moment waarop er vreemde dingen kunnen gebeuren, is het niet?'

Vaudeline knikte, waarop er bedenkelijke blikken werden gewisseld. Met tegenzin stak Mr Morley zijn hand uit. Lenna keek ernaar alsof het een slang was, voordat ze hem zijn vingers over de hare liet leggen. Het was goed als ze allemaal hand in hand zaten, redeneerde ze – dan bleef hij tenminste van zijn wapen af.

Daarna legde Lenna haar linkerhand in die van Vaudeline en ze voelde hoe het vocht op hun huid zich vermengde.

'Overleden vrienden,' begon Vaudeline, '*transite limen*. Hierbij nodig ik jullie uit de grens over te steken die ons scheidt. Voel je één met ons, *intrate*...'

De Oproep ging verder, kalm en beheerst, maar plotseling voelde Lenna zich onwel. Ze werd duizelig, snel gevolgd door oorsuizingen – gezoem als van zomerinsecten, laag en constant. Ze kneep haar ogen dicht, waarop witte flitsen achter haar oogleden schitterden, ze was zich bewust van het vreemde gevoel dat haar keel werd dichtgesnoerd. Verwarring strengelde haar tentakels om haar heen. Instinctief rukte ze haar handen los om ze diep in haar schoot te duwen, en ze opende haar ogen precies op het moment dat het aardedonker werd in de kelder.

Alle kaarsen in de ruimte, inclusief muurkandelaars, waren zojuist tegelijk uitgegaan, als in een gesynchroniseerde theateract. Er was geen flikkering te bekennen toen de stank van zwavel zich begon te verspreiden. Lenna was nog nooit in zo'n donkere ruimte geweest.

Aan de andere kant van de tafel: krachttermen en gefoeter van een van de mannen. Naast Lenna: het gerammel van een doos, gevolgd door het afstrijken van een lucifer toen Vaudeline een van de kaarsen weer aanstak. In het zwakke schijnsel keek Lenna naar de tafel. Ontelbare handafdrukken, wasachtig en ogenschijnlijk nat, waren zichtbaar op het zwarte tafelkleed – sommige groot, de afmeting van een mannenhand, andere klein, alsof ze van een kind waren.

'Nabije geesten,' fluisterde Vaudeline, die een tweede kaars aanstak. 'Ze zijn er. En best veel ook. Ik vermoedde al dat dit zou gebeuren, aangezien we zo dicht bij het oude Tyburn-galgenveld zijn.'

Het galgenveld. Daar hadden ze het over gehad onderweg naar de kelder: het risico van zoveel geesten van mensen die waren opgehangen in het nabijgelegen Tyburn die de ruimte konden binnenkomen tijdens de Oproep. Hoeveel waren er nu? Hoeveel martelaren en moeders en moordenaars en dieven?

'Er is al een eeuw lang niemand tot de strop veroordeeld. Langer nog,' zei Mr Morley.

'C'est sans importance.' Vaudeline keek hem geërgerd aan. 'Irrelevant.'

Als Lenna behoefte had aan iets tastbaars, iets zichtbaars, dan had ze het nu. Dit was geen truc, geen gezichtsbedrog. Ze zette haar vingertoppen op het tafelkleed waar een handafdruk net was verdwenen. De stof voelde warm, vochtig aan. Ze bracht haar vingers naar haar neus, ervan overtuigd dat ze iets smerigs rook.

'Christene zielen,' zei Mr Morley met trillende stem. 'Het is tot daaraan toe om de geruchten te horen. Het is heel wat anders om het zelf te ervaren.' Een kaars in het midden van de tafel begon op te stijgen. Lenna hapte naar lucht, om er vervolgens achter te komen dat hij hem had opgetild en dichterbij hield. Hij haalde zijn zakhorloge tevoorschijn en keek hoe laat het was.

Naast hem zat agent Beck doodstil, verstijfd van schrik. *Aan zijn potige gestalte heeft hij vannacht niet veel*, dacht Lenna.

'Heel gebruikelijk dat het licht uitgaat.' Vaudeline streek nog een lucifer af om de derde en laatste kaars aan te steken. Toch was het nog heel donker in de kelder zonder brandende muurkandelaars. 'Laten we verdergaan.'

Het gezelschap pakte elkaars handen weer en Vaudeline vervolgde haar spreuk, haar stem traag en zwaar. Lenna greep Mr Morleys hand weer.

Er gingen enkele ogenblikken voorbij. Door een waas van kaarslicht sloeg Lenna Mr Morley gade, bestudeerde zijn kaaklijn. *Wat ken ik die goed*, dacht ze. *Wat staat die me helder voor de geest! Ik kan zijn huid bijna proeven, zilt en muskusachtig.*

Ze schoot rechtop, ontzet over wat heel erg aandeed als een... herinnering. Toch had ze Mr Morleys huid nooit geproefd. Het kon alleen maar betekenen dat ze een kortstondige absorptie-ervaring had, de tijdelijke trance die seancedeelnemers soms aan den lijve ondervonden. Tijdens de opleiding had Vaudeline gezegd dat een trance werd gekenmerkt door zich opdringende gedachten die niet van het medium zelf waren, zoals herinneringen, ervaringen of kennis van technische zaken die het medium onmogelijk kon bezitten.

Het inzicht schokte Lenna. En wat bizar, de herinnering aan Mr Morleys huid! Als de absorptie die ze zojuist had ervaren door Mr Volckmans geest kwam, dan vroeg ze zich af of zijn relatie met Mr Morley wellicht intiem van aard was geweest...

Plots sloeg de duizeligheid weer toe. Ze grimaste, en in een mum van tijd begon haar hele lichaam te tintelen. Met een afstandelijk deel van haar brein constateerde ze dat iets trachtte binnen te dringen in haar borst, haar schedel. Maakte Vaudeline maar een beetje voort met de seance. De Isolatiefase zou dit verhelpen.

Opnieuw keek Lenna op naar Mr Morley. *Hij heeft zijn snor onlangs bijgeknipt,* dacht ze. *Dit staat hem goed; het accentueert zijn scherpe kaaklijn. Ik zou bijna over de tafel willen reiken om de snor aan te raken zoals ik vroeger deed – als ik hem niet zo hartgrondig haatte.*

Ze beet hard op haar lip, zodat de pijn de herinnering verdreef en haar weer in het hier-en-nu bracht. Wanneer begon Vaudeline nou eens aan de volgende fase?

Vaag drong de geur van bergamot Lenna's neus binnen. Verward knipperde ze. Bergamot?

Toen hapte ze naar lucht. De stijfheid in haar botten trok even snel weg als die was opgekomen. Plotseling voelde ze zich heerlijk warm, soepel. Springlevend.

Ze draaide haar hoofd, keek naar de naast haar zittende vrouw. Wat een ongelooflijke verrassing – de vrouw was Vaudeline D'Allaire. Haar voormalige lerares. Haar idool.

Prompt keek Vaudeline op. 'Lenna?' vroeg ze op haar hoede, haar strak aankijkend.

Lenna voelde dat haar hoofd heen en weer schudde. Nee. Opnieuw beet ze op haar lip, waarbij ze bloed proefde, en ze probeerde zichzelf te dwingen overeind te komen, en uit deze absorptietrance te komen, maar ontdekte dat het niet ging.

De geur van bergamot bleef haar neus vullen.

'Evie,' hoorde ze zichzelf zeggen. 'Ik ben Evie, niet Lenna.'

Ze had zichzelf niet meer in de hand; ze was slechts een toeschouwer.

Een soort vreugde – uitgelatenheid – borrelde in haar op bij het heerlijke gevoel weer een lichaam te hebben. Wat ontzettend leuk, deze vreemde toestand!

In deze paar vluchtige momenten verwonderde Evie zich over de sensaties zonder welke ze het al drie maanden had moeten stellen. Speeksel vochtig en zilt op haar tong. De druk van haar tenen tegen haar schoenen. Een welkome pijn in de spier aan de linkerkant van haar hals. Wat heerlijk was de pijn nu, de natuurlijke manier waarop die haar eraan herinnerde hoe verrukkelijk het was om te leven.

Desondanks wist Evie niet goed waarom ze allemaal bij elkaar waren op deze plek of wat zich precies afspeelde aan deze tafel. Ze wist alleen dat ze was opgeroepen, uitgenodigd om terug te keren door een dringende oproep. Rondom haar in de ruimte voelde ze de aanwezigheid van goedgezinde anderen in dezelfde wereld als zij. Tientallen, afwachtend rondzwevend.

'*Suum corpus relinque,*' beval Vaudeline ineens, haar recht in de ogen kijkend. Verlaat haar lichaam.

Niet langer was Evie door het dolle heen. Plotseling voelde ze zich afgewezen, ongewenst.

Ze keek naar haar handen. Waar zij altijd lange, sterke nagels had gehad, zag ze nu slechts afgebeten nagelbedden en roze ontstoken nagelriemen. Het leken Lenna's nagels wel, altijd afgekloven. Een afschuwelijke gewoonte, een waarvoor ze haar grote zus altijd op de vingers tikte...

Ze bracht een hand naar haar haar om een lok uit haar gezicht te strijken. Het was lang, honingkleurig. Lenna's haar.

'Suum corpus relinque,' beval Vaudeline nogmaals, en ditmaal greep ze haar hand, hun vingers dooreengevlochten, en Evie was niet bestand tegen de onzichtbare verdrijvende kracht die Vaudeline via hun huidcontact overbracht. Ze voelde een enorme schok, alsof ze tegen een muur werd gegooid, en toen bevond ze zich boven de tafel, neerkijkend op de flakkerende kaarsen en de kom veren en de jonge vrouw met goudgeel haar – haar grote zus, Lenna, ogen groot van schrik en verwondering, als een pasgeboren baby die voor de allereerste keer licht zag.

34

MR MORLEY

Londen, maandag 17 februari 1873

In één woord bizar wat zich allemaal afspeelde zodra de seance was begonnen. Eerst het verplichte hand in hand zitten met Miss Wickes en agent Beck, daarna het doven van werkelijk álle kaarsen, en ten slotte de vreemde blik die Lenna me gaf – een van vertrouwelijkheid, bijna intíém.

Al die tijd tikte mijn zakhorloge door en stond mijn canvas tas aan mijn voeten. In de tas: de foliant. Evies zwarte notitieboekje. En die brief aan Evie, de brief ondertekend met Vaudelines naam.

Die oktoberdag, nadat Evie had geïnformeerd naar haar zoekgeraakte epistel naar Parijs, zette Bennett me af bij de kantoorboekhandel, Le Papetier. De winkel was in Chelsea, tussen een naaldkantklosser en een banketbakker in. Het was een stralende, heldere middag… veelbelovend.

Ik was niet eerder in deze winkel geweest. Ik ging liever naar het Hughes-warenhuis voor Genootschapskantoorbenodigdheden, waar ik doorgaans eenvoudig wit briefpapier en goedkope gebonden schrijfblokken kocht. Soms toog ik naar de gespecialiseerde papiermaker op de Strand voor het drielaagse trucpapier. Maar deze middag had ik iets chics nodig. Iets Frans.

Bij binnenkomst had ik de winkel zomaar kunnen verwarren met een parfumerie. Een wolk van onbekende geuren omringde me, stuk voor stuk bloemig en misselijkmakend.

Een ingetogen jongedame kwam op me af en begroette me hartelijk. 'Kan ik u helpen?' vroeg ze. Haar handen zaten onder de inktvlekken, in schril contrast met de blinkend schone erkerramen van de winkel.

Ik schraapte mijn keel. 'Papier,' zei ik, in de rondte kijkend. Keramieken inktpotten en doosjes vlakgom waren keurig uitgestald op diverse tafels.

'Uiteraard.' Ze bracht me naar een in vakken verdeelde wand, elk met een stapel losse vellen papier erin. Wit en gekleurd, in verschillende formaten. Goudgerand briefpapier en rouwpapier waren afzonderlijk aangegeven.

Ik bedankte haar, waarna ik begon met het briefpapier in het midden van de wand: middelgroot met een lichte tint, geen opzichtige versieringen. Ik neusde wat rond en koos uiteindelijk een roze omrand octavo. Ik telde tien vellen uit. Voor het geval ik een blunder beging.

Met mijn keuze liep ik naar de toonbank.

'Heel vrouwelijk,' zei de vrouw glimlachend. 'Hebt u ook enveloppen nodig?' Op mijn knikje ging ze me voor naar een kast en ze trok een paar laden open. 'Gegomde enveloppen liggen in deze lade, en daar hebben we zegelwas en ouwels.' Ze haalde een envelop met een in een hoek geprint roze bloemknopje tevoorschijn. 'Deze zou er goed bij passen,' zei ze.

Dat vond ik ook. 'Ook tien van die,' zei ik.

Ze nam ze mee naar de kassa, waar ze me afwachtend aankeek. 'Anders nog iets?'

Ik aarzelde even, knikte toen. 'Eigenlijk wel, ja.'

Vragend boog de vrouw haar hoofd opzij, haar lippen iets uiteen. 'Ja?'

'Franse postzegels. Hebt u die misschien voorhanden?'

'Postzegels? Wel, het postkantoor kan –'

'Geen in Engeland uitgebrachte postzegels,' onderbrak ik haar. Ik keek om me heen, blij dat er geen andere klanten waren. Plotsklaps was ik zenuwachtig, ik wilde zo snel mogelijk weg. Ondanks alle illusies die ik had geconstrueerd, het bedrog dat ik had gepleegd, had ik hier nooit om gevraagd. 'Zoals ik al zei: in Frankrijk uitgebracht. Ik dacht, gezien de naam van uw winkel, dat u zelf uit Frankrijk kwam, en –'

'Dat klopt.' Ze zweeg even, waarbij ze naar een leren tas op de vloer naast zich keek. 'Maar ik begrijp het niet. Als u de brief hier in Londen gaat posten, waarom hebt u dan een Franse postzegel nodig?'

Ik negeerde haar vraag en trok een biljet uit mijn zak, dat ik over de toonbank schoof. Ze knipperde een paar keer met haar ogen. Ik durfde te wedden dat het meer dan een maandsalaris voor haar was.

Even later liep ik Le Papetier uit. Het belletje boven de deur tingelde bij mijn vertrek, uiterst subtiel en zacht. Onder mijn arm zat een bruine papieren koker die naar narcissen rook. In de koker zaten tien vellen roze omrand papier, tien gegomde enveloppen en één postzegel. Frans, bloedrood.

Ik kon niet helpen wat ik daarbij in mezelf mompelde.

'Een koekje van eigen deeg, Evie.'

35

LENNA

Londen, maandag 17 februari 1873

Lenna schoof haar stoel achteruit, kokhalzend. Ze legde haar hoofd in haar handen en liet de golven misselijkheid over zich heen komen.

Er was zojuist iets uitzonderlijks gebeurd. Het absorptieverschijnsel.

Vaudeline had de Oproepspreuk opgelezen, en toen was het zó donker geworden, zo ongelooflijk donker. Lenna was niet verdwenen, niet helemaal, maar ze was machteloos geweest. Ze had geen controle gehad over haar eigen lichaam, haar eigen gedachten. Althans tot Vaudeline dat vreemde Expelle-bevel had uitgesproken...

Wat haar verbaasde, was niet dat ze absorptie had ervaren, maar dat de korte trance teweeg was gebracht door... Evie.

Als Evie niet hier in de buurt was gestorven, hoe had Lenna haar dan net kunnen laten verschijnen? Het ging lijnrecht in tegen de grondbeginselen van het mediumschap. Evie was vermoord in de tuin van Hickway House, en dus kon ze niet hier opgeroepen worden. Zoals Vaudeline al zo vaak had gezegd: geesten verplaatsten zich nauwelijks.

Haar hoofd kwam met een ruk omhoog. Bij de vondst van Evies lichaam in de tuin had haar haar in de war en haar huid onder de blauwe plekken gezeten, wat naar overtuiging van de politie – en dus van Lenna – het gevolg was van een worsteling in de tuin.

Maar wat als de worsteling ergens anders had plaatsgevonden? Wat als het letsel aan haar lichaam, deels, kwam doordat ze na haar dood was verplaatst? Het was niet eerder bij haar opgekomen, niet tot dit moment.

Wat wilde ze deze mogelijkheid graag bespreken met Vaudeline, maar Vaudeline keek gepijnigd, en aan de andere kant van de tafel zat agent Beck onrustig op zijn stoel te schuiven, alsof ook hij zich ergens tegen verzette.

'Je keel,' riep agent Beck plotseling uit. Hij stak een hand uit naar Lenna, trok die toen schielijk terug. Verdwenen was zijn anders zo norse uitdrukking. Nu keek hij zo doodsbenauwd dat Lenna zich afvroeg of hij op het punt stond de ruimte uit te stormen.

Ze fronste: ze voelde inderdaad iets vreemds aan de linkerkant van haar hals, vochtig en schrijnend, en ze bracht haar vingers naar de plek. Toen ze ze weghaalde, ontdekte ze dat er een veeg felrood, kleverig bloed op zat. Ze betastte de wond. Die deed geen pijn, en was ook niet diep, maar was spontaan opgetreden op Lenna's lichaam. Op precies dezelfde plek als Evies steekwond.

'Heeft ie-iemand me verwond?' fluisterde ze. Ze keek op naar Mr Morley. Wat voor vreemds er zojuist ook was gebeurd, misschien had hij haar verwarring aangegrepen. Maar aan hem was niets verdachts te zien. Geen wapen op tafel, geen bloed aan zijn handen. Hij had zich niet verroerd. Geen van hen.

Grimassend probeerde ze zich zoveel mogelijk te herinneren van de ervaring. Hoewel ze geen compleet beeld kon vormen, kon ze wel de indrukken oproepen die het op haar had gemaakt: een gevoel van herkenning bij deze kelder, bij Mr Morley. Een korte vlaag van vreugde en vrijheid. Daarna het gevoel dat ze ergens bij had gestoord en niet langer gewenst was…

'Ik geloof dat ik moet overgeven.' Lenna keek naar het trapje dat de kelder uit leidde. 'Ik moet naar buiten, nu meteen –'

Een oorverdovende dreun onderbrak haar. Van een plank een paar meter verderop kletterden diverse wijnflessen tegen de grond. Te midden van de scherven verspreidden zich plassen donkerrode wijn, die in de poreuze stenen vloer drongen. Verbouwereerd keek Lenna naar de stroom die op haar af sijpelde. Tot ze opschrok van een stukje steen dat op haar schoot viel.

Ze keek omhoog. Een barst, ruim een meter lang, kronkelde over het stenen plafond.

'Dat kan niet,' zei Vaudeline, haar stem rasperig. Ze knikte zwakjes naar de kapotte wijnflessen, het plafond. 'Als een van ons het waagt weg te gaan, wordt het nog erger.'

Ze herinnerde zich wat Vaudeline eerder die dag had gezegd, toen het groepje de fasen van een seance had doorgenomen. Zodra de Oproep was uitgesproken, was de seance begonnen en moest hij voltooid worden.

Nu kuchte Vaudeline luidruchtig en ze liet de tafel los. 'De Isolatiespreuk,' sprak ze met zwakke stem. 'Ik heb je hulp nodig. Er is te veel energie hier, waarschijnlijk vanwege het galgenveld, en ik kan niet...' Ze kuchte opnieuw, waarna ze haar notitieboekje naar Lenna schoof en een bladzijde opsloeg. 'Lees dit,' zei ze, 'maar noem de naam van Mr Volckman. Snel, Lenna. We moeten iedereen uit de ruimte wegsturen behalve hem. Ik wil niet nog een keer mijn toevlucht hoeven nemen tot het Expelle-bevel.'

Gehoorzaam trok Lenna het notitieboekje naar zich toe, maar ze hield Mr Morley intussen in de gaten. Hij had nog steeds geen vinger uitgestoken naar haar of Vaudeline, en ze begon zich af te vragen wanneer hij precies van plan was zijn wapen te trekken. Hij leek overbezorgd over de timing van het hele gebeuren, zoveel was duidelijk.

Dat was het moment waarop ze zich afvroeg of er helemaal geen wapen te pas kwam aan zijn plan. Had hij misschien iets anders in zijn hoofd? Het bracht haar van haar stuk, de mogelijkheid dat ze zich had vergist in zijn plan.

Ze nam het notitieboekje op, afwezig aan de wond voelend. Het bloed begon op te drogen langs de randen. *'Omnes sunt cogniti,'* las ze op, met een snelle blik op de vertaling in de kantlijn. We erkennen uw aller aanwezigheid. Ze ging verder met de Latijnse spreuk, waarbij ze sommige woorden ongetwijfeld verkeerd uitsprak. 'We erkennen uw pijn. We erkennen uw wens om terug te keren. In het kader van gerechtigheid zijn we hier bijeen om in contact te treden met slechts...'

Ze viel even stil. Hier vermeldde de tekst *unum* – één. Dit las ze hardop voor, maar in gedachten verving ze het door iets anders: *duos* – twee.

'De geest van Mr Volckman,' vervolgde ze, terwijl ze er in zichzelf aan toevoegde: en Evie Rebecca Wickes. Nu was het meer een smeekbede dan een spreuk. Hoe onlogisch – en strijdig met de leer – het ook leek, ze wist dat er daarnet iets heel ongebruikelijks was gebeurd. Op een vreemde, onverklaarbare manier had ze in contact gestaan met Evie, en ze was nog niet klaar met haar.

Ze rondde het oplezen van de Isolatiepassage af. Prompt ontvlamden diverse muurkandelaars uit zichzelf, die de ruimte in een zacht gouden gloed dompelden. Lenna voelde dat de wond in haar hals begon te jeuken, alsof die heelde.

'Goddank,' prevelde agent Beck met een gezicht waar opluchting op stond te lezen. Hij zakte iets voorover, niet langer vechtend tegen wat hem daarnet had gekweld. Het leek of hij wel kon huilen.

Met de spreuk achter de rug was ook Vaudeline zichtbaar rustiger. Het zweet was van haar voorhoofd verdwenen, als een koorts die was gezakt. 'Dank je,' zei ze, Lenna's hand pakkend, zonder zich iets aan te trekken van de veeg bloed erop. Ze gaf er een kneepje in, waarna ze haar vingers liet liggen en Lenna opnieuw verscheurd werd tussen wantrouwen jegens Vaudeline en intens verlangen naar haar.

'En nu,' zei Vaudeline, 'de Uitnodiging.' Het was de vierde fase van het proces. 'Een ogenblik, alstublieft.' Ze sloot haar ogen, hief haar gezicht op naar het lage plafond van de kelder en begon aan haar trage voordracht.

Ook deze spreuk had Lenna niet uit haar hoofd geleerd, maar terwijl Vaudeline de woorden uitsprak, herhaalde ze die in gedachten. Ze wijzigde slechts één ding in de voordracht: in plaats van Mr Volckman zei ze Evie Rebecca Wickes.

Zodra Vaudeline uitgesproken was, ving Lenna een beweging aan de andere kant van de tafel op. Mr Morley had zojuist in zijn jas gegraaid. Het ging zo snel dat ze amper kon reageren. Hij haalde zijn hand eruit, iets van metaal tussen zijn vingers. Lenna stond op, klaar om hem aan te vliegen...

Maar het was niet zijn wapen. Het was een flacon, weggestopt in zijn jas. Hij zette hem aan zijn lippen en nam er een gretige teug uit. Lenna liet zich weer op haar stoel zakken, alsof ze alleen wilde gaan verzitten. Toen Mr Morley de dop weer op de flacon draaide, trilden zijn vingers. Ze had hem kunnen berispen vanwege het overtreden van Vaudelines regel om niet te drinken, maar onder de gegeven omstandigheden leek het bijzaak.

Vaudeline schraapte haar keel. 'Dan ga ik nu verder met de Trancespreuk, als we er allemaal klaar voor zijn?' vroeg ze het groepje.

Lenna gaf een flauw knikje. Ze was er evenzeer klaar voor als ieder ander aan tafel, wat wilde zeggen: totaal niet. Nog enkele ogenblikken, dan hadden ze het antwoord inzake Mr Volckmans dood. Eerlijk gezegd wilde ze dat ze zelf een flacon had.

'Dit gaat allemaal een stuk sneller dan verwacht,' zei Mr Morley ineens. 'Kunnen we een paar minuten pauzeren, even de benen strekken?'

Vaudeline negeerde hem en sprak de volgende spreuk uit. *'Introitus, concessio, veritas.'* En net als de vorige keer herhaalde Lenna de woorden in zichzelf, met vermelding van de naam Evie Rebecca Wickes.

Vannacht werden er twee seances uitgevoerd, maar Lenna was de enige in de ruimte die het wist. Het was roekeloos, wist ze, en gevaarlijk en uit pure wanhoop.

Na de spreuk zwijgend te hebben herhaald legde ze haar vingers op haar hals. Waar het bloed daarnet was opgedroogd, was de wond nu weer gaan bloeden, kleverig en druppelsgewijs en warm.

Even later ging er een schok door haar heen, die aanvoelde alsof er een wig tussen planken werd geslagen.

Lenna's hand strekte zich uit naar Mr Morley. Ze kon het niet tegenhouden, kon haar arm niet terugtrekken al droeg ze zichzelf dat op.

'Hallo,' fluisterde ze tegen hem, haar stem even verleidelijk als hatelijk. Subtiel streek ze met een vinger over zijn hand.

'Miss Wickes,' prevelde hij. 'Wat moet dit voorstellen? Waar bent u –'

Nog een schok, en eindelijk vatten de signalen die door haar lichaam raasden – van hersenen via pols naar vingers – vlam, als een in olie gedrenkt lampenkousje dat werd aangestoken. Ze trok haar arm terug, vervuld met afschuw. Evie, zei ze in zichzelf. Evie, doe eens rustig.

Vaudeline had gezegd dat een trance een soort dubbelbestaan was, een gespleten geest. In Lenna's beleving had het meer weg van een wilsstrijd gevoerd in één lichaam. Evie en zij waren altijd even wilskrachtig, even koppig geweest. Daarom hadden ze zo vaak geruzied, en het zorgde nu bepaald niet voor een aangename interactie.

Links van haar, waar Vaudeline zat, bespeurde Lenna koude lucht en de penetrante geur van ontbinding. Het wekte bij haar de indruk van vijandigheid en akelige, onverwerkte herinneringen. Ze keek naar Vaudeline; weg waren de zachte grijstinten in haar ogen. Nu waren haar ogen slechts uitdrukkingsloze zwarte knikkers. 'Voel je je wel –' begon ze.

De vrouw tegenover haar kapte haar af, met angstogen. 'Evie. Hallo.' Haar stem was dieper geworden, en haar linkerpols had plotseling een zonderlinge stand aangenomen, uitstekend in een akelige hoek.

Machteloos hoorde Lenna de volgende woorden over haar lippen komen. 'Mr Volckman, goedenavond.'

Op slag wist Lenna – althans, het deel van haar dat in het hier-en-nu bestond, ergens in de verre uithoeken van haar bewustzijn, overvleugeld door haar dode zus – wat dit betekende. Ook al wist ze niet hoe het allemaal in zijn werk was gegaan.

Mr Volckman had Vaudeline in trance gebracht.

Evie had Lenna in trance gebracht.

Nu waren ze met zijn vieren, in twee lichamen. En Mr Volckman en Evie deelden blijkbaar een recent verleden.

Fase zes, de Ontknoping, volgde hierna. Vaudeline zou nu al druk in de weer zijn met Mr Volckmans geheugen om te achterhalen hoe hij was omgekomen en wie hem had vermoord. Ze kon elk moment klaar zijn, ervaren als ze was.

Wat inhield dat Lenna aan de slag moest. Ze begreep niet hoe ze erin geslaagd was Evie hier in deze kelder op te roepen, maar ze wist nog wat Vaudeline had gezegd over het herhaaldelijk oproepen en lokken van een geest met belichaming. 'Het tegenovergestelde van liefde,' had Vaudeline gezegd. 'Alsof je een mus loslaat in een dichtbegroeid bos, maar zijn veren uittrekt zodat hij niet kan vliegen.' Dat zou Lenna haar zusje nooit aandoen. Ze zou deze ene kans zo goed mogelijk benutten.

Allerheiligenavond, dacht ze, haar wenkbrauwen fronsend. *Deze ruimte. Je moet hier zijn geweest, Evie...*

Met bonzend hart wachtte ze tot er een herinnering bovenkwam, die zij, Lenna, niet als haar eigen kon bestempelen. Tenslotte was dit hoe Vaudeline moorden oploste – door zich toegang te verschaffen tot het geheugen van de overledene tijdens een trance en het allemaal met eigen ogen te zien.

Terwijl ze de situatie overdacht – de dubbele trance, het bloed dat uit haar hals sijpelde, de penetrante geur van de dood – drong tot haar door dat dit precies de reden was dat Vaudelines seances wereldwijd bekendstonden als gevaarlijk, onvoorspelbaar.

Ze had niet veel tijd. Zodra Vaudeline de waarheid over Mr Volckmans dood had achterhaald, zou ze haar Ontknoping aankondigen en aan de Afsluitingsfase beginnen. Daarmee zou Mr Volckmans geest uit de ruimte verbannen worden, en die van Evie ook. Het leek ondoenlijk om de benodigde informatie eerder te achterhalen dan Vaudeline, maar ze moest het proberen. Ze kneep haar ogen dicht.

Allerheiligenavond, dacht ze opnieuw, de avond waarop zij langs de Theems had gewandeld op zoek naar schelpen en weekdieren. De avond waarop ze het dode lichaam van haar zus had aangetroffen. De avond waarop ze hulpeloos had staan toekijken terwijl de politie haar zus verklaarde tot het zoveelste betreurenswaardige slachtoffer van Londens onderbuik.

En nauwelijks had Lenna stilgestaan bij deze herinneringen of ze vervaagden en veranderden. Ze wist niet meer of ze die avond weekdieren langs de rivier had gevonden, maar herinnerde zich wel door High Street te zijn gesneld naar Grosvenor Square met een belangrijke brief op zak...

Haar ogen vlogen open, en ze stootte een lachje uit bij de kriebel in haar buik alsof ze net een salto had gemaakt. Ze keek naar haar handen – dezelfde ruwe, afgekloven nagels.

Ja, ik weet het heel zeker, dacht Evie. *Op allerheiligenavond was ik hier. Niet aan de Theems. Ik droeg donkere mannenkleren om geen aandacht te trekken, Vaudelines brief in mijn jaszak. Ik had haar half oktober een brief gestuurd, waarin de waarheid werd onthuld die ik had ontdekt over het Genootschap. Die was op een haar na onderschept door Mr Morley, maar hij zei dat hij hem voor mij had gepost. Ik was dolblij met Vaudelines antwoord, afgestempeld in Parijs op 19 oktober. 'De feesten beginnen altijd om zeven uur,' stond erin. 'Tegen negenen is het één dolle dronkenmansbende. Glip dan naar binnen en zie in de vermoutkelder te komen. Mr Volckman liet zich eens ontvallen dat Mr Morley daar zijn privédocumenten bewaart. Ik kan niets garanderen, maar ik vraag me af of de portfolio daar wellicht ligt...'*

De verwijzing naar een aparte opslagkelder kwam als een verrassing. Ik was meteen naar Bennett gegaan om te vragen of hij van het bestaan ervan wist. Misschien had hij Mr Morley er weleens over horen praten tijdens een van hun ritten.

Inderdaad, zei Bennett, er was nog een kelder waar Morley de vermout liet rijpen. Hij begreep dat die toegankelijk was via een deur achter in de hoofdkelder...

Een vreemde geur – zwavel, hout – drong de herinnering binnen. Lenna had geen idee dat een trance zo'n delicaat proces was dat zo makkelijk verstoord kon worden. Gefrustreerd opende ze haar ogen, in de verwachting dat een van de kaarsen op tafel weer was gedoofd. Maar tot haar verbazing brandden ze alle drie nog.

Ze keek naar Vaudeline; haar ogen gingen knipperend open. De stank had ook haar trance verstoord. 'Jouw brief joeg haar rechtstreeks de dood in,' zei Lenna. 'Je vertelde Evie precies waar ze moest wezen en hoe laat.'

Vaudeline kneep in haar neusbrug. 'Welke bríéf?' reageerde ze op geërgerde toon. Had ze vlak bij haar Ontknoping gezeten? 'Ik heb geen flauw idee waar je het over hebt.'

'Probeer je er niet uit te liegen,' snauwde Lenna terug. Evies herinnering van zojuist stond haar nog helder voor de geest. 'Afgestempeld in Parijs op 19 oktober. Je droeg haar op om negen uur naar de vermoutkelder te gaan. Klinkt dat bekend?'

Aan de andere kant van de tafel duwde Mr Morley zichzelf overeind. 'Eh...' kwam hij tussenbeide.

Slapjes tilde Vaudeline haar arm op. Op de binnenkant van haar pols zaten doffe blauwe plekken. Ze stak een vinger op, hem nijdig aankijkend. 'Ga zitten,' beval ze, wijzend naar de barst in het plafond. 'Voordat de hele ruimte instort. Het zou niet de eerste keer zijn.'

Mr Morley gehoorzaamde, waarop Vaudeline zich naar Lenna omdraaide. 'Tot vanavond wist ik niet eens dat onder deze kelder nog een vermoutkelder zat.' Toen fronste ze haar voorhoofd. 'En 19 oktober? Ik was het grootste gedeelte van de maand in het middeleeuwse dorp Lisieux, om seances uit te voeren. Op die datum was ik niet in Parijs.

Hoe kan ik een brief uit de stad hebben verzonden?' Plotseling boog ze voorover, hoestend, en werden haar ogen weer donker.

Lenna liet bezinken wat dit betekende. *Hij was op een haar na onderschept door Mr Morley,* had Evie onthuld in haar herinnering. *Maar hij zei dat hij hem voor mij had gepost.*

Heel langzaam sloeg ze haar ogen op naar Mr Morley. 'U hebt Evies brief niet gepost, hè?' Ze drukte haar handen tegen haar slapen. 'U vervalste het antwoord,' ratelde ze. 'U lokte haar hierheen.' Net zoals hij Vaudeline naar Londen had gelokt.

'Hoe z-zou...' stamelde hij, waarna hij zijn hoofd schudde. 'Wat een absurde beschuldiging.'

Berouwvol draaide Lenna zich om naar Vaudeline, maar ze kon haar excuses niet aanbieden. Vaudelines ogen waren dicht alsof ze weer in trance was geraakt, al dan niet vrijwillig.

Lenna had haar uitgemaakt voor leugenaar, de spanning laten oplopen van afschuw. Maar nu leek het zo klaar als een klontje! Met alle trucs die Mr Morley uithaalde, had ze de echtheid van de brief in twijfel moeten trekken zodra ze die vond in zijn werkkamer. Ze had de vrouw moeten vertrouwen die ze had leren kennen. Nu moest ze erop terugkomen en zich ontdoen van de vijandigheid tegenover Vaudeline waaraan ze zich had overgegeven tijdens het lezen van de brief in Mr Morleys werkkamer eerder die avond. De brief was niet echt, daarvan was ze nu overtuigd. Een theaterrekwisiet, meer was het niet.

Daarop sloot ze haar ogen en ze probeerde weer op te gaan in Evies geheugen. Hoever was Vaudeline gevorderd in Mr Volckmans herinnering aan die avond? Wist ze al wat hem was overkomen? Maar toen Lenna zich probeerde te concentreren, werd de zwavelstank in de ruimte sterker. 'Ruiken jullie dat?' vroeg ze, haar ogen weer openend en van links naar rechts kijkend.

Agent Beck knikte. 'Ik wel, ja.' Vol ongeloof hief hij zijn handen op. 'Maar wat gebeurt hier in vredesnaam? Wie voor de duivel is Evie?'

Lenna kon zich voorstellen hoe verward hij moest zijn. Evies naam was al diverse malen ter sprake gekomen.

Voor iemand kon antwoorden, wees Mr Morley naar een kandelaar aan de muur achter hem. 'De lucht,' zei hij, 'komt van die kaars, die lekt langs de houten balken. God verhoede dat de hele zaak in brand vliegt...' Hij stond op van de tafel en nam een kandelaar mee om hem bij te lichten. In haar trance kon Vaudeline hem ditmaal niet tegenhouden. Hij scharrelde om de vaten heen naar de muur achter Lenna en Vaudeline. Daarbij waren zijn wenkbrauwen verontrust gefronst.

Hij zou ons al hebben neergeschoten, dacht Lenna. Ze draaide op haar stoel om hem met haar ogen te volgen. Ik weet het nu zeker: hij is iets anders van plan.

36

Mr Morley

Londen, maandag 17 februari 1873

De verrekte lont was uitgegaan. Ik wist het zodra ik de zwavelwalmen in de ruimte rook.

Ik kon mijn vuist wel door de stenen muur rammen. Deze seance verdroeg geen mankement.

De brandweerman had vijfendertig minuten beloofd. Geen minuut meer, geen minuut minder. Ik had, letterlijk, mijn horloge er gelijk mee gezet. Met de ellendige lont nu uitgedoofd moest ik hem opnieuw aansteken en inschatten hoeveel tijd er nog op het touw zat. Bij de gedachte aan nattevingerwerk werd ik onpasselijk. Dit was godbetert een tot barstens toe gevuld vat buskruit.

Niettemin bleef ik in mijn rol. Ik liep naar de muurkandelaar – die geen enkel gevaar vormde voor welke houten balk ook – en op weg erheen bekeek ik de lont, des duivels. Inderdaad was het touw halverwege op onverklaarbare wijze als een nachtkaars uitgegaan.

Ik blies de muurkandelaar uit. Op de terugweg deed ik alsof ik mijn scheenbeen stootte tegen een van de vaten. Toen ik met een geveinsde pijnkreet bukte om eroverheen te wrijven, hield ik mijn kandelaar vlak bij de gedoofde lont en stak hem opnieuw aan.

Het trage, zachte sissen begon weer.

Het aftellen werd hervat. Ik moest maken dat ik wegkwam, en snel ook.

37

Lenna

Londen, maandag 17 februari 1873

Toen Mr Morley pijnlijk getroffen vooroverboog, viel Lenna iets vreemds op.

Daar waar op de andere vaten in de rij een felblauw stempel stond met de vuldatum, stond op het vat waar Mr Morley nu bij stond geen datum. Sterker nog, er stond helemaal niets op.

Raar, dacht ze. Maar voordat ze conclusies kon trekken over de kwestie, smeekte ze Evie om de herinnering terug te roepen, om de draad op te pakken.

Nauwelijks had ze haar ogen gesloten of het begon opnieuw, levendig en indringend.

Voor de cryptesoiree had ik me in een nieuwe vermomming gehuld, bestaande uit wat wijdere kledingstukken van vader zodat ik er zwaarder uitzag dan ik was. Als Mr Morley en ik elkaar tegenkwamen op het feest, hoopte ik onopgemerkt te blijven door mijn nieuwe ver-

momming. Ik kon niet riskeren dat hij me herkende aan mijn gebruikelijke kloffie.

Om een uur of halfnegen ging ik te voet naar de kelder bij Grosvenor Square. Verscholen achter een paar hulststruiken hield ik de deur in de gaten. Het was aardedonker, want het was nieuwe maan. Ik wist dat het gevaarlijk was om die avond buiten te zijn – een nieuwe maan op allerheiligenavond voorspelde een stijging van het aantal sterfgevallen – maar ik zag ook het gevaar van deze mannen laten doorgaan met het trekken van een spoor van verwoesting door de stad.

Het aantal feestgangers overtrof mijn verwachtingen. In een tijdsbestek van tien minuten zag ik wel vijfentwintig gasten arriveren en achter elkaar het trapje af gaan naar de kelder. Enkelen droegen eenvoudige kostuums – vleermuisvleugels vastgemaakt aan lijfjes, nepstaarten gespeld op broeken – maar de meesten waren gekleed in lange jurken en jacquets, standaard avondkleding. Naast de trap liep een hellingbaan – voor het transporteren van vaten, nam ik aan – en één man, duidelijk beschonken, liet de trap voor wat die was en besloot de hellingbaan te gebruiken als een soort glijbaan naar het feest.

Toen de kerkklokken negen uur sloegen, kwam ik in actie. Een rijtuig zette een groepje van vijf feestgangers af, en toen zij het trapje af liepen, sloot ik achter hen aan, alsof ik bij het groepje hoorde. Het was zo rumoerig en druk dat niemand op me lette toen ik over de drempel de kelder in stapte. In een hoek stond een strijktrio te spelen, twee viola's en een cello. Bij binnenkomst bood een jongen in livrei me een beker bisschopswijn aan, die ik dankbaar aannam. Een andere bood gesuikerde nootjes aan. Vlug speurde ik de ruimte af – ik zag Mr Morley niet. Daarna boog ik mijn hoofd, om vooral geen bekijks te trekken.

In de brief stond dat ik achterin naar de vermoutopslag moest zien te komen. Toen ik langs de rand van de ruimte scharrelde, keken een paar vrouwen me vreemd aan. Bang dat mijn plaksnor niet zo overtuigend was als ik had gehoopt, liep ik snel verder en ik probeerde mijn beker wijn vlak voor mijn gezicht te houden.

Ik wurmde me door de menigte gasten. Een man gaf zijn vrienden kaarten voor een potje euchre. Naast hen speelde een luidruchtig groepje snapdragon, rozijnen vissend uit een kom brandende brandewijn. Overal lagen waarzeggerskaarten op de vloer. Ik verwonderde me over de vrolijke sfeer en dacht nog dat op elke andere avond dit precies het soort feest was dat ik enig zou hebben gevonden.

Het werd minder druk naarmate ik dieper de kelder in liep. Ik kwam langs een zoenend stel tegen de muur, en toen zag ik, iets verderop, een houten deur, onopvallend achter een stel houten kratten. Na een snelle blik achter me om me ervan te verzekeren dat niemand keek, opende ik de deur en glipte erdoor, nu in de tweede kelder. De opslagkelder.

Het portaal stelde niet veel voor, en ik hield geschrokken mijn adem in toen ik bijna struikelde. Er brandden diverse kaarsen, om de zoveel treden geplaatst. Mijn hart bonkte tegen mijn ribben toen ik naar beneden liep. Dit was een veel gevaarlijkere onderneming dan alles wat ik tot dusver had gedaan bij het Londense Seancegenootschap. Ik geloofde dat het grootste geheim van het Genootschap zich hier ergens in deze kale opslagkelder bevond. En ik vermoedde dat Mr Morley meer was dan een leugenaar.

Ik had het idee dat hij weleens een moordenaar kon zijn.

Het was allemaal begonnen met de verdrinkingsdood van mijn dierbare vriendin Eloise Heslop en haar vader. De seance die het Genootschap uitvoerde voor Eloise, was een lachertje, ja, maar nog bedenkelijker vond ik het overhaaste huwelijk van Eloises pas weduwe geworden moeder met de berooide Mr Cleland, een nieuw lid van de organisatie. De manier waarop het allemaal ging, leek te... toevallig.

Ik moest echter meer te weten komen over het interne reilen en zeilen van het Genootschap om vast te stellen of mijn verdenkingen klopten.

Naarmate ik meer tijd doorbracht met Mr Morley, viel me op dat hij af en toe een bordeauxrode foliant bij zich had. Die verborg hij in een binnenzak van zijn jas, maar hij trok zijn jas vaak genoeg uit in mijn bijzijn, en dan zag ik de foliant uitsteken, zo dichtbij en toch zo onbereik-

baar. Hij leek er echter zo angstvallig op te letten dat ik me afvroeg of er aantekeningen in stonden over een duisterdere kant van het Genootschap. Als dat zo was, wilde ik hem dolgraag in handen krijgen.

Hij had de foliant niet altijd op zak. Ik vermoedde dat hij hem ergens veilig opborg wanneer hij hem niet nodig had, maar ik had geen idee waar. Vaudelines brief hielp hier enorm bij. Zij gaf aan dat hij zijn privédocumenten bewaarde in de kelder onder zijn souterrain. Het was het ontbrekende stukje dat ik nodig had.

Ik kon niet wachten om er rond te neuzen.

Terwijl de soiree boven me in volle gang was, draaide ik in de rondte in de opslagkelder, fronsend. Waar zou hij zijn spullen verstoppen? Er waren geen archiefkasten, geen kabinetten, geen laden of iets dergelijks. Alleen vrij hangende planken en glazen flessen.

Ik hield mezelf voor dat deze man een meester van de misleiding was. Als hij iets te verbergen had, dan zou hij zéker geen voor de hand liggende plek als een kast of een bureau gebruiken. Het zou heel goed in het volle zicht verborgen kunnen zijn, dus begon ik de muur af te tasten, op zoek naar een loszittende steen.

'Pardon, sir, bent u verdwaald?'

Ik schrok en keek met een ruk op.

Bovenaan de stenen trap stond een man in de schaduw, afgetekend door het licht achter hem. 'Ik ben net aangekomen, maar we zijn toch zeker niet door de vermout heen, nog niet,' voegde hij er op vrolijke toon aan toe. Hij liep de eerste paar treden af, keuvelend over een ander feestje, een of andere familiebijeenkomst waar hij vroeg was weggegaan.

Toen kwam hij in zicht, verlicht door de kaarsen op de treden.

Mr Volckman.

Zodra hij in de gaten kreeg wat ik aan het doen was – de muur afzoeken naar iets – vernauwden zijn ogen zich.

Snel daalde hij de resterende treden af. Een ogenblik later stond hij pal voor me. We stonden oog in oog. Net toen ik op het punt stond iets te zeggen – ik probeerde mijn stem te verlagen, hoe vruchteloos ook – stak hij een hand uit en rukte de pet van mijn hoofd. Donkere haarlokken vielen over mijn oren, en de plaksnor zakte scheef.

'Wie ben jij?' vroeg hij.

Verrast keek ik hem aan. Even daarvoor zou ik hem de waarheid hebben verteld over zijn organisatie, alles wat ik te weten was gekomen over zijn misdadige vicevoorzitter. Maar nu, door zijn vuurspuwende ogen, vreesde ik hem instinctief.

Ik zou Vaudelines naam laten vallen, besloot ik. Ze waren goede collega's; ik had diverse afbeeldingen in Het Spiritistenmagazine *gezien waarop ze naast elkaar stonden. Als ik Mr Volckman vertelde dat ik een opleiding bij haar had gevolgd, zou hij mijn overtreding misschien door de vingers zien. 'Ik heet Evie,' zei ik. 'Ik was een van Vaudelines leerlingen, twee jaar geleden.'*

Hierbij fronste hij. 'Vaudeline,' herhaalde hij.

'Ja. Uw collega, uw... vriendin.'

Hij gooide zijn hoofd achterover en lachte. Daarna deed hij een stap naar me toe en trok de scheefzittende snor van mijn huid.

Ik hapte naar lucht, mijn bovenlip ineens in brand.

'Ze was een vriendin, vroeger,' siste hij. 'Tot ze haar neus in andermans zaken begon te steken.'

38

Mr Morley

Londen, maandag 17 februari 1873

Lenna's beschuldiging – 'U vervalste het antwoord. U lokte haar hierheen' – liet mij siberisch. Over een paar minuten zou ze dood zijn. Nog even, dan was deze ellendige kwestie opgelost.

Terwijl die laatste minuten wegtikten, kon ik de opluchting die in me opborrelde amper beteugelen, dus hield ik mijn hoofd gebogen, uit angst dat iemand aan de seancetafel me zag gniffelen. Deze avond zou een passend einde vormen van het afdelingsdilemma dat ruim een jaar geleden was ontstaan. Januari 1872, vóór Vaudeline de stad verliet. Vóór Evie de ectoplasmalezing binnenglipte. Vóór Volckman dreigde me te ontslaan.

Het was een tijd waarin nog volop plezier werd gemaakt.

Maar daar kwam abrupt een einde aan met een klopje op mijn werkkamerdeur, die dinsdag zo lang geleden.

Ik zat achter mijn bureau. Bij het geluid van het klopje keek ik hoe laat het was. Het moest Volckman zijn, die cijfers kwam bespreken.

Dit was een vaste afspraak, de eerste dinsdag van de maand om elf uur.

'Binnen,' zei ik terwijl ik mijn bureau leegruimde. Hij zou een stapel papieren bij zich hebben en die ergens willen neerleggen.

Maar hij kwam binnen met lege handen en een geschokt, wit weggetrokken gezicht. Hij liep naar de bank, waar hij met een zucht op neerplofte. 'Ik heb net een uiterst onaangenaam gesprek gehad,' zei hij, zijn handen wringend.

Ik leunde voorover, bezorgd. 'Met wie? En waarover?'

'Vaudeline D'Allaire,' zei hij. 'Ze... hoort dingen. In de stad. Je weet dat ze altijd goed op de hoogte is.'

Ik schraapte mijn keel. 'Wat voor dingen hoort ze dan?'

Hij ademde diep in, boog zijn hoofd opzij. 'Je hebt goed werk verricht met de afdeling, Morley. Ik heb je dingen laten doen waar Shaw nooit mee weg zou zijn gekomen. Ik begrijp je methoden niet altijd – je trucs en listen – maar je weet dat mijn prioriteit ligt bij reputátie, niet de waarheid. Het zijn twee volstrekt verschillende doelen.' Hij zweeg even om dit te laten bezinken. 'Volgens Vaudeline hebben mensen de trucs door. De apparaten, de stemmen, het automatisch schrift. Ik geloof dat je het te bont hebt gemaakt. Wat nog eens wordt verergerd door het feit dat jouw afdelingsleden die deze seances bijwonen de neiging hebben om, hoe zal ik het zeggen...' Hij knipte met zijn vingers. '...de vrouwen het bed in te praten.' Hij schudde zijn hoofd. 'Er wordt over gepraat. Deze vrouwen praten erover. Je moet schoon schip maken.'

Het voelde als een stomp in mijn maag. Niet zozeer zijn reprimande als wel het nieuws dat er zoveel over werd gepraat. Ik had geen idee, niet tot dit moment. Met een eeuwige verplichting tegenover Mr Volckman zou ik zijn zorgen natuurlijk uiterst serieus nemen. 'En Vaudeline dan? Denk je dat zij de geruchten aanwakkert?'

'Ze aanwakkert? Nee. Maar ze bemoeit zich ermee – vraagt rond, probeert mij te helpen. Ik kan niet hebben dat zij erbij betrokken raakt. Ik kan niet hebben dat ze erachter komt...' Hij stopte, hoofdschuddend.

Hij hoefde de zin niet af te maken. Hij doelde op ons lucratiefste – ons duisterste – complot.

Je had de afdeling Helderziendheid – de respectabele façade van het Genootschap, geleid door Shaw. En dan had je mijn sectie, de afdeling Spiritisme – die draaide op list en bedrog.

Maar waar Volckman nu op zinspeelde? Het was het schandelijkste van alles wat we hadden ondernomen.

'Vaudeline en mijn vrouw zijn goede vriendinnen,' zei Volckman. 'Het maakt me onrustig, de gedachte aan wat ze eventueel te horen krijgt of vertelt. Ik wil haar hier weg hebben.'

'Weg uit Londen.'

'Weg uit Londen, ja, en weg uit onze onderneming.' Hij leunde met zijn hoofd tegen de muur. 'Geruchten over wat jij doet, zijn tot daaraan toe. Geruchten over wat ik doe, dat is een heel ander verhaal. Ik ben ongelooflijk voorzichtig geweest, heb al mijn sporen uitgewist. Maar Vaudeline maakt me nerveus. Ze is verduveld scherp.

Ik heb haar beloofd een en ander na te gaan op het Genootschap, wat graafwerk te doen. Binnenkort vertel ik haar dat ik punten van zorg binnen de organisatie heb aangetroffen – een paar malafide leden die problemen veroorzaken. Maar ik ga zeggen dat hun complot verder gaat dan ik vreesde, en dat deze schurken weten dat ze op onderzoek is uitgegaan. Dan raad ik haar aan te vertrekken, voor haar eigen veiligheid.'

'Gelukkig vertrouwt ze je.'

'Gelukkig wel.' Hij stond op van de bank en liep naar mijn bureau. Met een snelle blik op de deur dempte hij zijn stem. 'Nog nieuwe regelingen die ik moet beoordelen?'

Ik knikte, waarna ik de foliant van zijn geheime plek in de lade met dubbele bodem haalde. 'Een aantal ideeën achterin. Sir Christopher Blackwell bijvoorbeeld.'

Hij trok zijn wenkbrauwen op. 'Ambitieus.'

Ik knikte. 'Gebroken heup. Aan huis gekluisterd.'

Hij nam de foliant van me aan, stopte hem onder zijn arm.

Zoals altijd was ik blij uitsluitend de leverancier van oplichtingsmogelijkheden te zijn.

De moorden kon je aan hem overlaten.

39

Lenna

Londen, maandag 17 februari 1873

In de kelder hing Lenna voorover op haar stoel, zwaar ademend. De stortvloed van Evies herinneringen bleef stromen, onstuitbaar en felgekleurd.

Ik was er zeker van dat ik Mr Volckmans opmerking over Vaudeline daarnet verkeerd had verstaan. Ze waren vrienden totdat ze zich met andermans zaken begon te bemoeien, had hij gezegd.

En zijn ogen – ze waren nu zó donker, en kwaad.

'Waar was je naar op zoek?' vroeg hij. Zijn tanden waren geel en zijn adem stonk.

'N-Niets,' stamelde ik.

'Nonsens. Je was de muur aan het aftasten naar iets.'

Vaudelines brief had me hierheen geleid, maar dit kon ik niet zeggen. Ik zag een kans om Volckmans frustratie af te leiden van haar, en mij, en naar iemand anders. 'Mr Morley, de documenten die hij hier bewaart, ik weet ervan.'

Hij stootte een lach uit. 'Er is hier beneden niets anders dan vermout.'

Ik schudde mijn hoofd. 'Weet u wel wat hij in zijn schild voert? Welke Genootschapsgeheimen hij me heeft verteld?'

Hij klemde zijn worstvingers om mijn pols, kneep te hard. 'Onmogelijk.'

Ik glimlachte vilein. Op zijn minst had ik de genoegdoening van de ontzetting op zijn gezicht. 'Niet met een bescheiden vermomming en een paar goed getimede uitwisselingen.' Ik wierp een blik op de trap, zinnend op een manier om buiten zijn bereik te komen. 'Hij is onverzadigbaar. Tegen de juiste beloning is hij bereid elk geheim te verraden.'

Hij kneep zijn ogen samen. 'Waarom heb je het op ons gemunt?'

Ik dacht even na hoe ik zijn vraag het best kon beantwoorden. Dit ging niet om het vakgebied van spiritisme als geheel en de schade die deze mannen hadden aangericht in Londense salons. Het ging niet om hun exorbitante tarieven en wat in ruil daarvoor werd geleverd: onzedelijke voorstellen, besprenkeld met wat misplaatst muurgeklop.

Dit ging om Eloise.

'Eloise Heslop,' zei ik. 'Hij heeft haar en haar vader immers vermoord?'

Hierom moest hij lachen. 'Mr Morley is een lafaard. Hij heeft niemand vermoord. Hij is wel goed in het vinden van gegadigden.'

'Dan... bent u het.'

'Niemand zou een brave huisvader aanzien voor een moordenaar, is het wel? Zeker niet een die zo begaan is met de reputatie van zijn organisatie.'

Boven ons werd de muziek luider. Na wat hij zojuist had onthuld, realiseerde ik me dat hij geenszins van plan was me levend uit deze kelder te laten. Ik was overgeleverd aan een wonder of Vrouwe Fortuna. Het was ontnuchterend, maar maakte me roekeloos in mijn ondervraging. 'Vermoordt u al mensen vanaf het begin? Vanaf de oprichting van het Genootschap?'

'Zo ongeveer,' zei hij. 'De afdeling Helderziendheid is altijd onze respectabele façade geweest. De mannen van die afdeling zijn goed in wat ze doen, maar het levert weinig geld op, waarzeggerij en kaartleggen.

Er zit meer geld in de afdeling Spiritisme. Rijke nabestaanden zijn bereid alles te betalen. Ze verkopen desnoods hun land, als het een paar woorden van de doden oplevert. En Morley had de kunstgrepen snel onder de knie.' Hij zweeg even en greep mijn pols steviger beet. 'Maar het echte geld zit in –'

'Het laten trouwen van bepaalde Genootschapsleden met rijke weduwen,' zei ik.

Hij trok zijn wenkbrauwen op. Als ik niet beter had geweten, zou ik haast denken dat hij onder de indruk was.

'Mr Cleland,' vervolgde ik. 'Iedereen wist dat hij een gokker was, diep in de schulden. Hij werd lid van het Genootschap rond de tijd dat de vader van mijn vriendin Eloise verdronk, en nog geen paar maanden later waren Mr Cleland en Eloises moeder getrouwd.' Ik probeerde me los te trekken, vergeefs. 'Ik mocht Mr Heslops seance niet bijwonen. Niemand behalve zijn weduwe. Het was doorgestoken kaart, nietwaar? Een list om Mrs Heslop ervan te overtuigen dat ze moest trouwen met Mr Cleland...'

Hij kneep zijn ogen samen. 'Je bent goed.'

'Vertel me hoe u het doet. Hoe krijgt u de weduwen zover met uw mannen te trouwen?'

'Trucpapier. Drielaags. Tekst op de middelste laag, zichtbaar zodra het vochtig wordt. Stel je voor: een treurende, radeloze weduwe in de seanceruimte. Voor haar ligt een blanco vel papier, maar dan beginnen zich woorden van haar overleden echtgenoot te vormen voor haar eigen ogen. Een brief die haar aanmoedigt weer lief te hebben, en zelfs de naam vermeldt van de huwelijkskandidaat die hij haar toewenst...'

Ik wist niet of zo'n brief mij zou overtuigen, maar dat kwam doordat ik het Genootschap niet vertrouwde. Ik wist, dankzij Mr Morley, hoever hun bedrog ging.

Maar de meeste Londenaars vertrouwden de organisatie wél. Tot voor kort althans.

'En daarna bracht u Mr Cleland een forse vergoeding in rekening?'

Hij hield zijn hoofd schuin. 'Een levenslange jaarlijkse bijdrage, ja.'

Het was nog lucratiever dan ik had gedacht.

'Dit zou allemaal op rolletjes zijn blijven lopen,' zei Mr Volckman, 'als Miss D'Allaire zich er niet mee had bemoeid.'

'U wist dat ze achter de waarheid zou komen,' zei ik. 'Waardoor uw misleidende seances aan het licht zouden komen en uw reputatie onherstelbare schade zou oplopen. Dat mocht geen van beide gebeuren als u uw mannen wilde blijven uithuwelijken aan weduwes.'

'Precies,' beaamde hij. 'Ik stuurde Vaudeline weg en was niet plan haar nog terug te vragen.' Hij trok een gezicht. 'Wat een poppenkast, het hele idee van de waarheid. Er valt geen geld te verdienen met de waarheid.'

Ineens vloog hij me naar de keel. Hij duwde me tegen de muur, vingers in een wurggreep om mijn hals. Uit alle macht probeerde ik me los te wurmen. Toen gaf ik hem een knietje in zijn kruis. Lenna had me eens voorgedaan hoe het moest voor het geval ik in een situatie zoals deze belandde.

Zijn greep verslapte op slag. Ik greep mijn kans door hem hard naar het midden van de opslagkelder te duwen. Hij verloor zijn evenwicht, smakte tegen de vloer. Ik hoorde een korte krak, gevolgd door een pijnkreet. Mr Volckman hield zijn linkerhand omhoog, ogen opengesperd. Hij had zijn pols gebroken bij de val.

Ik vloog naar de trap, vastbesloten bij hem weg te komen, maar ik was net te laat. Hij greep mijn enkel met zijn goede hand en trok me naast hem, ging vervolgens op zijn knieën zitten en graaide in zijn jas. Me ervan bewust dat hij er iets uit had gehaald – ik kon niet zien wat het was – greep ik het enige wat voorhanden was: een fles vermout onderaan de trap, klaargezet voor de nietsvermoedende feestgangers in de kelder boven ons.

Ik haalde naar hem uit met de amberkleurige fles. Met een vreselijke klap versplinterde de glazen bodem tegen zijn hoofd. Ik wist weer overeind te komen, terwijl Mr Volckman achteroversloeg, een wezenloze uitdrukking op zijn gezicht. Ik bleef even staan, de kapotte flessenhals nog in mijn hand. Wijn stroomde rond mijn voeten, maar die was vermengd met een dikkere, donkerdere substantie. Bloed.

Vreemd, want zo te zien bloedde Mr Volckman niet. Pas toen zag ik het weggesmeten mes en voelde ik de nattigheid op mijn keel, de duizeligheid achter mijn ogen. Ik hief mijn hand op om de huid boven mijn sleutelbeen te betasten. Toen ik hem weghaalde, waren mijn vingers vuurrood. Mr Volckman had naar me uitgehaald met het mes, en ik bloedde nu hevig.

Hij lag versuft op de vloer en deed vruchteloze pogingen naar me toe te schuiven. Over zijn lippen kwam alleen gegrom als van een zwoegend dier. De kapotte flessenhals zat nog in mijn hand. Ik had nog slechts de kracht over voor één klap. Ik haalde uit met de kapotte, amberkleurige fles, die door de zijkant van Volckmans gezicht sneed. Zijn jukbeen begaf het en zijn irissen draaiden weg, waardoor er witte bollen op hun plek achterbleven.

Ik viel op mijn knieën, heel warm, heel rustig. Tegelijk met mijn hartslag nam ook de wanhoop af over het achterlaten van mijn familie en de angst voor het onbekende. In plaats daarvan: nieuwsgierigheid. De dood was altijd een gegeven geweest, een zekerheid: trillend dichtvallende ogen, een einde aan de pijn. Maar wat lag erachter? Wat kwam erna?

Ik wist dat er iets was. Ik wist dat ik niet ophield te bestaan, niet echt. Ik ging enkel ergens anders heen. En Eloise zou er wachten.

De mysteries van het hiernamaals hadden mij altijd mateloos gefascineerd. Zo vurig verlangde ik de verborgen waarheden te zien achter de sluier tussen leven en dood, dat ik mijn volgende ademhaling verwachtingsvol had willen inhouden.

Alleen zat er geen volgende ademhaling meer in. Er was enkel deze, deze laatste teug lucht in mijn longen.

Vóór ik mijn ogen sloot: een schaduw. Ik keek op naar de deur van de opslagkelder.

Daar stond Mr Morley neer te kijken op ons, twee bebloede lichamen, allebei op sterven na dood. Hij liep de trap af, en toen hij dichterbij kwam, zag ik een brief uit zijn zak steken: mijn brief aan Vaudeline. Ik herkende de musjes en vogeleitjes die ik op de envelop had getekend.

Hij had hem dus helemaal niet gepost.

Wat maar één ding kon betekenen. De brief die me vanavond hierheen had gestuurd, was niet van Vaudelines hand. Het was een vervalsing. Morleys vervalsing.

Hij had me hierheen gelokt. Het opslagkelderverhaal was je reinste lokaas. Er was hier beneden helemaal niets verborgen.

Ik schonk Mr Morley een flauw lachje – ik wilde dat hij het zag, zich realiseerde dat zijn lokmiddel hiertoe had geleid, de val van de voorzitter van het Genootschap. Daarna liet ik alles los en ik hief de sluier op.

De herinnering liet haar greep vieren en ebde weg. Aan de seancetafel vlogen Lenna's ogen open.

Mr Volckman was het brein. De grootste schurk van het begin af aan. En hij en Evie hadden elkaar gedood. Hier, in de opslagkelder. Ze had het net gezien – het beleefd – via Evies herinnering.

Bij de vraag wie hen beiden had vermoord, had ze de situatie volkomen fout beoordeeld. Nu wist ze het. Ze waren slachtoffer van elkaar geworden.

En de reden dat hij Evie had vermoord, de reden dat hij haar überhaupt toevallig had aangetroffen? Het kwam door Evies vermoedens over het Genootschap na Eloises dood. Ze was uit geweest op wraak en ontmaskering, beide voortkomend uit haar bevlogenheid voor het mediumschap – de wáre versie van het metier, zonder kunstgrepen. Ze was haar vriendin, de kunst trouw gebleven. Bereid zelfs haar leven ervoor op het spel te zetten. Een martelaar.

Dit hield ook in dat de foliant die Lenna eerder die avond had gevonden niet uitsluitend van Mr Morley was. Hij maakte aantekeningen over gegadigden en doelwitten, maar de moorden zelf? Daarvoor was Mr Volckman verantwoordelijk.

Na Mr Volckmans dood moest Mr Morley de foliant hebben weggegrist om veilig op te bergen en vervolgens zelf een paar doelwitten hebben toegevoegd: de drie die nu bij hem aan tafel zaten.

Inderdaad bleek Mr Volckman de bron – de oorsprong – van de malafide praktijken van het Genootschap. Het was een totale omslag in haar en Vaudelines mening over hem. Ze hadden hem voor een fatsoenlijke man aangezien. Ze herinnerde zich hun bezoek aan Mrs Gray, waarbij de weduwe verslag had gedaan van het door Mr Dankworth ingezette magnetische apparaat voordat hij had geprobeerd misbruik van haar te maken. Volgens Mrs Gray was Mr Volckman naar boven gekomen om een kijkje bij hen te nemen. 'Mr Dankworth rolde onmiddellijk van me af,' had Mrs Gray gezegd. 'Toen Mr Volckman in de deuropening verscheen, wisselden hij en Mr Dankworth een blik. Nu vraag ik me af of Mr Volckman argwaan koesterde.'

In het licht van de nu onthulde waarheid vermoedde Lenna dat Mr Volckman helemaal niet was komen kijken of alles goed was met Mrs Gray. Misschien waren zijn bedoelingen kwalijker – misschien wilde hij zien hoe Mr Dankworths pogingen, al dan niet op financieel vlak, vorderden.

Ze voelde dat haar eigen en Evies gedachten nog steeds door elkaar liepen. Ze waren niet zo krachtig als de herinneringen van daarnet, maar ze waren wel een bron van verwarring, ruis. Zo zou het blijven, met Evie rondwarend in Lenna's bewustzijn, tot iemand de Afsluitingsspreuk uitsprak.

'U hebt Evie vermoord,' zei Lenna tegen Vaudeline, maar ze sprak tegen Mr Volckman, de man binnenin. Ze wilde hem wurgen.

Kon een mens maar twee keer doodgaan.

Vaudeline boog naar haar toe, en haar adem rook anders en vreemd, naar tabak en whisky. Ze is nog in trance, besefte Lenna. Woorden die het medium over de lippen kwamen, waren niet van haarzelf.

'Én Evie míj,' zei Vaudeline. Haar Ontknoping.

'U kunt Evie wel de schuld geven, maar...' Lenna priemde een vinger over de tafel. '...hij zit erachter. Morley lokte Evie hierheen.'

'Nee,' zei Mr Morley, die zijn hoofd schudde als een klein kind. Hij keek in Vaudelines richting. 'Volckman hoorde die avond bij zijn gezin te zijn, niet hier op de soiree.' Smekend keek hij Vaudeline aan. 'Ik wilde dit oplossen, de hele zaak...' Plotseling stopte hij, hij keek op zijn horloge, hield geschrokken zijn adem in. 'Ik moet naar buiten voor wat frisse lucht.' Hij schoof zijn stoel naar achteren, maar Beck greep zijn arm, hield hem tegen.

'Wacht eens,' zei Lenna. Ineens schoot haar te binnen wat Bennett eerder die avond had verteld, in de stallen. Hij had gezegd dat Mr Morley hem op allerheiligenavond had gevraagd de bus te laten staan nadat hij hem bij het feest had afgezet. Hij had tegen Bennett gezegd dat hij zelf thuis moest zien te komen.

'U verplaatste haar lichaam,' zei ze, nog steeds wijzend naar Mr Morley. Nu vielen alle stukjes van de puzzel op hun plek, inclusief het raadsel waar Evie werkelijk was overleden. 'Toen u besefte dat uw minnares de voorzitter van het Genootschap had gedood, verborg u het bewijs, of niet soms?'

'Wat een absurde veronderstelling,' zei Mr Morley.

'Ze heeft gelijk. Ik zag het,' zei Vaudeline – Volckman – met een adem die nog steeds stonk naar drank. 'Ik zag dat je haar de trap op sleepte, haar in een leeg vat stopte.'

Lenna kromp ineen op haar stoel. 'Wát?'

Vaudeline knikte traag, wrijvend over haar – Volckmans – vervormde en gebroken pols. 'Evie dacht waarschijnlijk dat ik al dood was. Wist het snolletje veel dat ik nog een paar minuten leefde nadat ze me met de fles had geslagen, langzaam stikkend in mijn eigen bloed.'

'Daarna vervoerde u haar lichaam naar Hickway House,' vervolgde Lenna, haar blik gericht op Mr Morley. Ze sloeg een hand voor haar mond bij de gedachte aan de bus, hoe naar ze zich tijdens elke rit had gevoeld. Ze had het geweten aan het gehobbel van het rijtuig, maar nu wist ze dat het iets anders was: haar intuïtie, dat ongrijpbare bewustzijn dat zich op de vreemdste momenten deed gelden, onder andere wanneer ze in het rijtuig had gezeten waarin Evies dode lichaam was vervoerd.

Mr Morley zei niets nu de waarheid zich rap ontvouwde.

Lenna ging door. 'Nadat u haar lichaam daarheen had gebracht, dumpte u haar in de tuin zodat ik haar zou vinden.'

Hij had Evies dood laten overkomen als domme pech, een ongeluk. De illusionist ten voeten uit.

'U was van plan haar die avond zelf te vermoorden, hè?' vroeg Lenna. 'U had geen flauw idee dat Mr Volckman het voor u zou doen.'

'Deze Evie was je minnares?' Agent Beck zat Mr Morley aan te gapen.

Lenna kon zich wel voorstellen hoe verward hij was over de details die nu in sneltreinvaart aan het licht kwamen. 'Zijn minnares en mijn jongere zus,' zei ze.

Agent Beck hield zijn ogen op Mr Morley gericht. 'De voorzitter van het Genootschap, ten val gebracht door een vrouw met wie jij scharrelde… Als je schande wilde voorkomen, Morley, dan heb je het grandioos verprutst. De Met laat geen spaan van je heel wanneer ze ontdekken dat je de waarheid al die tijd al kende.'

Nu hadden ze zich allemaal tegen Mr Morley gekeerd, zo leek het. Iedereen in de ruimte, levend of dood, had een rekening te vereffenen met deze man. 'Het Londense Seancegenootschap heeft genoeg laster te verduren. Je moet begrijpen, Beck, dat ik haar lichaam hier weghaalde om het aanzien van het Genootschap te beschermen. Ze was uit op onze geheimen…'

Agent Beck fronste. 'Jij vond het gerechtvaardigd iemand te vermoorden omdat ze had ontdekt dat onze seances doorgestoken kaart waren?'

'Nee, nee. Het is veel erger dan dat. Er zijn andere geheimen waar jij niets van afweet, en…' Mr Morley stopte, buiten adem.

Hij bedoelde natuurlijk de moorden. Bijna opende Lenna haar mond om de waarheid te onthullen, maar dat zou riskant zijn. Beide mannen droegen een revolver. De spanning nu laten escaleren zou hun allemaal fataal kunnen worden.

'Mijn belangrijkste plicht, mijn belangrijkste belofte is om het

Genootschap te beschermen,' ratelde Mr Morley. Hij probeerde zijn arm los te rukken uit agent Becks greep, maar dat lukte niet. Ergernis en iets anders – angst? – flakkerden op in zijn ogen. 'Beter dan jij hebt gedaan voor de Met. Steekpenningen aannemen, collega's mishandelen.'

Becks gezicht vertrok. 'Oude koeien, Morley. Nam afscheid van de gin en verkeerde vrienden. Geen overtreding sindsdien.' Hij verstevigde zijn greep. 'Ik heb geen smetteloos verleden. Dat heeft niemand. We doen allemaal dingen waar we spijt van hebben.'

Voor het eerst sinds de kennismaking met agent Beck vroeg Lenna zich af of ze zich in hem had vergist. Een vooroordeel was gauw gevormd door zijn lompe manier van doen, en ze had ook te veel belang gehecht aan Mrs Volckmans roddels over Becks vroegere wandaden. Nu herinnerde ze zich dat Beck de cognac in het bordeel had afgeslagen en in plaats daarvan water had gedronken. Hij had dus geleerd dat drank zijn zwakke punt was. Knap van hem dat hij zijn leven had gebeterd.

Bovendien had Beck gelijk met zijn uitspraak: 'We doen allemaal dingen waar we spijt van hebben.' Zelf had Lenna ook spijt van dingen, waaronder het onbesuisd doormidden scheuren van een zekere tekening, die van Evie was.

Achter Lenna, bij het vat zonder stempel, steeg alweer een vreemde geur op, iets metaalachtigs. Ze keek naar de anderen – roken zij het? – maar zag tot haar afgrijzen dat Vaudelines lippen bebloed waren. Ze leek moeite te hebben met ademhalen.

'Langzaam stikkend in mijn eigen bloed,' had Vaudeline – Mr Volckman – daarnet gezegd. Wat inhield dat wat Vaudeline nu aan den lijve ondervond, de zoveelste door de seance veroorzaakte verwonding was. Waarom was Vaudeline niet aan de Afsluitingsspreuk begonnen om hier een eind aan te maken?

De metaalachtige geur achter Lenna werd sterker. Terwijl agent Beck en Mr Morley grove taal naar elkaar schreeuwden, schoof ze haar arm naar de pen naast zich. Ze deed alsof ze een onverhoedse beweging maakte, waarmee ze de pen van tafel veegde. Hij rolde een eindje over de grond, tot vlak bij het ongemarkeerde vat dat haar eerder was opgevallen.

Ze stond op van haar stoel. Toen ze de pen pakte, tuurde ze naar het vat.

Ze sloeg een hand voor haar mond, uit vrees dat haar adem hoorbaar zou stokken.

Een dik geweven touw liep langs de onderkant van het vat. Op twee derde van het koord smeulde iets, roodgloeiend. Ze herkende het als een lont, van een tuinfeest bij Hickway House jaren geleden. Ze had haar vader geholpen de bescheiden feestverlichting buiten op te stellen; de lonten ontbrandden met tussenpozen, tot verrassing en verrukking van de gasten.

Nu kroop het smeulende vuur van de lont langzaam naar het vat, de hitte ter hoogte van de metalen ring die het vat bij elkaar hield. Dit verklaarde de geur.

En als het een lont was, kon het alleen maar betekenen dat er iets explosiefs in zat.

Dus dit was zijn plan.

Het was zo logisch als wat, gegeven de eerdere zwavelgeur, die Mr Morley per se had willen onderzoeken. Niet alleen dat, hij was ook overdreven bezorgd geweest over de timing van de seance, zat voortdurend op zijn horloge te kijken en commentaar te leveren op de voortgang. En hij had meermaals geprobeerd de kelder te verlaten voor wat frisse lucht...

Opnieuw keek ze naar de lont. Als Mr Morley hem had aangestoken bij aankomst in de kelder, dan was het smeulende vuur heel traag langs het touw omhooggekropen. Ze schatte nog tien minuten, misschien meer, totdat het het uiteinde bereikte. Ze griste de pen mee en keerde terug naar haar stoel. Ze kon niet hardop uitspreken wat ze had gezien; dan zou Mr Morley misschien alsnog zijn toevlucht nemen tot het wapen.

Naast haar was Vaudeline lijkbleek geworden, en een stroompje bloed droop over haar onderlip. Hoewel haar ademhaling oppervlakkig was, ademde ze tenminste nog en was ze bij bewustzijn. *Ze is te zwak om de Afsluitingsspreuk uit te spreken,* besefte Lenna. *Ik sta er alleen voor.*

Maar zodra de gedachte bij haar opkwam, schudde ze haar hoofd. Ze was niet echt alleen. Ze was nog steeds in trance, zelfs in staat met Evie te communiceren. En geesten, zo wist ze inmiddels, waren in staat tot meer dan kattenkwaad.

Ze konden een enorme verwoesting aanrichten.

Tot de dood aan toe.

40

Mr Morley

Het is de waarheid: ik heb nooit iemand vermoord.

Ja, bij gelegenheid had ik de portfolio in handen, om er aantekeningen of krantenknipsels in op te nemen. Maar de foliant was in de eerste plaats van Volckman. Een geordende verzameling regelingen en plannen: stambomen, artikelen over grondbezit, notities inzake toekomstige doelwitten. Het wie, waar en wanneer.

Hij was altijd al de dapperste van ons tweeën. Er bestonden geen illusies over moord, geen masker om achter te schuilen. Wanneer de daad was gepleegd, was het klaar. En een huisvader is de perfecte moordenaar. Niemand verdenkt een goede echtgenoot, een zorgzame vader.

Volckman had ook meer lef dan ik. Magische kaarsen en eiwitten waren mijn terrein, maar Volckman had er geen enkele moeite mee om een knuppel op te heffen en op een slachtoffer in te slaan in de beschutting van het schemerduister.

Maar de vooravond van Allerheiligen? Hij hoorde het helemaal niet te weten – hoorde niet eens op mijn soiree te zijn. Hij ging naar een familiefeestje met zijn vrouw en kinderen. Gebakjes en gezelschapsspelletjes. Het was een uitgelezen kans voor mij om het probleem binnen mijn afdeling uit de weg te ruimen, het probleem dat ik zelf had binnengehaald bij het Genootschap.

Het zou mijn eerste moord worden, en Volckman zou het nooit te weten komen. Haar naam zou nooit in de foliant komen.

Natuurlijk smeedde ik een misleidend plan. Daar wist ik het meest van, maar laat er geen misverstand over bestaan: het was een lastige opgave. Aan verbeeldingskracht had ik in dit geval niets, want andermans handschrift nabootsen vereist inzet en grondige analyse. Ik bestudeerde een aantal oude, door Miss D'Allaire geschreven documenten – ze had de afgelopen jaren veelvuldig gecorrespondeerd met Volckman – en analyseerde haar inktgebruik, de hoek waarin ze haar hand moest hebben gehouden.

Tijdens de vervalsing beging ik een paar blunders, maar dat had ik ingecalculeerd. Vandaar de extra vellen roze perkamentpapier van Le Papetier.

Mijn vervalste brief aan Evie droeg haar op om negen uur te arriveren op de cryptesoiree. Ik hield er rekening mee dat ze er eerder zou zijn, maar zeker niet te vroeg; ze had een menigte nodig om onopgemerkt te kunnen rondlopen. Er was toch niets verborgen in de opslagkelder. Ze kon zo lang zoeken als ze wilde.

Ik arriveerde klokslag negen uur. Daar aangekomen stuurde ik Bennett naar huis. Ik had het rijtuig nodig, maar zijn diensten niet meer.

Achter in de bus stond een leeg vat. Tussen de feestgangers door rolde ik het vat over de hellingbaan naar beneden en naar de zijkant, waar we de vaten via een speciale ingang in- en uitlaadden. Eenmaal binnen zette ik het vat pal naast de deur naar de opslagkelder.

Het feest was, tot mijn opluchting, een dolle boel. Niemand zou ons kunnen horen in de opslagkelder, en eventueel geschreeuw of gegil zou worden overstemd door de viola, het liederlijke gedruis boven.

Ik stapte op de deur af, klaar om hem te openen, in de wetenschap dat ze daar beneden zou zijn, op zoek naar iets wat ze niet zou vinden.

Voorzichtig trok ik de deur open. In een van mijn zakken zat het epistel dat ze aan Vaudeline had geschreven. Ik kon niet wachten het haar te laten zien, de blik in haar ogen te zien wanneer ik onthulde wat ik allemaal van haar wist. Misschien zou ik een aantal fragmenten hardop voorlezen, alleen om haar te zien zweten.

Met de deur open keek ik langs de korte trap naar beneden.

Ik was geschokt door het tafereel dat ik onder ogen kreeg.

Daar was ze, languit op de vloer, bloedend. Leren tas aan de kant gegooid, haar notitieboekje zichtbaar.

En ze was niet alleen.

Bij het ontdekken van de twee lichamen – waren ze zieltogend of al dood? – ontsnapte me een kreet. Ik trok de deur dicht en snelde de trap af. Daarbij miste ik de laatste trede, waardoor ik hard op de grond viel en mijn hand een bebloed mes schampte dat ik als dat van Volckman herkende.

'Volckman?' schreeuwde ik. Ik begreep het niet. Wat deed hij hier?

Desondanks was onmiddellijk duidelijk wat er was gebeurd. Opluchting en wroeging streden om voorrang binnen in me. Evie was dood. Maar ze had hem met zich meegenomen.

Ik had hen uit elkaar willen houden. Ik had die avond, op dat tijdstip, willen afrekenen met Evie en het Genootschap willen verlossen van het gevaar dat ze vormde.

Maar vijanden hebben er een handje van elkaar op te zoeken.

Eerst ging ik naar Volckman. Hij was niet dood, nog niet. Zijn vingertoppen beefden, en onder het verbrijzelde bot dat uit een wang stak, trilde zijn oog in de kas. Uit zijn keel steeg een vaag gorgelend geluid op. Ik gaf een onbeholpen klopje op zijn arm, machteloos.

Ik herinnerde me, als de dag van gisteren, de vele waarschuwingen die hij me het afgelopen jaar had gegeven. 'We moeten uitzoeken waar die geruchten vandaan komen.' In hetzelfde gesprek had hij gedreigd me te ontslaan. 'Regel het, Morley,' had hij gezegd. 'De cijfers, de praatjes, alles.'

Hij had het niet over de mannen van mijn afdeling of welke schurken ook. De schurken waren zijn eigen verzinsel, iets om Vaudeline de stad uit te krijgen. Toen hij zei: 'Regel het,' had hij het over míj. Over mijn methoden. Ik moest de teugels aanhalen.

Nu, knielend bij zijn bijna-dode lichaam, wist ik dat ik me hoorde te verontschuldigen tegenover hem. Hij had me gered, op financieel en sociaal vlak, en moest je zien wat ik hem in ruil daarvoor had gegeven.

Maar in werkelijkheid was een verontschuldiging niet het eerste wat in mijn gedachten opkwam. In plaats daarvan was mijn brein al druk aan het uitdenken hoe ik mezelf uit deze situatie kon redden.

Naast Volckman lag Evie. Haar gezicht was lang niet zo grotesk. Ze mocht dan een bloedende jaap in haar hals hebben, haar gelaatsuitdrukking was... blijmoedig. Haar ogen waren dicht, haar lippen lichtjes gekruld.

Ze was altijd al in de ban van het hiernamaals. Verdomd als ze niet verheugd leek het eindelijk tegemoet te treden.

Evies lichaam wegwerken – en haar notitieboekje, dat vol belastende gegevens stond, zo ontdekte ik later – was cruciaal. Het was overduidelijk dat zij Volckman had gedood, wat zou leiden tot een uitvoerig onderzoek. Wie was ze? Waarom had ze het gedaan? Wat wilde ze? Dat zou weer naar mij leiden, naar Genootschapsgeheimen. Daar zou uitkomen dat ik de Genootschapsregels met voeten had getreden. Dat ik een rol had gespeeld bij de dood van de voorzitter.

Het voortbestaan van het Genootschap was belangrijker dan de waarheid. Dat zou Volckman immers hebben gewild? Mijn status was ook belangrijker. Dus redeneerde ik dat het de juiste keuze was om haar lichaam alsnog in het vat te stoppen en af te voeren. Beter om iedereen in het duister te laten tasten omtrent Volckmans moordenaar.

Ik griste Evies notitieboekje mee en stopte het in mijn jas, bij de brief van Vaudeline die ik pas een paar dagen geleden had vervalst. Ik zou alles zo snel mogelijk meenemen naar het hoofdkantoor en dan veilig opbergen in mijn verborgen bureaulade. De foliant lag daar al; Volckman had hem vorige week aan mij overgedragen, en ik had er sindsdien een paar fraaie notities in gemaakt, beschrijvingen van toekomstige doelwitten. Volckmans dood was een geluk bij een ongeluk voor die potentiële slachtoffers, ook al zouden ze het nooit weten.

Nadat ik Evies lichaam de trap op had gesleurd en in het lege vat had gewerkt dat nog rook naar eiken en karamel, ging ik naar beneden om Mr Volckman vaarwel te zeggen. Het gorgelen, het beven, het trillen waren allemaal gestopt. Hij had daar op de stenen vloer de geest gegeven, en ik was blij dat hij niet lang had geleden.

Uiteindelijk rolde ik het vat naar buiten naar het wachtende rijtuig, blij met de nieuwe maan en de sluier van de avond. Ik zeulde het vat over de laadplank het rijtuig in. Daarna beklom ik de bok en liet de teugels knallen.

De vervloekte paarden weigerden in beweging te komen. Tartend stonden ze daar, de koppige beesten. Speelden ze een spelletje met hun nieuwe koetsier of bespeurden ze iets vreemds aan de lading achterin?

Onder de zitting tastte ik naar de zweep. Het leer was hard, onbeschadigd. Ik vermoedde dat Bennett het ding nooit had hoeven gebruiken.

Ik liet de zweep neerkomen, hard en snel. Hun flanken sidderden bij de knal, en een van de paarden draaide met een ruk zijn hoofd om, oren achterover en ogen verwilderd.

Het werkte wel. Met de gesel in de aanslag joeg ik de paarden voort naar Hickway House, al die tijd met het beeld voor ogen van Volckmans bloed dat rondom hem in plassen stolde op de stenen vloer.

Duisternis is een trouwe vriend, en bovendien was het rond het hotel rustig. Ik deed er niet lang over om het vat eruit te rollen naar de tuin aan de zijkant. Ik ontdeed het vat van het lichaam en rolde het vervolgens naar een steeg vol afval en lege dozen. Hoewel ik geen lantaarn had om het vast te stellen, vermoedde ik dat er bloed op de bodem zat, dus mikte ik er wat weggegooide etensresten in, bedorven dingen die ik blindelings tussen de rommel uit viste. Een melange van afval.

Daarna zette ik weer koers naar de cryptesoiree. Tijdens de rit naar het westen probeerde ik alles wat er was voorgevallen te vergeten. Ik probeerde de geheugenlei schoon te vegen en me de avond opnieuw te verbeelden, zodat ik beter in staat zou zijn me van de domme te houden tijdens de onvermijdelijke ondervraging door de politie. Tenslotte zou ik degene zijn die het lichaam vond. Ze zouden heel wat vragen hebben.

Te oordelen naar de joligheid die me bij terugkomst ten deel viel, was mijn afwezigheid niemand opgevallen. Met een gemaakte glimlach liep ik door de meute feestgangers, en ik vertelde een paar mensen dat ik naar beneden ging om meer vermout te halen.

Naar de opslagkelder ging ik.

Ik opende de deur, slaakte een schreeuw.

Al zeg ik het zelf, ik vind dat het een van mijn beste optredens was.

Helaas kom ik niet meer weg met zulke trucs.

Niet nu.

Niet hier.

41

Lenna

Londen, maandag 17 februari 1873

Langzaam, haast onmerkbaar, sloeg Lenna een paar bladzijden om van haar notitieboekje. Ze sloeg de zeven seancefasen over, nog niet bezig met de Afsluiting. Die zou immers niet al haar problemen oplossen. Daarmee zouden de geesten van Mr Volckman en Evie worden verdreven, ja, maar dan was Mr Morley nog steeds springlevend. Ze moest eerst met hem afrekenen. Daarna moesten zij, Vaudeline en agent Beck weg zien te komen – voordat de lont opbrandde.

Ze sloeg de pagina op met verdrijvingsbevelen, die alleen in uitzonderlijke omstandigheden werden gebruikt. Ze zou ze glad zijn vergeten als ze ze niet gisteren nog had doorgenomen om de slapeloze nacht door te komen. Vaudeline had haar geholpen met een paar correcties, dus de uitspraakregels lagen nog vers in haar geheugen. Onder andere het Transveni-bevel, bedoeld om een trance te verplaatsen door een geest over te laten gaan van de ene seancedeelnemer naar een andere, vrijwel altijd van een zitter naar het medium. In dit geval moest ze echter het tegenovergestelde bewerkstelligen. Evie moest haar verlaten en een van de zitters in trance brengen: Mr Morley.

Tot voor kort, dacht Lenna, *geloofde ik niet eens echt in een leven na de dood. Nu hoop ik dat de geest van mijn zus mijn leven zal redden.*

Ze wist dat dit een afscheid betekende. Als Evie haar eenmaal had verlaten, zou ze haar niet nogmaals oproepen. Ze zou haar nooit meer terugkrijgen. Niet bij leven, niet na de dood.

Aarzelend liet ze haar vingers boven de pagina van haar notitieboekje hangen. Toen schoot het haar te binnen.

Vlug graaide ze in haar tas. Ze haalde er een papieren zakje uit. Erin de zwartkopveer – de apport die ze maanden geleden voor Evie had gekocht.

Ze legde de veer voor zich op tafel en vroeg Evie in gedachten om vergiffenis voor zoveel: jaren van niet-geloven in de geestenwereld. Al die koppige ruzies om niets die ze was begonnen. Het geplaag met jongens en Evies losbandige gedrag. Het doormidden scheuren van haar tekening van de zeshoek. De beschuldiging van neuzen in haar privéspullen. Voor geen van die dingen had ze ooit haar excuses aangeboden.

Ze voelde iets vochtigs en warms op haar wangen. Ze legde haar vingers op haar gezicht; ze werden nat van de tranen. Ze had niet gemerkt dat ze was gaan huilen. Waren dit haar tranen of die van Evie? Allebei wellicht.

Nu ze haar excuses had gemaakt, begon ze het korte Transveni-bevel te lezen. Het bestond uit twee strofen, acht regels in totaal. Ze las ze zwijgend, snel, Evie opdragend om een overstap te maken, om haar lichaam te verlaten in ruil voor dat van Mr Morley.

Naast haar bleef Vaudeline traag en oppervlakkig ademen. Toen Lenna het einde van de spreuk naderde, werd haar blik zo wazig dat ze de laatste paar regels niet kon lezen.

En toch huilde ze niet meer.

Het was Evie, ongetwijfeld, die zich koppig verzette tegen de voltooiing van deze spreuk.

Mijn leven staat op het spel, Evie, dacht Lenna. *Je zult niet voor niets zijn gestorven. Daar zal ik voor zorgen.* Toen, als laatste afscheidsgroet: *Ik hou zielsveel van je, zusje.*

Met haar betraande vingers raakte ze de wond in haar hals aan. Op datzelfde moment begon de huid onder haar vingers te dichten, te helen.

Evie gehoorzaamde. Evie ging weg.

Ze raffelde de resterende regels af tot het einde van de tweede strofe. Een ogenblik later was het Transveni-bevel voltooid.

Aan de andere kant van de tafel zat agent Beck met een trillende vinger te wijzen naar Mr Morleys hals. In het zwakke licht fronste Lenna. Op de plek waar haar eigen wond inmiddels heelde, had zich een bloederige, rafelige snee gevormd in Morleys hals.

Mr Morley keek op, panische angst in zijn ogen. Hij betastte zijn wond, bekeek zijn vingers. Maar toen hij zijn mond opende om iets te zeggen, werd hij overstemd door een oorverdovend kabaal. Het klonk alsof er duizend vuisten op de stenen muren bonkten. Alleen was er niets of niemand om het helse lawaai te verklaren. *Klopgeesten*, dacht Lenna. Ze legde haar handen over haar oren, terwijl een lachje om haar mond speelde.

Daarna doofden de muurkandelaars, ontbrandden, doofden, ontbrandden. Schijnbaar uit zichzelf, spontaan en synchroon.

Toen: onmiskenbare vleugen van Evies parfum. Bergamot, doordringend en bloemachtig.

Ze speelde met hun zintuigen.

Afgrijzen trok over Mr Morleys gezicht. 'Evie,' bracht hij verstikt uit. Hij keek achterom, waar hij niets anders dan een muur aantrof. Hij bewoog zijn hoofd met een ruk van links naar rechts, maar Evie was nergens te bekennen. 'Magische kaarsen,' fluisterde hij vervolgens, meer tegen zichzelf dan tegen iemand anders.

Hoofdschuddend wees Lenna naar de tafel. 'Hier geen magische kaarsen,' zei ze.

Eindelijk begonnen de stemmen.

Binnen de muren en het plafond en in de lucht rondom hen klonken de holle, indringende stemmen van mannen en vrouwen en kinderen. Er zouden wel honderd buiksprekers voor nodig zijn geweest om het geluid na te bootsen. Allemaal scandeerden ze hetzelfde woord, non-stop: Evie. Evie. Evie.

Mr Morley stond op van zijn stoel, maar hij werd subiet achteruitgeduwd door een onzichtbare kracht. Hij viel tegen de muur. Hij begon zwaar te ademen, zijn gezicht rood, en de wond in zijn hals bloedde heviger. Hij strekte zijn benen, duwde zijn hoofd tegen de muur en schreeuwde het toen uit van wat evengoed pijn als woede kon zijn. Zijn rug trok krom toen hij de speelbal werd van een bepaalde druk of spanning die Lenna niet kon zien. Ze kon zich slechts voorstellen hoe Evie hem tergde.

Het geklop. De vlammen. Het parfum. De stemmen. En nu de lust. Alle bedrieglijke tactieken die hij had ingezet tegen rouwende vrouwen door heel Londen, zette Evie nu in tegen Mr Morley, om hem de doodsschrik op het lijf te jagen.

Nog één keer raakte Lenna haar hals aan. De wond was geheeld, niet meer dan een gevoelige plek. Evie had haar nu echt verlaten. Het was tijd om de Afsluitingsspreuk te lezen.

Vliegensvlug bladerde ze door haar notitieboekje. Ze las het fragment zo snel als haar ogen over de bladzijde konden vliegen, in de wetenschap dat als het eenmaal voltooid was, Mr Volckman en Evie allebei verdwenen zouden zijn, verlost uit dit halve bestaan. Niet dat ze het Mr Volckman gunde – ze had hem met alle plezier verdoemd tot in de eeuwigheid te lijden – maar dat was nu eenmaal de aard van deze seance. Er waren twee geesten, een goede en een kwade, en alle spreuken golden voor hen allebei. Ze zou haar zus nooit voor eeuwig verdoemen tot deze plek.

Ook al was het kwaadaardig, geesten kónden gedwongen worden keer op keer tevoorschijn te komen. Misschien zou ze –

Plotsklaps schreeuwde Mr Morley het uit, nu in de greep van iets afschuwelijks. Hij leek halfdood, alsof hij met onzichtbare touwen in bedwang werd gehouden.

Zodra ze de laatste regel van de Afsluiting had gelezen, stond ze op van tafel. Ze greep Mr Morleys tas, die hij had meegenomen van het Genootschap. Erin zaten de belastende foliant, het notitieboekje. Daarna greep ze Vaudelines hand, de hand die even daarvoor nog in een rare hoek had gestaan. Hij was geheeld – recht getrokken, niet langer opgezwollen. 'Kom, we gaan,' zei ze, wetende dat de lont binnen enkele minuten zou ontbranden.

Ze zou Mr Morley laten omkomen door zijn eigen snode plan.

Agent Beck noch Vaudeline protesteerde. Beiden zagen er zwak, bleek uit, maar verlost van invloeden, niet langer bevangen door een sinistere kracht of persoon. Toch bewaarde Lenna afstand tussen haarzelf en agent Beck. Hoewel hij niets had geweten van de door Mr Morley en Mr Volckman gepleegde moorden, ging hij niet helemaal vrijuit. Hij was immers wel lid geweest van een bedrieglijke, manipulatieve organisatie. Ze mocht vanavond dan van mening zijn veranderd over hem, desondanks bleef ze op haar hoede.

Op weg naar de uitgang draaide Lenna zich nog één keer om. Waar ze de veer op tafel had laten liggen voor Evie, lag nu iets kleins en honingkleurigs.

Ze fronste. Ze rende terug naar de tafel en slaakte een kreet. De veer die ze voor Evie had achtergelaten, was verdwenen, en op die plek lag een barnsteentje. De hars was vrij van onzuiverheden, mooier dan alle andere barnstenen in haar bestaande verzameling. Bijna alsof het exemplaar niet van de aarde afkomstig was.

Een veer voor amber. Van hier naar daar. De ruil, wist Lenna, stond voor vergiffenis. Liefde.

Ze stopte het steentje in haar zak. Ze verlieten de kelder, deden de zware deur dicht en liepen weg van het gebouw. Toen ze op veilige afstand waren, keek Lenna achterom. Geen schaduwen, geen gedaantes.

Niets of niemand volgde. Naast haar had Vaudeline zich ook omgedraaid. Haar opengesperde ogen stonden waakzaam en alert. De kleur keerde terug op haar gezicht.

'We moeten weg bij het gebouw,' zei Lenna. Vaudeline en Beck keken haar allebei aan, verward. 'Hij heeft een lont aangestoken in de kelder, vlak achter de tafel. De boel kan elk moment exploderen. Ik weet niet wat er in het vat zit, maar –'

'Buskruit,' zei agent Black met grote ogen. 'Ik zag het eerder vandaag op Morleys handen. Daarom hield ik hem vanavond scherp in de gaten. Ik heb de man nooit vertrouwd. Van meet af aan al niet.' Hij keek naar de straat. 'We gaan linea recta naar de Met om hun de waarheid te vertellen over Volckmans dood.'

'Ja,' zei Lenna, 'en de rest van het verhaal.'

'Pardon?'

'Het allerergste complot. Dat bedoelde Mr Morley in de kelder, toen hij het had over het ergste Genootschapsgeheim. Hij en Mr Volckman hadden een portfolio met namen, rijke mannen die ze vermoordden. Na de moorden dwongen ze de rijke weduwes te trouwen met bepaalde Genootschapsleden die ze eedgenoten noemden. Die eedgenoten betaalden het Genootschap vervolgens een fikse jaarlijkse bijdrage.'

'Dat bestaat niet,' fluisterde agent Beck.

Lenna tuurde in Mr Morleys tas met de portfolio. 'Het bewijs zit hierin,' zei ze. 'Van a tot z.'

Zonder een woord te zeggen zette agent Beck er stevig de pas in, naar Bennett en de bus.

Lenna gebaarde Vaudeline nog een stukje door te lopen, voordat ze stopte en zich omdraaide. Toen ze Vaudelines hand wilde pakken, bleek die vlakbij te zijn. Vaudeline had haar hand willen pakken op precies hetzelfde moment.

Ze stonden tegenover elkaar, hun lichamen slechts centimeters van elkaar.

'Hoe heb je het gedaan?' vroeg Vaudeline. 'Hoe riep je haar op?'

Lenna slikte. 'Ik zei de spreuken in mezelf op. Ik... veranderde een paar woorden.'

'*Téméraire*. Wat roekeloos van je. Je had de hele seance in gevaar kunnen brengen.' Vaudeline leek er niet over te spreken te zijn. Toch deed ze een stapje naar voren. Een plukje haar waaide op in het briesje en bleef aan Lenna's wang plakken.

'Zelf kon je de seance niet eens uitvoeren,' wees Lenna haar terecht. 'Ik moest de Isolatiespreuk voor je opzeggen. De Afsluiting ook.'

'Elke goede leerling zou hetzelfde hebben gedaan. Het galgenveld... ik had niet zoveel energie verwacht.'

'Wijt het aan wat je maar wilt. Maar je kunt niet zeggen dat ik iets in gevaar heb gebracht.'

Ze waren aan het walsen met woorden. Vaudeline staarde haar aan alsof ze over nog een tegenargument nadacht.

Nu is het genoeg, besloot Lenna. Vóór Vaudeline nog iets kon zeggen, liet ze haar hand los en sloeg hem om Vaudelines nek. Daarna boog ze naar voren en drukte haar lippen stevig op de hare.

Vaudeline had kunnen schrikken of achteruit kunnen deinzen, maar in plaats daarvan legde ze een hand op Lenna's onderrug en trok haar tegen zich aan. Het leek wel of ze hierop had gewacht, het misschien zelfs had uitgelokt met het gekibbel van daarnet.

Zo bleven ze lang staan, Lenna verwonderd over hoe ongelooflijk zacht de lippen van deze vrouw voelden op die van haar. Het leek in de verste verte niet op zoenen met Stephen, zelfs niet met Eloise. Met Eloise was er sprake geweest van weerstand tussen hen – een gevoel van schroom, ook al bevonden ze zich achter gesloten deuren.

Dat liet Lenna nu niet gebeuren. Ze nam Vaudelines onderlip tussen haar tanden, straal vergeten waar ze waren en wat er vannacht was voorgevallen...

Plotseling explodeerde de kelder achter hen met enorme kracht. Stenen en stof vlogen in een paddenstoelwolk uit het gebouw. Lenna verbrak de kus om haar handen tegen haar oren te drukken. Op het moment dat een stofregen op hen neerdaalde, begonnen de vlammen uit het gebouw te slaan.

Niemand kon zo'n knal hebben overleefd.

Lenna knipperde bij de herinnering aan wat ze van plan was. Ze had de beslissing in de kelder genomen, tegen het einde van de seance.

Ze liep weer op het gebouw af. Agent Beck was nergens te bekennen; hij moest al in de bus hebben gezeten tijdens de ontploffing.

'Wat doe je?' riep Vaudeline, haar hand als verlamd op de plek waar Lenna's middel zich zojuist nog bevond.

Haar notitieboekje nogmaals tevoorschijn halend ging Lenna zo dicht bij het gebouw staan als mogelijk was in de hitte en de vlammen. Daar, in het verblindende licht dat zweet uit haar poriën liet stromen, begon ze opnieuw.

De tweede en laatste seance van de avond.

42

Mr Morley

Vóór de explosie, toen ik creperend van de pijn op de stenen vloer lag, was ik er heilig van overtuigd dat er geen grotere misdaad, geen groter kwaad bestond dan wat Evie mij had aangedaan.

Toen deed haar zus er een schepje bovenop.

Ik had nooit kunnen bedenken hoe het allemaal zou lopen: dat er een tweede seance zou volgen, en dat ik een van de twee opgeroepen geesten zou zijn, en dat Miss Wickes de zevende fase niet zou voltooien.

Na de eerste zes fasen van het proces te hebben opgezegd sprak ze het Expelle-bevel uit om ons uit haar te verdrijven, maar ze zei de Afsluitingsspreuk niet op – ze liet mijn geest, noch die van Mr Volckman, vrij uit de smeulende puinhoop.

Nu zijn we hier, zwevend in deze godverlaten leegte, en wilde ik dat we zaten weg te rotten in de gevangenis. Het zou beter zijn dan dit.

Ik hang boven de plek waar de kelder zich vroeger bevond en ik kan ze zien aan de overkant: een legioen geesten. Iets stroperigs en ondoordringbaars scheidt ons, een substantie die ik niet kan thuisbrengen, want iets dergelijks bestond niet in de wereld waar ik vandaan kom. Onder de geesten bevinden zich mannen en vrouwen, kinderen, zuigelingen, de ongeborenen en elk denkbaar beest. Flora ook, en kleuren die ik niet herken.

Eromheen bestaat een sfeer van verbondenheid en saamhorigheid. Geen van hen lijdt. Ze hebben niets te wensen. Ze schijnen niet te horen wat ik hoor – het onafgebroken, schrille gezang van een grasmus – en ze lijken ook niet te worden gekweld door herinneringen en wroeging. Degenen die wij vermoordden, maken een welhaast euforische indruk, alsof ze op een of andere manier aanvoelen dat wij hier zijn en nooit daar zullen komen, bij hen.

Afgunstig sla ik hen allemaal gade. Het is duidelijk dat zij mij niet kunnen zien.

Ik vervloek de illusies die ik mijn leven lang heb uitgedokterd. Al dat liegen en bedriegen over het leven na de dood. Hoe reëel het nu voor me is. Het verwoest mij, een reeds dode man.

Tenzij Miss Wickes of Miss D'Allaire met de hand over het hart strijkt – tenzij een van hen besluit terug te keren naar de plaats waar de kelder zich eens bevond en de slotspreuk op te zeggen – zullen Mr Volckman en ik voor eeuwig zuchten onder deze beproeving.

Genade zij met degene die zichzelf de vijand heeft gemaakt van een wraakzuchtig medium.

EPILOOG

LENNA

Parijs, maart 1873

In de salon van Vaudelines pension in het centrum van Parijs zat Lenna aan het notenhouten bureautje bij het raam. Het was begin maart. Ze staarde naar buiten, waar de roze knoppen in de jonge appelboom in het oog sprongen. Het moesten er wel duizend zijn. Een hommel zoemde eromheen; hij zou niet heel lang meer hoeven wachten, want de knoppen leken elk moment te kunnen uitkomen.

Ze richtte haar aandacht op het boekwerk over middeleeuws mediumschap voor zich. Ergens halverwege het boek zat een papiertje – een bladwijzer, geplakt boven een lijst paranormale verschijnselen waargenomen in het begin van de vijftiende eeuw. Lenna had de bladwijzer daar weken geleden tussengevoegd, vóór de seance in het chateau. Ze was ervan uitgegaan binnen een dag of twee verder te gaan met het boek, haar privélessen te hervatten.

In plaats daarvan waren Vaudeline en zij naar Londen afgereisd.

Ze hadden een criminele herensociëteit ontmaskerd.

Ze hadden de moord op Evie opgelost. Plus die op Mr Volckman.

En daarna had Lenna Mr Morley en Mr Volckman eigenhandig verdoemd tot een bestaan van eeuwig lijden.

Een hele prestatie voor een aspirant-medium, dacht ze nu. Twee geesten tegelijk oproepen na de explosie was niet alleen gevaarlijk geweest, maar ook onbeschrijflijk vermoeiend. Toch had ze zich erdoorheen geslagen, met inzet van alle wilskracht en concentratie die ze kon opbrengen. Ze was er zelfs in geslaagd haar ademhaling te controleren tijdens de spreuken.

Nu, pen in de aanslag, opende ze het boek bij de bladwijzer en ze ging verder waar ze was gebleven.

Na de Volckman-seance hadden Vaudeline en Lenna een lange nacht en een deel van de volgende ochtend doorgebracht met het afleggen van verklaringen aan de Met. Agent Beck toonde zich een trouwe en oprechte bondgenoot, die alles bevestigde wat de vrouwen zeiden, hoewel het duidelijk was dat sommige verklaringen – namelijk dat twee moordenaars zitting hadden in het Genootschap – gegarandeerd zouden resulteren in de ontbinding van de organisatie.

Het was niet makkelijk geweest voor Lenna om de politie te vertellen dat Mr Volckman was gedood door haar bloedeigen zus. Maar ze was op zoek geweest naar de waarheid, dus zou ze de waarheid spreken.

Bovendien was het waaróm even belangrijk als het wíé.

De agenten die de verklaringen opnamen, hadden haar eerst niet geloofd, maar Lenna had hun de inhoud van Mr Morleys tas gegeven. Erin zat de portfolio waarin iedereen stond vermeld die Mr Morley en Mr Volckman hadden vermoord, inclusief Mr Heslop, Evies notitieboekje vol geheimen, waarin de vele malafide praktijken van het Genootschap nauwkeurig waren beschreven, Evies brief aan Vaudeline, die Mr Morley nooit had gepost, en zelfs Mr Morleys vervalste antwoord.

Evie was een heldin, gaf Lenna de politie te verstaan. Overmoedig, ja, maar niet voor niets gestorven.

Met de onthulling van de toedracht van Evies dood keerde Lenna's moeder terug van het platteland naar Londen. Daar was Lenna blij om – voor haar vader met name. Het verwerkingsproces zou het gezin tijd kosten, maar elke dag was een stapje in de goede richting.

Na verloop van tijd bracht de politie een aantal dingen terug die Lenna hun had gegeven – namelijk Evies notitieboekje en de brief die ze aan Vaudeline had geschreven. Lenna was blij de paperassen terug te hebben en was van plan volop gebruik te maken van de informatie erin.

Het nieuws dat Vaudeline was teruggekeerd naar Londen, zij het tijdelijk, ging als een lopend vuurtje. Niet langer onder bedreiging vanuit het Genootschap – al die tijd werd de ernstigste bedreiging gevormd door Mr Volckman en Mr Morley – werd ze enthousiast onthaald door zowel verslaggevers als fans. Het werd bekend dat Miss D'Allaire voorlopig in Hickway House verbleef, en daarop begonnen dagelijks tientallen brieven binnen te stromen van rouwende inwoners van Londen die seances aanvroegen.

Ze had geen tijd om op deze aanvragen in te gaan, maar ze maakte wel tijd voor twee seances in het bijzonder: een voor Mrs Gray, de weduwe, en een voor Mel en Bea op 22 Bow Street. Tijdens de seance in het bordeel stopte Vaudeline Bea meer dan genoeg geld toe om de medicijnen voor haar zieke moeder te bekostigen. Dankbaar was Bea in tranen uitgebarsten.

Hoewel Vaudeline niet langer werd geconfronteerd met bedreigingen in de stad, zou het een hele poos duren om de lucht te klaren, en ze popelde bepaald niet om terug te keren naar een plaats die haar, slechts dagen eerder, zoveel leed had berokkend. Ze wilde niet in Londen blijven. Parijs was thuis, en ze kondigde aan dat ze binnen enkele dagen, zodra de Met had verzameld wat ze nodig hadden voor hun onderzoek, terug zou gaan naar Frankrijk.

Voor Lenna stond het vast. Ze ging met Vaudeline mee.

In de eerste plaats wilde ze haar opleiding tot medium voortzetten.

Maar er was ook die belofte die ze had gedaan, enkele uren vóór de Volckman-seance: 'Hierna,' had ze tegen Vaudeline gezegd, 'wil ik onderzoeken wat er mogelijk is tussen ons.'

'Als je bedenkingen hebt, kun je nu nog van gedachten veranderen,' zei Vaudeline op de ochtend van hun terugreis naar Parijs. Er waren twee weken verstreken sinds de Volckman-seance. De vrouwen zaten naast elkaar op een bankje op het treinstation. Hun trein, die hen van Londen naar Dover zou brengen, zou over twintig minuten aankomen.

'Ik verander niet van gedachten,' zei Lenna, dichter naar haar toe schuivend.

'Ondanks Stephens smeekbede?' Vaudeline gaf een knipoogje. Ze was erbij geweest gisteravond, toen Lenna het nieuws voorzichtig aan Stephen had verteld. Ze had gezegd dat ze de volgende dag terugging naar Parijs, en zijn bedrukte gezicht sprak boekdelen. Lenna vond het vreselijk dit te moeten vertellen, zeker gezien alles wat er de afgelopen dagen aan het licht was gekomen – namelijk dat zijn vader en zijn tweelingzus niet waren verdronken maar vermoord en dat zijn moeder een pion was geweest in een ingewikkeld complot waarbij haar tweede echtgenoot, Mr Cleland, betrokken was.

Toegegeven, Stephen had Lenna een ijzersterke reden gegeven om te blijven. Het museum had net een aantal vacatures geplaatst voor startersfuncties in het geologielab. Stephen was geliefd bij zijn leidinggevenden in het museum, en met zijn aanbeveling was een baan voor Lenna vrijwel gegarandeerd, waarmee ze een van de weinige vrouwelijke personeelsleden zou zijn.

Al had hij het niet letterlijk gezegd, de bedoeling van zijn aanbod was duidelijk: hij wilde haar in Londen houden zodat hij haar het hof kon maken. Maar Lenna was niet geïnteresseerd in hem en zou dat ook nooit zijn. Op het eerste gezicht zou het simpel zijn geweest. Ze hadden ongeveer dezelfde leeftijd en dezelfde interesses. Ze zouden voldoende gemeen hebben als hun relatie ooit meer werd. Dit waren de redenen waarom Lenna in het verleden had geprobeerd gevoelens voor hem op te roepen. Het zou allemaal volgens het boekje zijn gegaan, als zij Stephens gevoelens maar had kunnen beantwoorden.

Inmiddels begreep Lenna echter: verlangen liet zich niet dwingen. Verlangen werd niet uit iemand geperst. Integendeel, het kwam meestal uit zichzelf tot leven, gewenst of ongewenst. Verlangen was beslist tot leven gekomen in Lenna: de kus tussen haar en Vaudeline na de seance was het bewijs. Ze wist, zonder ook maar de geringste twijfel, dat ze deze vrouw veel vaker wilde kussen. Ze wilde nooit meer ophouden haar te kussen.

De kelderexplosie had het moment doorkliefd. Maar de kracht van de explosie, de hitte van het vuur, de verwoesting: ze symboliseerden in vele opzichten hoe Lenna de laatste tijd tegen haar leven aankeek. Zo waren haar oude denkbeelden over wetenschap aan diggelen gegaan. Ze begreep nu dat dingen niet zichtbaar of tastbaar hoefden te zijn om echt te zijn. Voorts had ze ontdekt dat wat in Londense kringen werd beschouwd als zogenaamd gepaste hofmakerij – een man op zoek naar een echtgenote – domweg niets voor haar was. Wat haar betrof, mochten conventies in vlammen opgaan.

Maar Vaudeline kussen? Dat was wél iets voor haar. En het was nóg een reden waarom ze niet kon wachten in de trein te stappen die haar naar het oosten zou brengen, naar Parijs. Ze wilde weg uit Londen en terug naar de privacy van Vaudelines pension. Wie weet zelfs van haar slaapkamer.

Nu de trein over een paar minuten zou arriveren, stonden beide vrouwen op en ze zochten hun spullen bij elkaar. Vaudeline stopte een roman in haar tas, terwijl Lenna een kistje dichtdeed met stenen en stukjes amber die ze mee wilde nemen naar Parijs. In het kistje zaten haar lievelingsexemplaren, waaronder de barnsteen die Evie voor haar had achtergelaten na de seance – de apport. Nog altijd verwonderde Lenna zich over de helderheid, zonder enige onzuiverheid. De amber was nóg een bewijs dat het tastbare kon samengaan met het onzichtbare. Ze kon de honingkleurige hars in haar hand nemen, maar ze kon niet verklaren waar de steen vandaan was gekomen of hoe Evie hem bij haar had gekregen. Evenmin kon ze verklaren hoe Evie de zwartkopveer van de seancetafel had weggehaald.

Toch was het gebeurd. De twee voorwerpen waren van plaats gewisseld, van hier naar daar – waar dáár ook mocht zijn.

Hoewel Lenna het niet logisch kon verklaren, had het iets bevrijdends. Ze nam zich voor voortaan te stoppen met haar eigenwijze pogingen om alles logisch te willen beredeneren.

Vaudeline kwam de salon binnen en ging naast Lenna aan het notenhouten bureau zitten. Ook zij keek naar de appelboom. 'Eerdaags staat hij in bloei,' zei ze, afwezig over haar kaak wrijvend.

Lenna boog naar voren om de plek te kussen die Vaudeline net had aangeraakt. Wat was het allemaal verrukkelijk vertrouwd geworden: Vaudelines koele huid onder haar lippen, de sproetjes in het kuiltje van haar sleutelbeen.

Gisteravond hadden de vrouwen een kaars en een fles wijn mee naar bed genomen. Ze hadden amper een slok genomen voordat ze samen onder de witte sprei kropen. Dit was vaste prik sinds ze terug waren in Parijs, maar nog steeds keek Lenna uit naar elke nacht samen. Verstrengeld zijn met Vaudeline, haar smaak en geur, de manier waarop Vaudelines adem stokte en ze de controle over zichzelf losliet... het was verslavend.

Dat gold ook voor hun bereidheid om, zonder terughoudendheid, hun gevoelens voor elkaar te delen – geen remmingen in hun intimiteit, geen dubbelzinnige, tot zeshoek opgevouwen briefjes.

Lenna schoof de tekst die ze had zitten bestuderen opzij en haalde een map met exposénotities tevoorschijn. 'Klaar om dit af te maken?'

'Hoe eerder hoe beter, *ma chérie*,' zei Vaudeline.

Evie was nog niet begonnen met het opstellen van haar exposé – althans, niet voor zover Lenna in Londen had kunnen vinden – maar er was wel een schat aan informatie.

Na terugkomst in Parijs waren Lenna en Vaudeline, met Evies notitieboekje bij de hand, aan het werk gegaan: úren van het samenvatten van complotten, het blootleggen van listen. Waar mogelijk vermeldden ze de namen van slachtoffers, Genootschapseedgenoten of -handlangers, en de data van moorden en manipulaties. Alles wat kon worden ontleend aan Evies notitieboekje of de persoonlijke ervaring van de vrouwen met het Genootschap, belandde in het exposé. Dit, in combinatie met informatie waarvan de politie had beloofd die binnenkort vrij te geven over de moordslachtoffers van het Genootschap, zou het einde van de organisatie betekenen.

Inmiddels was het exposé bijna af. De vrouwen maakten diverse kopieën, die ze zorgvuldig woord voor woord uitschreven. Mocht er iets gebeuren met het exemplaar dat ze morgen naar *The Standard Post* zouden sturen, dan hadden ze extra kopieën klaarliggen.

Toen Lenna de pagina's een laatste keer doorlas, huiverde ze onwillekeurig een paar keer. Opbouw was niet haar sterkste punt. Sommige fragmenten kwamen droog en ongevoelig over, een zakelijke opsomming van feiten. In andere was haar schrijfstijl niet ideaal. Ondanks deze schoonheidsfoutjes haalde ze voldoening uit de wetenschap dat elk woord ervan waar was. En dat was meer dan Mr Morley – ooit vicevoorzitter van het Genootschap – had kunnen zeggen.

Onderaan het verslag schreef Lenna een persoonlijke mededeling voor de verslaggevers van *The Standard Post*.

Dit exposé is grotendeels gebaseerd op onderzoek door wijlen Miss Evie Rebecca Wickes uit Londen, voorzien van aanvullende gegevens en auteurschap van Miss Lenna Wickes, leerling-spiritist, en met deskundig advies van internationaal erkend medium Miss Vaudeline D'Allaire uit Parijs.

Na afronding van een opleiding beginnen Miss Wickes en Miss D'Allaire aan een internationale tournee. Startplaats is Londen, waar ze een reeks seances zullen uitvoeren, gratis, voor eenieder die ongewild opdracht gaf voor een misleidende seance van het Londense Seancegenootschap en alsnog wenst te communiceren met een overleden dierbare.

Zonder de bijdragen van de drie genoemde auteurs zouden de misdadige praktijken van het Genootschap hoogstwaarschijnlijk ongehinderd zijn doorgegaan. Hoelang nog, daarover kunnen we slechts speculeren.

Hierbij geven de auteurs toestemming dit exposé te reproduceren en verspreiden onder andere nieuwskanalen, en zij zullen zich inspannen het te publiceren in diverse toonaangevende spiritistische tijdschriften wereldwijd.

Miss Lenna Wickes draagt de internationale publicatie van dit exposé op aan haar overleden zus, Evie, die in haar laatst bekende correspondentie blijk gaf van het vaste voornemen om het Londense Seancegenootschap ten val te brengen.

Heren, uw bedrog is ten einde gekomen.

Was getekend,
wijlen Miss Evie Wickes
Miss Lenna Wickes
Miss Vaudeline D'Allaire

Nawoord

Aan het eind van het victoriaanse tijdperk was de spiritistische beweging – waarin communicatie met de doden centraal stond, voornamelijk via mediums – op haar hoogtepunt. Victoriaanse burgers waren gefascineerd door alles wat bovennatuurlijk, paranormaal of occult was. Salonseances waren in trek, evenals theatervoorstellingen over mediumschap en occulte kracht.

Over het algemeen waren de bekendste mediums in dit tijdperk vrouwen. Spiritisme was een van de weinige branches waarin vrouwen hoger werden aangeslagen dan mannen. Dit kwam voort uit de overtuiging dat een vrouw dankzij haar passieve rol, aard en intuïtie gemakkelijker toegang kreeg tot bovennatuurlijke werelden dan een man, en doordat een man werd verondersteld zich niet zo gauw te onderwerpen aan een geest die zijn psyche overnam.

Het victoriaanse tijdperk werd gekenmerkt door overdreven vroomheid en preutsheid, vooral voor vrouwen. Toch kenden seances vaak een subtiel erotisch en pikant verloop. Ze boden een vrouw de gelegenheid om een zekere mate van dominantie te doen gelden die ze anders niet had. Ik heb getracht deze dynamiek te onderzoeken afgezet tegen de talrijke exclusieve herenclubs in negentiende-eeuws Londen, vooral in het welvarende West End. Er waren clubs voor mannen geïnteresseerd in politiek, reizen, literatuur en, natuurlijk, geesten. Het Seancegenootschap in mijn roman is losjes gebaseerd op The Ghost Club, die werd opgericht in Londen in 1862 en Charles Dickens en Arthur Conan Doyle tot zijn leden mocht rekenen. De Club bestaat vandaag de dag nog en onderzoekt nog altijd spookverschijningen en andere spirituele verschijnselen.

In het victoriaanse clublandschap waren contributies hoog, huisregels streng en lidmaatschapswachtlijsten lang. Een wachttijd van vijftien tot twintig jaar om lid te worden van een bijzonder prestigieuze club was niet uitzonderlijk. Aangezien deze clubs zich vaak lieten voorstaan op anonimiteit en discretie, was een eed van geheimhouding voor leden gangbaar. Vrouwen kwamen niet in aanmerking voor lidmaatschap en werden veelal helemaal geweerd in clubgebouwen.

Op het moment dat ik dit schrijf, laat een van de meest prestigieuze clubs in West End – de in 1831 opgerichte Garrick Club – nog steeds geen vrouwen toe als lid.

De zevenfaseseance beschreven in *Het geheime genootschap* is geheel aan mijn eigen fantasie ontsproten, evenals de bezweringen, spreuken en bevelen.

De cyclus van Meton, oftewel *enneadecaeteris*, is wel echt. Om de negentien jaar komt een bepaalde maanfase voor in dezelfde tijd van het jaar. Dit fenomeen werd ontdekt door een Griekse astronoom in 432 v.Chr. Wel heb ik me een paar vrijheden veroorloofd met de cyclus van Meton. In de eerste plaats is er geen bewijs dat een nieuwe maan op allerheiligenavond leidt tot een hoger sterftecijfer dan op een willekeurige andere avond. Voorts viel de nieuwe maan in de herfst van 1872 niet op allerheiligenavond, maar een dag later: op 1 november.

Victoriaanse rouwritueelen

De victoriaanse bevolking was zeer bijgelovig. Na een sterfgeval in een gezin werden de gordijnen onmiddellijk dichtgetrokken en die bleven dicht tot na de begrafenis. Spiegels werden afgedekt met zwarte stof zodat de ziel van de overledene er niet in opgesloten zou raken. Klokken werden stilgezet op het tijdstip van overlijden, en foto's van de overledene werden omgekeerd neergelegd om te voorkomen dat anderen bezeten raakten.

's Winters vond een begrafenis doorgaans plaats binnen een week. 's Zomers in minder dan een week. Zodra de begrafenis was geregeld, verstuurde de familie in de regel rouwkaarten met de naam van de overledene, leeftijd, sterfdatum en begraafplaats – met een grafnummer zodat degenen die de laatste eer wilden bewijzen dat konden doen.

Er werd toezicht gehouden op het lichaam van de overledene tot de uitvaart. Veel families hielden een dagenlange wake (vigilie) voor het geval hun geliefde niet dood was maar slechts in coma. Tijdens deze periode werden bloemen neergezet om de geur van het lichaam te maskeren, en vaak werd de doodskist op een koelplaat gezet om de ontbinding te vertragen. Lichamen werden namelijk niet gebalsemd. Uiteindelijk werd de overledene het huis uit gedragen met de voeten vooruit, uit vrees dat hij of zij een blik in het huis wierp om een andere ongelukkige mee te roepen.

Rouwkransen of zwarte strikken werden op deuren gehangen om voorbijgangers te laten weten dat er iemand was overleden. Paarden gebruikt voor rouwstoeten stonden erom bekend de wapperende zwarte linten op deuren te herkennen en dan – zonder commando van de koetsier – uit zichzelf halt te houden voor het juiste huis.

Diepe-rouwdracht werd gedragen door echtgenoten en naaste familie gedurende een jaar. Hierna werd halve-rouwdracht gedragen gedurende de volgende zes tot twaalf maanden. Tijdens diepe rouw verlieten weduwes het huis alleen om naar de kerk te gaan. In deze periode was het gebruikelijk om zwart omrand briefpapier en zwart omrande enveloppen te gebruiken.

Daar vele families amper rouwkledij bezaten, waren er diverse warenhuizen waarvan de kleer- en hoedenmakers aan huis kwamen om de nabestaanden op maat gemaakte kledingstukken aan te meten.

Standaard diepe-rouwdracht voor vrouwen was zwarte stof, veelal afgezet met crêpe. Zwarte handschoenen en een sluier waren gebruikelijk. Sieraden, die tot een minimum beperkt bleven, hadden meestal zwarte stenen zoals git of onyx. In halve rouw waren grijze of lavendelblauwe stoffen toegestaan. Na de dood van haar echtgenoot, prins Albert, droeg koningin Victoria rouwdracht tot aan haar eigen dood veertig jaar later.

Standaard rouwdracht voor mannen was een zwart kostuum, handschoenen en een hoed. De breedte van het hoedenlint werd bepaald door de relatie van de man tot de overledene. Weduwnaars konden een hoedenlint van wel achttien centimeter hebben, waar dat van aangetrouwde familieleden slechts enkele centimeters breed was.

Kinderen hoefden zich niet aan rouwvoorschriften te houden.

Postmortale fotografie was normaal. Voor velen was de enige foto die van hen werd genomen, die van na de dood. Vaak werden lijken op zulke foto's overeind gehouden door metalen steunen of familieleden. Op verzoek van familieleden bewerkten fotografen de foto's soms om de geportretteerde levend te laten lijken (bijvoorbeeld door er ogen op aan te brengen).

Sommige familieleden, bezorgd dat hun geliefde zou ontwaken na te zijn begraven, hingen een touw in het graf en maakten dat vast aan een bovengrondse klok. Indien de overledene wakker werd, kon hij of zij aan het touw trekken en de klok luiden om om hulp te vragen.

Victoriaanse rouwtafel

Bij begrafenissen in het victoriaanse tijdperk was het een goed gebruik om wijn of punch te schenken en gasten een attentie mee naar huis te geven: een aantal koekjes verpakt in vetvrij papier en verzegeld met een dot zwarte was. Op het vetvrije papier, of op de koekjes zelf, waren vaak afbeeldingen gedrukt: een lijkkist, een kruis, harten, schoppen, een schedel etc. De koekjes hadden dezelfde structuur als zandkoekjes en werden vaak gemaakt met melasse en gember.

Onderstaand twee recepten ontleend aan bekende victoriaanse kookboeken.

Victoriaanse begrafeniskoekjes

Ontleend aan de derde druk van

Miss Beecher's Domestic Receipt-Book,

uitgegeven in 1862.

1/2 KOPJE SUIKER

1/2 KOPJE GEZOUTEN BOTER, ZACHT

1 KOPJE MELASSE

1/2 KOPJE WARM WATER

2 EETLEPELS VERSGERASPTE GEMBER

21/4 KOPJE BLOEM

1/2 THEELEPEL BAKSODA

Doe boter en suiker in een grote kom en klop met een mixer tot een licht en luchtig geheel, ongeveer 1 minuut. Voeg melasse, water en gember toe en klop tot ze volledig zijn opgenomen.

Meng in een aparte kom bloem en baksoda. Voeg dit toe aan het melassemengsel en klop met een mixer tot een stevig deeg.

Verdeel het deeg in twee ballen. Kneed beide ballen goed door om luchtbelletjes te verwijderen. Vorm twee gelijke rechthoeken van het deeg, ongeveer 20 cm lang. Wikkel elke rechthoek strak in plasticfolie. Leg enkele uren in de koelkast tot het deeg stevig is.

Verwarm de oven voor op 180 graden. Bekleed twee bakplaten met bakpapier. Steek rondjes van 5 cm uit de rechthoeken en leg ze 2,5 cm uit elkaar op bakplaten. Elke rechthoek is goed voor ongeveer 25 koekjes. Maak desgewenst met een mes of stempel een afbeelding op de koekjes.

Bak 20 minuten. Laat volledig afkoelen (koekjes horen bros te zijn). Verpak enkele koekjes in vetvrij papier en maak vast met een zwart waszegel of zwart lint.

VICTORIAANSE WARME PUNCH

Ontleend aan
Mrs Beeton's Book of Household Management,
uitgegeven in 1861.

1/2 KOPJE SUIKER
SAP VAN 1 CITROEN
1/2 LITER KOKEND WATER
1/4 LITER RUM
1/4 LITER BRANDEWIJN
1/2 THEELEPEL NOOTMUSKAAT

Meng suiker en citroensap. Voeg kokend water toe en roer goed door. Voeg rum, brandewijn en nootmuskaat toe. Meng goed en serveer warm of gekoeld op ijs. Voor 4 personen.

DRIELAAGSE MAGISCHE DOE-HET-ZELFKAARS

Bekijk op www.sarahpenner.com/bookclubs foto's van onderstaande stappen, plus instructies voor een handgemaakt, zeshoekig liefdesbriefje.

BENODIGDHEDEN

1 KAARSLONT
1 GLAZEN POT (INHOUD 0,25 LITER)
2 SATÉPRIKKERS (OM DE LONT OP ZIJN PLEK TE HOUDEN)
2 ELASTIEKJES (OM SATÉPRIKKERS BIJ ELKAAR TE HOUDEN)
2¼ KOPJE SOJAWASVLOKKEN
THERMOMETER
3 GEURSTOFFEN (ESSENTIËLE OLIËN OF ESSENCES)
KLEURSTOF OF GEKLEURDE WASVLOKKEN (OPTIONEEL)
TANDENSTOKERS

NB: Een echte 'magische kaars' heeft één kleur, en alleen de geur verandert tijdens het opbranden. Als je geen streken uit wilt halen, voeg dan gerust aan elke laag een andere kleur toe!

Plaats de kaarslont in het midden van de pot. Houd de lont op zijn plaats door aan weerszijden een satéprikker horizontaal op de pot te leggen. Houd de satéprikkers met elastiekjes bij elkaar.

Voor de eerste laag van je kaars: smelt driekwart kopje sojawasvlokken au bain-marie of in de magnetron in een kleine kom. Smelt tot de was 71 graden is (niet oververhitten!). Voeg vijf tot tien druppels geurstof toe, daarna de gewenste kleur volgens de instructies op de verpakking. Als je meerdere kleuren in je kaars gebruikt, kun je het best met de donkerste kleur beginnen (dit wordt je onderste laag). Roer goed door met een tandenstoker. Giet de was voorzichtig in de glazen pot, tot hooguit een derde.

Laat helemaal afkoelen, minimaal een uur in de koelkast. Herhaal het proces voor de tweede en derde laag van je kaars.

Laat de kaars een nacht uitharden. Knip de lont bij. Veel plezier!

Leestips

Black, Barbara. 2012. *A Room of His Own: A Literary-Cultural Study of Victorian Clubland.*

Braude, Ann. 1989. *Radical Spirits: Spiritualism and Women's Rights in Nineteenth-Century America.*

Cassell's Household Guide, New and Revised Edition, 4 delen, ca.1880.

Doyle, Arthur Conan. 1926. *The History of Spiritualism*, 2 delen.

Flanders, Judith. 2012. *The Victorian City: Everyday Life in Dickens' London.*

Goodman, Ruth. 2013. *How to Be a Victorian: A Dawn-to-Dusk Guide to Victorian Life.*

Harrison, William Henry, red. 1869-1882. *The Spiritualist newspaper.* Londen, Engeland: E.W. Allen. Archief te raadplegen op http://iapsop.com/archive.

Owen, Alex. 1989. *The Darkened Room: Women, Power, and Spiritualism in Late Victorian England.*

Woodyard, Chris. 2014. *The Victorian Book of the Dead.*

Dankwoord

Ik tel geregeld mijn gelukssterren, en drie ervan stralen extra helder: Stefanie Lieberman, Molly Steinblatt en Adam Hobbins. Al jaren staat dit team van Janklow & Nesbit me bij als mijn open en aardige belangenbehartigers. Ik kan me niet voorstellen dit met iemand anders te doen. Ik ben jullie eeuwig dankbaar voor de onwijs prettige samenwerking.

Aan Erika Imranyi, mijn redacteur bij Park Row. Dit is een intimiderende branche, toch ben je van het begin af aan een hartelijke en stimulerende bondgenoot gebleven. Bedankt dat je me bij de hand hebt genomen en hebt aangemoedigd stappen te zetten.

Aan Natalie Hallak, die als eerste pleitte voor dit boek en met me brainstormde over de eerste opzet. Ik beschouw je als een vriendin voor het leven.

Aan Emer Flounders, Justine Sha, Kathleen Carter en Heather Connor, mijn fabelachtige pr-team. Ondanks het aantal (paniekerige) e-mails dat ik jullie buiten werktijd stuurde, lijken jullie me nog steeds aardig te vinden. Dank voor jullie flexibiliteit, geduld en oog voor detail.

Aan Randy Chan: jij zou zomaar eens de aardigste persoon kunnen zijn die ik ken. Ik ben zo blij dat we mogen blijven samenwerken! Aan Rachel Haller, Lindsey Reeder en Eden Church: het werk dat jullie doen, is essentieel. Bedankt dat jullie goede boeken overal onder de aandacht brengen. Aan Reka Rubin, Christine Tsai, Nora Rawn, Emily Martin en Daphne Portelli: dank voor jullie enorme inzet om mijn boeken wereldwijd in handen (en oren!) van lezers te krijgen.

Aan Kathleen Oudit en Elita Sidiropoulou, die woorden vormgeven tot oogverblindende covers; jullie talent heeft menige shopper halt laten houden, en we hebben het enorm getroffen met jullie.

Enorm veel dank aan het hele team van Legend Press, mijn VK-uitgever. Ik kan me geen gedrevener team indenken: Tom Chalmers, Lauren Parsons, Cari Rosen, Liza Paderes, Olivia Le Maistre en Sarah Nicholson. En dank in het bijzonder aan Lauren voor het controleren van het manuscript op amerikanismen.

Dank aan persklaarmaker Vanessa Wells, die niet alleen mijn typefouten en pleonasmen eruit haalde, maar ook advies gaf over het Latijn en Frans. Jouw arendsoog voor detail heeft me voor heel wat blunders behoed. Dank aan Patrick Callahan, promovendus klassieke talen aan UCLA, die me ook heeft geholpen met de Latijnse vertalingen. En aan Judy Callahan, werkzaam op mijn voormalige middelbare school, die het verband legde. Die lessen Latijn waren toch niet voor niets!

Aan Laurie Albanese en Fiona Davis, ik koester onze openhartige Zoom-gesprekken. Laten we verhalen, goede raad, titelideeën en op zijn tijd een krachtterm blijven uitwisselen. Aan Heather Webb: meid, jij bent mijn mentor van het eerste uur en geestverwant. Bedankt dat je mijn vriendin bent. Aan Nancy Johnson en Julie Carrick-Dalton, wier schrijverspaden parallel lopen met dat van mij. Jullie betekenen zoveel voor me, en jullie bezoekjes zijn altijd een feestje. Dank voor jullie steun de afgelopen jaren. En aan Susan Stokes-Chapman, met wie ik een voorliefde voor het oude Londen deel. Grappig hoe het universum ons bij elkaar bracht. Dank voor je vriendschap.

Aan Bookstagrammers, boekbloggers en superfans die de liefde voor lezen verspreiden met hun creatieve posts en gave afbeeldingen: wij schrijvers zijn dol op jullie. Hou alsjeblieft nooit op met wat jullie doen. Dank aan Jaimie (@booksbrewsandbooze), Christine (@theuncorkedlibrarian), Jeremy (@darkthrillsandchills), Jess (@just_reading_jess), Lisa (@mrs._lauras_lit), Barbi (@dreamsofmanderley) en Amanda (@girl_loves_dogs_books_wine), om er maar een paar te noemen. En een bijzondere shout-out voor Bookstagrammer Melissa Teakell (die toevallig ook nog eens mijn lieftallige schoonzus is!). Volg haar op IG: @reading.while.procrastinating.

Aan Pamela Klinger-Horn en Robin Kall, dank voor alles wat jullie doen om schrijvers, lezers, uitgevers en onafhankelijke boekwinkels te steunen en met elkaar in contact te brengen. Jullie zijn absolute toppers. En aan Annissa Joy Armstrong, die niet alleen elke schrijver overal steunt, maar ook zo dapper was mij te vertellen dat ik haar naam al maanden verkeerd uitsprak (het is a-NIE-sa, voor wie het wil weten).

Aan bibliotheekmedewerkers over de hele wereld die onvermoeibaar lezers aan boeken en schrijvers aan archiefmateriaal helpen: jullie zijn van onschatbare waarde. Dank jullie wel.

Onafhankelijke boekverkopers, jullie zijn onze voet aan de grond. Dank in het bijzonder aan Laura Taylor van Oxford Exchange in Tampa, Florida, en aan Litchfield Books, Tombolo Books, M.Judson Books, Watermark Books & Café, Portkey Books, Book + Bottle en Monkey & Dog Books.

Aan mijn clubje sterke vrouwen: Aimee, Rachel, Megan, Laurel, Lauren, Roxy en Mallory. Ik voel me onvoorwaardelijk gesteund en gewaardeerd door elk van jullie. Wat een onbetaalbaar geschenk om zulke eerlijke, liefhebbende en inspirerende vriendinnen in mijn leven te hebben. Dank jullie wel.

Aan de vrouwen verborgen tussen de regels, jullie weten wie jullie zijn. Dank jullie wel. Met name Taylor Ambrose, *ma chérie.*

Aan mijn grote zus, Kellie: de band tussen Evie en Lenna is grotendeels geïnspireerd op mijn genegenheid voor jou. Jij bent een van mijn grootste geschenken. Dank je.

Aan mijn man, Marc: nu heb ik twee boeken geschreven, en geen van beide was aan jou opgedragen, hoewel jij mijn allerliefste op deze planeet bent. Maar opdrachten zijn een raar, paradoxaal fenomeen. Jij begrijpt dit, en dat is precies waarom ik van je hou.

Aan mijn moeder: ik vertel iedereen die ik tegenkom hoe dol ik op je ben. Onze hechte band is me dierbaar, en die beschouw ik niet als vanzelfsprekend. (En ik zal nooit ons geheime reisje vergeten naar Cassadaga Spiritualist Camp in landelijk Florida. Wat een vreemde seance was dat...)

Aan mijn vader, die overleed in 2015. Soms kijk ik in het dagboek dat je me drieëntwintig jaar geleden gaf, waarin je schreef: 'Sarah, jij komt er wel. En nou schrijven maar!' Kon je maar zien wat er de afgelopen jaren allemaal is gebeurd – maar wie weet, kun je dat wel. Dank voor alles, pap.